TOD ZWISCHEN DEN MEEREN

Ilka Dick, 1972 geboren, lebt mit ihrer Familie seit vielen Jahren in Schleswig-Holstein, zwei davon verbrachte sie auf der Nordseeinsel Amrum. Als Autorin und Hörgeschädigtenpädagogin verbindet sie in ihren Romanen ihre beruflichen Erfahrungen mit ihrer zweiten großen Leidenschaft – dem Schreiben. Sie ist Mitglied bei den Mörderischen Schwestern e. V.
www.instagram.com/ilka.dick/

ILKA DICK

TOD ZWISCHEN DEN MEEREN

Küsten Krimi

emons:

Bibliografische Information der Deutschen Nationalbibliothek
Die Deutsche Nationalbibliothek verzeichnet diese Publikation
in der Deutschen Nationalbibliografie; detaillierte bibliografische
Daten sind im Internet über http://dnb.d-nb.de abrufbar.

© Emons Verlag GmbH
Alle Rechte vorbehalten
Umschlagmotiv: mauritius images/Wolfgang Diederich/Alamy
Umschlaggestaltung: Nina Schäfer, nach einem Konzept
von Leonardo Magrelli und Nina Schäfer
Umsetzung: Tobias Doetsch
Gestaltung Innenteil: DÜDE Satz und Grafik, Odenthal
Lektorat: Marit Obsen
Druck und Bindung: CPI – Clausen & Bosse, Leck
Printed in Germany 2021
ISBN 978-3-7408-1115-0
Küsten Krimi
Originalausgabe

Unser Newsletter informiert Sie
regelmäßig über Neues von emons:
Kostenlos bestellen unter
www.emons-verlag.de

Dieser Roman wurde vermittelt durch die Autoren- und
Verlagsagentur Peter Molden, Köln.

Für Marla, Franka, Marius und Karsten

Prolog

Die Nacht war klar, das Wasser ruhig. Ein glatter Spiegel im Silberglanz des Mondlichts. Nahezu geräuschlos glitt das Floß dahin. Das Paddel tauchte leise ein und sandte zarte Wellen über das Wasser. Irgendwo schrie ein Vogel.

Die Gestalt zu seinen Füßen war wach. Die Augen aufgerissen, der Blick panisch. Gut so. Er hatte sich nicht verrechnet. Sein Opfer sollte bei Bewusstsein sein. Alles andere wäre der Gnade zu viel gewesen.

Er stak das Paddel tiefer ein. Noch ein kleines Stück, zwei, drei Züge, dann sollte es genügen. Er sah sich um. Hier hatte es damals geendet. Hier würde er es heute beenden. Der Kreis schloss sich. Er hatte lange genug darauf gewartet.

Die Gestalt zerrte an den Stricken. Erstaunlich, welche Kraft sie noch besaß. Doch es war zwecklos. Er hatte sie gut verschnürt.

Er zog das Paddel ein. Sofort fing das Bündel panisch an, sich zu winden, zu kämpfen. Versuchte, sich auf die Seite zu rollen, zu werfen, versuchte, die Beine anzuwinkeln und nach ihm zu treten. Das Floß begann zu schwanken.

Gar nicht schön. Er schloss die Finger fester um den Holzgriff. Das musste aufhören. Es sollte ruhig sein. Still. Dem Augenblick angemessen.

Er schlug zu. Hörte den Knochen brechen.

Sein Opfer krümmte sich, soweit die Fesseln es erlaubten. Stöhnte schmerzerfüllt, grunzte. Der Versuch eines Schreis. Aber das Klebeband hielt.

Dennoch, alles viel zu laut. Er schlug noch einmal zu. Endlich Ruhe. Keine Regung mehr. Nur noch die Augen starrten ihn an. Tiefschwarz und leer. Tränen an den Schläfen, auf den Wangen.

Er legte das Paddel zur Seite und ging in die Hocke. Hielt dem Blick stand. Dann eine letzte Kraftanstrengung, ein ge-

zielter Stoß. Er sah dem Körper nach. Sah das Wasser über ihm zusammenschlagen. Sah ihn in die Tiefe sinken, Luftblasen aufsteigen. Schließlich war es vorbei. Die Wellen an der Wasseroberfläche verebbten. Wieder lag sie da wie ein glatter Spiegel. Heil und unversehrt.

Eins.

1

»Die sind alle für uns?« Marlene Louven musterte die Akten-stapel, die Ada Bergengrün über den Tresen schob.

»Alles für die neue Ermittlungsgruppe, hieß es.« Die kleine, zierliche Frau konnte so gerade eben über die Unterlagen hin-wegschauen. »Es soll euch dort oben ja auch nicht langweilig werden«, fügte sie mit einem verschmitzten Lächeln hinzu. »Und«, nun setzte sie die Goldrandbrille auf, die sie an einer Kette um den Hals trug, und sah Marlene prüfend an, »wie fühlst du dich, mein Kind?«

»Alles bestens.« Marlene nahm einen der Stapel und packte ihn auf den nächsten.

»Alles bestens. Soso.« Ada nickte knapp. Ihr Blick fiel auf Marlenes Fingernägel. »Oh, wie ich sehe, hast du endlich ein-mal wieder Orange gewählt! Sehr erfreulich. Wusstest du, dass Orange eine lebensbetonende Farbe ist? Die für Heiterkeit steht? Und Vitalität? Etwas Ähnliches haben gestern Abend auch meine Tarot-Karten gesagt, die ich für dich gelegt habe. Es erschienen die Kraft und die Sonne. Sie symbolisieren Mut, Zu-versicht und Erfolg. Außerdem Neubeginn und Lebensfreude. Ist das nicht wunderbar?«

»Ganz bestimmt. Dann kann ja nichts mehr schiefgehen.« Marlene lächelte ein wenig gequält und klemmte sich die Map-pen unter die Arme.

»Bevor du hochgehst – darf ich dich heute zu einer Tasse Tee einladen? Ich habe gerade frischen Ingwertee aufgebrüht. Er ist hervorragend bei dem derzeitigen Erkältungswetter, ganz vor-züglich. Er stärkt nicht nur das Immunsystem, er wirkt auch …«

Ada war in Plauderlaune, so wie fast immer. Für gewöhnlich hatte Marlene auch nichts gegen einen Schnack mit der älteren

Dame und guten Seele der Dienststelle, ganz im Gegenteil. Doch heute stand ihr nicht der Sinn danach.

»Es hat sich nichts geändert, liebe Ada«, unterbrach sie freundlich ihren Redefluss, »selbst du wirst mich nicht dazu bewegen, so etwas freiwillig zu trinken. Aber Simon ist sicherlich wie immer ein begeisterter Abnehmer.« Mit einer Geste in Richtung Tresen sagte sie: »Den Rest kann er mitnehmen.«

»Ist Simon noch nicht im Haus?«

»Ist ja erst kurz nach acht.« Marlene zog eine Augenbraue hoch. »Hab einen schönen Tag.«

»Du auch. Bleib behütet.«

In ihrem Büro im ersten Stock der Kriminalpolizeistelle Schleswig legte Marlene die Akten auf dem Schreibtisch ab. Sie ließ sich auf den Stuhl fallen und streckte die Beine weit von sich. Eine ihrer hellroten Locken hatte sich aus dem Haarknoten gelöst und fiel ihr ins Gesicht.

Mut, Zuversicht und Erfolg. Neubeginn und Lebensfreude. Wenn wenigstens Ada davon überzeugt war.

Sie atmete tief durch, während sie den Blick durch das Zimmer gleiten ließ. Es war während ihrer Abwesenheit renoviert worden. Akustikdecke, Teppichboden, Vorhänge an den Fenstern. Alles für sie. Alles neu. So wie ihr ganzes Leben neu war. Zumindest fühlte es sich für Marlene in manchen Momenten noch immer so an, obwohl schon knapp ein Jahr vergangen war, seit sie durch eine Hirnhautentzündung ihr Gehör verloren hatte. Binnen kürzester Zeit war Marlene auf beiden Ohren ertaubt. Von jetzt auf gleich herausgerissen aus der klingenden Welt, abgeschnitten von Tönen und Geräuschen, von Sprache und Musik. Sie hatte sich einer Operation unterzogen und trug seitdem Cochlea-Implantate, zwei Hörhilfen, die ihr das Hören wieder ermöglichten. Allerdings hatte dieses Hören mit den Eindrücken, die sie von früher kannte, nur wenig gemein. Nichts klang mehr wie zuvor. Ob das Erkennen von einzelnen Lauten und Geräuschen oder das Verstehen von Sprache – alles hatte Marlene neu erlernen müssen. Hören war für sie zu einem aktiven Vorgang geworden, der nicht mehr wie selbstverständlich und unbewusst nebenbei ablief, sondern hohe Konzentration erforderte. Sobald sie die Geräte abnahm, war sie taub.

Die letzten Monate waren ein kräftezehrender Kampf zurück ins Leben gewesen, eine aufreibende Suche nach neuer Normalität. Nach Selbstvertrauen. Und nach sich selbst. Das Verbindungsseil zu ihrem bisherigen Leben war gekappt worden, die Enden lose und nackt im Nirgendwo. Mit mühevoller Kleinstarbeit hatte Marlene es Faser für Faser wieder zusammenfügen müssen.

Seit ihrer schweren Erkrankung hatte sie nicht mehr als Kriminalhauptkommissarin gearbeitet. Taub war sie den Anforderungen des Jobs nicht gewachsen, doch auch nach der Operation hatte sie Zeit gebraucht. Viel Zeit. Sie hatte das Hören intensiv üben, es trainieren müssen, hatte regelmäßig Therapiesitzungen im Cochlear Implant Centrum Schleswig-Kiel besucht. Die Schleswiger Einrichtung lag nicht weit entfernt von ihrer Dienststelle. Ironie des Schicksals? Im Alltag kam sie mittlerweile ganz gut zurecht. Nun würde sich zeigen, wie tragfähig ihr Seil geworden war. Heute war ihr erster offizieller Arbeitstag.

Sie beugte sich vor und nahm die kleine Schnecke aus geschliffenem Glas in die Hand, die neben dem Computerbildschirm stand. Sie drehte sie hin und her, sodass sich das Licht darin brach und das Glas funkelte. Ein fürchterlicher Kitsch. Doch es war ein Geschenk von Ada, die selbst ein ganzes Arsenal an solchen Kristallfiguren besaß, die zuhauf ihren Schreibtisch und die Regale in der Geschäftsstelle zierten. Sie hatte sie Marlene anlässlich ihrer Rückkehr in den Dienst überreicht. Ein Symbol für die Hörschnecken, in die Marlenes Implantate mündeten. Und ein Symbol dafür, dass sie es behutsam angehen lassen solle. »Mach langsam, Marlene«, hatte Ada gesagt, »ein Schritt nach dem anderen.« Wenn es nur so einfach wäre.

Sie stellte die Schnecke zurück an ihren Platz, als die Tür geöffnet wurde und Simon sich mit einem Berg Unterlagen im

Arm ins Zimmer schob. Obenauf balancierte er einen Becher mit einer dampfenden Flüssigkeit. Marlene erkannte den Geruch sofort. Ingwertee.

Es gab nicht viel, was Marlene an ihrem Kollegen und Teampartner Kriminaloberkommissar Simon Fährmann nicht schätzte. Er kam häufig zu spät, oder, wie er selbst zu sagen pflegte, sein Zeitmanagement war ein anderes als ihres. Damit hatte sie über die Jahre umzugehen gelernt. Außerdem war er überzeugter Veganer, ernährte sich fürchterlich gesund, was bei Marlene immer wieder ein latent schlechtes Gewissen hervorrief. Das Schlimmste allerdings war: Er war SG Flensburg-Handewitt-Fan.

»Ungeschlagen!« Simon wuchtete den Aktenstapel auf den Schreibtisch, wobei der Tee im Becher gefährlich hin- und herschwappte. »Moin. Hast du das Spiel gegen die Löwen gesehen? Würde sagen, eines Meisters würdig.« Er stellte den Becher auf die Tischplatte und sah Marlene an. »Wie hat der THW gestern noch mal gespielt?«, fragte er mit einem selbstzufriedenen Grinsen.

Marlene ging auf die Frage gar nicht erst ein. Sie wusste, dass Simon die Tabelle auswendig kannte – Punktezahl, Torverhältnis, alles. Und der THW Kiel, für den Marlenes Handballherz schlug, hatte gestern verloren. Aber als Tabellenzweiter blieb er den Flensburgern eng auf den Fersen. »Die Saison ist noch lange nicht vorbei. Abgerechnet wird am Schluss.« Mit einem Blick auf den Tee sagte sie: »Ada ist also wenigstens bei dir erfolgreich gewesen.«

»Du weißt gar nicht, was dir entgeht.«

»Hat sie dir auch die Tarot-Karten gelegt?«

»Diese Ehre wurde mir nicht zuteil. Und? Ist etwas Gutes dabei herausgekommen?«

Diesmal grinste Marlene. »Wenn's danach ginge, wird mein Leben in Zukunft perfekt.«

»Das ist doch mal was. Ada und ihre übersinnlichen Mitstreiter.« Simon schüttelte den Kopf. »Aber Moment …« Er streifte seine Umhängetasche ab und stellte sie auf den Boden hinter dem Schreibtisch, bückte sich und begann, darin zu kramen. Augenblicklich konnte Marlene nicht mehr alles vollständig verstehen. »Ich habe dir au… – …gebracht. Eine …«

Simon tauchte wieder auf, sah sie an, stutzte. »Oh shit, entschuldige bitte. Nicht wegdrehen beim Reden, so war's.« Er räusperte sich. »Ich habe dir auch etwas mitgebracht. Nur eine Kleinigkeit. Zum Wiedereinstieg sozusagen.«

Simon überreichte Marlene eine Tüte Lakritz. Das zählte neben gutem Kaffee und Croissants zu ihren bevorzugten Speisen. »Glückssteine«, konnte sie auf dem Etikett lesen.

»Selbstverständlich vegan.«

»Selbstverständlich.« Marlene bedankte sich und legte die Tüte neben Adas Miniatur-Schnecke. Nun auch noch Steine aus Glück. Allmählich begann sie selbst zu glauben, dass alles gut werden würde.

In der letzten Woche hatte sie sich mit Simon intensiv über die Gestaltung ihrer zukünftigen Zusammenarbeit ausgetauscht. Was würde weiterlaufen wie bisher? Und was würde sich verändern müssen? Marlene hatte Simon die Herausforderungen geschildert, vor die sie als Trägerin von Cochlea-Implantaten im Alltag gestellt war. Sie hatte ihn in die technischen Grundlagen eingeweiht, ihm von den Möglichkeiten und Grenzen berichtet. Das war nicht ganz leicht gewesen, obwohl Simon ein interessierter, verständnisvoller Zuhörer war und Marlene ihm vertraute. Sie konnte sich sicher bei ihm fühlen. Aber es fiel Marlene schwer, die eigenen Befindlichkeiten und Beeinträchtigungen zu thematisieren. Sie wollte keine Sonderbehandlung. Und erst recht kein Mitleid.

Zugleich wusste sie, dass sie ohne diese Offenheit keine Chance hatte. Es konnte für sie kein einfaches »Weiter wie bisher« geben. Und je ehrlicher Marlene mit ihren Schwierigkeiten umging, desto besser für sie und desto besser für ihr Gegenüber.

In der Kommunikation mit anderen Menschen waren vormals nebensächliche Dinge nun überaus wichtig für sie geworden. Eine ruhige Umgebung, Blickkontakt und deutliches Sprechen in angemessenem Tempo waren die Schlüssel, damit Marlene an einem Gespräch erfolgreich teilhaben konnte. Dabei würde sie gerade Letzterem bei Simon gelassen entgegensehen können. Er gehörte zu der eher entspannten Sorte Mensch. Besonnen, ausgestattet mit typischer norddeutscher Unaufgeregtheit. Ein Ruhepol. Es sei denn, es ging um Handball.

Marlene sah auf die Uhr und stand auf. »Frühbesprechung. Ich denke, wir müssen.«

»Ich bringe noch kurz meine Sachen weg. Bin sofort wieder da.« Simon schwang sich seine Tasche über die Schulter, nahm den Teebecher und öffnete die Verbindungstür, die gegenüber von Marlenes Schreibtisch in sein Büro führte. Er war schon fast aus der Tür, als er sich noch einmal umdrehte. »Marlene?«

Diesmal wartete er, bis sie ihn direkt anschaute. »Schön, dass du wieder da bist.«

2

Marlene betrat hinter Simon den Konferenzraum. Sie waren wieder einmal spät dran, alle anderen waren schon anwesend. Mist. Gerade heute hätte sie sich das anders gewünscht. Als die Kollegen Marlene bemerkten, gab es ein großes Hallo. Händeschütteln, Umarmungen, Schulterklopfen.

»Du hast hier gefehlt.« Elena Zaric, die junge, zurückhaltende Kommissarin, die Marlene vor ihrer Erkrankung eingearbeitet hatte, drückte sie herzlich. Der Dienststellenleiter Hauptkommissar Bruno Bischoff kam mit einem Lächeln auf sie zu.

»Willkommen zurück.« Sein Händedruck war fest und warm.

Dann nahmen alle an dem großen Tisch in der Mitte des Raumes Platz. Die Gespräche verstummten.

Durch seine Nickelbrille warf Bischoff Marlene einen fragenden Blick zu. Sie nickte und nahm aus ihrer Tasche ein rundes, flaches Elektrogerät heraus. Es handelte sich um ein Mikrofon, ein Zusatzgerät für ihre Hörhilfen, das ihr das Hören und Verstehen in einer größeren Gruppe erleichtern sollte. Wechselnden Gesprächsbeiträgen aus verschiedenen Richtungen würde sie sonst kaum folgen können, besonders wenn durcheinandergesprochen wurde oder es störende Hintergrundgeräusche gab. Das Mikrofon war ungefähr so groß wie ihr Handteller. Marlene schaltete es ein und wartete, bis es sich mit den kleinen zusätzlichen Empfängern, die sie zuvor in ihrem Büro an die Cochlea-Implantate angesteckt hatte, verband, während aller Augen auf ihr ruhten. Ihr Herz klopfte. Sei nicht albern, rügte sie sich innerlich. Es ist nur ein Gerät. Und es sind nur die Kollegen. Sie nahm sich dennoch vor, das Mikrofon nächstes Mal schon vor Beginn der Besprechung zu aktivieren.

Marlene platzierte das Gerät in der Mitte des Tisches. So

sollte es funktionieren. Sie gab Bischoff ein Zeichen, dass er beginnen konnte.

»Moin zusammen«, sagte der Dienststellenleiter mit seiner kräftigen Stimme, die sich für Marlene noch ungewohnt hell anhörte. »Bevor wir mit der heutigen Lagebesprechung beginnen, möchte ich euch über zwei Personalangelegenheiten informieren. Ausnahmsweise sind es mal keine Stellenstreichungen, Krankmeldungen oder sonstige Katastrophen, sondern ausschließlich positive Neuigkeiten: Wie ihr unschwer erkennen könnt, ist Marlene zurück im Dienst. Endlich sind wir wieder vollzählig.« Er klopfte auf die Tischplatte, die Kollegen stimmten ein. Marlene lächelte pflichtschuldig. Als es wieder leise war, fuhr er fort: »Marlene, möchtest du selbst ein paar Worte sagen?«

»Äh … ja, klar.« Sie räusperte sich. »Moin. Ich freue mich sehr, wieder hier zu sein. Nur Freizeit ist auf Dauer auch keine Lösung.« Sie versuchte ein lockeres Grinsen. »Und auch wenn es schon lange her ist, möchte ich mich nochmals bei allen und insbesondere bei denen bedanken, mit denen ich noch nicht persönlich sprechen konnte – für die zahlreichen guten Wünsche, für die Blumen, die Bücher. Das war klasse. Ansonsten gibt es gar nicht viel zu sagen.« Sie rutschte auf ihrem Stuhl nach vorn. »Wie ihr wisst, trage ich jetzt Cochlea-Implantate, oder einfacher gesagt: CIs.« Ihre Hand berührte wie von selbst eines der beiden Geräte, die sie hinter der Ohrmuschel trug. »Mit ihnen kann ich fast alles wieder hören. Um in einer größeren Runde jeden problemlos verstehen zu können, hilft mir außerdem dieses Mikrofon.« Sie wies in die Tischmitte. »Es überträgt das Gesprochene auf meine CIs. Also passt gut auf, was ihr sagt, auch wenn ihr weit weg sitzt – es kommt alles direkt bei mir an.« Zumindest hoffte sie das.

Sie sah interessierte Gesichter, anerkennendes Nicken. Außer bei Victor von Saalow. Er saß Marlene gegenüber, die Arme vor der Brust verschränkt. »Und ich dachte schon, du hättest uns deine neue Freundin mitgebracht. Alexa, berichte uns von der letzten Vernehmung.« Er grinste süffisant. »Nicht dass noch Mark Zuckerberg bei uns mithört. Oder die NSA.«

Bischoff brachte ihn mit einem tadelnden Blick zum Schweigen. »Sehr wichtig ist bei unseren Besprechungen von nun an die Gesprächsdisziplin«, ergänzte er, wobei er das letzte Wort besonders betonte. »Wir müssen noch stärker als üblich darauf achten, einer nach dem anderen zu sprechen und die Kollegen ausreden zu lassen. Letztendlich wird das uns allen guttun.« Er sah in die Runde. »Das heißt, keine schlechten Witze mehr reinrufen, Joost. Auch wenn's schwerfällt.«

Befreites Lachen von allen Seiten. Joost Henningsen tippte sich mit zwei Fingern an die Stirn. »Aye, aye, Käpt'n.«

Von Saalow beugte sich zu seiner Nachbarin, einer jungen Frau, die Marlene noch nicht kannte, und raunte ihr etwas ins Ohr.

»Dasselbe gilt für Privatgespräche«, schob Bischoff nach.

Eine leichte Röte überzog das Gesicht der Frau, während von Saalow sich betont langsam nach hinten gegen die Stuhllehne sinken ließ.

»Der Flurfunk mag es dem einen oder anderen schon verraten haben«, fuhr Bischoff fort, »aufgrund von Marlenes besonderer Situation habe ich in Absprache mit dem LKA eine neue Ermittlungsgruppe ins Leben gerufen, deren Leitung Marlene übernehmen wird. Simon wird sie dabei unterstützen. Ab heute gibt es bei uns im Hause eine Ermittlungsgruppe ›Cold Cases‹ zur Aufarbeitung bisher ungeklärter Tötungsdelikte sowie von Vermisstenfällen, bei denen Anhaltspunkte für eine Gewalttat vorliegen. Wie ihr wisst, ist das LKA in Kiel in dieser Hinsicht völlig überlastet. An die hundertachtzig Altfälle stapeln sich bei denen. Wir sollen die Fälle aus dem nördlichen Schleswig-Holstein übernehmen, sprich: aus dem Gebiet der Polizeidirektion Flensburg. Und das Gute daran: Auf diese Weise wird nicht nur das LKA entlastet, sondern wir gleichzeitig auch. So können sich alle anderen ausschließlich um die aktuellen Fälle kümmern.«

Zustimmendes Klopfen. Nur von Saalow hielt sich zurück. »Cold Cases – dann musst du dich ja warm anziehen«, sagte er zu Marlene. In seinem Blick lag Provokation.

»Hey, Victor, für die schlechten Witze bin ich zuständig!«, warf Joost Henningsen ein. Die Kollegen lachten.

Bischoff hob die Hand. Augenblicklich kehrte Ruhe ein. »Marlenes ursprüngliche Aufgabengebiete bleiben allerdings nicht unbesetzt. Und damit kommen wir zu der zweiten guten Nachricht dieses Tages: Ich darf euch unsere neue Kollegin vorstellen, Kriminalkommissarin Synje Morgensen. Wenn Sie sich einmal erheben und selbst ein paar Worte sagen mögen?«

Bischoff hatte Marlene schon im Vorfeld von der Neueinstellung berichtet. So hatte sie den ausgefallenen Namen nun auf Anhieb verstehen können. Die junge Frau neben Victor von Saalow stand auf und nickte lächelnd in die Runde. Sie wirkte selbstbewusst, ihr Rücken gerade, der Blick entschlossen. Das makellose Gesicht war sorgfältig geschminkt, die mittellangen blonden Haare trug sie zu einem akkuraten Bob geschnitten. Für Marlenes Geschmack ein Hauch zu perfekt.

Als Synje Morgensen zu ihrer Begrüßung ansetzen wollte, meldete sich von Saalow zu Wort: »Einen Moment noch. Was ist mit der Stelle von Simon? Mit seinem Aufgabenbereich? Wer ersetzt seine Arbeitskraft, wenn er jetzt Cold Cases bearbeiten soll?« Den englischen Begriff setzte er dabei mit seinen Zeige- und Mittelfingern in Anführungszeichen.

»Darum kümmere ich mich«, antwortete Bischoff knapp. »Und nun Frau Morgensen bitte.«

»Vielen Dank, Herr Bischoff. Ja, dann auch von meiner Seite ein herzliches Guten Morgen, liebe Kolleginnen und Kollegen, wie ich jetzt wohl sagen darf.« Sie lächelte einnehmend. »Ich freue mich sehr, mich als neue Kommissarin an dieser Dienststelle vorstellen zu dürfen. Mein Name ist, wie alle gehört haben, Synje, und ich würde mich sehr freuen, wenn wir auch gleich zum Du übergehen könnten. Ich bin vierundzwanzig Jahre alt und …«

Den weiteren Ausführungen folgte Marlene nur noch mit geteilter Aufmerksamkeit. Denn was sie heute am meisten beschäftigte, war die Frage, ob sie mit Hilfe des Mikrofons den Gesprächen in dieser großen Runde gut folgen konnte. Und erleichtert stellte sie fest, dass ihr dies gelang. Sie hatte alles verstehen können, selbst den Zwischenruf von Joost. Auf Victor von Saalows bissige Kommentare hätte sie zwar problemlos verzichten können, aber das kannte sie nicht anders und hatte es auch nicht anders erwartet. Das Entscheidende war: Der Einsatz des Mikrofons funktionierte.

Nachdem Bischoff die Besprechung beendet hatte, gingen alle wieder an ihre Arbeit. Marlene nahm ihre Tasche und erhob sich von ihrem Stuhl, als sie sah, wie von Saalow auf Simon zusteuerte. Sie hatte den Eindruck, als ob er wartete, bis auch sie in Hörweite war, dann sagte er mit lauter, vernehmlicher Stimme: »Na, Fährmann, musst du deinen leckgeschlagenen Kahn in neue, flachere Wasser geleiten? Schon bedauerlich, wenn man auf einem sinkenden Schiff angeheuert hat.«

»Victor ist ein Arschloch.«

»Allerdings. Aber das ist ja nichts Neues.«

»Was hat er noch gesagt?«

Simon winkte ab. »Ist nicht der Rede wert.« Sie betraten Marlenes Büro. »Und dass du dich über ihn aufregst, lohnt erst recht nicht. Lass uns lieber durchstarten.« Er klopfte mit der flachen Hand auf einen der Aktenstapel auf ihrem Schreibtisch. »Wie wollen wir vorgehen? Hälfte – Hälfte? Jeder sichtet einen Teil?«

Marlene nickte. Sie bemühte sich, ihren Ärger über von Saalow hinunterzuschlucken. Dass sie sich überhaupt Gedanken darüber machte, ärgerte sie beinahe am meisten. »Okay, jeder verschafft sich einen Überblick, und danach besprechen wir, wo wir ansetzen können. Treffen um …«, sie sah auf die Uhr, »… halb eins?« Was die Zeitabsprachen anging, musste man bei Simon stets konkret sein.

»Halb eins klingt gut«, antwortete er, raffte seinen Anteil an den Akten zusammen und verschwand nach nebenan.

Nachdem Marlene frische Milch aus der Gemeinschaftsküche geholt hatte, bereitete sie sich mit der kleinen Siebträgermaschine, die sie auf der Fensterbank stehen hatte, einen Cappuccino zu. Die Plörre aus der Filtermaschine konnte niemand trinken. Zurück am Schreibtisch, griff sie nach der Mappe, die zuoberst auf dem Stapel lag. »Manfred Jöhns«, stand auf dem braunen Deckel, »geb. 13.8.1934, gest. 3.1.2016. Tötungsdelikt«.

Marlene schlug die Akte auf, blätterte die Unterlagen oberflächlich durch, legte sie zur Seite.

Es war Bischoff gewesen, der die Idee zu der neuen Ermittlungsgruppe gehabt hatte. Gemeinsam hatten sie nach neuen Perspektiven für Marlenes Zukunft im Polizeidienst gesucht, nach einer Nische, die ihrer veränderten Ausgangssituation gerecht wurde. Mit den Cold Cases stand Marlene nun nicht mehr an vorderster Front. Sie war der täglichen Anzeigenflut nicht länger ausgesetzt, war befreit vom Arbeiten unter großem Zeitdruck und mit hoher Dienstbelastung. Ihr Arbeitspensum konnte sie sich nun selbst einteilen, die wöchentliche Arbeitsstundenzahl hatte sie reduziert. Gleichzeitig war ihr mit diesem Ermittlungsschwerpunkt ein Bereich zugewiesen worden, in dem sie nicht ausschließlich im Büro saß, sondern auch draußen, außerhalb der Dienststelle und im Kontakt mit den Menschen tätig sein konnte. Als reine Schreibtischtäterin würde ihr die Luft zum Atmen fehlen. So weit der Plan.

Und natürlich wusste Marlene, dass es kein schlechter Plan war. Bischoff hatte es gut gemeint, er war ihr wohlgesonnen, hatte sie in seinen Entscheidungsprozess miteinbezogen. Dennoch blieb für Marlene ein Nachgeschmack. Sie war Kriminalkommissarin, seit über zwanzig Jahren. Sie wollte keinen Sonderstatus. Und sie fühlte sich hin- und hergerissen zwischen der Freude über die neue Herausforderung und der Befürchtung, womöglich auf einem Abstellgleis gelandet zu sein.

Leckgeschlagen. Sinkendes Schiff. Victor von Saalows Worte waren erneuter Nährboden für ihre Sorgen. Der Ärger über seinen Kommentar ließ sich nur schwer unterdrücken. Doch Simon hatte recht, er war es nicht wert. Also, ermahnte sie sich still, hör auf zu grübeln, nicht jammern. Sei froh, dass du wieder zurück im Dienst bist und immer noch eigenverantwortlich Fälle bearbeiten kannst, auch wenn die Aussichten auf Erfolg nach so langer Zeit naturgemäß geringer ausfallen. Einfach machen. Ausprobieren. Sie trank einen Schluck Cappuccino, nahm sich die nächste Akte vor und versuchte, sich auf ihre Aufgabe zu konzentrieren.

Mappe für Mappe arbeitete sich Marlene durch den Stapel, durch die Geschichten und Schicksale, die sich zwischen den Aktendeckeln verbargen. Ein unbekannter weiblicher Leichnam in St. Peter-Ording, ein vermisster Mann aus der Nähe von Glücksburg, ein anderer erstochen in Niebüll, ein Ehepaar, erschossen in Missunde. Viele Protokolle und andere Materialien überflog sie nur, manche studierte sie eingehender. Doch erst die drittletzte Akte schaffte es, sie in ihren Bann zu ziehen.

»Birthe Andresen, geb. 13.5.1980, vermisst seit 5.11.2015«.

Schon auf den ersten Seiten spürte Marlene ein leichtes Ziehen in der Magengegend. Sie vertiefte sich in die weiteren Unterlagen, ging Zeugenaussagen und Hinweise durch, las aufmerksam die Berichte der damals ermittelnden Kriminalbeamten. Sie wusste nicht, was letztendlich den Ausschlag gab, dass sie beschloss, sich ausgerechnet diesem Fall zuzuwenden. War es die Tatsache, dass die Frau einen kleinen Sohn zurückgelassen hatte? Und dass sie nur wenige Jahre jünger als Marlene war? Oder war es der besondere Ort ihres Verschwindens? Was auch immer der Grund sein mochte, Marlenes Instinkt hatte sie bisher nur selten getäuscht. Und so konnte sie wenig später auch Simon und Bischoff davon überzeugen, den Fall Birthe Andresen erneut aufzurollen.

Als sich Marlene schließlich von Simon ins Wochenende verabschiedete, hatten sie Kontakt zur Dienststelle vor Ort aufgenommen und eine Fähre für den kommenden Montag gebucht. Denn Birthe Andresen war von der Nordseeinsel Amrum verschwunden.

3

Montag, 4. März 2019

Sie stand an der Reling und streckte das Gesicht der Sonne entgegen. Es war einer dieser Tage, die Frühling versprachen, Licht und Wärme. Eine Wohltat nach dem nasskalten norddeutschen Winter. Die Luft war zwar noch kühl, aber die Sonne hatte bereits Kraft, und es ging kaum Wind, der Himmel blank und strahlend. Er bildete eine scheinbar grenzenlose Einheit mit der Nordsee, deren Wasser glitzerte, als hätte Ada ihr Glaskristall darübergestreut. Tief sog Marlene die salzige Luft ein, bis auch der kleinste Winkel ihrer Lunge gefüllt war. Herrlich.

Das Fährschiff hatte nach einem Zwischenstopp in Wyk auf der Insel Föhr Kurs auf Amrum genommen. Linker Hand zogen die Warften einer Hallig vorbei. Aufgereiht wie Perlen an einer Schnur schienen sie über der schimmernden See zu schweben. In der Ferne sah Marlene ihr Ziel auftauchen. Immer deutlicher zeichnete sich die Insel gegen den Horizont ab. Marlene erkannte den Leuchtturm, zwei, drei kleine Ortschaften, Dünen. Sie war noch nie dort gewesen. Ihr Segelrevier mit ihrem Sohn Mats und ihrem Ehemann Nils war die Ostsee gewesen. Doch das gehörte in eine andere Zeit, in ein anderes Leben.

Nun also Amrum. Dort hatte Birthe Andresen mit ihrem Mann und ihrem Sohn gelebt, ehe sie im November 2015 im Alter von fünfunddreißig Jahren spurlos verschwunden war. Der Fall, der damals im Zuständigkeitsbereich des K1 in Flensburg lag, hatte viel Aufsehen erregt. Die eingesetzte Sonderkommission »Amrum« hatte nahezu die gesamte Insel auf den Kopf gestellt, jedoch vergeblich. Nicht einen einzigen konkreten Hinweis auf den Verbleib der Frau hatten die Beamten finden können. Nach anderthalb Jahren waren die Ermittlungen ergebnislos eingestellt worden. Ein Verschwinden aus freien Stücken oder eine Selbsttötung könnten ebenso wie ein Gewaltdelikt mit Todesfolge nicht mit Sicherheit ausgeschlossen werden, hieß es im vorläufigen Abschlussbericht.

Zog sie allerdings die beiden erstgenannten Erklärungsmöglichkeiten in Betracht, so machte es Marlene stutzig, dass Birthe Andresen ihren Sohn zurückgelassen hatte. Ihr einziges Kind, das zum Zeitpunkt ihres Verschwindens sieben Jahre alt gewesen war. Nach mehreren Fehlgeburten hatte die Frau mit einer Hormonbehandlung um die Schwangerschaft gekämpft. Welche Mutter trennte sich freiwillig von ihrem Kind, nachdem sie um sein Dasein derart gerungen hatte? Es war nach ihrer und auch Simons Ansicht viel wahrscheinlicher, dass etwas anderes dahintersteckte. Und Marlene befürchtete, dass es sich dabei um ein Verbrechen handelte.

Ob es ihnen gelingen würde, Licht ins Dunkel zu bringen? Auch wenn es abwegig erschien, dass zwei Kommissare schaffen konnten, was einer großen Sonderkommission nicht geglückt war, so waren es manchmal die Kleinigkeiten, die den Ausschlag gaben und zur Aufklärung des Falles beitrugen – ein winziges Detail, das übersehen worden war, oder ein neuer Denkansatz, der unvoreingenommene Blick eines Außenstehenden. So etwas konnte den Nachforschungen eine gänzlich andere Richtung geben, und das manchmal auch noch Jahre später.

Marlene schloss die Augen, spürte die wärmenden Sonnenstrahlen auf der Haut. Sie vermutete insgeheim, dass sie die Frau, wenn überhaupt, nur noch tot auffinden würden. Aber selbst das wäre von immenser Bedeutung, und zwar nicht nur, um im Falle eines Verbrechens den oder die Täter zu überführen und Gerechtigkeit walten zu lassen, sondern ebenso sehr für die Angehörigen. Nichts war schlimmer als die Ungewissheit.

Ein Schatten fiel auf Marlenes Gesicht. Sie zuckte zusammen und riss die Augen auf. Simon stand neben ihr. Sie hatte ihn nicht kommen hören.

»Habe ich dich erschreckt?«

»Nein, nein, alles gut«, wehrte Marlene hastig ab. »Es ist

nur …« Sie rang kurz mit sich, dann sagte sie: »Kannst du mich bitte das nächste Mal ansprechen, bevor du von hinten an mich herantrittst?«

»Oh, klar, natürlich.« Simon strich sich verlegen über den Dreitagebart. Er lehnte sich gegen die Reling und ließ den Blick über das Meer und das Deck gleiten. »So lasse ich mir die Arbeit gefallen. Im schönsten Bundesland der Welt. Mein Beileid an die Kollegen, die jetzt in der Dienststelle hocken. Und du warst wirklich noch nie auf Amrum?«

Obwohl Marlene mit ihren eins neunundsiebzig für eine Frau vergleichsweise groß war, musste sie aufblicken, um Simon, der die Zweimetermarke noch um einen Zentimeter übertraf, in die Augen sehen zu können. Sie schüttelte den Kopf.

»Das Gute liegt so nah. Sollte man viel häufiger machen. Bei mir ist es schon wieder Jahre her.« Er machte eine Pause. »Das war noch mit An… Auch zu lange her.«

An-ne, An-na, An-tje? Marlene hatte den Namen nicht verstanden. Und wenn sie sich recht erinnerte, hatte Simon keinen davon jemals zuvor erwähnt. Wird wohl nicht von Bedeutung gewesen sein, dachte sie. Nur eine weitere von Simons Frauengeschichten. Erfolglosen Frauengeschichten.

Sie betrachtete ihren Kollegen verstohlen von der Seite. Sein offenes, gerade geschnittenes Gesicht, die schulterlangen braunen Haare, die nachlässig zu einem Knoten zusammengebunden waren. Als Bischoff ihn gefragt hatte, ob er in der neuen Ermittlungsgruppe weiterhin mit Marlene zusammenarbeiten wolle, hatte er sofort, ohne Zögern, zugesagt. Das freute Marlene ungemein. Sie konnte sich niemand Besseren als ihren Partner vorstellen. Auf den sie zudem in Zukunft noch stärker angewiesen sein würde, als sie es in ihrem Beruf als Kriminalkommissarin ohnehin war. Ohne einen verlässlichen Kollegen an ihrer Seite würde sie draußen nicht ermitteln können, zu groß war die Gefahr, wenn sie in Situationen geriet, in denen sie sich hundertprozentig auf ihr Gehör verlassen musste oder in denen ihre CIs einmal nicht störungsfrei funktionierten. Spätestens die

Ereignisse im letzten Herbst, als sie während eines Besuchs bei ihrer Schwester unversehens in einen Mordfall hineingeraten war, hatten ihr dies schmerzlich vor Augen geführt.

Aber Simon war im Vergleich zu ihr jung und hatte seine Karriere noch vor sich. Sie wollte nicht, dass er aus Pflichtgefühl ihr gegenüber womöglich seine eigenen beruflichen Ambitionen und Perspektiven hintanstellte. Wieder schob sich das Bild von dem sinkenden Schiff vor ihr inneres Auge, das ihr Victor von Saalow mitgegeben hatte. Energisch wischte sie es beiseite. Simon war ein erwachsener Mann, der seine eigenen Entscheidungen traf. Und dass die jüngste zugunsten ihrer gemeinsamen Ermittlungsgruppe ausfiel, sollte Marlene vielleicht einfach einmal dankend hinnehmen – entgegen ihrer sonstigen Gewohnheit, alles allein, ohne Unterstützung und Beistand schaffen und durchstehen zu müssen. Hilfe anzunehmen zählte nicht zu ihren Stärken.

Die Insel rückte näher. Jetzt konnte Marlene schon den Fähranleger und einzelne Häuser, Autos und Menschen ausmachen. Bei dem Ort musste es sich um Wittdün handeln, das südlichste von den fünf Dörfern, die es auf Amrum gab.

»Was denkst du, ist sie dort irgendwo? Finden wir sie?«, fragte Simon.

»Ich hoffe es«, antwortete Marlene, »ich hoffe es sehr.« Sie stieß sich von der Reling ab. »Wir legen bald an. Kommst du mit zum Auto?«

Wenig später rollten sie über die Rampe und passierten ein hohes Tor, auf dem in großen weißen Lettern auf blauem Grund geschrieben stand: »Willkommen auf Amrum«.

Am Schiffsanleger wurden Marlene und Simon von einem Beamten der örtlichen Polizei empfangen. Nach einer kurzen Begrüßung fuhren sie dem Streifenwagen hinterher, der sie über die Insel bis zur Polizeidienststelle geleitete. Rasch ließen sie die Ortschaft Wittdün hinter sich. Marlene sah Dünen vorbeiziehen, den Leuchtturm, Felder und Wald, darüber der weite, tiefblaue Himmel. Sie hätten es tatsächlich schlechter treffen können.

Schon bald durchquerten sie ein kleines Dorf namens Süddorf. Marlene musterte die Häuser. Friesengiebel, Reetdächer, Natursteinwälle. Hier hatte die vermisste Frau gewohnt. Kurz darauf erreichten sie den nächsten Ort: Nebel. Vorbei ging es an einer historischen Windmühle, an Ferienhäusern und einem großen reetgedeckten Haus mit dem Schriftzug »Amt Föhr-Amrum«, dann bogen sie nach links in eine Seitenstraße ein. »Sanghughwai«, stand auf dem Straßenschild. Der Name muss friesisch sein, dachte Marlene. Ihr war aufgefallen, dass die Ortsschilder in zwei Sprachen – Hochdeutsch und Friesisch – beschriftet waren.

Die Polizeiwache Amrum war in einem schlichten Einfamilienhaus untergebracht. Der in die Jahre gekommene rote Klinkerbau lag am Ende einer langen Auffahrt, versteckt hinter hohen Kiefern und Tannen. Nur das Schild an der Straße ließ erkennen, dass sich darin die Dienststelle der Polizei befand.

Simon stellte sein Auto neben dem des Inselpolizisten auf dem kleinen Parkplatz ab. Da ihnen für ihre neue Ermittlungsgruppe noch kein Dienstwagen zur Verfügung gestellt worden war, hatten sie die Fahrt mit seinem Auto unternommen, das zwar klein, aber verlässlich war. Im Gegensatz zu Marlenes altersschwachem VW-Bus. Als sie ausstiegen, traten zwei uniformierte Beamte aus dem Haus.

»Polizeioberkommissar Holger Jessen, Moin«, grüßte der kleinere von beiden. »Hoffe, Sie hatten eine angenehme Überfahrt.« Sein Händedruck war kräftig. »Ich bin der Dienststellenleiter. Das ist mein Kollege Polizeimeister Jens Zimmermann«, er deutete auf den älteren Mann mit Brille und Bauchansatz, »und Polizeimeister Bendix Hayen haben Sie ja bereits kennengelernt.«

Marlene und Simon schüttelten die dargebotenen Hände und stellten sich ebenfalls vor. Bereits in Schleswig hatte sich Marlene über die Namen der Amrumer Beamten informiert.

Das ersparte ihr nun das Nachfragen, denn Namen stellten für sie stets eine besondere Herausforderung dar. Einen Namen auf Anhieb zu verstehen, insbesondere wenn er nicht gängig war, war äußerst schwierig. Bei den meisten anderen für sie schwer verständlichen Begriffen konnte sie aus dem Sinnzusammenhang auf die Bedeutung des Gehörten schließen, eine Transferleistung, die ihr inzwischen zur Gewohnheit geworden war. Bei Namen hingegen funktionierte diese Strategie nicht.

Bendix Hayen grinste breit. Er war der Jüngste im Team. Sportliche Statur, kantiges Gesicht, wacher Blick. Aus dem hellblonden Haar lugten prominent abstehende Ohren hervor. »Noch einmal herzlich willkommen auf Deutschlands schönster Insel.« Er zwinkerte Marlene zu.

»Wir duzen uns hier alle«, sagte Jessen, »wollen wir das auch so halten?« Auf Marlenes und Simons zustimmendes Nicken hin fuhr er an Simon gewandt fort: »Wie wir ja schon am Telefon besprochen haben, könnt ihr die Dienstwohnung im oberen Stockwerk nutzen.« Die Wohnung sei an sich für den Bäderdienst gedacht, hatte Jessen erklärt, über die Sommermonate kämen wegen der hohen Besucherzahlen auf Amrum jedes Jahr zwei Kollegen vom Festland zur Verstärkung, momentan stehe die Wohnung jedoch noch leer. »Zwei Schlafräume, Wohnküche, Bad. Nichts Besonderes, aber zweckmäßig.«

Marlene und Simon nahmen ihr Gepäck aus dem Kofferraum und folgten ihm ins Haus. Auch das Schild neben dem Eingang war zweisprachig. »Politsei«. Marlene musste grinsen.

Eine enge steile Treppe führte von einem Windfang hinter der Eingangstür nach oben. Jessen hielt ihnen die Wohnungstür auf. Die Luft in dem kleinen Flur war abgestanden, es roch nach Putzmitteln.

»Hier sind die Schlüssel, einer unten für die Eingangstür, einer für hier oben.« Jessen übergab Simon einen kleinen Schlüsselbund. »Falls ihr noch etwas brauchen solltet, sagt Bescheid. Ich bin dann unten.«

Ohne großes Aufheben einigten sich Marlene und Simon

über die Zimmeraufteilung. Marlene betrat die kleine Kammer und stellte ihre Tasche neben dem Bett unter der Dachschräge ab. »Zweckmäßig« traf es auf den Punkt.

Sie zog die Vorhänge zurück und riss das Fenster auf. Die frische Luft trug den Geruch von Kiefern und Meer herein. Eine Wohltat.

Als sie wenig später mit Simon ins Erdgeschoss hinunterging, wurden sie in dem hinteren von zwei Dienstzimmern bereits erwartet. Auch hier war man dem Prinzip der Zweckmäßigkeit treu geblieben. Grauer Linoleumfußboden. Tische, Stühle und Regale im klassischen Behördenhellbraun. Auf der Fensterbank eine einsame Grünpflanze. Einzig die zahlreichen Pokale von Boßelturnieren, die in Reih und Glied auf einer Anrichte standen, verliehen dem Ganzen eine persönliche Note. An einem Tisch in der Mitte des Raumes saßen der Dienststellenleiter und Bendix Hayen, darauf standen Platten mit belegten Brötchen, Geschirr und Mineralwasser bereit. Es duftete nach Kaffee.

»Um diese Zeit machen wir immer Mittag«, sagte Jessen. Mit einer einladenden Geste forderte er Marlene und Simon auf, Platz zu nehmen. »Bitte.«

Marlene dankte und setzte sich Jessen und Hayen direkt gegenüber. Auf diese Weise würde sie den beiden am besten zuhören können. Gleichzeitig konnte sie den Männern in das Gesicht und auf den Mund sehen, was ihr das Verstehen zusätzlich erleichterte. Simon nahm rechts neben ihr über Eck am Tischende Platz, Jens Zimmermann auf der anderen Seite.

Marlene war hungrig und langte kräftig zu. Vorhin auf der Fähre hatte sie nur einen Cappuccino getrunken. Sie sah in die Runde und überlegte für einen kurzen Augenblick, ob sie ihr Mikrofon einsetzen sollte. Dann entschied sie, das Gerät in der Tasche zu lassen und es zunächst ohne zusätzliche Unterstützung zu versuchen. Sie waren nur fünf Personen, und im Zimmer war es leise. Irgendetwas in ihr wollte nicht von vornherein mit ihrer besonderen Situation hausieren gehen.

»Möchtest du nichts essen?« Bendix Hayen schob Simon,

der bisher nichts angerührt hatte, die Platte mit den Mettbrötchen über den Tisch. »Alles frisch. Bin vorhin extra noch beim Fleischer vorbeigefahren.«

Simon lehnte dankend ab.

»Da sind auch noch Käsebrötchen.« Er hielt ihm den anderen Teller hin.

»Danke, ich bin zufrieden.« Als Bendix noch einmal nachhakte, ergänzte Simon: »Ich esse vegan.«

»Ernsthaft?« Bendix sah ihn voller Unverständnis an. »Und das reicht dir? Also ich würde damit nicht klarkommen, ich brauche immer mal wieder ein ordentliches Stück Fleisch.« Er lachte. »Kriegt man von diesem veganen Essen nicht auch irgendwelche Mangelerscheinungen, von wegen Vitamine und Mineralstoffe und so?«

Marlene räusperte sich. Sie war nicht hier, um über die Vorzüge und Nachteile einer veganen Ernährung zu debattieren. Sie wollte mit der Arbeit beginnen. Jessen schien es genauso zu gehen.

»Ihr wollt also den Fall Birthe Andresen erneut aufrollen«, begann er, »nun gut.« Er stützte sich auf die Unterarme und verschränkte die Hände ineinander. »Ich bin erst seit Mai 2017 hier, davor war ich in Malente. In die Ermittlungen war ich folglich nicht involviert. Bendix aber schon, er hat damals die zuständigen Kripobeamten unterstützt. Er stammt von der Insel, keiner kennt sie besser als er. Er wird euch zur Verfügung stehen und euch begleiten. Selbstverständlich könnt –«

»… vorher noch etwas fragen«, redete Bendix dazwischen. »Marlene, mir ist aufgefallen, dass du solche Geräte hinter den Ohren trägst. Sind das diese Implantate? Ich habe mal einen Zeitungsartikel darüber gelesen. Irre, was die Technik alles möglich macht.«

Marlene stöhnte innerlich. Ja, irre, dachte sie, aber ich möchte über den Fall reden, nicht über mich. Dennoch antwortete sie: »Ja, das sind Cochlea-Implantate. CIs.«

»Du kannst also eigentlich nicht gut hören?«

Schlauer Fuchs, gut kombiniert. »Mit den CIs schon. Aber zurück zu Birthe Andresen …«

»Eins noch: Und trotzdem haben sie dich bei der Kripo genommen?«, hakte Bendix nach. »Ich würde nämlich auch gern zur Kripo gehen und –«

»Ich trage die Geräte erst seit einem Dreivierteljahr. Jetzt aber zum Fall.« Marlene wandte sich demonstrativ Holger Jessen zu. »Was wolltest du sagen?«

»Ich wollte nur betonen, dass ihr euch bei Fragen natürlich jederzeit auch an mich wenden könnt. Allerdings möchte ich meine Skepsis nicht verhehlen. Soweit ich die Aktenlage überblicke, waren die Ermittlungen damals groß angelegt. Ich kann mir ehrlich gesagt nur schwer vorstellen, dass nach so langer Zeit noch neue Hinweise zu finden sind. Aber sei's drum.« Jessen schob Marlene über den Tisch einen Stapel Unterlagen zu. »Das ist alles, was wir hier zu dem Fall haben.«

Ehe Marlene etwas sagen konnte, schaltete sich Bendix wieder ein. »Birthe Andresen ist am Samstag, dem 7. November 2015, um zehn Uhr dreißig von ihrem Ehemann Gunnar Andresen als vermisst gemeldet worden. Es ist allerdings davon auszugehen, dass sie schon zwei Tage zuvor, am Donnerstag, dem 5. November, verschwunden ist. Das letzte Mal wurde sie am Donnerstagvormittag gegen neun Uhr fünfundvierzig lebend gesehen. Danach verliert sich ihre Spur.«

»Und diese letzte Begegnung ist auf einem Sportplatz gewesen, richtig?«, fragte Marlene. Sie tauschte einen kurzen Blick mit Simon. Der nickte, zückte sein Notizbuch und einen Stift und begann mitzuschreiben. Dies war ein weiterer Punkt, den Marlene im Vorfeld mit ihm abgesprochen hatte. Bei Zeugenbefragungen und Besprechungen war es nun seine Aufgabe, etwaige Notizen anzufertigen. Marlene konnte nicht mehr gut zuhören und gleichzeitig etwas notieren, zumindest dann nicht, wenn sie alles ohne Auslassungen verstehen wollte. Dazu war es nötig, ihre Aufmerksamkeit komplett auf ihr Gegenüber zu richten, auf das, was er sagte und wie er es sagte.

»Ja, im Mühlenstadion«, antwortete Bendix. »Bist du schon mal auf Amrum gewesen?« Als Marlene verneinte, sagte er: »Dann wurde es ja höchste Zeit. Also«, er fuhr sich mit einer Hand durch die Haare, »das Mühlenstadion liegt, wie der Name schon sagt, an der Hauptstraße gegenüber der Windmühle hier bei uns in Nebel. Vorhin auf der Herfahrt seid ihr daran vorbeigekommen. Dort hat Birthe regelmäßig, immer dienstag- und donnerstagvormittags, trainiert. Sie war, sorry, sie *ist* Leichtathletin, ich weiß gar nicht, wie ich das sagen soll. Auf jeden Fall hat sie Siebenkampf gemacht. Und das sehr erfolgreich. Zwei Zeugen haben sie an dem Morgen bei ihrem Training gesehen.«

»Und es steht fest, dass sie die Insel danach nicht mehr verlassen hat?«

»Davon ist auszugehen. Alle in Frage kommenden Fähren sind überprüft worden, Passagiere, Autos, alles. Niemand hat Birthe gesehen.«

»Wie sieht es mit anderen Verkehrswegen aus? Zum Beispiel mit einem privaten Boot?«

»Das war natürlich eine Überlegung, doch wir konnten keinerlei Hinweise finden, die darauf hindeuten. Birthe und ihr Mann besitzen keines, und weder hier auf Amrum noch in den benachbarten Häfen auf Sylt, Föhr und den Halligen hatte es Auffälligkeiten gegeben oder ist ein Boot als gestohlen gemeldet worden.«

»Und einen Flugplatz gibt es hier nicht«, sagte Marlene.

»Richtig. Sylt hat einen, aber wir brauchen das nicht. Auf Amrum haben wir nur einen Landeplatz für Hubschrauber. Am Tag von Birthes Verschwinden ist allerdings keiner geflogen. Auch nicht am Freitag.«

Marlene änderte die Richtung ihrer Fragen. »Birthe Andresens Mann hat sich zwei Tage später bei euch gemeldet?«

Bendix nickte. »Gunnar, also Gunnar Andresen, war tagsüber auf dem Festland gewesen. Als Birthe bei seiner Rückkehr am Abend nicht zu Hause war, nahm er zunächst an, dass sie zu ihren Eltern aufs Festland gefahren sei, nach Rendsburg.«

»Er nahm es *an*? Seine Frau hat ihm also nichts von derartigen Plänen erzählt?«

Bendix nickte abermals. »Es war nur eine Vermutung von ihm, die sich dann ja auch als falsch herausstellte. Birthe hat ihre Eltern an dem fraglichen Tag nicht besucht.«

»Und der Sohn?«

»Tamme war wie immer in der Schule und nachmittags, wenn ich mich richtig erinnere, bei einem Freund.«

»Wie ist der Ehemann zu seiner Vermutung gekommen? Hat Birthe Andresen so etwas häufiger gemacht? Einfach mal spontan, ohne ihren Mann zu informieren, irgendwo hinzufahren?«

»Na ja, häufiger …« Bendix rieb mit den Fingern an einem seiner Ohren. »Das war eigentlich nicht ihre Art, erst recht nicht ohne ihren Sohn. Birthe hatte keinen großen Freundeskreis, hier auf Amrum pflegte sie nur eher oberflächliche Bekanntschaften. Sie war ja erst vor ein paar Jahren zugezogen. Im Laufe der Ermittlungen kam heraus, dass sie einmal, nach einem Streit mit Gunnar, über Nacht allein zu einer Freundin gefahren war. Nach Friedrichstadt. Oder Friedrichskoog? Ich weiß es nicht mehr genau, müsste aber in der Akte stehen. Ansonsten …« Er schüttelte den Kopf. »Als Birthe am nächsten Tag immer noch nicht nach Hause kam und Gunnar sie auch nirgends erreichen konnte, weder auf dem Handy noch bei ihren Bekannten hier auf der Insel, ihren Eltern oder bei dieser Freundin auf dem Festland, hat er noch bis zur Ankunft der ersten Fähre am Samstagmorgen gewartet. Weil Birthe aber nicht an Bord war, ist er dann zu uns gekommen.«

»War Birthe Andresen zum Zeitpunkt ihres Verschwindens eigentlich berufstätig? Ist sie unangekündigt nicht zur Arbeit erschienen?«

»Birthe ist Steuerfachgehilfin, war aber nicht fest angestellt. Sie hat nur privat dem einen oder anderen die Steuererklärung gemacht. Keine Kollegen, keine festen Arbeitszeiten.«

»Okay«, Marlene streckte den Rücken durch, atmete einmal tief ein und aus. Bis hierhin hatte sie dem Gespräch problemlos folgen können. Sehr gut. Die Sorge, ob es ihr gelang, alles richtig zu hören und zu verstehen, war mittlerweile zu ihrem ständigen Begleiter geworden, ob sie es wollte oder nicht. Ein völlig neuer Aspekt in ihrem Leben, an den sie früher nicht einmal den Hauch eines Gedankens verschwendet hatte. »Birthe Andresen verschwindet also entgegen ihren Gewohnheiten spurlos. Der Vollständigkeit halber schlage ich vor, alle denkbaren Erklärungsansätze noch einmal kurz durchzugehen.« Sie beugte sich vor. »Ein Unfall ist auszuschließen?«

»Jepp«, antwortete Bendix. »Wir hier vor Ort, eure Kollegen aus Flensburg und auch die Amrumer, wir haben jeden Stein, jedes Sandkorn auf dieser Insel umgedreht. Wäre sie verunglückt, hätten wir sie gefunden.«

Aus dem Augenwinkel registrierte Marlene, dass Zimmermann nickte. »Und bei einem Unfall in der Nordsee? Oder Selbsttötung? Womöglich im Wasser?«

»Dann ist sie vielleicht für immer fort. Das Meer kann grausam sein. Manches gibt es niemals wieder her.«

»War Birthe Andresen psychisch labil? Oder hatte sie eine Erkrankung? Finanzielle Schwierigkeiten? Eheprobleme?«

»Nein, nichts davon trifft zu.« Bendix lehnte sich zurück, ließ einen Arm über die Stuhllehne hängen. »Und wenn es Selbstmord gewesen wäre, hätte es doch zumindest einen Abschiedsbrief geben müssen. Aber da war nichts. Birthe war fit, gesund, sie hat sich intensiv um Tamme gekümmert. Und mit Gunnar war doch alles in Ordnung. Selbst wenn sie mal Streit gehabt haben sollten, das gehört zu einer Ehe dazu. Habe ich mir zumindest sagen lassen.« Er lächelte Marlene verschwörerisch zu. »Auf mich wirkten die beiden ganz glücklich.«

Wirkten, dachte Marlene, das ist der feine Unterschied. Es bedeutete nicht zwangsläufig auch *waren*.

Simon tippte Marlene kurz an ihre Schulter, damit sie registrierte, dass er sich nun in das Gespräch einbringen wollte. »Könnte Birthe Andresen aus freien Stücken fortgegangen sein?«, fragte er.

»Sie hatte, soweit ich mich erinnere, zwar ihr Handy, Portemonnaie und eine Jacke dabei, aber sonst ...« Bendix schüttelte nachdenklich den Kopf. »Mal abgesehen davon, dass sie nirgends wiederaufgetaucht ist und ich nicht wüsste, wie sie von der Insel gekommen sein soll, kann ich mir das einfach nicht vorstellen. Sie hätte sich doch irgendwann gemeldet. Eine Mutter lässt nicht einfach so ihr Kind zurück. Und ihren Mann. So ein Typ Frau war sie nicht.«

»Welcher Typ Frau?«, fasste Marlene nach.

»Na, sie war keine Draufgängerin, keine Party-Queen oder so etwas. Sie war eher unauffällig. Sehr sportlich, aber ansonsten nichts Außergewöhnliches. Im Gegensatz zu anderen Frauen.« Er sah Marlene direkt in die Augen. Einen Moment zu lang.

Herrje, versuchte dieser junge Kerl etwa, mit ihr zu flirten? »Meines Wissens führten alle Hinweise, nach denen jemand Birthe Andresen irgendwo auf dem Festland gesehen haben wollte, ins Leere«, sagte Marlene. »Es gab auch keine Kontobewegungen oder dergleichen.«

»Das stimmt.« Bendix nickte. »Es gab seither nie wieder ein Lebenszeichen von ihr.«

»Also Entführung oder Tötungsdelikt«, stellte Simon fest.

»Eine Entführung könnt ihr abhaken«, schaltete sich nun Jessen ein. »Es gab keinerlei Forderungen, kein Bekennerschreiben, kein Motiv. Die Andresens sind nicht reich, nicht einmal besonders wohlhabend.«

»Aber wer sollte Birthe getötet haben? Auch dafür fehlt ein Motiv«, entgegnete Bendix.

»Vielleicht wurde es nur noch nicht gefunden«, sagte Simon.

»Ist nicht der Ehemann damals ins Visier der Ermittlungen geraten?« Marlene lehnte sich zurück, strich sich eine Haarsträhne aus der Stirn. Sie spürte, dass ihre Konzentration allmählich nachließ.

»Nur kurz, am Anfang. Der Verdacht gegen ihn hat sich aber schnell aufgelöst«, erklärte Bendix. »Gunnar hat ein bombensicheres Alibi. Er war ja längst auf der Fähre, als Birthe hier auf der Insel noch lebend gesehen wurde.«

»Dennoch würden wir gern mit ihm sprechen.«

»Das habe ich mir natürlich gedacht.« Bendix grinste mit wichtiger Miene. »Ich habe schon einen Termin mit ihm vereinbart.« Er nahm sein Smartphone zur Hand, schaute auf die Zeitangabe. »Er hat gerade eine Trauung, müsste aber bald fertig sein. Direkt im Anschluss können wir ihn treffen.«

»Nur eins noch«, sagte Jessen abschließend. »Ich möchte euch bitten, diskret vorzugehen. Es ist bald Ostern, die Saison geht los. Unsicherheit und Unruhe sind das Letzte, was wir hier brauchen können.«

4

»Von wegen, die Nordfriesen sind ausgesprochen wortkarg«, sagte Marlene zu Simon. Sie standen draußen vor der Polizeiwache gegen den Wagen gelehnt und warteten auf Bendix Hayen. Die Zeit, die ihnen bis zu dem vereinbarten Treffen geblieben war, hatte Marlene genutzt, um die Aussagen des Ehemanns der Vermissten nachzulesen. Sie wollte vorbereitet sein.

»Zimmermann schon«, antwortete Simon.

»Stimmt. Hat er auch nur ein einziges Wort gesagt?«

Simon schüttelte den Kopf. »Aber genickt. Ist ja auch irgendwie Kommunikation.«

»Da kommt Bendix.« Sie drückte sich vom Auto ab. »Immerhin bist du heute mal nicht der Letzte.« Lächelnd zog sie eine Augenbraue in die Höhe.

»Sorry, aber das Telefonat war wichtig.« Gehetzt blieb Bendix vor ihnen stehen. »Ich musste noch in der Schule Bescheid sagen, dass ich morgen nicht komme, und konnte zuerst niemanden erreichen. Ich mache dort den Verkehrsunterricht für die Viertklässler, mit Fahrradprüfung und allem Drum und Dran, aber das muss nun warten, schließlich –«

»Bitte einsteigen.« Marlene öffnete die Beifahrertür und klappte den Vordersitz nach vorn.

Bendix hielt inne. »Habt ihr keine anderen Dienstwagen in Schleswig? Die Flensburger sind damals mit einem Fünfer BMW vorgefahren.«

»Das ist mein Privatfahrzeug«, entgegnete Simon.

»Deins? Bei deiner Größe?«

»Das passt schon. Der Wagen verbraucht nicht viel. Ist mir persönlich wichtiger.«

Marlene wurde allmählich ungeduldig. »Meine Herren, wären Sie dann so weit?«

Bendix hob entschuldigend die Hände. »Natürlich. Wie die

Dame wünscht.« Er kletterte auf die Rückbank. »Cooler Nagellack übrigens.«

Marlene sah Simon hinter dem Lenkrad verstohlen grinsen. Nur drei Minuten später hatten sie ihr Ziel erreicht. Marlene stieg aus und schaute sich um. Sie standen vor einem historischen, reetgedeckten Friesenhaus im Waaswai, einer kleinen Seitenstraße im Zentrum von Nebel. An deren Ende lagen die Salzwiesen und das Wattenmeer, in der Luft das charakteristische Kreischen der Möwen.

Sie überquerten die schmale Straße. »Öömrang Hüs«, las Marlene auf einer Schautafel, »Amrumer Archiv und Museum«. Auf der Wiese vor dem Haus tummelte sich eine festlich gekleidete Hochzeitsgesellschaft. Sektgläser wurden erhoben, Kinder tollten umher, mittendrin das Brautpaar, das geherzt und beglückwünscht wurde.

»Das Öömrang Hüs ist ein altes Kapitänshaus, denkmalgeschützt, das für die Öffentlichkeit zugänglich gemacht wurde. Die Räume sind so erhalten, wie sie ursprünglich eingerichtet waren«, erklärte Bendix, der neben sie getreten war. »Es dient als Museum, und gleichzeitig kann man sich hier trauen lassen. Viele Paare heiraten auf Amrum, selbst völlig Fremde, die an sich nichts mit der Insel zu tun haben. Sie kommen, weil sie sich in einer außergewöhnlichen Location trauen lassen wollen – hier in diesem historischen Kapitänshaus, auf dem Leuchtturm, in der Windmühle und sogar auf See an Bord eines Ausflugsschiffes. Für die geringe Einwohnerzahl haben unsere Standesbeamten viel zu tun. Vor allem in den Sommermonaten. Einige von uns Einheimischen mögen diesen Trend nicht, aber ich kann das gut verstehen. Ist ja auch ein romantisches Fleckchen Erde, oder?« Erneut schaute er Marlene intensiv an.

»Und was bedeutet Öömrang? Ist das Friesisch?«, fragte Marlene, um das Thema zu wechseln.

»Das Wort Öömrang bezeichnet das Amrumer Friesisch, ein Dialekt der nordfriesischen Sprache, der hier auf der Insel gesprochen wird. Ungefähr sechshundert Menschen beherrschen den noch, meine Wenigkeit eingeschlossen. Aber wie du merkst, bin ich zweisprachig aufgewachsen – Öömrang und Hochdeutsch. Der Name kommt von der friesischen Bezeichnung für Amrum – nämlich Oom…am.«

Oomram? Marlene starrte auf seinen Mund.

»Auf Föhr wird schon wieder ein anderer Dialekt gesprochen, das Fe… Das sprechen ungefähr noch …«

Sie hätte nicht fragen sollen.

Zu dritt bahnten sie sich einen Weg durch die Schar der Hochzeitsgäste. Stimmengewirr, Gelächter. Instinktiv fasste sich Marlene einmal kurz an die CIs. Eine neue Angewohnheit, wenn es um sie herum laut wurde.

An der niedrigen Haustür aus Holz, in Grün und Weiß gehalten, mit einem Sprossenfenster und der Jahreszahl 1751, wurden sie von einem Mann in Anzug und Krawatte erwartet. Marlene erkannte Birthe Andresens Mann von den Fotos aus der Ermittlungsakte wieder.

»Moin. Andresen.« Er reichte Marlene die Hand. »Sie kommen wegen meiner Frau? Das ist ja mal was.«

»Marlene Louven, Kriminalpolizei Schleswig. Das ist mein Kollege Simon Fährmann. Können wir uns irgendwo ungestört unterhalten?«

»Ich habe die Trauung soeben beendet, bitte sehr.« Er hielt Marlene und ihren Begleitern die Tür auf und ließ ihnen den Vortritt. Bendix klopfte er auf die Schulter. »Moin, Bendix. Auch wieder …«

Das Ende des Satzes und Bendix' Antwort in ihrem Rücken entgingen Marlene. Sie bückte sich unter dem Türrahmen hindurch und betrat einen kleinen Flur. Auch die Decke war niedrig, es roch nach altem Holz und Mauerwerk. Marlene konnte noch aufrecht stehen, während Simon Kopf und Schultern einziehen musste, um sich nicht zu stoßen.

Andresen ging nach links voraus in die Kapitänsstube, die, wie er erklärte, heute gern als Trauzimmer genutzt wurde. Drinnen empfing sie schummriges Licht. Die Wände waren an zwei Seiten mit blaugrünem Holz verkleidet, die anderen schmückten weiß-blaue, mit Ornamenten und Bildern aus dem Seefahrer- und Landleben verzierte Fliesen. An einer Wand stand ein aufwendig geschmiedeter gusseiserner Ofen, daneben eine Truhe mit dem Bild eines großen Segelschiffes. In der Mitte der kleinen Stube befand sich ein Tisch, an dem eine Dame in Kostüm und Pumps Unterlagen zusammenräumte.

»Meine Kollegin«, sagte Andresen, »entschuldigen Sie uns bitte einen Augenblick.« Er wechselte ein paar leise Worte mit ihr, dann verschwand die Frau zur Tür hinaus.

Marlene war nicht entgangen, dass Andresen seine Hand vertraulich auf ihren Arm gelegt hatte. Eine Spur zu lang für eine rein kollegiale Geste.

Sie nahmen am Tisch Platz. Wieder achtete Marlene darauf, dass sie ihrem Gesprächspartner gegenübersaß. Sie bat darum, Licht einzuschalten. Die alte Deckenlampe mit dem Lampenschirm aus Milchglas leuchtete nur schwach, doch es genügte, um Andresens Gesicht besser erkennen zu können. Schmale Nase, dünne Lippen, kräftiges Kinn. Das volle schwarze Haar kurz und akkurat, die Augen von einem unergründlichen dunklen Grau. Wie das Wasser der Nordsee, wenn sich der Himmel verfinsterte und ein schwerer Sturm heraufzog. Skeptisch und herausfordernd zugleich schauten sie Marlene an.

»Sie wollen sich also noch einmal des Falls meiner Frau annehmen«, begann Andresen, »gut, gut. Sie wissen ja gar nicht, wie belastend es ist, mit der Ungewissheit zu leben. Für mich und für meinen Sohn. Wenn man nicht abschließen kann. Ich habe immer gesagt, dass meiner Frau etwas zugestoßen sein muss. Aber Ihre Kollegen von der Kripo aus Flensburg haben nichts herausgefunden, rein gar nichts. Es ist mir bis heute ein Rätsel, wie das sein kann.« Er schüttelte verständnislos den Kopf, rückte das Revers seines Sakkos zurecht. »Was bringt Sie nun dazu, die Ermittlungen erneut aufzurollen? Gibt es einen besonderen Anlass? Und warum überhaupt Schleswig?«

In knappen Sätzen erläuterte Marlene die Aufgabe ihrer

neuen Ermittlungsgruppe. Sie registrierte, dass Andresens Blick zu ihren Ohren wanderte, während sie sprach. Doch als sie geendet hatte, sagte er lediglich: »Dann kann ich nur hoffen, dass Sie erfolgreicher sind als Ihre Kollegen.«

Er beugte sich über den Tisch. »Also, was wollen Sie wissen? Haben Sie einen bestimmten Ansatzpunkt?«

»Zunächst einmal: Was vermuten Sie, was mit Ihrer Frau geschehen ist?«, gab Marlene die Frage zurück.

»Ja, was schon? Irgendein Schwein muss ihr etwas angetan haben! Und das läuft da draußen immer noch frei herum. Alles andere ergibt überhaupt keinen Sinn.«

»Hatten Sie jemals einen konkreten Verdacht?«

»Wenn ich den gehabt hätte, säßen wir jetzt nicht hier, oder?«

»Wie sieht es mit Feinden aus? Gab es jemanden, der Ihrer Frau nicht wohlgesonnen war? Mit dem sie Streit hatte?«

»Nein.«

»Ein Unfall ist nach der groß angelegten Suche vor dreieinhalb Jahren mit ziemlicher Sicherheit auszuschließen. Alle anderen Möglichkeiten gilt es noch einmal ohne Vorbehalte zu überprüfen. Haben Sie jemals in Erwägung gezogen, dass Ihre Frau freiwillig aus dem Leben geschieden sein könnte?«, fragte Marlene.

»Ich dachte, ich hätte mich eben klar ausgedrückt.« Andresen lehnte sich zurück und verschränkte die Arme vor der Brust. »Um Ihre Frage dennoch zu beantworten: Nein. Dazu hatte sie nicht einen einzigen Grund.«

»Sie ist spurlos verschwunden, von einer Insel. Könnte sie ins Wasser gegangen sein?«

»Wie ich eben sagte: Nein! Sie hat sich nicht umgebracht. Und ins Wasser? Meine Frau? Niemals. Sie hat das Wasser gehasst wie die Pest. Also noch mal: Birthe hat keinen Selbstmord begangen. Wir haben ein gemeinsames Kind. Tamme. Und meine Frau hat ihren Sohn abgöttisch geliebt.« Er machte eine Pause, schloss einen Moment lang die Augen und sammelte sich. »Sie scheinen immer noch nicht zu verstehen. Das alles habe ich mit Ihren Kollegen schon zur Genüge durchgekaut. Ohne Erfolg, Bendix wird Ihnen das bestätigen können. Hören Sie also auf damit, meiner Frau etwas unterstellen zu wollen, und konzentrieren Sie sich auf die richtigen Fragen. Birthe ist einem Verbrechen zum Opfer gefallen. Finden Sie sie endlich. Und ihren Mörder!«

Marlene atmete tief durch. Der Mann war aufgebracht und ihnen gegenüber alles andere als wohlwollend eingestellt. In seiner Situation durchaus verständlich, für sie dennoch unangenehm. »Natürlich, deshalb sind wir hier. Und wir werden unser Bestes geben, um den Fall aufzuklären«, sagte sie. »Lassen Sie uns anders fortfahren«, schlug sie vor, um die Schärfe aus dem Gespräch zu nehmen. »Schildern Sie uns bitte den Tag, an dem Ihre Frau verschwunden ist.«

»Das steht zwar auch alles in den Akten, und ich weiß nicht, was das noch bringen soll, aber wenn Sie meinen …« Er schlug ein Bein über das andere. »Wir sind morgens zusammen aufgestanden, haben gefrühstückt, um halb acht ist Tamme mit dem Fahrrad zur Schule gefahren. Ich bin an diesem Tag erst um zwanzig nach acht oder halb neun aus dem Haus gegangen. Meine Frau hat mich wie immer verabschiedet.«

»Was meinen Sie mit erst?«

»Normalerweise starte ich so, dass ich um acht Uhr im Büro bin. Ich arbeite in der Gemeindeverwaltung, Amt Föhr-Amrum, vielleicht ist Ihnen das weiße Haus mit dem Reetdach an der Hauptstraße aufgefallen? An dem Tag hatte ich allerdings einen Urlaubstag genommen wegen eines Termins auf dem Festland, in Husum. Trotzdem bin ich an dem Morgen noch kurz ins Büro gefahren. Ich wollte sichergehen, dass die Unterlagen für die Trauung am darauffolgenden Tag eingetroffen waren. Es gibt da immer mal wieder Verzögerungen, was äußerst unschön ist für das Brautpaar und für mich natürlich auch. Dann bin ich weiter zur Fähre. Ich habe mein Auto am Anleger abgestellt und bin an Bord gegangen. Abfahrt war um neun Uhr dreißig.«

Innerlich war Marlene erleichtert. Andresen sprach deutlich und in einem angenehmen Tempo. Womöglich weil er es durch seinen Beruf gewohnt war. Sie konnte ihn sehr gut verstehen. »War an diesem Morgen irgendetwas anders als sonst?«, fragte sie.

Andresen schüttelte den Kopf.

»War Ihre Frau anders als sonst?«

»Auch nein.«

»Okay«, sagte Marlene gedehnt. »Sie sind also ohne Auto aufs Festland.«

»Ja, das mache ich häufig, wenn ich nur nach Husum muss. Man ist viel flexibler, was die Fähren betrifft, und auf die Dauer ist das sonst auch ganz schön kostspielig. Die Bahnanbindung in Dagebüll ist halbwegs vernünftig.«

»Um welche Uhrzeit waren Sie wieder auf Amrum?«

»Ich habe die Direktfähre um sechzehn Uhr dreißig in Dagebüll gerade noch erwischt. Das heißt, Ankunft war gegen achtzehn Uhr in Wittdün. Ich bin mit dem Auto gleich nach Hause gefahren. Aber das wissen Sie doch schon alles.«

»Hatten Sie zwischendurch Kontakt zu Ihrer Frau? Haben Sie telefoniert? Oder über SMS, WhatsApp?«, fragte Marlene weiter.

»Nein.«

»War das zwischen Ihnen so üblich?«

»Was?« Andresen änderte seine Sitzposition, schlug das andere Bein über.

»Dass Sie den Tag über, wenn Sie zur Arbeit oder anderweitig unterwegs waren, keinen Kontakt zueinander hatten.«

Andresen zögerte mit seiner Antwort nur kurz, kaum merklich, aber Marlene fiel es auf. »Ich habe ja in der Regel zu tun. Und Birthe gehörte nicht zu den Frauen, die dauernd am Handy sind.«

»...te Mal gegen neun Uhr auf der Insel eingeloggt, danach nirgends mehr«, mischte sich Bendix ein.

Weil seine Stimme als Einwurf von der Seite kam, hatte Marlene den Anfang des Satzes nicht verstanden und musste sich den Inhalt zusammenreimen. Das fiel ihr nicht besonders schwer, denn sie wusste, wann und wo Birthe Andresens Handy sich an jenem Morgen in das Funknetz eingebucht hatte. Aus dem Studium der Akte war ihr dieses Detail ebenso bekannt wie die Antworten auf all die Routinefragen, die sie dem Ehemann der Vermissten stellte. Dennoch war es unerlässlich, sich die Geschehnisse noch einmal von Andresen persönlich schildern zu lassen. So konnte sie feststellen, ob seine Aussagen mit den Aufzeichnungen übereinstimmten oder ob etwas fehlte, ob Details womöglich falsch notiert worden waren oder nun von dem Befragten bewusst oder unbewusst verschwiegen oder besonders hervorgehoben wurden. Auch die Art und Weise, wie etwas gesagt wurde, konnte sehr aufschlussreich sein.

»Und ihr Sohn? Tamme?«, fuhr sie fort.

»Der war den Tag über bei einem Freund. Stig Traulsen, er wohnt in Nebel.«

»Wusste er etwas über den Verbleib seiner Mutter?«

»Nein, nichts. Tamme ging am Morgen als Erster aus dem Haus, und nach der Schule ist er direkt mit zu Stig.«

»Was haben Sie gemacht, als Sie bemerkten, dass Ihre Frau nicht zu Hause war?«

»Ich habe zuerst meinen Sohn abgeholt und versorgt. Und natürlich habe ich versucht, meine Frau auf dem Handy zu erreichen, aber das war ja aus. Ich habe zunächst gedacht, dass sie vielleicht spontan aufs Festland zu ihren Eltern fahren musste.«

»Warum hätte sie das vielleicht tun müssen?«, hakte Marlene nach.

»Meine Schwiegereltern haben Birthe recht spät bekommen, ihr Vater ist im letzten November mit einundachtzig Jahren verstorben. Sie benötigten hin und wieder Unterstützung. Birthe hat keine Geschwister.«

»Aber auch dort konnten Sie Ihre Frau nicht erreichen?«

»An dem Abend habe ich es gar nicht mehr versucht, ich dachte, ich erwische sie irgendwann wieder auf dem Handy oder sie meldet sich vielleicht von selbst. Als Birthe aber am nächsten Tag immer noch nicht erreichbar war und auch nicht aufgetaucht ist, habe ich meine Schwiegereltern angerufen. Das Ergebnis kennen Sie ja.«

Das Brautpaar von vorhin erschien in der Tür. Mit einem dezenten Winken machte es sich bemerkbar.

»Einen Moment bitte.« Andresen stand auf und wechselte einige Worte mit dem Paar, bis es sich wieder entfernte.

Marlene legte den Kopf zur Seite, knetete ihre Nackenmuskulatur. Alles verspannt. Sie wechselte einen Blick mit Simon. Er lächelte und schien zu fragen: Soll ich weitermachen? Marlene erwiderte das Lächeln und schüttelte leicht den Kopf.

Als Andresen an den Tisch zurückgekehrt war, sagte er: »Das Brautpaar möchte noch Fotos mit mir machen. Wenn wir dann allmählich zum Schluss kommen könnten?« Er sah in die Runde.

»Sicher«, antwortete Marlene, »eine Frage möchte ich aber gern noch loswerden. Sie sagten, Sie seien zunächst davon ausgegangen, dass Ihre Frau spontan zu ihren Eltern gefahren sei. Ohne Tamme, der den Nachmittag bei seinem Freund verbrachte, und ohne Sie darüber zu informieren.«

»Worauf wollen Sie hinaus?« Sein Blick bekam etwas Lauerndes.

»Ich frage mich nur, wie Sie annehmen konnten, dass Ihre Frau, ohne Ihnen oder Ihrem Sohn Bescheid zu sagen, die Insel verlassen haben könnte.«

»Deshalb sage ich ja, dass ihr etwas passiert sein muss!«

»Wie würden Sie Ihre Ehe beschreiben?«

»Nun fangen Sie nicht wieder damit an. Wenn Sie nur hier sind, um mir irgendetwas zu unterstellen, können wir das Ganze auch gleich sein lassen.« Andresen erhob sich, stützte sich auf dem Tisch ab. »Hören Sie, ich habe das schon mal durchgemacht, die Verleumdungen, die Verdächtigungen. Wissen Sie, was das bedeutet? Hier auf der Insel? Für mich? Und für meinen Sohn? Ich mache das nicht noch einmal mit.« Er hielt inne, fixierte Marlene mit seinen dunklen Augen. »Birthe und ich, wir waren sehr glücklich verheiratet – bis sie mir auf unerklärliche, fürchterliche Weise genommen wurde. Machen Sie endlich Ihren Job und finden Sie meine Frau.«

5

Gleißendes Wasser. So hell, dass es ihn blendet. Nur Schemen zu erkennen. Hände und Arme. Winken. Lautes Gelächter.

Dann, plötzlich, ist alles still. Dunkelheit. Münder, die aus den Tiefen der Schwärze auftauchen. Sich öffnen und schreien. Aber er hört sie nicht. Sieht nur Luftblasen, die zerplatzen. Und Augen. Die ihn fixieren, verfolgen, ihn nicht loslassen.

Wo warst du?

Er will laufen, rennen, doch er steckt fest. Im heißen Sand. Der Sand erkaltet, wird zu Eis. Seine Füße, die Unterschenkel, seine Knie, eingefroren. Er rudert mit den Armen, zerrt an den Beinen, schlägt um sich. Vergebens.

Er versucht zu schreien. Aus seinem Mund quillt Eis. Weiß und kalt. Er hustet, würgt. Bekommt keine Luft mehr. Das Eis verfärbt sich rot. Es tropft. Kein Erdbeereis. Blut.

Am Anfang waren sie jede Nacht gekommen, die Träume, kaum dass er in den Schlaf gefunden hatte. Dann waren die Abstände größer geworden. Irgendwann suchten sie ihn nur noch selten heim, doch los ließen sie ihn niemals.

Das Erwachen war nie eine Erlösung. Die Wahrheit noch schwerer zu ertragen.

6

Marlene stand in der Mitte der Fläche auf dem Rasen. Mühlen-stadion, dachte sie ein wenig amüsiert. Für eine kleine Insel mochte es ein Stadion sein, auf dem Festland würde man schlicht und ergreifend von einem Sportplatz sprechen, wenn auch von einem großen.

Es begann zu dämmern. Sofort wurde es frisch. Marlene vergrub ihre Hände in den Jackentaschen. Sie bedauerte, dass sie ihre Mütze in ihrer Reisetasche in der Wohnung über der Polizeistation liegen gelassen hatte. Dennoch tat die kühle Luft gut. Und die Ruhe.

Die zahlreichen Gespräche heute, zuletzt die Befragung von Gunnar Andresen, hatten ihr viel abverlangt. Seit Marlene die Cochlea-Implantate trug, kostete das Zuhören sie viel Kraft und Energie. Umso mehr benötigte Marlene Hörpausen, in denen sie sich von diesen Anstrengungen erholen konnte. Ein weiterer neuer Aspekt in ihrem Leben, mit dem umzugehen sie lernen und mit dessen Unverrückbarkeit sie sich arrangieren musste.

Von daher war es Marlene entgegengekommen, dass sie im Anschluss an ihr Gespräch im Öömrang Hüs eine Weile im Auto über die Insel gefahren waren. Sie hatten sich von Ben-dix das Wohnhaus der Familie Andresen zeigen lassen, das im Tanenwai in Süddorf stand. Mitten im Wald gelegen, war das weitläufige Grundstück mit dem Einfamilienhaus aus rotem Backstein von der Straße aus jedoch nur schwer einsehbar ge-wesen.

Anschließend waren sie die zwei alternativen Strecken ab-gefahren, die Birthe Andresen am Morgen des 5. November 2015 genommen haben könnte, um von ihrem Zuhause bis zum Sportplatz an der Windmühle zu gelangen. Beide waren mit etwa eins Komma fünf Kilometern gleich lang. Der eine führte über den Heeshughwai und den Sateldünwai vorbei an Heideflächen, Wiesen und Feldern, der andere über den Sörsarper Strunwai durch den Ortskern von Süddorf und dann weiter entlang der Hauptstraße, dem Waasterstigh, wie sie von Süddorf kommend hieß. Die Hauptstraße führte von Süd nach Nord einmal über die gesamte Insel und verband die Orte Wittdün, Süddorf, Nebel und Norddorf miteinander.

Aller Wahrscheinlichkeit nach war Birthe Andresen mit dem Rad, das man in der Garage gefunden hatte, zum Sportplatz gefahren. Nach Bendix' Auskunft war sie nahezu immer mit dem Fahrrad unterwegs gewesen, er sagte, sie habe das Radfahren als zusätzliches Training für die Leichtathletik betrachtet. Außerdem war ihr Mann an diesem Tag mit dem einzigen Auto der Familie ins Büro und danach zur Fähre gefahren. Und doch hatte anscheinend niemand die Frau auf ihrem Fahrrad gesehen, weder auf ihrem Hin- noch auf dem Rückweg. Zumindest hatte Marlene in der Akte keinen Hinweis darauf finden können.

Nur hier auf dem Sportplatz.

Marlene blickte sich um. Der Platz befand sich am Ortseingang von Nebel und grenzte sowohl an den Sateldünwai wie auch an die Hauptstraße. Mit einem Fußballfeld in der Mitte und einer langen, ovalen Tartanbahn lag er in einer flachen Senke, an drei Seiten von Wällen umgeben, die mit Buschwerk, Tannen und Kiefern dicht bewachsen waren. Als Windschutz, wie Bendix erklärt hatte, sonst könne man hier kaum anständig Fußball spielen. Durch die Wälle und ihren Bewuchs war die Sicht auf den Platz von beiden Straßen aus eingeschränkt; der dritte Wall grenzte an eine Weide. Deshalb war Marlene der Sportplatz auch nicht aufgefallen, als sie nach ihrer Ankunft auf Amrum daran vorbeigefahren waren. Wollte man im Vorbeifahren gar noch erkennen, ob dort unten jemand trainierte, so musste man schon sehr genau hinschauen. Dennoch hatten sich zwei Zeugen gemeldet, die Birthe Andresen an dem fraglichen Morgen dort gesehen hatten.

An der wallfreien Stirnseite in nördlicher Richtung, dem Zugang des Platzes, standen lange Reihen von Holzbänken für Zuschauer bereit, dahinter schloss sich höher gelegen ein zweiter, kleinerer Fußballplatz aus Kunstrasen an. Ein hoher Drahtzaun trennte die Areale voneinander. Marlene stieg die kleine Anhöhe hinauf.

Rechter Hand gegenüber dem Kunstrasenplatz stand ein gelbes Holzhaus, das Vereinshaus des TSV Amrum, dahinter ein Kinderspielplatz, in weiterer Entfernung einige Häuser. Sie sah Bendix und Simon auf dem kleinen Fußballplatz stehen. Bendix redete lebhaft auf Simon ein, während dieser ihm mit freundlichem Nicken ruhig zuhörte. Simon kann so geduldig sein, dachte Marlene, während sie auf die beiden zuging. Manchmal beneidete sie ihn darum. Sie selbst war schon mehr als angestrengt von dem Mitteilungsbedürfnis des jungen Inselpolizisten.

Nach Aktenlage hatten die Beamten der Spurensicherung damals sowohl beide Sportplätze als auch das Vereinshaus unter die Lupe genommen, jedoch keinerlei verdächtige Spuren gefunden. Allerdings war die Kriminalpolizei auch erst vier Tage nach dem Verschwinden von Birthe Andresen auf der Insel eingetroffen, und es hatte an dem fraglichen Wochenende lange und ausgiebig geregnet. Das Vereinshaus war zudem stets abgeschlossen, und Birthe Andresen hatte nicht zu den Besitzern eines Schlüssels gezählt.

»Noch einmal für mich als Zusammenfassung bitte«, mischte sich Marlene in die Unterhaltung ein, als sie die beiden Männer erreichte. »Einer der Zeugen ist dort hinten entlang des Sateldünwais und der Hauptstraße zu Fuß am Platz vorbeigegangen, hat dann die Straße überquert und ist hinüber zur Mühle.«

»Genau.« Bendix nickte. »Das war die junge Frau, Dakota Brandt.«

Dakota Brandt. Armes Ding. Schon beim Lesen ihres Namens im Zeugenprotokoll hatte Marlene Mitleid mit der Frau gehabt. Manche Menschen mussten die wahnwitzigen Ideen ihrer Eltern bei der Namensgebung ein Leben lang ausbaden.

»Der zweite Zeuge, Heinz von Husen, ist von der anderen

Seite gekommen.« Bendix zeigte mit ausgestrecktem Arm Richtung Norden. »Dort hinter dem Spielplatz verläuft ein schmaler Weg, der im weiteren Verlauf durch die Wiesen und Felder führt. Auf ihm ist Heinz mit seinem Hund spazieren gegangen. Der Pfad gehört zu seiner täglichen Runde.«

»Herr von Husen wohnt hier in Nebel, nicht wahr? Ich würde gern mit ihm sprechen.«

Bevor sie aufbrachen und es endgültig dunkel sein würde, ging Marlene mit Simon und Bendix noch rasch die beiden Wege ab, auf denen die Zeugen den Sportplatz passiert hatten, um die Sicht auf die Laufbahn, dem Trainingsbereich von Birthe Andresen, zu überprüfen. Simon machte diverse Fotos mit seinem Tablet.

Wenig später hielten sie vor einem kleinen Haus im Lungjaat, einer Gasse, die hinter der Mühle nach rechts von der Hauptstraße abzweigte. Wie beim Öömrang Hüs ließ der Anblick des Gebäudes Marlene an ein Postkartenidyll denken. Reetgedeckt, geduckt, anheimelnd. Das Mauerwerk weiß getüncht, der spitze Friesengiebel mit Ornamenten verziert, Sprossenfenster und Haustür in Grün-Weiß. Die Jahreszahl 1884 schmückte in gusseisernen Buchstaben die Längswand. Eine Laterne über dem Eingang brannte.

Bendix öffnete die weiße Holzpforte, die in den Steinwall eingelassen war, der das Grundstück umgab. Über einen kopfsteingepflasterten Weg ging er voraus durch den gepflegten Vorgarten, Marlene und Simon folgten ihm.

Als er klingelte, hörte Marlene aus dem Innern des Hauses ein Geräusch. Bellte da ein Hund? Durch das rosettenförmige Fenster in der Haustür sah sie eine ältere Frau herbeieilen. Sie hatte die Haustür kaum geöffnet, da kam auch schon ein schwarzer Terrier herausgestürmt. Laut kläffend schnupperte er an Bendix' Füßen, dann umkreiste er Simon und sprang an seinen Beinen hoch.

»Joschi!«, rief die Frau. In der Hand hielt sie ein Geschirrtuch, mit dem sie sich die Hände abtrocknete. »Joschi, aus!«

Sie versuchte, den Hund zu bändigen, doch er reagierte nicht. »Aus!« Schließlich bekam sie ihn am Halsband zu fassen, zog ihn ins Haus und sperrte ihn weg. »Entschuldigung, aber wenn Besuch kommt, ist Joschi immer so aufgeregt.« Die Frau lächelte. Sie hatte lange, beinahe schlohweiße Haare, die sie im Nacken zu einem Zopf zusammengebunden hatte. »Moin erst mal. Bendix, was führt dich zu uns?«

»Moin Gy… Das sind Kriminalhauptkommissarin Louven und Oberkommissar Fährmann. Wir kommen wegen Birthe, Birthe Andresen, Gunnars Frau, du erinnerst dich?«, antwortete Bendix.

»Wie könnte ich das vergessen!« Die Frau wischte sich noch einmal die Finger in dem Tuch ab, dann gab sie Marlene und Simon die Hand. »Von Husen, Moin. Ja, das war eine schwere Zeit damals, als Birthe verschwunden ist. Für alle hier auf der Insel. Über ein Jahr waren die Suchaufrufe mit ihrem Bild überall angeschlagen.« Sie machte eine kurze Pause, sah die beiden erwartungsvoll an. »Haben Sie sie gefunden?«

»Leider nein«, antwortete Marlene, »aber wir haben die Ermittlungen erneut aufgenommen. Deshalb möchten wir gern mit Ihrem Mann sprechen.«

»Natürlich. Kommen Sie bitte herein.« Frau von Husen führte sie durch einen kurzen Flur. Die Decke mit den sichtbaren Balken war auch in diesem Haus sehr niedrig. Definitiv keine geeignete Bauweise für Simon, dachte Marlene, als sie sah, wie er seinen Kopf einziehen musste. Hinter einer Tür hörte sie den Hund bellen. Jetzt konnte sie das Geräusch sofort einordnen.

»Ich war … Küche … abwaschen. Heinz!« Frau von Husen redete im Gehen weiter und öffnete die Tür am Ende des Flures. Nacheinander traten sie in das Wohnzimmer.

Geradeaus befand sich ein Erker mit Sprossenfenstern, rechter Hand ein überladenes Bücherregal, in der Ecke eine Sitzgruppe. Die Luft war warm und stickig. Marlene fühlte sich augenblicklich an die Wohnstube ihrer Großeltern erinnert. Klein, gemütlich, aber immer überheizt.

»Heinz, da sind zwei Herrschaften von der Kriminalpolizei, sie möchten dich sprechen. Es geht um Birthe Andresen.«

Heinz von Husen saß an einem Tisch im Erker. Der Lichtschein der Deckenlampe beleuchtete das Puzzle, über das er sich beugte. Als seine Frau mit den Gästen eintrat, hob er den Kopf. »Von der Kriminalpolizei?« Er schaute über den Rand seiner Lesebrille. »Oh, Bendix, mein Junge, du bist auch dabei!« Ein Lächeln breitete sich in seinem Gesicht aus. Er erhob sich und drückte den jungen Mann für einen kurzen Moment an sich. »Wie geht es deiner Mutter? Hat sie die Operation gut überstanden?«

Im Hintergrund lief klassische Musik. Keine gute Hörsituation, musste Marlene feststellen. Sie konnte von Husen und Bendix' Antwort nur mit Mühe verstehen.

»Und wen hast du da mitgebracht?« Nun blickte von Husen fragend von einem zum anderen.

Bendix stellte Marlene und Simon abermals vor, woraufhin Simon ihr Anliegen schilderte.

»Wirklich eine schlimme Sache. Wie kann jemand mir nichts, dir nichts verschwinden? Einfach so?« Von Husen schüttelte den Kopf. »Aber setzen Sie sich doch bitte.«

Marlene räusperte sich. »Könnten Sie bitte so nett sein und die Musik ausmachen?«

»Wieso? Mögen Sie kein Mozart?« Von Husen sah Marlene irritiert an.

»Nein, nein, das ist es nicht. Aber ohne die Musik im Hintergrund kann ich Sie leichter verstehen.« Sie tippte an eines ihrer CIs.

»Ah, jetzt begreife ich, Sie tragen Hörgeräte. In Ihrem Alter? Aber natürlich, entschuldigen Sie bitte einen Moment.« Er ging zum Regal und schaltete den CD-Spieler aus.

Marlene sah Simon an und verdrehte unauffällig die Augen. Er nickte ihr aufmunternd zu. Dann nahmen alle am Tisch Platz.

»Möchten Sie einen Tee?«, fragte Frau von Husen.

Alle drei lehnten dankend ab.

»Wasser? Oder Kaffee?«

Nein, erklärte Simon, sie bräuchten wirklich nichts.

Marlene lehnte sich vor und wollte gerade zu ihrer ersten Frage ansetzen, als ihr Bendix mit einem Blick auf das Puzzle zuvorkam. »Das wird das Matterhorn, stimmt's? Da hast du dir ja ordentlich was vorgenommen. Wie viele Teile?«

»Fünftausend. Ich habe ja auch die Zeit dafür. Aber sag, was ist nun mit Birthe? Ist sie …« Von Husen sah besorgt in die Runde.

»Nein, sie ist nicht tot. Zumindest wurde ihre Leiche noch nicht gefunden«, sagte Bendix. »Jetzt will man nur –«

»Der Verbleib von Frau Andresen ist nach wie vor ungeklärt«, fiel Marlene ihm ins Wort. Sie wollte endlich auf den Grund ihres Besuches zu sprechen kommen und die Gesprächsführung in ihren Händen wissen. Simon zückte sein Notizbuch und gab ihr mit einem leichten Nicken zu verstehen, dass sie loslegen konnte. »Herr von Husen, Sie haben Frau Andresen am Tag ihres Verschwindens beim Training im Mühlenstadion gesehen. Können Sie uns Ihre Beobachtungen von damals bitte noch einmal schildern?«

»Selbstverständlich. So etwas vergisst man ja nicht.« Er rückte seine Brille auf dem Nasenrücken zurecht. »Ich bin an dem Morgen mit unserem Hund Gassi gegangen. Er heißt Joschi. Haben Sie ihn schon kennengelernt? Er braucht viel Bewegung. Ich gehe jeden Vormittag und jeden Nachmittag mit ihm.«

»Immer dieselbe Runde, richtig?«, bemerkte Bendix. »Und zu der gehört der Weg am Sportplatz. Von dort aus hast du Birthe gesehen, nicht wahr?«

Marlene warf Bendix einen scharfen Blick zu. Er sollte den Zeugen bei seinen Ausführungen nicht unterbrechen, erst recht nicht mit Suggestivfragen. Bendix verstand ihre Mimik aber offenbar falsch. Er grinste sie an, in seinen Augen Ansporn und Übereifer, seine Ohren glühten.

»Ja, ich biege fast immer in den Pfad hinter dem Spielplatz

ein. Er verläuft zwischen Wiesen und Feldern, dort kann sich Joschi so richtig austoben«, antwortete von Husen. »Wissen Sie, wo das ist?«, fragte er Marlene.

Bevor sie antworten konnte, sagte Bendix: »Ich habe den Kollegen bereits die örtlichen Gegebenheiten gezeigt. Wir sind den Weg abgegangen. An dem Morgen warst du um halb zehn dort und hast Birthe gesehen.«

Das war nun wirklich genug. »Ich würde das gern von Herrn von Husen selbst hören, Bendix«, sagte Marlene mit klarer Stimme. Verstand er den Zaunpfahl jetzt?

»Aber er hat recht, es war neun Uhr dreißig, als ich Birthe beim Training gesehen habe. Sie hat auf der Bahn ihre Runden gedreht. Das machte sie regelmäßig um diese Zeit. Immer dienstags und donnerstags. Selbst bei schlechtem Wetter. Die Frau ist zäh.«

»Haben sie miteinander gesprochen? Ein paar Worte gewechselt?«

»Nein, geredet haben wir nie. Sie trainiert ja, und ich sehe sie nur von Weitem. So gut kennen wir uns auch nicht.«

»Woher wussten Sie, dass es sich bei der Frau um Birthe Andresen handelte?«

»Ich habe sie an ihrer Jacke erkannt. Die ist schwarz und hat so einen neongelben Streifen hinten auf dem Rücken. Die hat sie immer im Winter getragen.« Seine Hände suchten ein Puzzleteil. Er drehte es zwischen den Fingern.

»Haben Sie ihr Gesicht sehen können?«

»Nein, sie lief gerade so, dass sie mir den Rücken zuwandte. Die Laufbahn ist von meinem Weg auch ganz schön weit entfernt. Aber sie trug ihre Jacke.« Er nahm ein zweites Puzzleteil, schob es auf dem Tisch hin und her.

»Denkst du etwa –«, begann Bendix, doch Marlene würgte ihn sofort ab.

»Sie haben die Frau also von hinten gesehen. Konnten Sie ihre Haare erkennen?«

»Nein, sie trug eine Mütze. Es war kalt an dem Vormittag, das weiß ich noch genau.«

»Das heißt, sie haben weder ihr Gesicht noch die Haare sehen können?«, hakte Marlene nach.

»Nein – also ja.« Von Husen schaute unsicher von ihr zu Bendix und seiner Frau. »Aber es muss Birthe gewesen sein, wer denn sonst? Die andere Zeugin hat das ja auch bestätigt. Ich weiß nicht mehr, wie sie heißt, sie hat irgend so einen neumodischen Namen, eine Zugezogene.« Er versuchte, die beiden Puzzleteile ineinanderzudrücken, aber sie passten nicht. »Es war Birthe.« Er hielt inne. »Ich habe nur geholfen. Das ist doch meine Bürgerpflicht.«

7

»Von Husens Aussage ist nicht wasserdicht«, sagte Simon, nachdem Bendix ausgestiegen war und Marlene wieder neben ihm auf dem Beifahrersitz Platz genommen hatte. Sie hatten Bendix an der Polizeistation abgesetzt mit der Erklärung, sie würden nun Feierabend machen und eine Kleinigkeit essen wollen. Nur mit Mühe hatten sie ihn davon überzeugen können, dass er sie nicht begleiten müsse und sie ohne seine Hilfe zurechtkämen. Sie hatten das Essen nur als Vorwand benutzt, wenngleich Marlene der Magen knurrte. Der Mittagssnack auf der Wache war schon viel zu lange her und ihr für die Fahrt besorgter Lakritzvorrat längst aufgebraucht. Ihr Schädel brummte, ob aus Unterzuckerung oder weil sie erschöpft war. Aber einen Punkt wollten Marlene und Simon noch abarbeiten, darauf hatten sie sich nach ihrem Besuch bei Heinz von Husen geeinigt, als Bendix damit beschäftigt war, zum Abschied einige Belanglosigkeiten mit dem älteren Ehepaar auszutauschen: Sie mussten die zweite Zeugin sprechen, und zwar zügig. Allerdings nicht mit Bendix. Die Befragung eben hatte Marlene gereicht.

»Ich befürchte, du hast recht. Also los, statten wir Dakota Brandt einen Besuch ab«, antwortete Marlene. »Danach brauche ich allerdings tatsächlich etwas zu essen.«

Die junge Frau war in Steenodde gemeldet, dem kleinsten Dorf auf Amrum, das direkt am Wattenmeer lag. Auf ihrem kurzen Weg dorthin wurden Marlene und Simon auf der Landstraße vom Licht des Leuchtturms begleitet. In stetem Rhythmus schickte er seine Strahlen durch die Dunkelheit, über die Insel und das Meer.

Die Adresse, an der sie hielten, war exklusiv. Das Haus lag direkt am Wasser mit Blick auf eine Mole, die verlassen im matten Schein der Laternen lag. Der Geruch nach Salz und Meer war allgegenwärtig, irgendwo schrie eine Möwe. Nach Süden hin sah Marlene den hell erleuchteten Hafen von Wittdün. Dort hatten sie heute Mittag mit der Fähre angelegt. Weiter draußen schimmerten zahlreiche Lichter, in der Ferne bemerkte sie das Blinken eines weiteren Leuchtturms. Wahrscheinlich von der Nachbarinsel Föhr oder von den Halligen.

Beim Haus selbst hörte die Exklusivität allerdings schlagartig auf. Es war zwar im typischen Friesenstil gebaut, doch seine beste Zeit hatte es schon lange hinter sich. Das Reetdach war marode, der Putz bröckelte von der Hauswand, und die Fensterrahmen hatten jegliche Farbe verloren. Hinter schmutzigen Scheiben war ein Strauß vertrockneter Blumen neben einem großen Stofftier von undefinierbarer Form und Farbe zu sehen.

Doch nicht alles nur Märchenidylle auf der Insel, dachte Marlene, als sie an der Tür wahllos auf einen der Klingelknöpfe drückte. Es gab drei davon, aber keine Namensschilder.

Der junge Mann, der ihnen öffnete, trug ein ausgeleiertes T-Shirt und eine Jogginghose. In der Hand hielt er eine qualmende Zigarette. Auf Marlenes Frage antwortete er: »Ja, Dakota wohnt hier, aber sie ist auf Arbeit. In der ›Maus‹. Ihr wisst doch sicher, wo die ist?«

Simon nickte bestätigend, und so fuhren sie unverrichteter Dinge dieselbe Strecke zurück, auf der sie soeben gekommen waren. Von Westen zogen dunkle Wolken auf.

In Süddorf bogen sie nach links in die Hauptstraße ein. Sie passierten den Leuchtturm. Von hier unten sah es aus, als würden seine Strahlen gleich einer Sonne in der Nacht um das Leuchtfeuer kreisen. Beeindruckend. Kurz darauf erreichten sie Wittdün. Die »Blaue Maus« lag hinter dem Ortseingang auf der rechten Seite.

Die »Blaue Maus« sei *die* Kultkneipe auf Amrum, hatte Simon gesagt. Als Marlene ausstieg, bekam sie eine erste Ahnung, was er meinte. Der Zaun zur Straße und die Terrasse waren mit einem Sammelsurium an Kuriositäten auffällig dekoriert: Rettungsringe und Warnschilder, Bojen und Kisten von Fischkuttern, darüber die irrwitzige Kombination von Girlanden aus

Bauhelmen, Wellhornschnecken oder quietschgelben Badeenten.

»Achtung. Spülfelder und Baggerlöcher. Betreten verboten. Lebensgefahr«, las Marlene auf einem Schild. So schlimm würde es hoffentlich nicht werden.

Im Inneren der Kneipe ein ähnliches Bild. Marlene wusste gar nicht, wohin sie ihren Blick zuerst wenden sollte. Decken, Wände und der Tresen, ja nahezu jeder freie Zentimeter war tapeziert mit den kühnsten Sammlerstücken: eine Taucherglocke und ein Vogelhäuschen neben einem Geweih, Holzpantoffeln, Discokugel und Bierdosen. Hier ein Ruderriemen, Steuerrad, eine Petroleumlampe, dort eine präparierte Schildkröte, Seekarten, Schiffsmodelle. Und war das tatsächlich eine Espressomaschine, die dort von der Decke hing? Dazwischen Schilder über Schilder. Verkehrszeichen, Warnhinweise, Sprüche. Selbst das Schild einer Polizeiwache fehlte nicht. An der Theke die Information und Anregung: »We do not have wifi – talk to each other«. Der Laden gefiel Marlene. Wenn es nur nicht so laut gewesen wäre.

Die »Maus« war gut besucht. Beinahe jeder Tisch war besetzt, die Luft abgestanden, überall Stimmengewirr. In Marlenes Kopf pochte es. Das würde sie nach diesem Tag nicht mehr schaffen. Eine Herausforderung zu viel, musste sie sich eingestehen. Nun gut. Obwohl es eigentlich nicht gut war. Sie tippte Simon an den Arm. »Kannst du das hier übernehmen?«

Er nickte und steuerte auf den Tresen zu, hinter dem eine junge Frau und ein Mann undefinierbaren Alters standen. Marlene setzte sich derweil an den am weitesten abseits in einer der vielen Ecken stehenden Tisch und studierte die Karte. Vorhin in Nebel hatten sie noch auf die Schnelle etwas einkaufen wollen, doch der kleine Supermarkt war bereits geschlossen gewesen. Die Öffnungszeiten auf der Insel waren nicht so ausgedehnt wie auf dem Festland. Also war dies für heute womöglich ihre letzte Chance, an etwas Essbares zu gelangen.

Simon kam zu ihr an den Tisch und ließ sich auf den Stuhl

fallen, der gegenüber Marlene stand. »Die Frau hinter der Theke ist unsere Zeugin. Sie wird gleich eine Pause machen, um mit uns zu reden.« Er beugte sich über den Tisch. »Und? Was gibt es zu essen?«

Marlene reichte ihm die Karte. Sie hatte Simon nur unter größter Anstrengung verstehen können. Als er zum Tresen zurückging, um ihre Bestellung aufzugeben, nahm sie deshalb die Fernbedienung für ihre CIs aus der Tasche, um ein anderes Hörprogramm einzustellen. Vier verschiedene Programme hatte Marlene auf ihren Geräten gespeichert. Sie bestimmten, auf welche Art und Weise der Schall verarbeitet wurde. In den ersten Monaten nach der Operation hatte sie sich gegen diese Programme noch gewehrt. Sie wollte nicht irgendetwas lauter oder leiser, technisch unterdrückt oder hervorgehoben wahrnehmen. Sie wollte das volle Hören, ohne Wenn und Aber. Früher hatte sie auch keinen Regler für ihre Ohren gehabt. Doch mittlerweile hatte sie die Erfahrung gemacht, dass diese Programme durchaus einen Vorteil darstellten, indem sie ihr das Hören in bestimmten Situationen erleichterten.

Jetzt schaltete sie auf »Richtmikrofon« um. In diesem Programm war das Mikrofon nach vorn ausgerichtet, wodurch sich Marlene leichter auf ihr Gegenüber konzentrieren konnte. Die aus anderen Richtungen kommenden Geräusche wurden dezimiert und der störende Hintergrundlärm dadurch ausgeblendet. Zumindest ein wenig.

Simon kehrte mit den Getränken in der Hand zurück. Marlene hatte ein großes Spezi bestellt, eine Angewohnheit aus Kindertagen, die sie in regelmäßigen Abständen überfiel. Die Erfrischung tat gut, das Koffein und der Zucker sowieso.

Simon hingegen begnügte sich mit einem Wasser. Auch beim anschließenden Essen hatte er die gesündere Variante gewählt, natürlich. Er aß einen gemischten Salat mit Brot, während auf Marlenes Teller eine mit Schinken und Käse reichlich belegte »La Flute« lag. Simon machte keinerlei Aufhebens um seinen veganen Ernährungsstil, obwohl man den meisten Vertretern dieser Ernährungsweise genau das gern nachsagte. Er gab Marlene keine Tipps, versuchte nicht, sie zu belehren. Doch oftmals reichte schon allein der Anblick seiner Mahlzeiten, um bei Marlene ein schlechtes Gewissen hervorzurufen, auch wenn sie sich selbst nicht eben ungesund ernährte. Allerdings blieb es ihr nach wie vor ein Rätsel, wie man freiwillig auf Fleisch und noch dazu auf alle anderen tierischen Produkte verzichten konnte.

Heute ließ sie ihrem schlechten Gewissen jedoch keine Chance. Sie hatte den Tag ganz gut überstanden, ihren ersten richtigen Tag als Ermittlerin seit ihrem vorübergehenden Ausscheiden aus dem Dienst. Und sie fand, sie hatte sich nicht schlecht geschlagen. Da hatte sie sich einen Zuckerschock und ein leckeres Essen wahrlich verdient. Genüsslich biss sie in das Baguette.

Wenig später kam Dakota Brandt an ihren Tisch. Die junge Frau blickte misstrauisch von einem zum anderen, als sie zwischen Simon und Marlene Platz nahm. Sie trug die Haare an einer Seite des Kopfes kurz rasiert, den Rest lang und pink gefärbt. Auf einem ihrer fleischigen Unterarme prangte ein Tattoo in Form eines Ankers, auf dem anderen waren es Blumenornamente. »Und was genau wollen Sie von mir wissen?«, fragte sie. Ihre Hand strich über den Hals, zupfte an ihrem Doppelkinn.

Sie ist nervös, dachte Marlene. Mit knappen Worten stellte sie sich vor, dann übernahm Simon die Gesprächsführung.

»Können Sie uns bitte noch einmal schildern, wo Sie am Vormittag des 5. November 2015 gegen neun Uhr fünfundvierzig gewesen sind und was Sie dort gesehen haben?«, fragte er.

»Das habe ich damals doch schon alles erzählt.«

»Wir möchten uns unser eigenes Bild machen.«

»Wenn's denn sein muss.« Sie verschränkte die Hände ineinander. »Ich war zu der Zeit bei so 'nem alten Herrn angestellt, Alfred Tadsen. Hatte keinen besseren Job gefunden. Er war dement, sprach nur noch unzusammenhängendes Zeug und konnte nicht mehr allein sein. Zumindest meinte das seine Tochter, meine Chefin sozusagen. Die hat mich bezahlt, damit ich auf ihn aufpasste, wenn sie selbst zur Arbeit ging. Immer montags und donnerstags.«

»Wo wohnte Herr Tadsen?«

»Bei seiner Tochter im Heeshughwai in Nebel. Er ist, glaube ich, mittlerweile gestorben. Aber früher, also richtig früher, da war er in diesem Verein, der sich um die alte Mühle kümmert. Deshalb musste ich jedes Mal, wenn ich kam, mit ihm einen Spaziergang zur Mühle machen. Er im Rollstuhl, und ich musste schieben. Sie glauben nicht, wie anstrengend das war! Jeden Montag- und Donnerstagvormittag, bei Wind und Wetter, immer genau der gleiche Weg, immer genau dasselbe. Seine Tochter meinte, es würde ihm guttun. Ich fand es megalangweilig.«

»Und wie gestaltete sich der Weg an dem fraglichen Vormittag?«

»Wie gesagt, es war wie immer.« Dakota Brandt rutschte auf dem Stuhl nach hinten. »Ich hab ihn den Sateldünwai entlanggeschoben, am Sportplatz vorbei und dann rüber zur Mühle.«

»Und?«

»Wie, und?«

»Was haben Sie dort gesehen?«, hakte Simon nach.

»Na ja, diese Frau hat da trainiert. Auf dem großen Sportplatz. So wie jeden Donnerstag.«

»Sie meinen Birthe Andresen?«

»Genau.«

»Haben Sie das Gesicht der Frau sehen können?«

»Wieso?« Ihre rechte Hand wanderte zum Nietenarmband an ihrem linken Handgelenk, fingerte an den Beschlägen herum, zog daran und dehnte es in die Länge.

»Bitte beantworten Sie einfach nur die Frage.«

Sie drehte das Armband ein. »Das weiß ich nicht mehr genau. Ist alles schon so lange her.«

»Woran haben Sie die Frau erkannt?«

Dakota Brandt zuckte mit den Schultern. »Sie ist halt immer um diese Zeit dagewesen. Und das hat der andere, dieser alte Mann, doch auch gesagt. Ich weiß nicht mehr, wie er hieß. Aber er hat sie auch gesehen.« Die Haut unter dem Armband wurde rot.

Simon wechselte einen Blick mit Marlene. Sie nickte. »Der andere Zeuge konnte die Person, die er auf dem Sportplatz gesehen hat, rückblickend nicht eindeutig identifizieren«, sagte er.

»Wie?«

»Bei der erneuten Überprüfung seiner Aussage stellte sich heraus, dass es sich bei der Person nicht zwingend um Birthe Andresen gehandelt haben muss.«

»Aber …« Das Armband schnürte einen Finger ein, sodass die Kuppe blau anlief.

»Deshalb sind Ihre Beobachtungen für uns nun umso wichtiger. Versuchen Sie bitte, sich so detailliert wie möglich an diesen Morgen zu erinnern. Was haben Sie gesehen? Welche Kleidung trug die Person auf dem Sportplatz?«

Dakota Brandt ließ das Armband los. Rote Striemen waren auf der Haut darunter zu sehen. Langsam sanken ihre Schultern nach unten. »Ich habe das nur wegen meiner Chefin gemacht. Ich kann nichts dafür, ich brauchte den Job.«

»Wie bitte?«, fragte Simon nach. »Wofür können Sie nichts?«

Dakota Brandt räusperte sich. »Sie hat mich dazu getrieben.« Sie holte tief Luft. »Wissen Sie, als diese Frau auf einmal verschwunden war, stand die ganze Insel kopf. Meine Chefin hatte gehört, dass die Vermisste am Morgen auf dem Sportplatz gesehen worden war und dass die Kripo nach weiteren Zeugen suchte. Und weil sie davon ausging, dass ich etwa um dieselbe Uhrzeit mit ihrem Vater dort entlanggelaufen war, hat sie mich gedrängt, bei der Polizei eine Aussage zu machen.«

»Weil sie davon *ausging*? Heißt das, Sie waren gar nicht dort? Am Sportplatz?«

»Na ja«, druckste Dakota Brandt, »ich bin in den Wochen davor hin und wieder mal etwas spät dran gewesen. Das hat die Alte irgendwie mitgeschnitten, obwohl sie morgens immer schon weg war, wenn ich zu ihrem Vater ins Haus gekommen bin. Sie hatte ihn immer vor dem Fernseher geparkt. War einfacher so und billiger. Musste sie nicht so viel an mich bezahlen. Aber irgendwie hat sie es doch mitbekommen, vielleicht durch die Nachbarn oder so, hier auf der Insel kann man kaum etwas geheim halten, aber egal. Auf jeden Fall hat sie mir gedroht, dass ich, wenn ich noch einmal zu spät komme, meinen Job verliere.«

Simon wartete, bis sie weitersprach.

»Und an diesem Morgen war ich … na ja, halt wieder etwas später. Hatte am Abend davor mit meinem Freund gefeiert. Aber dem alten Alfred machte das gar nichts aus. Der war ganz glücklich vor seinem Fernseher. Das konnte ich ihr aber natürlich nicht sagen.«

»Sie haben Birthe Andresen also zur fraglichen Zeit gar nicht gesehen?«

Sie nickte betreten.

»Und zu einem späteren Zeitpunkt?«

Jetzt schüttelte sie den Kopf. »Ich habe an diesem Tag die ganze Runde nicht mehr geschafft.« Dakota Brandt hob das Kinn an und sah Simon direkt in die Augen. In ihrem Blick lag etwas Trotziges. »Ich musste das doch machen, sonst hätte mich das meinen Job gekostet. Und finden Sie mal einen auf der Insel! Was hätte ich also tun sollen? Ich konnte doch nicht ahnen, dass dieser andere Zeuge irgendeinen Quatsch erzählt hat.«

8

Müde und erschöpft ließ sich Marlene auf das Sofa in der kleinen Sitzecke unter der Dachschräge der Dienstwohnung fallen. Sie hatte ihre Jeans gegen einen bequemen Jumpsuit getauscht und war frisch geduscht. Im Gegensatz zu früher benötigte sie dafür nun etwas mehr Zeit, da sie ihre Haare zunächst trocknen musste, bevor sie die Cochlea-Implantate anlegen konnte. Und bei ihrem dichten lockigen Haar, das ihr bis über die Schultern fiel, war das nicht in fünf Minuten getan.

Simon hatte es sich in einem Sessel bequem gemacht, seine langen Beine ausgestreckt, eine Mappe in den Händen. Die übrigen Unterlagen lagen kreuz und quer über den Couchtisch verteilt. »Dass wir so schnell einen Ansatzpunkt finden würden, hätte ich nicht erwartet«, sagte er.

Marlene nickte bekräftigend. Es geschah immer wieder, dass Zeugenaussagen sich als falsch entpuppten oder auch nach Jahren noch revidiert wurden. Doch in diesem Fall hatten die Kollegen wahrlich keine Glanzleistung hingelegt. Und Dakota Brandt ebenso wenig.

»Von Husen könnte genauso gut jemand anderen auf dem Sportplatz gesehen haben, der durch Zufall die gleiche Jacke wie Birthe Andresen trug. Vielleicht war es ein gängiges Modell? In den Berichten konnte ich keine Angabe zur Kleidungsmarke finden«, fuhr Simon fort.

»Zumindest würde es erklären, warum sie auf dem Weg zum Sportplatz und zurück von niemandem gesehen wurde«, erwiderte Marlene. »Vielleicht kann uns Bendix morgen etwas zu der Jacke sagen. Oder der Ehemann.«

»Mit Gunnar Andresen müssen wir sowieso noch mal sprechen. Wenn seine Frau entgegen ihrer Gewohnheit an diesem Morgen nicht trainiert hat, ist er derjenige, der sie als Letzter gesehen hat. Wir hätten ein völlig neues Zeitfenster. Um sieben

Uhr dreißig hat der Sohn das Haus verlassen, Gunnar Andresen machte sich etwa fünfzig Minuten später mit dem Auto auf den Weg.«

»Damit rückt er wieder in den Fokus. Theoretisch hätte Andresen in diesen fünfzig Minuten genug Zeit gehabt, um seine Frau zu töten und die Leiche, wenn auch vielleicht nur vorübergehend, zu verstecken.«

»Mit dem Festlandausflug als Alibi? Ein von langer Hand geplantes Ablenkungsmanöver?«

»Ob geplant oder zufällig, es wäre zumindest denkbar.« Marlene konnte ein Gähnen nicht unterdrücken. »Bleibt noch sein Motiv. Ein Klassiker? Das fatale Gemenge in einer unglücklichen Beziehung? Streit, Eifersucht, Liebe, Hass?«

»Könnte sein«, antwortete Simon. »Ich habe eben die Aussagen von Birthe Andresens Eltern und von der Freundin, die Bendix heute Mittag erwähnte, noch einmal nachgelesen. Die Freundin heißt Julia Riemer und wohnt in Friedrichstadt. Alle drei gaben an, dass Birthe Andresen in ihrer Ehe nicht gerade glücklich gewesen sei, aber sehr an ihrem Sohn gegangen habe und ihn nie und nimmer freiwillig verlassen hätte. Das Verhältnis zu ihrem Schwiegersohn beschrieben die Eltern als kühl und distanziert, Julia Riemer behauptete sogar, sie als Birthes Vertraute sei Gunnar Andresen ein Dorn im Auge gewesen. Sie hat außerdem ausgesagt, dass sie ihn für einen Choleriker hält. Als Birthe sich nach dem Streit mit ihrem Mann, der wohl doch heftiger ausgefallen war, als Andresen es damals dargestellt hat, zu ihr flüchtete, habe sie sich gefragt, ob Andresen seiner Frau womöglich sogar Gewalt angetan haben könnte. Weitere Details leider Fehlanzeige.«

»Wann ist das gewesen?«

Simon blätterte in der Akte, bis er die richtige Seite gefunden hatte. »Am 25. beziehungsweise 26. Juli 2015. Nach einer Nacht ist Birthe Andresen wieder zu Tamme und ihrem Mann zurückgekehrt.« Er strich sich mit den Fingern über seinen Bart. »Und am Samstag, dem 7. November 2015, hat sich Andresen morgens bei Julia Riemer nach seiner Frau erkundigt. Zwei Tage nach ihrem Verschwinden.«

»Seine Beteuerungen, wie glücklich seine Ehe gewesen sei, und dass er es uns als das Normalste von der Welt verkaufen wollte, dass seine Frau, ohne ihn zu benachrichtigen, spontan zu ihren Eltern gefahren sein könnte – das stinkt doch. Er hielt es ja nicht einmal für nötig, zeitnah dort anzurufen.«

»Von den Nachbarn und Bekannten hier auf Amrum wurde die Ehe als unauffällig beschrieben.« Simon reckte sich. »Wie auch immer. Auf jeden Fall müssen wir Andresen noch einmal auf den Zahn fühlen.«

»Und versuchen, den Morgen des 5. November ab sieben Uhr dreißig zu rekonstruieren. Tammes Aussage, die 2015 in Bezug auf seinen Tagesablauf dem entsprach, was uns sein Vater heute erzählt hat, sollten wir meiner Meinung nach zunächst hintanstellen. Sieht die Sachlage irgendwann anders aus, können wir den Jungen immer noch befragen«, sagte Marlene und fügte hinzu: »Vor allem müssen wir uns die Neun-Uhr-dreißig-Fähre vornehmen, die nun in das neue Zeitfenster fällt. Die Flensburger haben ja nur die späteren Verbindungen überprüft. Und lassen wir die Verdachtsmomente gegen Gunnar Andresen einen Moment außen vor, so hätte seine Frau, zumindest rein theoretisch, ebenfalls an Bord dieses Schiffes sein können.«

»Auf derselben Fähre wie Andresen? Ohne dass er davon wusste?«

»Ich weiß, es klingt abwegig, aber wir dürfen diese Möglichkeit nicht außer Acht lassen. Vielleicht ist irgendjemandem etwas aufgefallen. Gab es womöglich noch eine weitere Fähre zwischen sieben Uhr dreißig und neun Uhr dreißig?«

Simon schüttelte den Kopf. »Habe ich schon kontrolliert. Es gab nur diese eine Abfahrtszeit.«

»Dann können wir uns darauf konzentrieren.« Marlene musste abermals gähnen.

Simon legte die Akte auf den Tisch und schob die restlichen Unterlagen zusammen. »Feierabend?«

Marlene gab ein Geräusch von sich, das Zustimmung ausdrücken sollte.

Simon ließ sich gegen die Sessellehne sinken und verschränkte die Arme hinter dem Kopf. Nach einem Moment des Schweigens fragte er: »Und, wie fühlt es sich an mit deinen CIs? So weit alles in Ordnung?«

Marlene nickte.

»Bist du zufrieden?«

Sie nickte abermals.

»Haben sie eigentlich einen Namen?«

»Wer? Meine CIs?«

»Ja. Irgendwas Persönlicheres als CI. Oder Cochlea-Implantat. Etwas Schnittigeres, Einfaches. Das nicht so sperrig klingt.«

Marlene musste an den jungen Mann denken, den sie im vergangenen Herbst bei ihren privaten Ermittlungen in Theresienkoog, dem Wohnort ihrer Schwester, kennengelernt hatte. Sören nannte seine CIs »Horchis«. Und in Schleswig hatte sie jemanden getroffen, der »Lauscher« hinter den Ohren trug. Marlene selbst hatte sich über einen Namen für ihre Geräte bisher noch keine Gedanken gemacht. »Ich finde, CIs ist ganz okay«, sagte sie.

»Heidi Klum hat sogar Namen für ihre Brüste. Hans und Franz.«

»Nicht im Ernst! Woher weißt du so etwas?«

»Aus der ›Gala‹. Die ich natürlich nur im Wartezimmer meines Zahnarztes lese.«

»Natürlich.«

»Also wie wär's: Hans und Franz?«

»Simon!«

»Oder irgendein berühmtes Paar?« Mit übertriebener Anstrengung zog Simon die Stirn kraus. »Holmes und Watson. Würde zu einer Kommissarin passen. Oder romantisch? Romeo und Julia, Helmut und Hannelore. Was wiederum nicht so romantisch wäre ...«

Marlene musste lachen. »Herrje, ich hätte doch lieber Elena in die neue Ermittlungsgruppe berufen sollen.«

»Oder was ist mit den Helden unserer Kindheit? Asterix und Obelix? Maja und Willi? Die drei Fragezeichen sind leider einer zu viel.«

»Nach müde kommt doof. Ich denke, jetzt ist definitiv der Zeitpunkt gekommen, an dem wir schlafen gehen sollten.« Marlene begann demonstrativ, die Kissen auf dem Sofa zu richten und glatt zu streichen.

»Ich hab's«, redete Simon unbeirrt weiter, »Flensburg und Handewitt! Mit Kiel funktioniert das ja leider nicht, zumindest klingt es blöd.« Er grinste breit. »Und wenn es doch unbedingt dein THW sein muss, nimmst du halt einen der Spielernamen. Niklas und Landin. Oder wen magst du noch so gern? Nikola und Bilyk.«

»Es gibt Grenzen.« Marlene warf eines der Kissen nach ihm.

»Komm, dein Kater trägt den Spitznamen des Mannschaftskapitäns, und dein Autokennzeichen hat die Initialen und die Rückennummer von Dominik Klein!«

»Das ist etwas völlig anderes.« Marlene fing das Kissen wieder auf, drückte es an ihre Brust. Sie strich sich eine Locke aus der Stirn und sah Simon in die Augen. »Jetzt mal im Ernst. Meine CIs sind keine Witzfiguren. Sie sind meine … meine Geschenke, mein Segen, mein Tür und Tor zur Welt. Meine Goldstücke.«

»Goldstücke. Da hast du's doch.« Simon stand auf. »Darauf einen Absacker. Ein kühles Bier, das wäre ein Traum.« Er sah sich suchend um. »Vielleicht gibt es ja irgendwo ein heimliches Depot von den letzten Bäderdienst-Kollegen? Was meinst du?«

»Wenn du dann endlich Ruhe gibst.« Marlene streckte sich auf dem Sofa aus. »Ich bin fertig für heute.« Sie schloss die Augen. Doch nur wenig später schreckte sie hoch. Simon hatte etwas gerufen. Ein undefinierbarer Schrei, der nach Begeisterung klang. »Alles klar bei dir?« Sie setzte sich auf.

Er rief noch etwas, dann sah sie ihn aus einer Tür heraustreten, die von dem schmalen Flur der Dienstwohnung abging. »Sieh mal, was ich gefunden habe!« Jetzt konnte sie ihn verstehen.

Simon schob mit Mühe einen sperrigen Kasten vor sich her. Die Holzbeine schrammten über den Linoleumboden.

»Offensichtlich kein Bier«, antwortete Marlene trocken.

»Dafür gibt es noch ein Absacker-*Spiel*. Los, Marlene, pack mal mit an!«

Gemeinsam wuchteten sie den Tischkicker in die Mitte des Raumes. Simon drehte prüfend die Stangen mit den Figuren der Spieler, suchte nach Bällen im Auffangfach. Alles da, alles einsatzbereit. »Komm, eine Partie.«

Marlene war hundemüde, ihre Augen brannten. Aber widerstehen konnte sie ebenfalls nicht. »Eine.«

»Die SG gegen den THW.«

»Wenn du verlieren willst …« Marlene stellte die Toranzeige auf null.

Simon gab den ersten Ball ins Spiel. Er schlug lautstark gegen die Bande und an die Füße der Spielfiguren. Die Stangen mit den Spielern krachten gegen die Einfassungen.

Beim nächsten Ball wechselte Marlene auf das leisere Hörprogramm an ihren CIs. Am Ende hatte sie zehn zu sieben gewonnen.

9

Wie lange konnte Hass währen?

Ewig? Ein Leben lang? Oder verflüchtigte er sich im Laufe der Zeit? Nutzte er sich ab? Verlor er seine zerstörerische Kraft, seinen dunklen Sog, wenn sich nach und nach der gnädige Mantel des Vergessens über ihn legte? Hörte er irgendwann einfach auf, an einem zu nagen?

Er wusste nicht, ob er es sich gewünscht hätte. Ob er im Stillen womöglich sogar darauf gehofft hatte. Er hatte ohnehin keine Chance gehabt. Niemals. Für ihn konnte es kein Vergessen geben.

Der Hass war ein Teil von ihm geworden. Unzertrennbar mit ihm verbunden. Anfangs hatte er ihn sorgsam unter Verschluss gehalten. Halten müssen. Ein schlummerndes Ungeheuer, das nun erwacht war. Mächtiger und gefährlicher denn je. Sein Antrieb für alles. Und an der Seite der Bestie eine unheilvolle Verbündete: Rache.

War er krank?

Möglich. Aber sie hatten ihn dazu gemacht. Er reagierte nur. Er hatte keine andere Wahl.

10

Dienstag, 5. März 2019

Marlene erwachte früh. Sie öffnete das Dachfenster und sog die frische Morgenluft ein. Herrlich. Am blanken Himmel das erste zartrosa Licht des anbrechenden Tages. Die dunklen Wolken vom Vorabend hatten sich verzogen.

Sie sah auf ihr Handy. Wenn sie sich beeilte, würde die Zeit noch ausreichen. Rasch zog sie sich um, dann nahm sie ihre Cochlea-Implantate aus der Box, die über Nacht zur Aufbewahrung und Trocknung der Geräte diente. Sie musste schmunzeln. Goldstücke. Gar kein schlechter Name. Marlene verband die Soundprozessoren mit frisch geladenen Akkus und setzte sie wie Hörgeräte hinter die Ohrmuscheln. Dann führte sie die kreisförmigen Magnetspulen, die über kurze Kabel mit den Geräten verbunden waren, an die Magnete heran, die seitlich hinter den Ohren unter der Haut im Schädelknochen saßen, und ließ sie andocken. Einige wenige Handgriffe, die ihr mittlerweile in Fleisch und Blut übergegangen waren.

Anfangs hatte Marlene ein sehr distanziertes Verhältnis zu ihren Hörhilfen gehabt. Sie hatte sie wie Fremdkörper empfunden, die nicht zu ihr gehörten. Mittlerweile jedoch waren sie ein Teil von ihr geworden. Ihre Goldstücke eben. Nicht perfekt, aber ihre einzige Chance, Zugang zur Welt der Töne und Geräusche zu erhalten.

Marlene schlich aus der Wohnung. Die Tür zu Simons Zimmer war geschlossen. Wahrscheinlich schlief er noch. Auch unten in der Dienststelle war alles dunkel. Im Fahrradständer vor dem Haus fand sie ein altes Rad, das nicht angeschlossen war. Um diese Uhrzeit wird ein kleiner Ausflug den Besitzer schon nicht stören, sagte sie sich, als sie aufstieg und die Auffahrt hinunterfuhr. Wenn sie sich richtig erinnerte, ging vorn links an der Kreuzung der Weg zum Strand ab. Sie sollte recht behalten.

Auf der schmalen Straße radelte Marlene zunächst durch einen Wald, bis sich das Gelände zu einer weitläufigen Dünenlandschaft öffnete. In der Luft lag der typische Geruch nach Kiefern und Heide, nach Salz und Meer. Ein altes Spiel aus Kindertagen kam ihr in den Sinn. Mit ihrer Schwester Johanne hatte sie in zahlreichen imaginären Listen die schönsten Dinge der Welt gesammelt: die schönsten Tiere und Steine, die schönsten Geheimverstecke, Träume, Lieder und Wörter. Und die schönsten Düfte. Dieser hier würde einen Platz ganz oben auf der Liste erhalten.

Am Strandaufgang ließ Marlene das Fahrrad stehen. Der große Parkplatz und das Restaurant waren verwaist. Nur noch ein kurzer Weg durch die Dünen, dann lag er vor ihr, der Kniepsand. Sie hielt inne, ließ den Blick schweifen. Eine endlose Weite aus weißem Sand, die sich in der Nordsee verlor. Über allem der dämmernde Morgen. Ein Farbenmeer in Rosarot und Orange. Und sie mittendrin. Warum war sie noch nie zuvor hier gewesen?

Marlene liebte das Meer. Gemeinsam mit ihrem Ehemann Nils und ihrem Sohn Mats war sie früher beinahe in jeder freien Minute segeln gegangen. Aber nach Nils' Erkrankung und seinem Tod hatte Marlene das Boot verkauft. Sie hatte es ohne ihn nicht ertragen. Die Liebe zum Wasser jedoch war geblieben. So wie die Liebe zu Nils.

Sie holte tief Luft und machte sich auf den langen Weg in Richtung Wasserkante. Zu dieser frühen Stunde hatte sie den Strand für sich allein. Es war kalt, der Wind blies kräftig. Das Rauschen an den empfindlichen Mikrofonen der CIs war unangenehm. Doch dieses Mal hatte Marlene an eine Mütze gedacht. Sie zog sie vorsichtig über die Ohren, darauf bedacht, dass die Spulen nicht verrutschten. So war es auszuhalten.

In Gedanken ließ Marlene den gestrigen Tag Revue passieren. Sie musste zufrieden sein. Sicherlich, er war anstrengend gewesen, kräftezehrend. Aber sie hatte sich wieder als Kriminalkommissarin gefühlt. Sie *war* Kommissarin. Ein gutes Gefühl. Und sie hatte die meisten Herausforderungen das Hören betreffend hinreichend bewältigt. Nur in der »Blauen Maus« hatte Marlene feststellen müssen, dass sich das Hörprogramm, welches sie eingestellt hatte, bei wechselnden Gesprächspartnern nur bedingt eignete. Sie glaubte zwar, die entscheidenden Inhalte verstanden zu haben, dennoch hatte sie sich stark konzentrieren müssen, und das Hin und Her zwischen Simon und Dakota Brandt war ihr manchmal viel zu schnell gegangen. Vielleicht sollte sie das nächste Mal in einer solchen Situation doch auf ihr Zusatzmikrofon zurückgreifen? Es war nicht immer einfach, sie lernte noch. Aber von einfach war auch nie die Rede gewesen. Immerhin funktionierte die Zusammenarbeit mit Simon wie eh und je. Ob sie auch inhaltlich Erfolg haben würden, musste sich noch zeigen.

Endlich erreichte sie die Wasserkante. Das Meer war aufgewühlt, weiße Schaumkronen tanzten auf den Wellen. Mit lautem Rauschen lief die Brandung auf den Strand. Marlene ging ein paar Schritte am Wasser entlang, dann musste sie viel zu schnell schon wieder umkehren und sich auf den Rückweg machen, wollte sie nicht zu spät zum Dienst erscheinen. Vorher würde sie noch das Nötigste für ein Frühstück besorgen müssen.

Als sie mit dem Fahrrad auf den Parkplatz vor der Dienststelle einbog, um ihr Portemonnaie zu holen, sah sie Bendix aus seinem Wagen steigen. Lächelnd, mit einem Rucksack über der Schulter und einer Brötchentüte in der Hand, kam er ihr entgegen.

»So früh schon auf den Beinen, schöne Frau? Moin! Ich habe Frühstück mitgebracht – Brötchen, Butter, Aufstrich. Und natürlich Croissants. Hat mir Simon verraten.« Er zwinkerte Marlene zu, seine Ohren schimmerten rot. »Wir können es uns wie gestern im Dienstzimmer gemütlich machen.«

Er wartete, bis Marlene das Rad abgestellt hatte, dann begleitete er sie ins Haus.

Von wegen gemütlich. Das war's dann mit dem ruhigen, gemütlichen Frühstück, dachte Marlene und seufzte still in sich hinein. Gleichzeitig musste sie zugeben, dass es durchaus nett war, wie Bendix sich um ihr Wohl bemühte. Solange es bei ihrem leiblichen Wohl blieb.

Sie weckte Simon, um Beistand zu erhalten. Es war sowieso an der Zeit. Doch es dauerte noch geschlagene zwanzig Minuten, bis er endlich zu ihnen stieß. In dieser Zeit hatte Marlene schon die eine oder andere Geschichte über das Leben auf Amrum im Allgemeinen und aus Bendix' Alltag im Speziellen über sich ergehen lassen müssen.

Als schließlich auch Jessen und Zimmermann zum Dienst eingetroffen waren, setzten Marlene und Simon die Polizisten über den Stand der Dinge in Kenntnis.

»Wen könnte von Husen auf dem Sportplatz gesehen haben, wenn nicht Birthe Andresen?«, fragte Marlene anschließend in die Runde.

»Mit Sicherheit niemanden von den Einheimischen. Der- oder diejenige hätte sich auf den Suchaufruf garantiert gemeldet«, antwortete Jessen. »Es muss ein Urlauber gewesen sein.«

»Ihr glaubt nicht, was die sich hier auf der Insel manchmal herausnehmen«, schaltete sich Bendix ein. »Dass auf unserem Sportplatz gekickt wird, damit lässt sich gut leben. Aber es gibt immer wieder Eltern, die meinen, mit ihren Kindern auf dem Grundstück des Kindergartens spielen zu müssen, obwohl wir wahrlich genug öffentliche Spielplätze haben, oder es wird einfach mal die Orgel in der Kirche ausprobiert. Manch ein Gast übertreibt es gern ein wenig.«

»Ein Urlauber oder eine Urlauberin könnte also auf dem Sportplatz trainiert haben«, sagte Marlene.

»Ja, und er oder sie könnte schon wieder abgereist sein, bevor die große Suchaktion gestartet wurde. Am Samstag ist in der Regel Bettenwechsel, außerhalb der Saison variiert das aber natürlich.«

Zu den Details von Birthe Andresens Laufkleidung, insbesondere zu ihrer Jacke, konnte Bendix leider keine Auskunft geben.

Marlene stellte ihr Frühstücksgeschirr zusammen. »Wir werden noch einmal mit Gunnar Andresen sprechen und uns um die Befragung des Personals der Neun-Uhr-dreißig-Fähre kümmern. Bendix, könntest du bitte in dieser Zeit die Aussage von Dakota Brandt zu Protokoll nehmen? Wir haben sie gestern Abend schon vorgewarnt, sie erwartet deinen Anruf.«

Bendix schaute überrascht drein. »Braucht ihr mich denn heute nicht? Ich kenne nicht nur Gunnar, sondern auch die Mitarbeiter im Büro der Reederei und an der Fähre.«

»Die Aufnahme des Protokolls ist mindestens ebenso wichtig«, entgegnete Marlene. »Könntest du bitte außerdem nachfragen, ob beim Tourismusbüro die Daten der Urlauber vom 5. November 2015 noch vorliegen? Ich weiß nicht, ob die Gästenamen und Adressen gespeichert werden und falls ja, wie lange. Aber mit ein bisschen Glück ließe sich darüber vielleicht klären, ob jemand anderes als Birthe Andresen an dem Morgen auf dem Sportplatz gewesen ist.«

»Das würde bedeuten, alle in Frage kommenden Gäste zu kontaktieren? Hinterhertelefonieren, E-Mails schreiben?« Bendix' Blick schnellte zwischen Marlene und Simon hin und her. »Und diesen Job soll ich machen?« Seine Enttäuschung war offensichtlich.

Marlene nickte. »Ohne Fleißarbeit funktioniert bei der Kripo gar nichts. Aber immerhin ist im November ja Nebensaison.«

Das Amt Föhr-Amrum, in dem Gunnar Andresen als Verwaltungsangestellter und Standesbeamter arbeitete, lag an der Hauptstraße in Nebel, nicht weit entfernt von der Polizeistation. Das Haus mit dem großen Schriftzug war Marlene schon auf ihrer Fahrt vom Fähranleger hierher aufgefallen. Das Reetdach neu und gepflegt, Spitzengardinen in den blau-weißen Sprossenfenstern. Andresens Büro lag im Erdgeschoss am Ende eines langen Flures. Hölzerne Namens- und Abteilungsschilder in Form der Umrisse von Amrum hingen neben den Türen. Auf ein Geräusch hin, das nach ihrem Anklopfen aus dem Innern des Zimmers ertönte und von Marlene als ein »Herein!« interpretiert wurde, traten sie ein.

Andresen saß am Schreibtisch und telefonierte. Mit einer Geste bedeutete er ihnen, einen Moment zu warten, er stünde sogleich zur Verfügung. Sein Kollege am Arbeitsplatz gegenüber sah kurz auf, grüßte, dann wandte er sich wieder seinem Computerbildschirm zu.

Marlene schaute sich um. Andresens Schreibtisch war penibel aufgeräumt, nichts schien da zu liegen, wo es nicht hingehörte. Auf der Fensterbank stand eine Fotografie, die Andresen mit einem blondhaarigen Jungen in einer Sporthalle zeigte, im Hintergrund eine Tischtennisplatte. Der Junge musste Tamme sein. Er hielt einen Pokal im Arm, Andresen ballte die erhobene Faust. An der Wand mehrere Urkunden von Schachturnieren: »Erster Platz für Herrn Gunnar Andresen«. Kein Bild von seiner Frau.

Als Andresen sein Telefonat beendet hatte, trug Simon ihr Anliegen vor. Daraufhin führte Andresen sie in einen anderen Raum, in dem sie ungestört waren. »Fersaamlangsrüm«, las Marlene auf dem Holzschild, darunter prangte ein Bild des Leuchtturms. Sie musste das Wort ganz bewusst lesen, um es zu verstehen. Die friesische Schreibweise erinnerte sie entfernt an die Schreibanfänge ihres Sohnes. Irgendwie amüsant.

Sie nahmen an einem großen Tisch Platz, Marlene wie immer gegenüber ihrem Gesprächspartner. Mit knappen Sätzen stellten sie ihre neuen Erkenntnisse vor.

Andresen ließ sich gegen die Stuhllehne fallen. »Und das finden Sie mal so eben heraus. Nach dreieinhalb Jahren.« Er schloss für einen kurzen Moment die Augen, fuhr sich mit den Händen über das Gesicht. »Wie kann das angehen? Wieso hat da vorher niemand nachgehakt?«

»Wir können noch nicht mit Sicherheit sagen, ob Ihre Frau von Herrn von Husen verwechselt wurde oder nicht«, antwortete Marlene ausweichend. »Es ist nur eine Möglichkeit, der wir aber natürlich nachgehen müssen. Dabei spielt die Jacke, die sie getragen haben soll, eine wichtige Rolle. Können Sie sich erinnern, welche Sportkleidung sie an dem Morgen getragen hat oder zumindest angehabt haben *könnte*? Haben Sie sie beispielsweise zu Hause irgendwo gefunden? In den Berichten ist dazu nichts notiert.«

»Ich bin mir nicht sicher, aber ich denke, die Sachen waren in der Wäsche.«

»Lagen sie obenauf? Waren sie verschwitzt?«

»Das weiß ich doch jetzt nicht mehr.«

»Herr von Husen sprach von einer schwarzen Jacke mit einem neongelben Streifen auf dem Rücken.«

»Ja, so eine Jacke hat Birthe gehabt.«

»Welche Marke?«

»Keine Ahnung. Ich glaube, von Tchibo.«

Marlene und Simon tauschten einen Blick. »Besitzen Sie die Jacke noch?«, fragte Marlene.

»Nein, ich habe ihre gesamte Kleidung weggegeben.« Und als ob er sich rechtfertigen müsste, fügte Andresen hinzu: »Gespendet. An das Rote Kreuz. Irgendwann muss man damit anfangen.«

»Wir versuchen nun, den fraglichen Morgen neu zu beleuchten«, fuhr Marlene fort. »Können Sie uns bitte noch einmal detailliert schildern, was Sie und Ihre Frau zu Hause gemacht haben, bevor Sie schließlich aufgebrochen sind?«

»Was soll das bringen?« Andresen stöhnte. »Aber bitte, wenn es sein muss.« Er verschränkte die Arme vor der Brust und spulte erneut die Aussage herunter, die Marlene und Simon schon kannten.

»Ist Ihnen an diesem Morgen irgendetwas aufgefallen? Etwas, das Ihnen jetzt, in der Rückschau, ungewöhnlich vorkommt?«, hakte Marlene nach.

»Ich habe mir darüber schon tausendmal den Kopf zerbrochen, aber nein. Ich wüsste nicht, was. Es war alles wie immer.«

»Womöglich irgendein winziges Detail im Verhalten Ihrer Frau, das nicht ganz zu ihr passte? Das Ihnen damals vielleicht unwichtig erschienen ist?«

»Auch nein.«

»Hatten Sie eine Meinungsverschiedenheit? Gab es Streit?«

Andresens Augen wurden schmaler. »Ich sagte doch, es war alles wie immer.«

»Bitte beantworten Sie meine Frage.«

»Meiner Frau und mir ging es bestens. Wie oft noch?«

»Das ist ebenfalls noch keine Antwort auf die Frage.«

»Was wollen Sie?« Das Grau seiner Augen verdunkelte sich. »Wir hatten keinen Streit. Alles war gut.«

Simon tippte Marlene an den Arm. »Herr Andresen, Sie sind an diesem Tag nach Husum gefahren. Welche Art von Termin hatten Sie dort?«, fragte er.

Andresen schlug ein Bein über das andere. »Einen Arzttermin. Das Angebot hier auf der Insel ist, wie Sie sich sicherlich denken können, eher übersichtlich.« Er verzog vielsagend den Mund.

»Können Sie uns bitte Namen und Anschrift des Arztes nennen?«

»Wozu soll das gut sein? Und steht das nicht bereits in den Akten?«

»Wir bearbeiten den Fall komplett neu.«

»Wenn auch nicht mit den richtigen Fragen«, entgegnete Andresen. Dennoch machte er die gewünschten Angaben.

»Gegen achtzehn Uhr waren Sie zurück auf Amrum. Was haben Sie anschließend gemacht?«

Andresen entfuhr erneut ein Stöhnen, er gab jedoch ausführlich Auskunft. Er habe sich um seinen Sohn gekümmert, und ja, von seiner Frau hätten Handy, Portemonnaie und Jacke gefehlt. Nein, ihm sei sonst nichts Besonderes aufgefallen, weder im Haus noch im Garten. »Als Birthe am nächsten Tag immer noch nicht aufgetaucht war und ich sie nach wie vor nicht erreichen konnte, habe ich mir große Sorgen gemacht.«

»Doch erst am Abend haben Sie bei Ihren Schwiegereltern angerufen«, bemerkte Marlene.

»Was ich bereits mehrfach gesagt habe.«

»Obwohl Sie sehr in Sorge waren.«

»Ich hatte an dem Tag eine Trauung und musste mich schließlich auch um Tamme kümmern. Es hat ihn sehr verunsichert, dass seine Mutter plötzlich weg war.« Er betrachtete Marlene mit einem stechenden Blick.

»Sie gingen davon aus, dass Ihre Frau aufs Festland gefahren war. Wie haben Sie sich erklärt, dass sie keine Kleidung, Kosmetik oder Ähnliches mitgenommen hatte?«

»Darüber habe ich mir zunächst keine Gedanken gemacht. Und dann ...« Er zögerte. »Ich glaube, ich habe später gedacht, dass sich Birthe vielleicht spontan entschieden hat, über Nacht bei ihren Eltern zu bleiben.« Er sah von Marlene zu Simon. »Aber warum diese Fragen? Warum drehen sie sich ausschließlich um mich? Ich dachte, Sie wollen die Aufklärung voranbringen.«

»Falls Herr von Husen sich geirrt hat, ist nicht er derjenige, der Ihre Frau als Letzter gesehen hat, sondern Sie sind es«, entgegnete Marlene.

»Alles klar, jetzt verstehe ich!« Andresen lachte auf. »Sie verdächtigen mich. Weil mein Alibi nun nur noch bedingt gilt?« Er setzte das Wort Alibi mit den Fingern in Anführungszeichen und schüttelte den Kopf. »Das ist absurd. Ihre Kollegen arbeiten schlampig, und ich soll das jetzt ausbaden? Als ich meine Frau zuletzt gesehen habe, war sie quicklebendig! Finden Sie endlich denjenigen, der ihr etwas angetan hat!« Seine Stimme wurde lauter.

»Sie hatten uns gegenüber gar nicht erwähnt, dass Sie auf der Suche nach Ihrer Frau auch bei deren Freundin Julia Riemer in Friedrichstadt angerufen haben«, sagte Marlene ruhig.

»Ich bin davon ausgegangen, dass Sie die Berichte in den Akten lesen können.«

»Durchaus. Eben deswegen fällt es uns auf.«

»Und? Macht mich das auch verdächtig?« Er streckte herausfordernd das Kinn vor.

»Ihre Frau hatte zuvor schon einmal ihre Freundin aufgesucht, weil Sie beide heftig miteinander gestritten hatten. Im Juli, keine vier Monate vor ihrem Verschwinden. Frau Riemer hat in Bezug auf den Streit die Befürchtung geäußert, Sie könnten Ihrer Frau gegenüber womöglich gewalttätig geworden sein.«

»Gewalttätig, ja? Da haben wir es wieder!« Andresen winkte wütend ab. »Lächerliche Vorwürfe und Verleumdungen. Ich werde schon wieder in eine Schublade gesteckt. Und damit genau das nicht passiert, habe ich nichts gesagt. Ich habe das alles so satt!« Sein Gesicht wurde rot, an der Schläfe trat eine Ader deutlich hervor. »Fragen Sie doch mal hier auf der Insel nach, da wird Ihnen niemand etwas Schlechtes über unsere Ehe sagen. Diese Julia war nicht gut für Birthe, gar nicht gut. Sie hat sie gegen mich aufgehetzt. Nur weil sie selbst sitzen gelassen worden ist.« Er ballte die Faust, dass die Knöchel weiß hervortraten. »Als mir klar wurde, dass Birthe statt zu ihren Eltern wieder zu dieser Frau gefahren sein könnte, noch dazu ohne ein einziges Wort, war ich ziemlich sauer. Ich habe mir verboten, ihr weiter hinterherzutelefonieren. Erst als Birthe Samstagfrüh immer noch nicht zu Hause war, kam ich nicht mehr drum herum. Danach habe ich sofort die Vermisstenanzeige aufgegeben.«

11

»Andresen verheimlicht uns etwas.« Simon steckte den Zündschlüssel ins Schloss.

»Alles an seinem Verhalten, an seiner Körpersprache war Abwehr«, sagte Marlene und zog die Beifahrertür zu. »Aber ist er tatsächlich unser Täter?«

»Schon möglich«, antwortete Simon. »Zum Fähranleger?« Er startete den Motor, setzte zurück und fuhr an der Ausfahrt des Parkplatzes nach rechts auf die Hauptstraße in Richtung Wittdün. »Ich kann ... dass Birthe Andresen ... zu ihren Eltern ... und ...«

»Warte! Ich verstehe dich nicht«, unterbrach ihn Marlene. Sie nahm die Fernbedienung aus ihrer Tasche und wechselte rasch das Hörprogramm an den CIs. »Jetzt sollte es besser gehen.«

Sie hatte auf Rauschunterdrückung umgestellt. Das Programm sollte die Hintergrundgeräusche beim Autofahren herabsetzen, damit sie Simon besser verstehen konnte.

»Oh, daran, dass du im Auto die Einstellung wechseln musst, habe ich gerade nicht gedacht, 'tschuldige.« Simon strich sich verlegen über den Bart. »Ich meinte nur, dass ich nicht denke, dass diese ...«, er checkte mit einem Schulterblick den toten Winkel, ehe er eine Gruppe Radfahrer überholte, »... bei den Eltern glaubwürdig ist. Und ...«

Mist. Irgendwie klappte es mit dem Verstehen heute nicht so richtig. Marlene hatte das Zuhören beim Autofahren schon häufiger trainiert, wenn Mats oder ihre Schwester Johanne bei ihr zu Besuch gewesen waren, und letztendlich auch mit Simon. Über eine Stunde hatten sie allein von Schleswig nach Dagebüll im Wagen gesessen. Doch während der Fahrt bereitete ihr das Hören immer noch Schwierigkeiten. Waren längere Strecken im Auto früher eine ihrer liebsten Gelegenheiten gewesen, um intensive Gespräche zu führen, so gelang ihr nun eine richtige

Unterhaltung nur so leidlich. Sie musste sich sehr konzentrieren und einiges aus dem Sinnzusammenhang kombinieren. Wahrscheinlich brauchte sie auch hier schlichtweg noch mehr Übung. Zumindest hoffte sie, dass weiteres Üben es irgendwann richten würde.

Simon sprach weiter. Marlene veränderte ihre Sitzposition, damit sie sein Gesicht besser sehen konnte. Doch auch das machte es nur geringfügig besser. Sie konnte nur Teile von dem, was Simon sagte, sicher verstehen. Da es jedoch um dienstliche Belange ging, durfte sie es nicht dabei belassen. »Simon, wir müssen das Besprechen bitte auf den nächsten Parkplatz verschieben. Ich kriege sonst nur die Hälfte mit«, sagte sie zähneknirschend.

»Klar, kein Problem!«, erwiderte Simon.

Stumm blickte Marlene aus dem Fenster. Sie sah den Leuchtturm hinter den Baumwipfeln auftauchen. Kein Problem? Für sie schon. Mit den Cochlea-Implantaten an Grenzen zu stoßen, schmerzte immer noch.

Ihr Handy klingelte. Marlene schaute auf das Display. Bendix. Ein Gespräch am Telefon würde sie bei diesem Hintergrundrauschen erst recht nicht hinkriegen, das brauchte sie erst gar nicht zu versuchen. Sie benötigte dafür ihren Telefonclip, der das Smartphone über Bluetooth mit den Cochlea-Implantaten verband. Hastig suchte sie in ihrer Tasche danach, fand ihn aber nicht schnell genug. Marlene fluchte. Sie konnte auch gar nichts.

Simon sah sie fragend von der Seite an.

»Das war Bendix. Kannst du ihn gleich zurückrufen?«

Kurz entschlossen bog Simon von der Hauptstraße nach rechts in die Zufahrt zum Leuchtturm ein und hielt auf dem Parkplatz. Während er mit Bendix telefonierte, blickte Marlene an dem mächtigen rot-weiß gestreiften Turm empor, der auf der Kuppe einer Düne stand und hoch in den Himmel ragte. Doch für die Schönheit dieses Bauwerkes hatte sie im Augenblick keinen Sinn. Eine Horde Schulkinder zog lärmend an ihnen vorbei in Richtung Besucherhäuschen. Sonst war der Parkplatz menschenleer.

Simon beendete das Gespräch und wandte sich Marlene zu.

»Bendix hat im Tourismusbüro nachgefragt. Nach der neuen Datenschutz-Grundverordnung müssen die personenbezogenen Daten nach einem Jahr gelöscht werden. Es gibt also leider keine Gästeliste von 2015. Jetzt wartet er auf Dakota.«

Marlene nickte. Wäre ja auch zu schön gewesen.

»Zurück zu Andresen. Was denkst du?«

Marlene rappelte sich in ihrem Sitz hoch. »Er ist ein Hitzkopf. Und ich habe auch den Eindruck, dass er uns nicht die ganze Wahrheit erzählt. Diese Spontan-zu-den-Eltern-Nummer ist doch Quatsch! Eine Ausrede. Nehmen wir also einmal an, Andresen hat seine Frau, ob geplant oder in einem Streit, getötet, nachdem Tamme zur Schule aufgebrochen war: Wo ist die Leiche? Hat er es noch geschafft, sich ihrer zu entledigen, bevor er zur Fähre gefahren ist? Innerhalb eines Zeitfensters von etwa fünfzig Minuten halte ich das kaum für möglich. Höchstens das Haus oder das Grundstück würden in Frage kommen, aber die Kollegen von der Spurensicherung haben damals nichts gefunden, was darauf hingedeutet hätte. Keine Hinweise im Haus, keine Grabspuren im Garten.«

»Er könnte die Leiche vorübergehend irgendwo deponiert haben. Zum Beispiel im Auto. Und dann hat er sie nachts auf der Insel entsorgt. Einsame Orte, Dünen und viel Sand gibt es hier ja zuhauf.«

»Aber hätte ihn dann nicht jemand sehen müssen? Selbst nachts? Die Insel ist klein. Außerdem würde das vermutlich bedeuten, dass er das Auto mit der Leiche im Kofferraum den Tag über am Fähranleger stehen gelassen hat, und das ist mit einem hohen Risiko verbunden. Wäre das vorstellbar?« Marlene zog die Stirn kraus. Mit dem Daumen rieb sie über ihre Fingernägel. »Oder ist es gerade deshalb, weil es so unverfroren und unvorstellbar ist, die perfekte Vorgehensweise?«

»Vielleicht hatte Andresen gehofft, mit dem Auto noch einen

Platz auf der Fähre zu erwischen, doch dann war die Überfahrt schon ausgebucht«, entgegnete Simon.

»Das würde für eine spontane Tat sprechen. Denn hätte er den Mord von langer Hand geplant, hätte er schon im Vorfeld eine Überfahrt mit dem Auto buchen und die Tote sogar auf dem Festland entsorgen können. Da wäre die Wahrscheinlichkeit, bei der Leichenablage entdeckt zu werden, wesentlich geringer als hier auf der Insel.«

»Dagegen spricht allerdings, dass er vor Abfahrt der Fähre noch ins Büro gefahren ist. Dadurch war sein Zeitfenster noch kürzer. Er hätte enorm unter Stress stehen müssen. Aber niemandem ist an seinem Verhalten etwas aufgefallen.«

Den Befragungen der Flensburger Kollegen zufolge hatte sich Gunnar Andresen an dem fraglichen Morgen wie immer gegeben. Das war ihnen von den beiden Mitarbeitern, die sie vorhin außerdem im Amt angetroffen hatten und die Andresen als stets korrekt und pflichtbewusst beschrieben hatten, bestätigt worden. Den Urlaubstag hatte er schon vor längerer Zeit eingereicht.

»Also doch alles geplant? Eiskalt und abgebrüht?«, fragte Marlene. »Dazu passt dann wiederum nicht, dass er seine Schwiegereltern erst am Freitagabend beziehungsweise Julia Riemer sogar erst am Samstag angerufen hat. Wollte er den sorgenden Ehemann vortäuschen, hätte er sich doch schon viel früher nach dem Verbleib seiner Frau erkundigt.«

»Stimmt«, pflichtete Simon ihr bei. »Nur hätte er sich dann auch früher bei der Polizei melden müssen. Vielleicht brauchte er aber die Zeit, um alle Spuren zu beseitigen. Immerhin hat er am Freitag noch gearbeitet, und mit seinem Sohn im Haus wäre das nur am Abend und in der Nacht gegangen.«

»Das Auto könnte der Schlüssel sein. Erinnerst du dich noch, ob es kriminaltechnisch untersucht wurde?«

»Ich bin mir nicht sicher, aber wir könnten Bendix rasch danach fragen.« Simon griff abermals zum Handy. Nach einem kurzen Gespräch fasste er für Marlene zusammen: »Der Wagen, ein VW Sharan, ist damals nicht überprüft worden. Dazu bestand wegen Andresens Alibi keine Veranlassung. Aber jetzt kommt das interessante Detail: Andresen hat das Auto drei Monate nach dem Verschwinden seiner Frau verkauft. Bendix versucht, den neuen Halter ausfindig zu machen.«

Am Fährhafen blies ihnen ein scharfer Wind ins Gesicht. Sie eilten zum Eingang des hässlichen Klinkerbaus mit der blauweiß gestreiften Verblendung am Flachdach, der die Fahrkartenverkaufsstelle sowie die Touristeninformation beherbergte. Der eigentliche Sitz der Wyker Dampfschiffs-Reederei, welche die Fähren nach Amrum betrieb, befand sich in Wyk auf Föhr. Ausnahmsweise mal kein Reetdach, dachte Marlene, als sie die Treppenstufen zur Eingangstür hinaufstiegen.

Sobald sie die Schalterhalle betreten hatten, sackte Marlene innerlich in sich zusammen. Eine große Gruppe Jugendlicher hatte sich um einen Souvenirstand geschart und schien zu diskutieren, welche Mitbringsel als Andenken am schönsten und gleichzeitig bezahlbar waren. Dies geschah lauthals, denn sie mussten den Lärm übertönen, den die beiden Handwerker verursachten, die sich mit einer Bohrmaschine an einer elektrischen Schiebetür zu schaffen machten. Wie sollte sie hier hörtechnisch zurechtkommen?

Simon musste ihren Gesichtsausdruck bemerkt haben. »Ich kann übernehmen«, sagte er mit lauter, deutlicher Stimme.

Marlene nickte, dankbar und frustriert zugleich.

Eine Mitarbeiterin führte sie in einen Bereich hinter den Schaltern, der vom übrigen Raum durch hohe Regale abgetrennt war und als Büro und Besprechungsort diente. Sie bat Marlene und Simon, an einem großen Tisch Platz zu nehmen, und ließ sie einen Moment allein.

Ob sie ein Hörprogramm einstellen oder das Zusatzmikrofon einsetzen sollte? Ergab das bei diesem Lärm überhaupt noch einen Sinn? Marlene gab sich einen Ruck, holte das Mikrofon und die Empfänger aus der Tasche, befestigte die kleinen Stecker so unauffällig wie möglich an ihren CIs und schaltete das Gerät ein. Sie legte es auf den Tisch in die Mitte.

Wenig später kehrte die Frau in Begleitung eines Herrn zurück.

»Wollen Sie da… zeichnen?«, wurde Marlene von dem Mann gefragt, ehe sie etwas erklären konnte.

»Wie bitte?«

Der Mann zeigte auf das Mikrofon. »Was ist das? Ist es nötig, dass sie das Gespräch damit aufnehmen?«

»Nein, um Gottes willen.« Marlene rang sich ein Lächeln ab. »Das ist ein Mikrofon, das mir hilft, die Unterhaltung besser zu verstehen. Ich trage Cochlea-Implantate.«

Das schien ihm als Erklärung zu genügen. Aber trotz der Technik blieb der Hintergrundlärm für Marlene störend. Erschwerend kam hinzu, dass der Mann, der ihnen Auskunft geben sollte, einen dichten Vollbart trug, weshalb sie seine Lippen nicht sehen konnte. Also nahm Marlene sich wohl oder übel zurück und überließ Simon das Feld.

Eine halbe Stunde später traten sie wieder in den Wind hinaus, in den Händen eine Liste der Fahrzeuge, die am 5. November 2015 um neun Uhr dreißig an Bord der »Uthlande« gefahren waren. Der Ausdruck beinhaltete Fahrzeugtyp, Längenangabe, Nummernschild und Anzahl der reisenden Personen. Die Fähre war ausgebucht gewesen. Ob Gunnar Andresen nach einem Platz für sein Auto gefragt hatte, konnte man ihnen nicht sagen.

Sie flüchteten sich in den Windschatten des Gebäudes, wo Simon seinen Bericht fortsetzte. Eine Liste des Personals, das an dem Morgen auf dem Schiff gearbeitet hatte, würde ihnen aus der Geschäftsstelle in Wyk, wo die Dienstpläne erstellt und Personalangelegenheiten bearbeitet wurden, an die Polizeidienststelle übermittelt werden. Allerdings habe Simons Gesprächspartner ihm schon jetzt zwei Namen von Mitarbeitern nennen können, die mit ziemlicher Wahrscheinlichkeit damals die Einweisung der Fahrzeuge beziehungsweise die Kontrolle der Fahrkarten vorgenommen hätten. Sie würden seit Jahren hier in Wittdün diese Aufgaben erledigen. Wenn sie sich beeilten, hätten sie vielleicht noch Glück und würden zumindest einen von ihnen an seinem Arbeitsplatz erwischen. Das nächste Fährschiff sollte in einer Viertelstunde einlaufen.

Zügig überquerten sie den großen Parkplatz, auf dem Autos und Lieferwagen in Reih und Glied in nummerierten Fahrspuren auf ihre Verladung warteten. Sie hatten Glück. An Anleger 2 fand Simon den gesuchten Mann, ausgestattet mit blauer Arbeitskleidung und Warnweste.

Marlene hielt sich im Hintergrund, die Mütze tief ins Gesicht gezogen, die Hände in den Taschen vergraben. Sie ließ ihren Blick schweifen, sah Föhr, die Halligen. Langeneß und Hooge. In einiger Entfernung erkannte sie das weiße Fährschiff, das Kurs auf den Hafen nahm. Es war wirklich schön hier. Würde sie sich nicht gerade so unzufrieden fühlen, könnte sie es genießen. Zu allem Überfluss knurrte nun auch noch ihr Magen. Sie hatte Hunger. Keine erfolgversprechende Kombination, Unterzuckerung trug bei Marlene nie zu guter Stimmung bei. Sie kramte in ihrer Tasche nach etwas Essbarem, doch nichts. Marlene seufzte. Hatte sie nicht erst heute Morgen, vor nur wenigen Stunden, darüber nachgesonnen, wie gut der erste Tag verlaufen war? Wie gut es sich anfühlte, wieder als Kommissarin zu arbeiten? Und wie dankbar, ja glücklich sie über ihre CIs sein konnte? Über ihre Goldstücke?

Heute war von deren Glanz nur wenig zu spüren.

12

Das Erste, was sie spürte, war die Übelkeit. Das schmerzvolle Verkrampfen ihres Magens. Das Würgen kam unvermittelt. Sie krümmte sich zusammen, schlang die Arme um den Bauch. Im Mund der bittere Geschmack nach Galle.

Erst dann kam das Bewusstsein. Sie schlug die Augen auf. Um sie herum tiefe Finsternis. Wo war sie? Träumte sie? Während ihre Gedanken träge diesen Fragen nachhingen, so als müssten sie erst noch erwachen, stürzte mit einem Mal die Erinnerung auf sie ein.

Der Mann an der Tür. Seine Stimme. Sie hatte ihn nicht gekannt. Er hatte etwas gesagt. Eine Frage? Dann der Stich. Es hatte wehgetan. Sie hatte in sein Gesicht geschaut. Sein Blick war konzentriert. Ohne jede Regung. Schwärze.

Schlagartig war sie hellwach. Wo war sie? Was war mit ihr geschehen? Sie setzte sich auf. Ihr wurde schwindelig. Sie würgte, aber ihr Magen gab nichts mehr her. Ihr Verstand begann zu arbeiten. Doch etwas in ihr wehrte sich dagegen. Wehrte sich mit aller Macht. Das konnte nicht sein. Es durfte nicht sein. Es war unmöglich.

Ihre Augen versuchten, die Dunkelheit zu durchdringen. Vergebens. Sie lauschte. Hörte ein leises Surren. Das Geräusch konnte sie nicht einordnen. In der Luft lag ein modriger Geruch. Zaghaft tastete sie mit den Händen über den Untergrund, auf dem sie kauerte. Er fühlte sich glatt an, kühl. Sie hob die Arme über den Kopf, langsam, vorsichtig. Bewegte sie von links nach rechts. Leere. Sie berührte ihr Haar, ihr Gesicht, befühlte ihre Brust, die schmerzende Schulter. Sie konnte die Berührungen spüren. Das war *sie*. Das war *ihr* Körper. Und eine gellende Stimme in ihrem Kopf schrie laut und erbarmungslos, sodass sie es nicht mehr länger verdrängen konnte: *Du bist wach! Es ist real!*

Die Panik schlug wie eine Woge über ihr zusammen und drohte, sie mit sich fortzureißen. Sie zog die Beine an, umklammerte ihre Knie. Ein schriller Laut entfuhr ihrer Kehle. Ein Laut, wie sie ihn noch nie zuvor von sich gehört hatte. Sie begann am ganzen Körper zu zittern. Ihr Herz raste. Sie presste die Beine fester gegen den Bauch, krallte die Finger in den Stoff ihrer Hose.

Wo bist du? Was ist geschehen?

Jemand hatte sie an diesen Ort gebracht. Der Mann an der Tür? War er es gewesen? Wer war er? Was wollte er von ihr? War alles nur ein schlechter Scherz?

Die Fragen rauschten wirr durch ihren Kopf. Wo war Tamme? War er in der Schule? Oder bei seinem Freund? Zu Hause? Was war mit Gunnar? Wie viel Zeit war vergangen? Wie lange war sie schon hier? Und wo, zum Teufel, war *hier*?

Sie starrte angestrengt in das schwarze Dunkel, versuchte, einen Umriss, eine Silhouette auszumachen, irgendetwas, das ihr verraten könnte, wo sie sich befand. Nichts.

»Ist hier jemand?« Ihre Stimme klang brüchig. Als wollte sie ihr nicht gehorchen. »Hallo! Ist hier jemand?«

Die Antwort war Stille. Und das Surren. Gleichmäßig. Unheimlich.

Dann vernahm sie ein anderes Geräusch. Ein Klappern. Erst nach Sekunden realisierte sie, dass es von ihren eigenen Zähnen stammte. Ihr schossen die Tränen in die Augen.

Warum hatte man sie hierhergebracht? War sie entführt worden? Aber warum? Warum sie? Ging es um Geld? Lösegelderpressung? Sie hatten doch nichts! Sie waren nicht vermögend. Worum ging es dann? Das Zittern wurde stärker. Ihre Arme begannen zu schmerzen, so fest hielt sie ihre Beine umklammert. Sie presste die Zähne aufeinander. Worum konnte es dann gehen? Sie war eine Frau. An den Rest verbat sie sich zu denken.

Du musst weg hier. Raus. Sofort!

Sie zwang sich, ruhig zu atmen, gleichmäßig, versuchte, dem

unkontrollierten Zittern ihrer Gliedmaßen irgendwie Herr zu werden. Nur mit Mühe kam sie auf die Knie, beugte sich vor, stützte die Hände auf den Boden, der sich anfühlte wie Gummi. Er gab unter ihrem Gewicht ein wenig nach. Hockte sie auf einer Matte? Einer Matte, ähnlich einer Turnmatte, wie sie sie aus der Sporthalle kannte? Einen Augenblick lang musste sie innehalten. Erneut war ihr schwindelig.

Los jetzt! Es muss irgendwo einen Ausgang geben!

Langsam schob sie ihre Hände vorwärts. Sie erspürte eine Kante. Dahinter, wenige Zentimeter tiefer, ein fester, glatter Boden. Kalt. Beton? Estrich? Sie ließ die Finger unter die Kante gleiten, hob das Etwas, auf dem sie auf allen vieren kauerte, an, drückte es zusammen. Nun war sie sich sicher. Es musste sich um eine Gummimatte handeln.

Sie tastete sich weiter vorwärts, immer am Rand der Matte entlang, bis sie gegen eine Wand stieß. Vorsichtig stand sie auf. Die Knie weich, wackelig. Sie hob eine Hand schützend über den Kopf, doch da war nichts, sie konnte aufrecht stehen. Sie streckte die Arme in die Höhe. Alles frei.

Die Wand war eben. Sie fühlte die raue Oberfläche des Putzes, als sie darüberstrich.

Entschlossen setzte sie einen Fuß vor, dann den anderen. Da war immer noch das Surren. Es hörte sich an, als ob es von oben käme. Sie legte den Kopf in den Nacken. Aber auch im Stehen konnte sie nichts erkennen.

Beim nächsten Schritt stieß ihr Fuß gegen etwas Hartes. Ein Gegenstand? Eine andere Wand? Ihre Hände arbeiteten sich vor, wanderten um eine Ecke. Sie war an einer zweiten Wand im rechten Winkel zur ersten angelangt.

Plötzlich berührten ihre Finger etwas Kaltes. Sie zuckte zurück, um sie sogleich wieder auszustrecken. Eine glatte Oberfläche. Metall? Sie erspürte eine flache Kante mit einer Rille, die senkrecht zum Boden verlief. Mit den Fingerspitzen fuhr sie daran entlang, nach unten, nach oben. Eine Tür! Eine Tür aus Metall! Sie hatte eine Tür gefunden!

Hastig befühlte sie das Türblatt. Wo war der Griff? Es musste einen Türgriff geben!

Doch alles, was sie fand, war eine kreisrunde Erhebung, links, etwa auf Höhe ihres Bauches. Ein Stück daneben die nächste senkrechte Rille. Zarge, Wand.

Kein Griff. Nur das blinde Gegenstück.

Die Gewissheit raubte ihr den Atem. Ihr Magen fühlte sich an wie ein flammender Feuerball, der in ihre Kniekehlen hinabsackte.

Sie war gefangen. Jemand hatte sie in ein Verlies gesperrt.

Ihr Schrei dieses Mal war lauter. Kräftiger. Er kam aus den Tiefen ihres Körpers, ihrer Lunge. Ihrer Seele. Die Stille danach war schlimmer als zuvor.

Sie lehnte sich mit der Stirn gegen das kalte Metall. Die Tränen kamen mit aller Macht. Sie spürte, wie sich ihre Hände zu Fäusten ballten. Fest bohrten sich die Fingernägel in ihre Handflächen. Sie hob die Fäuste, schlug auf die Tür ein. Einmal, zweimal, dann wieder und wieder. Mit ganzer Kraft trommelte sie gegen das harte Türblatt. Die Schmerzen spürte sie nicht. Nur schreien hörte sie sich. Hörte ihre Stimme um Hilfe rufen, brüllen.

Doch nichts geschah.

Irgendwann sank sie erschöpft zu Boden.

Warum?

Was hatte sie getan, dass man sie hier festhielt? Warum sie?

Unvermittelt zerriss ein heller Lichtstrahl die Finsternis um sie herum. Sie hob reflexartig den Arm vor das Gesicht, kniff die Augen zusammen. Nur langsam ließ sie den Arm wieder sinken.

Was sie sah, ließ sie erstarren.

Scheinbar aus dem Nichts wurde eine Fotografie auf eine Wand projiziert. Sie erkannte das Bild sofort.

Jetzt wusste Birthe Andresen, warum sie hier war.

13

Der Kuchen war gut, das musste man Bendix lassen, dachte Marlene und wischte sich verstohlen einen Krümel Zucker aus dem Mundwinkel. Der Filterkaffee hingegen war genau das Gegenteil. Bitter und viel zu stark. Dennoch leerte sie den Becher mit dem grünen Stern der Polizeigewerkschaft bis auf den letzten Schluck. Ohne die gewohnte Dosis Koffein würde sie Kopfschmerzen bekommen, und ihre angeschlagene Stimmung würde dem Tiefpunkt nur noch näher entgegensinken. Marlene musste zugeben, dass sie es ohne die Verköstigung von Bendix deutlich schlechter gehabt hätten. Der Supermarkt in Wittdün war geschlossen gewesen, als sie mit Simon im Anschluss an ihren Besuch am Fähranleger dort hatte einkaufen wollen. Mittagspause. Wie ein Relikt aus längst vergangenen Tagen. So hatten sie sich mit Pommes vom Schnellimbiss an der Hauptstraße begnügen müssen. Heute Nachmittag musste es ihnen endlich gelingen, die Öffnungszeit eines der Märkte abzupassen.

Aus dem Gespräch mit dem Mitarbeiter des Fährpersonals hatten sie keine neuen Erkenntnisse gewonnen. Der Mann hatte sich zwar noch an den fraglichen Morgen und an Gunnar Andresen erinnern können, aber er kannte den Standesbeamten nur flüchtig. Sie hätten einen kurzen Schnack gehalten, als Andresen an Bord gegangen war, über das Wetter und die um die Jahreszeit ungewöhnlich volle Fähre, und Andresen habe sich dabei gänzlich unauffällig verhalten, soweit er das beurteilen könne. Die vermisste Frau habe er nicht gesehen, sonst hätte er sich selbstverständlich längst bei der Polizei gemeldet, und ihm sei auch sonst nichts Merkwürdiges aufgefallen. Simon hatte den Mann gebeten, sich auf der Dienststelle zu melden, falls ihm noch etwas einfiele, das Gleiche gelte für seine Arbeitskollegen, an die er dieses Anliegen weitertragen möge.

Die Liste mit den Fahrzeugdaten hatte Marlene per E-Mail

an Ada Bergengrün geschickt. Sie sollte die Nummernschilder und Fahrzeughalter überprüfen, womöglich gab es irgendeine Auffälligkeit, die ihnen weiterhalf. Ada hatte ihnen schon früher mehr oder weniger offiziell manch guten Dienst erwiesen, warum also nicht auch im Namen der neuen Ermittlungsgruppe? Sie unterstützte Marlene und Simon sicherlich gern.

Bendix hatte ihnen, kaum dass Marlene und Simon in der Dienststelle eingetroffen waren, voller Stolz verkündet, dass er den Käufer von Gunnar Andresens Wagen ausfindig gemacht hatte. Allerdings endeten seine Nachforschungen in einer Sackgasse: Der Sharan war nach einem Unfall im Frühjahr 2016 verschrottet worden. Nun trugen Marlene und Simon ihm auf, in den sozialen Netzwerken nach einem Läufer oder einer Läuferin zu suchen, der oder die am 5. November 2015 auf dem Nebeler Sportplatz trainiert hatte. Mit Sicherheit gab es einschlägige Gruppen auf Facebook oder Instagram? Vielleicht konnte er dort einen entsprechenden Aufruf starten. Und sobald die Liste des Personals von der »Uthlande« eingetroffen war, sollte er die darauf genannten Personen als mögliche Zeugen befragen.

»Und ihr?«, fragte Bendix nach.

»Ich werde mir erneut die Akte vornehmen«, sagte Marlene. »Vielleicht entdecke ich irgendwo einen Hinweis, wo sich die Leiche befinden könnte. Ein verstecktes Detail, dem aufgrund des zugrunde gelegten Zeitfensters zuvor keine Beachtung geschenkt wurde.« Es war immer sinnvoll, die Dinge aus einem veränderten Blickwinkel neu zu betrachten. Außerdem würde sie beim Aktenstudium nicht so viel hören müssen. Bei ihrer heutigen Tagesform nicht die schlechteste Aussicht. Lesen war leise. Es war Sprache ohne Hören. Marlene steckte sich das letzte Stück Kuchen in den Mund.

»Haus und Garten waren kriminaltechnisch unauffällig«, sagte Simon mehr zu sich selbst als an sie gerichtet.

»Genau«, bekräftigte Bendix. Er stellte seinen Kaffeebecher so ab, dass Marlene nicht umhinkam, die Aufschrift zu lesen.

»Bester Polizist der Welt – möge die Macht mit dir sein«. Ohne Worte.

»Es gab keine nennenswerten Hinweise«, fuhr er fort. »Auch der Einsatz der Spürhunde hat nichts gebracht. Mit zwei Hunden sind sie hier zugange gewesen. Die haben Birthes Fährte zwar aufgenommen, aber nur vom Haus bis zum Auto und auf dem Weg bis zum Komposthaufen, mehr ging nicht. Mann, das war cool, wie die losgelaufen sind! Ich habe so einen Einsatz vorher noch nicht erlebt. Wie gezielt die –«

»Moment«, unterbrach ihn Marlene. »Welcher Komposthaufen? Wo war der?«

»Hinter dem Haus, am Wall zum Nachbargrundstück.«

»Und hat man dort nach der Leiche gesucht?«

»Im Kompost? Nein. Es bestand ja kein Verdacht gegen Gunnar. Und dass die Hunde dort ihre Spur gefunden haben, war einleuchtend. Birthe ist regelmäßig zum Komposthaufen gegangen, genau wie zum Auto, dessen Fahrerin sie ja ebenfalls war.« Bendix rieb seine markante Ohrmuschel zwischen den Fingern. »Angeschlagen im Sinne eines Fundortes haben die Hunde, soweit ich weiß, auch nicht.«

Marlene nahm sich vor, Kontakt zu den Hundeführern aufzunehmen. »Erinnerst du dich an die Erde beziehungsweise den Abfall auf dem Komposthaufen? Gab es Hinweise darauf, dass etwas bewegt worden war? Umgegraben?«

Bendix zuckte mit den Schultern. »Nicht dass ich wüsste. Und es hat an dem Wochenende ja auch stark geregnet.«

Sollten sie das Detail, nach dem sie suchten, etwa schon gefunden haben? Marlene räumte das Kaffeegeschirr zusammen, dann legte sie sich die Unterlagen zurecht.

»Ich werde versuchen, Andresens Aufenthalt auf dem Festland zu rekonstruieren«, sagte Simon. »Was hat er wann gemacht? Könnte es sein, dass er früher nach Amrum zurückgekehrt ist, als er angegeben hat?«

»Nein«, widersprach Bendix. »Er wurde auf dem Sechzehn-Uhr-dreißig-Schiff gesehen.«

»Hat man damals den Arzttermin überprüft?«

Bendix zuckte abermals mit den Schultern.

Marlene durchsuchte die Notizen, fand aber außer der Anschrift der Praxis und dem Hinweis, dass Andresen dort um dreizehn Uhr einen Termin gehabt hatte, keinen weiteren Eintrag.

»Dann werde ich dort mal nachhaken.« Simon ging nach nebenan, um ungestört zu telefonieren. Marlene studierte weiter die Unterlagen, während Bendix mit seinem Arbeitsauftrag im Internet begann.

Wenig später kam Simon zurück. »Fehlanzeige.«

Marlene hob den Kopf. »Wie bitte?«

»Fehl-anzeige. Ohne einen richterlichen Beschluss geben die mir keine Auskunft. Die sind leider gut informiert.« Er grinste schief.

»Bei mir auch Fehlanzeige. Andresen hat zu Protokoll gegeben, seine Frau habe an dem Morgen Küchenabfälle nach draußen auf den Komposthaufen gebracht. Über die Beschaffenheit des Haufens ist leider nichts notiert.«

»Ich höre immer nur Fehlanzeige.« Jessen war mit Zimmermann im Schlepptau von einem Einsatz zurückgekommen. »Dann ist es ja bei euch wie bei uns. Wir haben in der Schule auch nichts gefunden.« Er hängte die Jacke seiner Uniform über einen Stuhl. »Der Schulleiter vermutet ein kleines Drogenproblem«, ergänzte er, als er Marlenes und Simons fragende Gesichter sah. »Und? Wie ist der Stand der Dinge?«

Simon fasste in Kürze das Wesentliche zusammen.

»Wie wichtig ist der Arzttermin?«, fragte Zimmermann. Es war das erste Mal, dass er das Wort ergriff, seit Marlene und Simon auf Amrum zu Gast waren. Sie schauten ihn verblüfft an.

»Wie immer – es könnte alles wichtig sein«, antwortete Marlene.

»Praxis Runge und Weißbach?«

Marlene nickte. »Wieso?«

»Die Cousine meiner Frau arbeitet dort.« Ohne einen weiteren Kommentar ging er nach nebenan. Es dauerte zehn Minuten, bis er zurückkam, seine Miene ernst. »Andresen hatte einen Termin, aber er ist nicht erschienen.«

Sie fanden ihn in der Turnhalle der Öömrang-Skuul, der Grund- und Gemeinschaftsschule der Insel. Der Lärm, den die Kinder produzierten, die an mehreren Tischtennisplatten trainierten, schwappte Marlene und Simon wie eine Welle entgegen, als sie die schwere Glastür zur Halle öffneten. Rufen, Lachen, das rhythmische Klacken der Bälle, quietschende Sohlen auf dem Hallenfußboden. Dazu die schlechte Akustik einer Sporthalle. Marlene hatte heute einfach kein Glück mit ihren Hörsituationen.

Sie bedeutete Simon, einen Augenblick zu warten. Andresen hatte sie noch nicht bemerkt. An einem der hinteren Tische spielte er einem schmächtigen Jungen mit blonden Haaren Bälle zu, die dieser mit konzentrierter Miene zurückschmetterte. Ohne Pause, ein Ball nach dem anderen.

Marlene erkannte Tamme von dem Foto aus Andresens Büro. Er müsste jetzt zehn oder elf Jahre alt sein. Sie verstand nicht viel von Tischtennis, aber Tammes Schläge und Bewegungen wirkten flüssig und geschmeidig, seine Reaktionen waren blitzschnell.

Andresen jedoch schien zu hadern. Sein Gesicht war ernst, geradezu verkniffen, die Gesten ungehalten, als Tamme zwei Bälle nacheinander verschlug.

Dann entdeckte Andresen die Gäste an der Tür. In seinem fragenden Blick lag eine Mischung aus Erstaunen und Argwohn. Auch eine Spur Angst? Er legte seinen Schläger ab, wechselte ein paar Worte mit seinem Sohn und kam auf sie zu.

»Herr Fährmann, Frau Louven. Dass Sie mich selbst hier aufspüren. Gibt es etwas Neues?« Sein Blick ging zwischen Marlene und Simon hin und her. »Haben Sie etwa Birthe …« Er brach ab.

»Lassen Sie uns in den Flur gehen«, sagte Marlene. Dort waren die akustischen Bedingungen zwar ebenfalls nicht gut, aber zumindest deutlich besser als in der Halle.

Draußen auf dem Gang beantwortete Simon Andresens Frage. »Nein, wir haben Ihre Frau nicht gefunden, aber es haben sich neue Fragen ergeben, die wir mit Ihnen klären müssen. Bitte kommen Sie mit uns auf die Polizeiwache.«

»Auf die Wache? Können wir das nicht hier machen? Wie Sie sehen, stecke ich mitten im Training.«

»Wir möchten ungestört mit Ihnen reden. Wenn Sie uns also bitte begleiten möchten.«

»Wir können in eine der Umkleidekabinen gehen. Außerdem habe ich Ihnen bereits alles gesagt, was ich weiß. Zweimal.« Betont langsam erklärte er: »Ich coache meinen Sohn. In zwei Wochen ist Landesrangliste. Er spielt ganz oben mit. Da kann ich nicht mal so eben –«

»Das muss nun warten«, unterbrach ihn Simon und wandte sich demonstrativ zum Gehen.

Jetzt wurde Andresen ärgerlich. »Erst passiert eine halbe Ewigkeit gar nichts, und nun soll ich noch nicht einmal Zeit haben, mein Training zu beenden? Das soll noch mal einer verstehen!«

»Herr Andresen«, schaltete sich Marlene ein. Sie bemühte sich, ihrer Stimme einen beruhigenden Tonfall zu geben. »Wir stören Sie nur ungern, aber unsere Fragen dulden keinen Aufschub. Kommen Sie bitte.«

»Dann hoffe ich für Sie, dass sich der ganze Aufwand lohnt«, gab er widerwillig zurück. »Ich muss meinem Sohn noch Bescheid sagen. Wie lange wird es dauern?«

»Das können wir nicht sagen.«

»Das wird ja immer be…«

»Wie bitte?«

Andresen winkte genervt ab und stapfte zurück in die Halle. Durch die Glastür konnte Marlene Tamme sehen. Er hatte die Szene aus der Distanz beobachtet. Ob sein Vater ihn eingeweiht hatte, dass die Kriminalpolizei wegen seiner Mutter nach Amrum gekommen war?

Zwanzig Minuten später saßen sie Andresen in der Dienststelle gegenüber. Nur mit Mühe hatten sie Bendix vermitteln können, warum sie die Vernehmung allein, ohne ihn durchführen wollten. Und obwohl er es schließlich eingesehen hatte, war Marlene sich nicht sicher, ob er nicht heimlich hinter der Tür stand und lauschte. Sie schaltete das Diktiergerät ein, sprach die notwendigen Angaben auf und platzierte es in der Mitte des Tisches. Hier, vis-à-vis in einer ruhigen Umgebung, würde sie die Gesprächsführung wieder übernehmen können. Sie begann mit der üblichen Belehrung.

»Warum so offiziell? Nun bin ich doch gespannt, welche Fragen Sie haben.« Andresen verschränkte die Arme vor der Brust.

»Lassen Sie uns noch einmal auf den Tag zurückkommen, an dem Ihre Frau verschwunden ist. Sie haben ausgesagt, dass Sie einen Termin in der urologischen Praxis Runge und Weißbach in Husum hatten«, sagte Marlene ruhig. »Um dreizehn Uhr.«

»Es geht also wieder um mich.« Andresen stöhnte. »Ich kapier das nicht. Aber ja, ich hatte einen Termin. Soweit nichts Neues.«

»Warum haben Sie den Termin nicht wahrgenommen?« Marlene beobachtete Andresens Reaktion genau. Eine leichte Röte überzog sein Gesicht, an seiner Schläfe trat eine Ader hervor.

»Das ist Privatsache«, antwortete er.

»Dies ist eine kriminalpolizeiliche Ermittlung. Sich nicht zu äußern, ist nicht in Ihrem Sinne, glauben Sie mir.« Sie wartete ab, doch Andresen blieb stumm. »Im elektronischen Terminkalender der Praxis war Ihr Name mit einem kleinen grauen Punkt markiert worden. Dieser Punkt zeigt an, dass Sie den Termin zwar vereinbart hatten, aber nicht erschienen sind. Womöglich wurde dieses Zeichen bei der damaligen Überprüfung übersehen.«

»Und? Was sagt Ihnen das jetzt?«

»Warum haben Sie das nicht zu Protokoll gegeben?«

»Mich hat keiner gefragt, ob ich den Termin auch tatsächlich wahrgenommen habe. Und welchen Unterschied macht es, ob ich vor dem Haus wieder umgedreht bin oder nicht?«

»Soll das heißen, Sie behaupten, dort gewesen und wieder gegangen zu sein? Warum hätten Sie das tun sollen?«

»Sie verstehen es nicht, oder? Das sind *Urologen*.« Er suchte Simons Blick. »Geht man mit so einem Problem hausieren? Nein. Aber wenn Sie's unbedingt wissen wollen: Ja, ich hatte ein entsprechendes Problem, und ich hatte mir einen Termin geholt. Aber dann habe ich es mir spontan anders überlegt.« Nun sah er Marlene herausfordernd an. »Sie können auch sagen, ich habe gekniffen, nennen Sie es, wie Sie wollen. Nur was soll das mit dem Verschwinden meiner Frau zu tun haben?«

»Können Sie irgendwie belegen, dass Sie an diesem Tag in Husum gewesen sind?«

»Wo hätte ich denn sonst sein sollen?«

»Sie hätten sich überall auf dem Festland aufhalten können.«

»Hätten. Habe ich aber nicht.«

»Oder schon auf Föhr das Schiff verlassen haben«, schob Marlene hinterher.

Andresen lachte auf. »Auf Föhr das Schiff verlassen? Und dann? Ein Boot klauen und zurück nach Amrum? Um meine Frau umzubringen?« Er schüttelte ungläubig den Kopf. »Ach ja, und nicht zu vergessen, anschließend musste ich trotzdem noch irgendwie nach Dagebüll kommen. Um dort um sechzehn Uhr dreißig an Bord der Fähre zu gehen, auf der mich zahlreiche Zeugen gesehen haben. Auf solch einen Blödsinn muss man erst einmal kommen!«

»Das haben Sie sich jetzt zusammengereimt«, entgegnete Marlene. Allerdings musste sie Andresen recht geben. Das Szenario war mehr als abenteuerlich und unwahrscheinlich. »Nichtsdestotrotz benötigen wir irgendjemanden oder irgendetwas, der oder das bestätigen kann, dass Sie an dem fraglichen

Tag in Husum gewesen sind. Haben Sie ein Restaurant besucht, einen Einkauf getätigt? Vielleicht besitzen Sie noch eine Quittung oder einen Kassenbon?«

Auch wenn es Andresen sichtlich missfiel, so gab er doch Auskunft darüber, in welchem Restaurant er zu Mittag gegessen und in welchem Sportgeschäft er zwei neue Tischtennisschläger für seinen Sohn abgeholt hatte. Eine Quittung könne er zwar nicht mehr vorlegen, doch die Verkäufer im Sportgeschäft würden sich mit Sicherheit an ihn erinnern, er sei dort Stammkunde und würde für Tamme häufiger Schläger mit individuell gefertigten Belägen bestellen, das sei alles andere als alltäglich.

Marlene spürte Simons Hand an ihrem Arm. Er fragte: »Herr Andresen, Sie haben Ihr Auto drei Monate nach dem Verschwinden Ihrer Frau verkauft?«

»Warum fragen Sie, wenn Sie es schon wissen?«

»Uns interessiert der Grund.«

»Der könnte banaler nicht sein. Ich hatte schon lange darüber nachgedacht. Der Sharan war in die Jahre gekommen. Eine träge Kutsche. Ich wollte immer lieber einen BMW. Als ich ein gutes Angebot erhielt, habe ich zugegriffen. Da darf man nicht lange fackeln.« Er beugte sich vor. »Waren das Ihre Fragen? Wegen denen ich extra hierherkommen sollte?«

»Die Fährten, die die Spürhunde auf der Suche nach Ihrer Frau damals verfolgt hatten, führten zum Sharan und zum Komposthaufen hinter Ihrem Haus«, sagte Marlene.

»Auch nicht neu.« Seine Arme wanderten wieder vor die Brust, er lehnte sich zurück. »Wenn Sie jetzt nur noch weitere Fakten herunterleiern wollen, die hinlänglich bekannt sind, kann ich auch zurück zum Training gehen.«

»Der Wagen ist mittlerweile verschrottet worden. Was ist mit dem Komposthaufen?«

»Wie meinen Sie das? Was soll damit sein? Ich habe ihn eingeebnet, ich nutze ihn nicht. Der Garten und all das war Birthes Ding.«

»Wir werden das Gebiet um den Komposthaufen auf Ihrem Grundstück kriminaltechnisch untersuchen lassen.«

»Sie wollen *was*?« Andresen starrte Marlene an. Seine Augen wurden schmal. Dunkel. »Moment, verstehe ich Sie richtig, Sie wollen die Spurensicherung ein zweites Mal über mein Grundstück schicken? Weil Sie denken …« Wieder stieg ihm Röte ins Gesicht, diesmal aus Zorn. »Ich glaub es einfach nicht! Sie denken allen Ernstes, dass ich meine Frau umgebracht und im Garten verscharrt habe? Im Komposthaufen?« Seine Stimme schwoll an. »Habe ich sie zuvor vielleicht auch noch zerstückelt? Und in Tüten verpackt? Quadratisch, praktisch, gut? Dann muss man kleinere Löcher graben und kann sie besser verteilen. Wie krank ist das denn!«

»Sie waren womöglich der Letzte, der –«

»Und ich Idiot hatte gehofft, dass mit Ihnen endlich eine Wendung kommt«, fiel Andresen Marlene ins Wort. »Dass Sie meine Frau finden. Dass ich endlich Erlösung erfahren kann. Frieden. Dabei machen Sie alles nur noch schlimmer.« Er rieb sich mit den Händen über das Gesicht. »Aber da spiele ich nicht mehr mit. Sie brauchen dafür einen richterlichen Beschluss.« Er presste die Zähne aufeinander, seine Kiefermuskeln arbeiteten.

»Den werden wir bekommen.«

»Ich werde einen Anwalt hinzuziehen.«

»Das steht Ihnen zu. Sicherlich wird er Ihnen raten, sich kooperativ zu verhalten, damit alles so geräuschlos wie möglich ablaufen kann.«

»*Geräuschlos.* Dass ich nicht lache!« Er beugte sich vor. Seine Augen waren nur noch Schlitze. »Sie haben keine Ahnung, wie das hier auf der Insel läuft. Wo jeder alles weiß. Was du machst, wen du triffst, wann und was du einkaufst. Aber keiner weiß, was ich wirklich durchgemacht habe. Und immer noch durchmache. Mich kotzt das alles so an!«

Marlene setzte sich aufrechter hin. »Wir müssen das machen. Sie hatten keine vier Monate vor dem Verschwinden Ihrer Frau eine heftige Auseinandersetzung mit ihr, bei der Sie womöglich gewalttätig –«

»Gewalttätig! Ich höre immer nur gewalttätig! Mir ist ein Mal die Hand ausgerutscht, ja? Ein einziges Mal! Und daran war Birthe nicht ganz unschuldig. Sie hat mich bis aufs Blut provoziert. Aber Sie drehen mir daraus jetzt natürlich einen Strick!«

Also doch. Marlene atmete tief durch. Wie sehr sie Gewalt gegen Frauen verabscheute! Am unerträglichsten war es, wenn die Männer ihre Taten überdies mit einem vermeintlichen Fehlverhalten der Frauen rechtfertigten. Sie spürte, wie Ärger und Wut in ihr aufstiegen. Doch sie riss sich zusammen. Andresen war dabei, sich in Rage zu reden, das musste sie ausnutzen. Deshalb sagte sie kühl: »Sie haben zugegeben, an dem fraglichen Wochenende im Stillen befürchtet zu haben, dass Ihre Frau erneut zu ihrer Freundin geflüchtet sein könnte. Warum? Hatte es zuvor wieder einen Streit gegeben?«

»*Zugegeben, geflüchtet* – jetzt bleiben Sie mal auf dem Teppich! Und was heißt Streit? Mein Gott, ja, wir hatten eine Meinungsverschiedenheit, eine Diskussion an jenem Morgen. Aber ist das so ungewöhnlich? Sind Sie mit Ihrem Mann immer einer Meinung?«

Unwillkürlich berührte Marlene ihren Ring. Nils' Ehering, den sie mit dem ihren hatte zusammenschmelzen lassen. »Worum ging es in dieser Diskussion?«

»Es ging um …« Er zögerte. »Ach, was soll's, ist jetzt ja auch egal. Es ging um dieses urologische Problem. Mit Birthe lief es im Bett, sagen wir mal, nicht optimal. Doch sie wollte noch ein Kind. Hat mich unter Druck gesetzt. Was sie mir alles vorgeworfen hat! Ich hatte mir an dem Tag extra freigenommen wegen des Arzttermins, und trotzdem konnte sie es nicht lassen. Hat auf mir herumgehackt, es würde an mir liegen, dass sie nicht schwanger wird. Aber wer musste denn schon beim ersten Mal die Hormone schlucken? Ich mit Sicherheit nicht.« Er schob das Kinn vor. »Und dann fährt sie zu dieser blöden Julia, sich ausheulen. Dachte ich jedenfalls. Wen würde das nicht wütend machen?« Andresen hielt für einen kurzen Moment inne. »Ich konnte doch nicht ahnen …« Auf einmal hatte er etwas Weiches in seiner Miene. Etwas Verletzliches. Seine Stimme wurde leiser. »Ich konnte doch nicht ahnen, dass ich sie niemals wiedersehen würde.«

14

Marlene griff nach einem Kugelschreiber und beugte sich über das Notizbuch. Sie musste ihre Gedanken ordnen, und dies gelang ihr am besten, wenn sie es schriftlich tat. Handschriftlich. Trotz aller technischen Möglichkeiten und Vorteile, die Smartphone, Tablet und Computer boten, hielt sie an ihrer Gewohnheit fest, das Wichtigste von Hand zu notieren. Es half ihr, Informationen und Ermittlungsansätze zu sortieren, zu bewerten und einzuordnen, Fragestellungen zu entwickeln, zu beantworten, zu verwerfen. Klarheit zu erlangen. Und vor dem Hintergrund ihrer Hörbeeinträchtigung kam diesen schriftlichen Aufzeichnungen eine noch größere Bedeutung zu. Sie dienten der Absicherung von Fakten und dem Vorbeugen von Missverständnissen.

Sie saß an Jessens Schreibtisch, vor sich aufgeschlagen Simons Heft. Marlene studierte seine Notizen, die er bei den ersten beiden Treffen mit Gunnar Andresen angefertigt hatte, übertrug das Wichtigste, ergänzte es mit ihren Eindrücken und Gedanken. Früher hatte sie während eines Gespräches selbst mitgeschrieben. Nun war sie auf Simons Aufzeichnungen angewiesen, musste sich darauf verlassen, dass er das Entscheidende herausgehört und festgehalten hatte. Auch deshalb war es wichtig, seine Vermerke nun mit ihren Erinnerungen abzugleichen. Sie konnte es Teamarbeit nennen. Oder eine weitere Form von Kontrollverlust, mit der sie sich in ihrem Berufsalltag arrangieren musste.

Marlene nahm einen Lakritzbonbon aus der Tüte und steckte ihn in den Mund. Die Dinger waren gut. Etwas salzig, aber nicht zu scharf. Sie hatten heute Nachmittag abermals die Öffnungszeiten des Supermarktes verpasst, woraufhin Bendix anbot, seine Beziehungen spielen zu lassen, was sie dieses Mal gern in Anspruch genommen hatten. Ein Telefonat, und eine halbe Stunde später war ihre Bestellung direkt in die Dienststelle geliefert worden. Warum hatten sie das nicht schon vorher so gehandhabt?

Sie schob einen zweiten Bonbon hinterher. Noch besser. Mit dem Kugelschreiber umkreiste Marlene den Namen »Gunnar Andresen«, den sie in großen Lettern in die Mitte einer Doppelseite geschrieben hatte. Sie betrachtete die Pfeile, die sie gezeichnet hatte, die Querverweise, Randbemerkungen. War er ihr Mann?

Er hatte bedeutende Details verschwiegen, zeigte sich wenig kooperativ und räumte häppchenweise immer nur das ein, was Marlene und Simon bereits mühsam herausgefunden hatten. Doch worin lag der Grund für dieses Verhalten?

War es durch seinen Charakter begründet? Andresen gab sich in seinem beruflichen wie privaten Umfeld stets korrekt, zielstrebig, ehrgeizig. Doch sein tadelloser Ruf war angeschlagen, seit das plötzliche Verschwinden seiner Frau viele Fragen und Ungereimtheiten aufgeworfen hatte. Wollte Andresen schlichtweg alles daransetzen, das Bild des treu sorgenden Ehemannes und Vaters, einer glücklichen Ehe und Familie um jeden Preis aufrechtzuerhalten? In ein solches Szenario passten keine urologischen Probleme und Ehestreitigkeiten, erst recht keine Handgreiflichkeiten oder eine Ehefrau, die vor ihrem Mann zu ihrer Freundin floh. War seinen Ruf und den seines Sohnes zu schützen, sein alleiniges, alles überstrahlendes Ziel? Und hatte er mit dem Verschwinden seiner Frau tatsächlich nichts zu tun gehabt? War er kein Täter, sondern im weiteren Sinne ebenfalls Opfer eines Verbrechens? Womöglich sogar ein Opfer von schlechter Polizeiarbeit? Dann wäre sein Bedauern, seine Traurigkeit, die nur für Sekunden aufgeblitzt war, womöglich echt.

Marlene rieb mit dem Daumen über ihre Fingernägel. Oder machte Andresen ihnen allen etwas vor? Hatte er seine Frau im Streit getötet? Im Affekt? Auch das konnte eine Methode sein, das Bild des perfekten Ehemannes und der intakten Familie zu bewahren. Immer wieder töteten Männer Frauen, um zu verhindern, dass sie von ihnen verlassen wurden. Gehörte Andresen dazu? Er war aufbrausend, cholerisch, hatte seine Frau mindestens ein Mal geschlagen und schien sich in Bezug auf ihre Eheprobleme selbst keiner Schuld bewusst zu sein.

Beim Rekonstruieren von Andresens zurückgelegten Wegen an dem fraglichen Donnerstag war Marlene aufgefallen, dass er, wenn seine Angaben stimmten, keine drei Stunden Aufenthalt in Husum gehabt haben konnte. War das nicht ungewöhnlich kurz? Warum hatte er den freien Tag nicht ausgenutzt, wenn er schon einmal auf dem Festland war? Das kam schließlich nicht so häufig vor. Er hätte ebenso gut die Fähre um achtzehn Uhr nehmen können. Stattdessen war Andresen bereits am Nachmittag nach Amrum zurückgekehrt. Hatte er unter Zeitdruck gestanden, weil er die Leiche entsorgen musste?

Was sie wieder zu dem Punkt brachte, dass er den Mord von langer Hand geplant haben könnte. Die Fahrt nach Husum und der Arzttermin ein ausgeklügeltes Alibi? Und dass Zeugen seine Frau nach seiner Abfahrt von Wittdün auf dem Inselsportplatz gesehen haben wollten, ein glücklicher Zufall, der Andresen in die Hände spielte? Doch warum hatte er den Arzttermin platzen lassen? Waren die urologischen Beschwerden auch nur vorgetäuscht gewesen?

Was war damals geschehen?

Marlene fuhr den Namen von Birthe Andresen mit dem Kugelschreiber nach. Was ist mit dir geschehen, Birthe?

Der Umstand, dass gleichzeitig mit der Frau auch ihr Handy, Portemonnaie und ihre Jacke verschwunden waren, machte Marlene nach wie vor stutzig. Eine von Gunnar Andresen gezielt gelegte falsche Fährte? Oder war Birthe Andresen nach dem Streit mit ihrem Mann doch aus freien Stücken aus dem Haus gegangen, womöglich tatsächlich in der Absicht, ihre Freundin Julia aufzusuchen, und ihr war erst woanders, vielleicht auf dem Festland oder auf der Nachbarinsel Föhr, wo sie ebenfalls das Fährschiff hätte verlassen können, etwas zugestoßen? Aber wie wäre sie zum Fähranleger gelangt? Ohne Auto, ohne Fahrrad? Die einzigen Möglichkeiten wären mit einem Taxi, dem Linienbus oder zu Fuß gewesen. Doch dann hätte sie jemand gesehen haben müssen, ebenso wie auf der Fähre selbst. Es sei denn, sie hatte dafür gesorgt, dass dem nicht so war. Eine Flucht nicht nur für einen Tag, sondern für immer? Jemand hätte sie mitnehmen und auf der Fähre im Auto verstecken müssen. Aber warum? Und wer hätte das tun sollen? Außerdem blieb da immer noch Tamme. Und die Tatsache, dass es nach ihrem Verschwinden nie auch nur irgendwelche Kontobewegungen gegeben hatte. Nein, Marlene glaubte nicht, dass Birthe Andresen freiwillig gegangen war. Diese These konnte sie abhaken. Ihr momentan einziger Ansatzpunkt war und blieb Gunnar Andresen.

Oder war alles ganz anders? Gab es den großen Unbekannten? Oder die? Doch wer sollte das sein? Und vor allem – wo läge sein oder ihr Motiv? Nichts, was sie bisher über Birthe Andresens Umfeld gelesen oder gehört hatte, deutete in eine solche Richtung.

Sie lehnte sich auf dem Bürostuhl zurück, strich sich eine Haarsträhne aus dem Gesicht. Noch viel zu viele Fragen und zu wenige Antworten. Sie sah auf die Uhr an der Wand. Schon fast acht, draußen war es dunkel. So viel dazu, dass sie in der neuen Ermittlungsgruppe mit reduzierter Stundenzahl arbeiten sollte. Seufzend stand Marlene auf, neigte den Kopf nach rechts, nach links, knetete ihre Nackenmuskulatur. Ihr Schädel brummte. Sie bediente sich an dem Wasservorrat, der auf dem Besprechungstisch bereitstand. Mit dem Glas in der Hand lehnte sie sich gegen die Tischkante.

Nach Andresens Vernehmung hatten sie das Grundstück im Tanenwai mit seiner widerwillig erteilten Erlaubnis zunächst zu zweit genauer unter die Lupe genommen. Der Komposthaufen hatte sich auf dem breiten Wall befunden, der die Grenze zum rückwärtigen Nachbargrundstück bildete. Die Stelle wurde von Buschwerk und Tannen gesäumt, von der Straße wie auch von den Häusern ringsum, die auf weitläufigen, dicht umwachsenen

Waldgrundstücken vergleichsweise weit voneinander entfernt standen, war sie nicht einsehbar. Ein geeignetes Versteck für eine Leiche? Oder purer Leichtsinn, im eigenen Garten? Andresen hätte bis zum Eintreffen der Kriminalpolizei vier Tage Zeit gehabt, seine tote Frau verschwinden zu lassen.

Aber wenn die sterblichen Überreste von Birthe Andresen tatsächlich im Wall vergraben lagen, hätten die Spürhunde damals nicht anschlagen müssen? Oder hatten die Kollegen unachtsam gearbeitet, die Reaktionen der Tiere womöglich falsch gedeutet, da Gunnar Andresen zu dem Zeitpunkt, als die Hundestaffel auf die Insel gekommen war, längst kein Verdächtiger mehr gewesen war?

Simon hatte versucht, Kontakt zu den Hundeführern aufzunehmen. Leider bisher erfolglos. Der eine war schon seit mehreren Wochen krankgeschrieben, seine Kollegin versetzt nach Nordrhein-Westfalen, wohin genau, das könne man so auf die Schnelle nicht sagen.

Marlenes Entscheidung, Andresens Grundstück mit dem Wall kriminaltechnisch untersuchen zu lassen, würde zumindest in diesem Punkt Klarheit bringen. Und im Fall eines Misserfolgs könnte die Aktion immerhin dazu dienen, den Druck auf Andresen zu erhöhen. Sie hatten Glück gehabt, dass ein Team der Spurensicherung für den morgigen Tag überhaupt zur Verfügung stand. Bischoff hatte das in die Wege geleitet, nachdem sie ihn über den Stand ihrer Ermittlungen informiert hatten. Um den richterlichen Beschluss würde er sich ebenfalls kümmern.

Marlene wandte sich der nach ihrem Ermessen völlig überdimensionierten Schautafel zu, die Bendix aus den Tiefen des Kellers zutage gefördert und an der Längsseite des Zimmers aufgestellt hatte. »Nicht kleckern, sondern klotzen«, hatte er gemeint. »Kann ja ruhig jeder sehen, dass wir hier quasi als Kripo arbeiten.« Marlene hatte sich einen Kommentar verkniffen. Ihr Blick wanderte über die Fotos, Namen, Zeitabläufe. Eine Karte von Amrum. Am Bild von Gunnar Andresen blieb er hängen.

Sie waren Jessens Bitte um Diskretion nachgekommen und hatten auf eine deutlich sichtbare Absperrung des Grundstückes verzichtet. Die Gaffer und Schaulustigen würden sich morgen früh genug einfinden und die Nachricht in Windeseile auf Amrum verbreiten. Für heute sollte es genügen, wenn Bendix und Zimmermann die Überwachung vornähmen. »Jetzt bringt mich dieser Einsatz um mein erstes Abendessen mit dir«, hatte Bendix zum Abschied zu Marlene gesagt. »Ich hätte dich sehr gern eingeladen. Schade, dass es nicht klappt. Es sei denn, wir verlegen das ins Auto. Mal was anderes. Vielleicht möchtest du Zimmermann später ablösen?«

Nein, das wollte sie gewiss nicht.

Die Tür zum Nebenraum öffnete sich, und Simon kam herein, in der Hand ein Blatt Papier und eine Packung veganes Gebäck. Mit vollem Mund begann er zu reden. »... ist der Dur... uss, Bischoff hat ...«

»Simon!«, fuhr Marlene dazwischen. »So verstehe ich kein Wort. Kannst du bitte erst aufessen?«

»Okay, okay.« Er hob entschuldigend die Hände und würgte das Gebäck hinunter. »Ich habe so einen verdammten Appetit. Ob das an der Nordseeluft liegt?« Er räusperte sich. »Der richterliche Beschluss.« Simon hielt den Papierbogen in die Luft. »Bischoff hat ihn mir soeben gefaxt.« Er legte den Durchsuchungsbeschluss auf den Schreibtisch. »Und bei dir? Irgendwelche neuen Erkenntnisse?«

Marlene schüttelte den Kopf. »Schluss für heute?«

Simon nickte zustimmend. »Aber eine Partie muss noch sein. Diesmal stilecht mit Feierabendbier.«

»Dann los.« Marlene packte ihre Sachen zusammen. »Wenn du unbedingt noch einmal verlieren möchtest.«

Erneut war es Marlene, die wenig später am Tischkicker in Führung ging. Das erste Spiel gewann sie haushoch.

»Was guckst du denn ständig auf dein Handy?«, fragte sie. »Erwartest du einen Anruf? So leicht will ich auch nicht gewinnen.«

Simon wurde rot.

»Du hast eine neue Flamme.«

Er grinste schief.

»Und warum kenne ich ihren Namen noch nicht?«

»Ich habe sie erst letztes Wochenende kennengelernt, auf einer Party bei meinem Bruder. Vorhin hat er mir eine Nachricht geschickt, dass sie nach meiner Nummer gefragt hat.« Simon gab einen neuen Ball ins Spiel.

»Wenn das nichts heißt.« Diesmal Grinsen bei Marlene. »Du hast eine Verehrerin.«

»Willkommen im Club. Ich sage nur: Der beste Polizist der Welt. Möge die Macht mit ihm sein.«

»Hör bloß auf.« Marlene wehrte einen Torschuss ab.

»Warum? So ein waschechter Nordfriese? Bendix baggert dich an. Mehr als offensichtlich.«

»Und wenn schon. Ich bin nicht interessiert. Wie kann ein Mann so viel reden?« Sie versenkte den Ball im gegnerischen Gehäuse. »Ich könnte seine Mutter sein. Und überhaupt ...«

»Wie, überhaupt?«

Marlene tippte an ihre CIs.

»Was hat das mit deinen Goldstücken zu tun?«

»Ach, lass gut sein.« Sie winkte ab und schob ihre Toranzeige um einen Treffer weiter.

»Du bist eine attraktive und interessante Frau. Vielleicht solltest du ...« Simons Handy klingelte. Seine Augen leuchteten auf, als er auf das Display sah. Mit einem entschuldigenden Schulterzucken drehte er sich um und nahm das Gespräch an.

Attraktiv und interessant. Aha. Marlene trank ihr Bier aus, griff nach Simons Flasche, die ebenfalls schon geleert war, und ging hinüber zum Kühlschrank, um Nachschub zu holen. Am Spiegel an der Wand neben der Wohnungstür hielt sie für einen kurzen Augenblick inne, betrachtete die Gestalt, die ihr entgegenschaute. Die hochgewachsene Figur mit den geraden Schultern, die helle Haut, Sommersprossen. An sich war Marlene hinsichtlich ihrer äußeren Erscheinung mit sich im Reinen.

Nicht perfekt, aber auch nicht übel. Stimmig. Sie war immer noch schlank, die Falten hielten sich in Grenzen, nur bei der Haarfarbe musste sie mittlerweile ein wenig nachhelfen. Aber war sie noch attraktiv? *Fühlte* sie sich noch attraktiv? Damals, nach dem frühen Tod ihres Mannes vor über vierzehn Jahren, hatte sie sich erst Jahre später überhaupt wieder als Frau wahrgenommen. Nur ganz allmählich hatte sie begonnen, sich zu öffnen, hatte neue Männer kennengelernt, die eine oder andere Affäre gehabt. Sie hatte durchaus probiert, eine neue Beziehung einzugehen, aber nichts war richtig gewesen. Nichts vergleichbar, geschweige denn ebenbürtig. Konnte man nur einmal im Leben so lieben?

Und jetzt? Sie drehte den Kopf zu Seite, begutachtete ihre Haare, die Frisur. Den lockeren Knoten, der bei jedem ihrer Schritte wippte. Die widerspenstige Locke, die ihr in die Stirn fiel. Und hinter den Ohren ihre CIs. War sie mit den Hörhilfen noch anziehend? Mit all den technischen Geräten, die nun zu ihr gehörten? Seit Marlene die Cochlea-Implantate trug, hatte sie diese Fragen noch nicht an sich herangelassen. Sie waren ihr zwar manches Mal in den Sinn gekommen, doch sie hatte sie stets geflissentlich zur Seite geschoben. Nun aber krochen sie aus ihrem stillen Kämmerlein hervor: War sie mit den CIs noch immer eine für Männer reizvolle Frau? War sie schön?

Attraktiv und interessant, hatte Simon gesagt. War interessant nicht gleichzusetzen mit »nicht schlecht, aber schön geht anders«?

Marlene zuckte zusammen, als ihr Smartphone unvermittelt zu klingeln begann. Wer rief sie an? Mats und Johanne hatten sich angewöhnt, überwiegend schriftlich mit ihr zu kommunizieren. Wenn sie Marlene doch einmal am Handy sprechen wollten, schickten sie in der Regel vorher eine entsprechende Nachricht, um Marlene die Gelegenheit zu geben, ihren Telefonclip vorzubereiten.

Marlene fand das Handy in ihrer Tasche. Auf dem Display war das Konterfei von Ada Bergengrün zu sehen. Konnte nicht

Simon ... Sie drehte sich um. Mist, er telefonierte noch. Also nahm Marlene das Gespräch entgegen. »Ada? Hallo, ich bin's, Marlene. Einen kleinen Moment bitte.« Rasch nahm sie auch den Clip aus ihrer Tasche, schaltete ihn ein und wählte am Smartphone die Bluetooth-Funktion. »So, jetzt bin ich auf Empfang. Was gibt's?« Sie befestigte den Telefonclip am Kragen ihrer Strickjacke. Das Smartphone konnte sie nun aus der Hand legen.

»Marlene, mein Kind, es tut mir leid, dass ich mich erst so spät bei dir melde, aber hier war der Teufel los. Der Server ist abgestürzt. Und in der ganzen Aufregung habe ich euch unerfreulicherweise zunächst vergessen. Aber dann fiel es mir wieder ein, und ich habe etwas herausgefunden, was euch interessieren könnte. Also ...« Sie schien ihre Unterlagen zur Hand zu nehmen. Marlene konnte die kleine Frau buchstäblich vor sich sehen, wie sie ihre Goldrandbrille auf der Nase zurechtrückte und tief Luft holte. Sie war gespannt. »Die Überprüfung der Nummernschilder und Fahrzeughalter auf der Fähre war unauffällig – bis auf eine Ausnahme: Ein Nummernschild war als gestohlen gemeldet worden.«

»Gestohlen?«

»Ja. Das Nummernschild lautet: STD, Siegfried-Theodor-Dora für den Landkreis Stade, dann Anton-Wilhelm, 1-9-4.«

»Warte kurz, das muss ich mir aufschreiben.« Marlene griff nach ihrem Notizbuch. Sie hatte die Hände frei. Wenigstens ein Vorteil beim durch den zusätzlichen Clip ansonsten etwas umständlichen Telefonieren. Sie wiederholte Adas Angaben, während sie diese notierte. »Weißt du, wo und wann das Nummernschild geklaut worden ist?«

»Am 20. August 2015. Es war registriert auf eine Frau namens Dörthe Steffens. Mehr kann ich dazu noch nicht sagen.«

Marlene ließ sich den Namen buchstabieren.

»Soll ich dort weiter nachhaken? Versuchen, die Frau zu erreichen?«

»Wenn du es einrichten kannst, sehr gern. Vielleicht kann sie uns noch mehr über die Umstände sagen, unter denen das Schild abhandengekommen ist«, antwortete Marlene. »Auf welchen Namen war denn die Überfahrt mit dem Kennzeichen gebucht?«

»Auf den Namen Lars Petersen. Als Fahrzeuglänge wurden 4.863 Millimeter angegeben, Fahrzeugtyp PKW. Hast du das?« Als Marlene dies bestätigte, fuhr Ada fort: »Die Marke wird leider generell nicht vermerkt. Die Buchung wurde am 29. September 2015 am Schalter in der Geschäftsstelle der Wyker Dampfschiffs-Reederei in Dagebüll vorgenommen und in bar bezahlt. Das ist keine übliche Vorgehensweise, wie mir die Dame am Telefon erklärte. Sie sagte, die Fahrzeugbuchungen würden in den meisten Fällen online und per Kartenzahlung oder Überweisung abgewickelt werden.«

Ein unbestimmtes Ziehen machte sich in Marlenes Magengrube bemerkbar.

»Den Schaltermitarbeiter von damals habe ich noch nicht ausfindig machen können, aber ich bleibe dran. Den Namen Lars Petersen habe ich bereits durch das Vorstrafenregister laufen lassen. Leider kein Treffer.«

»Sind noch weitere Buchungen unter diesem Namen und mit diesem Nummernschild aufgetaucht? Womöglich vom Festland nach Amrum?«

»Du sagst es. Lars Petersen hatte außerdem eine Hinfahrt von Dagebüll nach Wittdün gebucht – und jetzt kommt das bei Weitem Interessanteste daran.« Ada machte eine bedeutungsschwere Pause. Sie hatte diesen Hang zum Drama. »Rate, wann er auf die Insel gefahren ist.«

»Ada!«

»Frühmorgens um fünf Uhr mit der ersten Fähre – und zwar am selben Tag. Am 5. November 2015.«

Das Ziehen wurde stärker. »Danke, Ada, sehr gute Arbeit«, sagte Marlene. »Du bist uns eine große Hilfe.«

»Für euch immer gern, mein Kind.«

Es folgten noch drei, vier Sätze Small Talk, dann verabschiedete sich Ada. »Bleib behütet. Und beste Grüße an Simon.«

In Gedanken versunken nahm Marlene den Telefonclip ab

und schaltete ihn aus. Es war keineswegs erwiesen, dass diese Hin- und Rückfahrt unter falschem Kennzeichen und vermutlich auch Namen in einem direkten Zusammenhang mit Birthe Andresens Verschwinden stand. Es konnte etwas gänzlich anderes dahinterstecken. Doch Marlene hatte sich längst abgewöhnt, bei Mordermittlungen an Zufälle zu glauben.

15

2015

Sie hatte geahnt, dass es sie irgendwann einholen würde. Doch nicht so. Nicht auf diese Art und Weise. Das lag außerhalb ihrer Vorstellungskraft.

Sie war eingesperrt. Der Raum rechteckig, drei mal vier Meter, schätzte sie, Wände und Decke weiß verputzt, wie sie im spärlichen Licht, das der Projektor in den Raum warf, erkennen konnte. Einzige Gegenstände waren eine Turnmatte, ein Schlafsack, in der Ecke ein leerer Plastikeimer und Toilettenpapier für die Notdurft. Nichts zu trinken, nichts zu essen. Seit der Mann vor ihrer Tür gestanden hatte und ihre Welt aus den Fugen geraten war, hatte Birthe Andresen nichts mehr zu sich genommen.

Wie lang war das her? Waren seitdem Stunden vergangen? Oder bereits ein ganzer Tag? Eine Nacht? Sie kauerte auf der Matte, die Beine mit den Armen fest umschlungen, der Rücken vom Schlafsack bedeckt. Ihr war kalt. Quälend der Durst und der Hunger. Der Mund trocken, die Zunge klebte am Gaumen. Magen und Kopf ein einziger dumpfer Schmerz.

Wollte er sie verdursten lassen? Sollte sie langsam und qualvoll sterben? Im Angesicht der Bilder, die hinter ihr, in ihrem Rücken, über die Wand flimmerten? Bis ihr Körper, ihr Herz aufgeben mussten?

Er war krank. Doch so schnell würde sie sich nicht geschlagen geben. Sie würde kämpfen.

Birthe behielt die Tür fest im Blick. Es war tatsächlich eine Tür gewesen, was sie im Dunkeln ertastet hatte. Eine massive Stahltür, grau, ohne Griff. Sie wollte vorbereitet sein, falls sie sich öffnete. Falls er kam. Dann würde sie sich wehren. Auch wenn sie nur ihre Hände und Arme hatte, ihre Beine und Füße.

Dazu die Kleidung, die sie am Leib trug, den Schlafsack und die Matte. Nichts, was sich als schlagkräftige Waffe erweisen könnte. Der Eimer hatte noch nicht einmal einen Henkel. Aber sie würde es dennoch versuchen. Sie würde sich nicht kampflos ergeben.

Sie sollte sich einen Plan zurechtlegen, wie sie am besten vorgehen könnte, aber ihr Verstand arbeitete nur träge. Waren das bereits die ersten Anzeichen des Flüssigkeitsmangels? Der Unterzuckerung? Stattdessen starrte sie stumpf auf die kreisrunde Erhebung im Türblatt, dort, wo sich auf der Rückseite ein Griff befinden musste. Sie hatte probiert, sie zu lockern, sie irgendwie zu bewegen, hatte die Fingernägel in den schmalen Spalt gepresst. Bis sie brachen. Alles fest verschweißt.

Auch die Polizei würde durch diese Tür kommen, das wusste sie. Man würde sie suchen. Und man würde sie sehr bald finden. Ganz gewiss. Die Kriminalpolizei war heutzutage gut aufgestellt, dort arbeiteten bestens ausgebildete Profis, die mit Hochdruck nach ihr fahnden würden. Die nicht aufgeben würden, ehe sie sie aufgespürt und aus ihrem Gefängnis befreit hatten. Mit der neuesten Technik würde es ein Leichtes für sie sein, ihre Spur aufzunehmen und zu verfolgen. Kein Täter hatte dagegen noch eine Chance. Sie musste lediglich geduldig sein. Warten. Durchhalten.

Jeden anderen Gedanken, jeden aufkeimenden Zweifel sperrte sie weg.

Links neben der Tür hatte Birthe noch eine zweite, eine kleinere Tür entdeckt. Sie sah eher aus wie eine Klappe, rechteckig, etwa eineinhalb Meter über dem Boden, und war ebenfalls aus grauem Stahl. Seitlich besaß sie einen metallenen Knauf. Was hatte das zu bedeuten? Doch sosehr sie auch daran rüttelte, sosehr sie versuchte, die Tür irgendwie zu öffnen, der Knauf ließ sich nicht bewegen. Die Klappe blieb fest verschlossen.

Das anhaltende Surren, das unnatürlich laut in ihren Ohren klang, drang aus einer Öffnung in der Decke ungefähr in der Mitte des Raumes. Ein Lüftungsschacht? Mit einem Ventilator darin? Alles, was Birthe erkennen konnte, war die äußere Verblendung. Weiße Querstreben. Dahinter musste es einen Schacht geben, eine schmale Verbindung nach draußen, zur Außenwelt. Sie hatte den Kopf in den Nacken gelegt und nach Leibeskräften um Hilfe geschrien. Vielleicht würde sie am Ende des Schachtes irgendwer hören? Irgendjemand außer ihm? Doch nichts war geschehen.

Birthe war mit ausgestreckten Armen hochgesprungen, um die Verblendung abzureißen und den Schacht zu öffnen, aber sie war zu klein, die Decke zu hoch. Sie hatte den Eimer umgedreht, war hinaufgestiegen, hatte schließlich die Matte zusammengerollt und versucht, sich auf der Rolle aufzurichten, erst in die Hocke, schließlich in den Stand zu kommen, sie hatte alles probiert, um irgendwie mit den Händen, mit den Fingern an die Verkleidung des Schachtes zu gelangen. Doch vergeblich. Der Lüftungsschacht war unerreichbar. Das einzige Ergebnis war ein schmerzendes Steißbein, nachdem sie von der Mattenrolle hinuntergestürzt war.

Am schlimmsten war es in der Dunkelheit. Auch wenn die Bilder, die sie stumm von der Wand her anglotzten, nur schwer zu ertragen waren, im Dunkeln war es noch schrecklicher. Nachdem der Projektor sie unzählige Male wiederholt hatte, waren die Bilder irgendwann wieder erloschen. Unvermittelt, ohne Ankündigung. Zurückgeblieben war Schwärze. Eine absolute Schwärze, wie Birthe sie noch an keinem anderen Ort zuvor erlebt hatte. War der Abend angebrochen? War es nachts? Oder war es bloße Willkür? Ein grausames Spielchen? Sie hatte jegliche zeitliche Orientierung verloren.

In der Finsternis hatte Birthe das Gefühl, als ob sich die Wände auf sie zubewegten. Als ob sie auf sie einstürzten und sie unter sich begraben wollten. Immer wieder hatten Panikattacken ihren Körper überrollt. Herzrasen, kalter Schweiß am ganzen Körper, zitternde Beine. Auf der Brust bleierne Gewichte, die ihr die Luft zum Atmen raubten. Mit Widerwillen, weil er von ihm kam, war sie in den Schlafsack hineingekrochen, hatte sich auf die Seite gelegt, die Beine angezogen und sie mit den Armen fest an den Oberkörper gepresst. Lähmende Angst, Hunger und Durst hatten sie lange keinen Schlaf finden lassen. Stattdessen war sie in eine Art Dämmerzustand gefallen, war immer wieder hochgeschreckt, stets in Habachtstellung, falls er auftauchen würde. Oder die Polizei.

Doch er kam nicht.

Nur die Bilder waren nach endlos erscheinender Zeit wieder zurückgekommen. Projiziert an eine der beiden kürzeren Wände durch ein kleines Fenster in der gegenüberliegenden Wand. Es lag direkt unter der Zimmerdecke. Ob er sie durch dieses Fenster sehen konnte? Beobachtete er sie? Die Vorstellung war grauenhaft. So wie alles ein einziges Grauen war.

Birthe hielt den Blick starr auf die Tür gerichtet, auch wenn sie langsam vor ihren Augen verschwamm. Die Tür war alles, woran sie sich klammern konnte. Wann kam die Polizei? Man würde sie finden. Bald. Dieser Gedanke waberte in Endlosschleife wie ein Mantra durch ihren Kopf, zunehmend überlagert von dem Bedürfnis nach Trinken und Essen. Sie musste etwas trinken. Essen. Trinken.

Ein Geräusch ließ sie zusammenfahren. Sofort war sie hellwach. Das Herz schlug ihr bis zum Hals. Was war das gewesen? Mit hektischen Blicken suchte sie den Raum ab. Nichts. Sie starrte auf die Tür, lauschte. Hatte sie sich getäuscht?

Dann hörte sie es erneut. Es klang wie ein Klopfen. Eins, zwei, drei. Kam es von der Klappe? Klopfte jemand von innen gegen die Tür?

Mit zitternden Beinen stand Birthe auf. Sie musste einen Augenblick innehalten, weil ihr schwindelig wurde. Sie streifte den Schlafsack ab und ließ ihn auf die Matte gleiten. Dann ging sie hinüber zur Klappe. Als sie an dem Knauf zog, gab die Tür nach, sie ließ sich öffnen. Ihr Herz schien für einen Moment auszusetzen. Sie spannte all ihre Muskeln an. Würde sie gleich ihrem Peiniger gegenüberstehen?

Doch sie sah keinen Menschen, keinen Mann. Alles, was

Birthe hinter der Tür vorfand, war ein Hohlraum, der am gegenüberliegenden Ende von einer weiteren Stahltür begrenzt wurde. Darin standen ein weiterer Eimer, zwei Teller, ein Plastikbecher.

Ihr Verstand benötigte einen Augenblick, bis er verarbeitet hatte, was ihre Augen sahen. Eine Versorgungsstation! Sie registrierte die Tiefe des Zwischenraums, die massiven Steine, die ihn auskleideten. Ein unterdrückter Schrei entfuhr ihrer Kehle. Sie war gefangen. Hinter dicken Mauern. Hermetisch abgeriegelt. Und er hatte eine Vorrichtung gebaut, um sie in ihrem Gefängnis zu versorgen.

Der Gedanke, dem sie sich bisher konsequent verweigert hatte, ließ sich nun nicht länger verdrängen: Er hatte ihre Gefangenschaft sorgfältig vorbereitet. Er wollte sie nicht qualvoll verdursten lassen, er verfolgte einen viel grausameren Plan. Ihr Aufenthalt hier in diesem Verlies war noch lange nicht an seinem Ende angelangt.

Birthe taumelte zurück, die Klappe fiel zu. Für einen Moment wurde ihr schwarz vor Augen. Doch sogleich besann sie sich. Die hintere Tür musste nach draußen führen. Hastig riss sie die vordere Tür wieder auf, beugte den Oberkörper leicht zur Seite und streckte den rechten Arm in Richtung der gegenüberliegenden Tür aus.

Der Schmerz, der ihr jäh durch die Finger und die Hand schoss, warf sie zurück. Sie schrie auf, krümmte sich, stieß mit dem Rücken gegen die Wand.

Sie hatte einen Stromschlag erhalten. Er hatte die zweite Klappe unter Strom gesetzt!

Er war irre.

Birthe keuchte, rieb sich die schmerzenden Finger, sackte zu Boden. Ein jäher Weinkrampf schüttelte sie. Hinter ihr wechselten die Bilder an der Wand. Sie war in seinem Wahnsinn gefangen.

Irgendwann ließen die Schmerzen ein wenig nach, und das Gefühl von Durst und Hunger bahnte sich erneut einen Weg in ihr Bewusstsein. Hinter der Klappe stand Wasser. Trinken! Und etwas zu essen.

Sie kämpfte sich zurück auf die Beine, ging erneut zur Klappe, zog am Griff. Doch dieses Mal ließ sich die Tür nicht öffnen. Birthe begann daran zu reißen und zu rütteln, stemmte sich mit den Armen, mit den Beinen von der Wand und dem Boden ab. Ohne Erfolg.

Wollte er sie bestrafen?

Sie fing wieder an zu weinen, diesmal wütend, voller Zorn. Die Tränen liefen hemmungslos über ihre Wangen. Sie hob das Bein und trat mit Gewalt gegen die Klappe, gegen die Wand, die Tür. Mit einer Kraft, von der sie nicht fassen konnte, dass ihr Körper dazu überhaupt noch in der Lage war. Sie drehte sich im Kreis, raufte sich die Haare, wusste nicht, wohin mit sich, mit ihrer Wut und ihrer Verzweiflung. Sie sank auf die Matte, trommelte mit den Fäusten auf den Belag aus Gummi, verbarg ihr Gesicht im Schlafsack.

Dann ein erneutes Klopfen. Sie hörte es ganz deutlich. Eins, zwei, drei. Aber sie rührte sich nicht. Etwas in ihr rebellierte. Das ließ sie nicht mit sich machen.

Wenn nur der Durst nicht gewesen wäre. Dieser schreckliche Durst. Ihre Zunge ein pelziges Ungetüm in ihrem Mund. Noch nie hatte sie so quälenden Durst und Hunger gelitten.

Nach einer Pause wiederholte sich das Klopfen. Dreimal. Trinken. Birthe rappelte sich hoch. Die Außentür ließ sich auf Anhieb öffnen. In der Durchreiche dasselbe Bild wie zuvor. Sie nahm den Eimer heraus. Er war kleiner als der für die Notdurft und mit klarem Wasser bis zur Zweilitermarke gefüllt. Mit zittriger Hand stellte sie ihn auf dem Boden ab, darauf bedacht, mit der anderen die Klappe festzuhalten, damit diese nicht zuschlug. Sie griff nach dem leeren Einmaltrinkbecher aus Plastik und den beiden Papptellern, der eine mit einer Portion Nudeln, auf dem anderen lagen zwei zusammengeklappte Scheiben Brot mit Käse. Auch sie stellte Birthe auf den Boden. Besteck fand sie keines.

Dann wartete sie. Lauerte. Die Klappe unentwegt in der Hand. Ungeheuerlich der Gedanke, dass er dort, hinter der anderen Tür stehen könnte. Sie traute sich nicht, sie erneut zu berühren, doch irgendwann würde er den Strom ausschalten müssen. Um selbst die Durchreiche zu öffnen. Was sollte sie dann tun? Sollte sie zugreifen? *Konnte* sie zugreifen? Wäre sie in der Lage, ihn festzuhalten, ihn womöglich zu verletzen, ihn irgendwie außer Gefecht zu setzen? Und dann? Konnte sie irgendwie die Tür verkeilen?

Trinken. Immer wieder schnellte ihr Blick in Richtung Wassereimer. Der Geruch der Nudeln und der Brote erschien ihr nahezu himmlisch. Sie musste etwas trinken und essen. Jetzt.

Sie ließ den Griff los. Die schwere Klappe fiel ins Schloss. Das Geräusch tönte ohrenbetäubend in der Stille.

Birthe ging in die Hocke und griff nach dem Plastikbecher. Ihre Hand zitterte heftig. Sie musste achtgeben, dass sie ihn nicht zerdrückte. Sie tauchte den Becher ins Wasser und führte ihn mit dem Gesicht über dem Eimer an die Lippen. Nur nichts verschütten. Sie zwang sich, langsam, in kleinen Schlucken zu trinken, damit sie die Flüssigkeit bei sich behielt.

Sie wollte bei Kräften sein, wenn die Polizei kam.

16

Mittwoch, 6. März 2019

Marlene zuckte zusammen. Eine Hand auf ihrer Schulter. Simons Gesicht über ihr. Es dauerte einen Augenblick, bis sie zu sich kam. Warum weckte er sie? War die Nacht schon vorbei? Hatte sie verschlafen?

Sie registrierte, wie sich Simons Lippen bewegten, betont langsam, doch sie verstand keines seiner Worte. Marlene rappelte sich auf, zeigte auf ihre Ohren, hob entschuldigend die Schultern. Simon nickte, erwiderte etwas und verließ mit einer Geste Richtung Flur das Zimmer.

Marlene stand auf, reckte sich. Sie sah auf ihr Handy. Zehn nach sechs. Was war geschehen, dass Simon in dieser Herrgottsfrühe schon auf den Beinen war? Sie zog sich eine Strickjacke über, nahm die Cochlea-Implantate aus der Box, verband sie mit frischen Akkus und setzte die Geräte an.

Sie fand ihren Kollegen in der Küche. Gegen die Arbeitsplatte gelehnt, nippte er an einem Tee. Auch sein Gesicht war müde und verschlafen. »Moin. Kaffee?«

Marlene nickte gähnend. Dankbar nahm sie den dampfenden Becher entgegen, in dem Simon aus Fertigpulver und heißem Wasser einen Cappuccino angerührt hatte. »Auch wenn das nicht viel mit Kaffee zu tun hat.« Sie grinste schwach. »Was gibt's?«

»Unten wartet ein Fährmitarbeiter auf uns. Er hat mich aus dem Bett geklingelt.«

»Um kurz nach sechs?«

»Er muss gleich aufs Schiff und wollte vorher unbedingt noch mit uns sprechen.«

Marlene stellte den Becher beiseite, zog sich rasch an. Katzenwäsche, Zähne putzen. Für ihre Frisur benötigte sie nie viel Zeit.

Wenig später saßen sie im Dienstzimmer einem Mann mittleren Alters gegenüber. Sein Gesicht war glatt rasiert, ein intensiver Duft nach Aftershave ging von ihm aus.

»Sie hatten am Donnerstag, dem 5. November 2015, also Dienst auf der Neun-Uhr-dreißig-Fähre. Was genau war Ihre Aufgabe, Herr Martinen?«, fragte Marlene.

»Ich war Einweiser auf der ›Uthlande‹. Für die Fahrzeuge.«

»Und was ist Ihnen an diesem Morgen aufgefallen?«

Der Mann räusperte sich. »Eigentlich nichts wirklich Besonderes, und vielleicht ist es auch gar nicht wichtig, ich erinnere mich nur so gut daran, weil es der Tag war, an dem Birthe verschwunden ist. Aber weil es ja hieß, dass sie vormittags noch bei ihrem Training im Mühlenstadion gesehen wurde, hab ich keinen Zusammenhang gesehen. Als ich nun aber von meinem Kollegen gehört habe, dass Sie den Fall neu aufrollen und ihn explizit nach der Neun-Uhr-dreißig-Fähre gefragt haben, da dachte ich, ich melde das besser …«

»Das ist schon in Ordnung so«, sagte Marlene, »Sie brauchen sich keine Gedanken zu machen. Schildern Sie uns bitte einfach nur Ihre Beobachtungen.«

»Also gut.« Er knetete seine großen Hände. »Ein Wagen hat beim Einparken einen Poller gerammt, einen Poller auf dem Schiff. Es war eines der letzten Fahrzeuge, das an Bord gefahren ist. Es war auch nur 'ne kleine Schramme im Lack, an sich nicht weiter wild, das passiert schon mal, aber der Fahrer hat sich irgendwie … ja, irgendwie merkwürdig verhalten. Er hat sich die Schramme kaum angeguckt, hat sich nur einmal kurz aus dem Fenster gelehnt, und als ich zu ihm ging, um ihn darauf hinzuweisen, hat er die Fensterscheibe kaum einen Spaltbreit geöffnet. Er war sehr unfreundlich, abweisend, wollte definitiv nicht mit mir reden. Aber als dann die Kinder kamen …«

»Welche Kinder?«, hakte Marlene nach.

»Der Wagen hat hinten links an der Seite des Fahrzeugdecks gestanden, dort, wo auch die Fahrräder während der Überfahrt abgestellt werden. An diesem Morgen war eine Schulklasse vom Schullandheim an Bord. Fahrradtour nach Föhr. Und wie das mit einem Haufen Kinder und Fahrrädern nun mal so ist, lief es nicht ganz ruhig ab. Einige der Schüler kamen mit ihren Rädern ein bisschen zu nah an den Wagen, haben ihn aber nicht beschädigt oder so, ich glaube, sie haben ihn noch nicht einmal wirklich berührt. War dem Fahrer aber egal, der ist ausgestiegen und hat die zusammengepfiffen, sie hätten da nichts zu suchen und sollten gefälligst sein Auto in Ruhe lassen!« Er schüttelte den Kopf. »Meine Herren, habe ich gedacht, noch unfreundlicher geht's ja wohl nicht. Bevor ich etwas sagen konnte, war die Lehrerin allerdings schon eingeschritten. Sie hat die Kinder dann weggelotst, nach oben an Deck.«

»Können Sie sagen, um welche Automarke es sich bei dem Wagen gehandelt hat?«

»Es war ein Kastenwagen, ein Ford Transit, weiß. Ich meine, aus der sechsten Generation.« Erklärend fügte er hinzu: »Ich mache diesen Job schon seit Jahren, dafür kriegt man irgendwann ein Auge.«

Marlene und Simon wechselten einen raschen Blick. Marlene war nun hellwach. »Können Sie sich an das Nummernschild erinnern?«, fragte sie.

»Nein, da muss ich Sie leider enttäuschen. Nur, dass es ein Auswärtiger war, kein NF, da bin ich mir recht sicher.«

»Könnte es STD für Stade gewesen sein?«

»Möglich. Ich kann es wirklich nicht sagen.«

»Ist Ihnen an dem Wagen außerdem noch etwas aufgefallen?«

»Wie gesagt, ein typischer Kastenwagen, weiß, hinten keine Fenster, Vollverblechung. Und ich meine, auch keine Werbeaufschrift oder so.«

»Und den Fahrer, können Sie den näher beschreiben?«

»Das ist so lange her.« Der Mann dachte nach. »Er war recht groß, jedenfalls größer als ich. Und er trug eine Mütze und eine Sonnenbrille. Das ist mir aufgefallen, weil es ja November war und ein verhangener Morgen. An dem Tag hat sich die Sonne gar nicht blicken lassen. Vielleicht hätte er ohne die Brille den Poller besser gesehen, habe ich noch gedacht.«

»Welche Kleidung trug der Mann?«

»Das weiß ich nicht. Auf solche Dinge achte ich nicht so sehr.«

»Irgendwelche anderen Details? In seinem Gesicht, seiner Stimme? Trug der Mann beispielsweise einen Bart?«

»Keine Ahnung. Aber Bart?« Abermals Kopfschütteln. »Nein, ich glaube nicht.«

»Hat noch jemand mit dem Mann gesprochen? Einer Ihrer Kollegen vielleicht?«

»Nicht dass ich wüsste. Denken Sie tatsächlich, er könnte etwas mit Birthes Verschwinden zu tun haben?«

Simon legte seine Hand auf Marlenes Arm. »Kennen Sie Gunnar Andresen?«, fragte er.

»Birthes Mann, na klar.«

»Er war ebenfalls auf dieser Fähre. Haben Sie gesehen, ob er während der Überfahrt Kontakt zu dem Mann aufgenommen hat? Haben die beiden miteinander gesprochen, oder hat Andresen sich in der Nähe des Kastenwagens aufgehalten?«

Stirnrunzeln. »Da bin ich überfragt. Ich habe Gunnar an diesem Morgen nicht gesehen, und ich stehe nicht die ganze Zeit hinten an Deck. Ich habe nur noch mitgekriegt, wie dieser Mann wieder in sein Auto eingestiegen ist, nachdem die Schüler gegangen waren. Was er dann gemacht hat, weiß ich nicht. In Dagebüll ist der Transit wie alle anderen von Bord gefahren.« Unsicher schaute er von Marlene zu Simon. »Sie glauben doch nicht, dass Gunnar …«

»Wir überprüfen lediglich alle Hinweise, ob alt oder neu, und Ihre Aussage ist womöglich ein weiterer hilfreicher Baustein.«

Der Mann sah auf die Uhr. »Ich muss.« Er stand auf. »Wissen Sie, ich kenne die ganze Familie, wenn auch nicht besonders gut. Tamme geht seit der Einschulung mit meiner Tochter in eine Klasse.« Er hielt inne. »Das war alles sehr schlimm damals.

Besonders für den Jungen. Alle hier auf Amrum wünschen sich, dass Birthes Verschwinden endlich aufgeklärt wird.«

Als Martinen gegangen war, eilte Simon nach oben und holte sein Tablet. »*Yes*. Die Längenangabe des Fahrzeugs mit dem gestohlenen Nummernschild könnte zu einem Ford Transit passen.«

»In dem Fall wäre der Fahrer Lars Petersen. Oder wie auch immer er heißt.« Marlene war sich sicher, dass der Name nicht stimmte. Ein norddeutscher Allerweltsname als Deckname. »Wie passt das zu unserem Fall? War Petersen Andresens Komplize?«

»Du meinst, ob er die Leiche weggeschafft hat? Ob Birthe Andresen in dem Transit lag?« Simon ließ sich gegen die Stuhllehne fallen. »Es würde erklären, weshalb sich Petersen Martinen und den Schulkindern gegenüber so merkwürdig verhalten hat. Weil er Angst hatte, dass irgendjemand etwas bemerken könnte.«

»Wäre durchaus denkbar«, antwortete Marlene. »Dazu die Sonnenbrille und die Mütze. Könnte zur Tarnung gewesen sein.«

»Er könnte aber auch allein gehandelt haben, selbst wenn wir im Moment noch nicht wissen, was dieser Mann mit Birthe Andresen zu tun gehabt haben könnte. Auf jeden Fall wäre die Tat geplant gewesen, ob mit Andresen oder ohne ihn. Die Fähren waren fünf Wochen zuvor gebucht worden, der Diebstahl des Nummernschildes lag noch weiter zurück.«

Marlene strich sich eine Locke aus der Stirn, holte tief Luft. »Das würde bedeuten, dass ihr Leichnam irgendwo auf dem Festland sein könnte.« Und dass die Suchaktion auf Andresens Grundstück, die gleich beginnen soll, völlig umsonst sein wird, fügte sie in Gedanken hinzu.

Marlene sollte recht behalten. Der Einsatz der Kriminaltechniker entpuppte sich als der befürchtete Reinfall. Keine Spur von Birthe Andresens Leiche. Nicht ein einziger Hinweis. Nichts.

Im Gegenzug ein aufgebrachter Ehemann. Dieses Mal hatte Gunnar Andresen zu ihrem Gespräch als Unterstützung einen Anwalt hinzugezogen. Und wie sehr Marlene und Simon auch versuchten, Andresen unter Druck zu setzen, womit auch immer sie ihn konfrontierten, sie bissen auf Granit. Alle Vermutungen und Verdächtigungen stritt er vehement ab, so sie nicht bereits von seinem Anwalt unterbunden worden waren. Andresen blieb dabei: Mit dem Verschwinden seiner Frau habe er nichts zu tun.

Marlene seufzte und vergrub die Hände tief in den Jackentaschen. Die ganze Aktion war unangenehm und unbefriedigend gewesen. Und schlimmer noch, so kamen sie nicht weiter. Marlene war auf dem Fußweg unterwegs, der im Osten der Insel durch die Salzwiesen entlang dem Wattenmeer führte, hinter ihr die Häuser von Nebel. Mittlerweile war es Abend geworden. Dunkelheit hatte sich über Amrum und die Nordsee gesenkt, in der Luft das Schnattern und Zwitschern der Vögel und der Geruch nach Meer. Abendstimmung am Watt. Diese Seite der Insel kam zurückhaltend und bescheiden daher. Friedlich. Nicht so eindrucksvoll und atemberaubend wie der mächtige Kniepsand, aber nicht weniger schön, wie Marlene fand.

Nach dem Abendessen hatte sie frische Luft gebraucht. Und noch dringender eine Pause für ihre Ohren. Der Tag hatte Kraft gekostet. Sie blieb stehen und blickte in Richtung des weiß verputzten Turmes der Nebeler Kirche. Hell angestrahlt ragte er in den dunklen Abendhimmel. Dort suchte Simon Ruhe. Kirchen waren für ihn Orte, um in sich zu gehen und nachzudenken, sich zu entspannen und Kraft zu tanken. Die ganz besondere Stille, die es nur dort gebe, täte ihm gut, hatte er Marlene früher einmal erklärt und mit einem Grinsen hinzugefügt, vermutlich liege das an seinen Genen. Simon stammte aus einem christlich geprägten Elternhaus, seine Mutter war Pastorin, der Vater Kirchenmusiker. Marlene hingegen bevorzugte Bewegung und den weiten Himmel.

Heute wollte es ihr jedoch nicht gelingen, abzuschalten und einen Schlussstrich unter ihre Überlegungen zu ziehen. Immer wieder kehrten ihre Gedanken zurück zu Andresen, zurück zum Fall. Als sie am Nachmittag seine Reaktionen auf den Ford Transit, das falsche Nummernschild und das Verhalten des Fahrers geprüft hatten, hatte Marlene Erstaunen in seinem Gesicht gesehen. Eine Spur Irritation und Fassungslosigkeit. Und sie musste sich eingestehen, dass diese Regungen echt gewirkt hatten. Oder waren sie täuschend echt gespielt? Er war der einzige ihnen bekannte Mensch in Birthes Umfeld, der ein Motiv und die Gelegenheit gehabt hätte. Doch wie sie es auch drehten und wendeten, sie hatten nichts gegen Andresen in der Hand.

Mit der Fußspitze schob Marlene einen Stein vor sich her und kickte ihn ins hohe Gras seitlich des Weges.

Was den Ford Transit betraf, so hielt Marlene es für wahrscheinlich, dass sie und Simon eine wichtige Fährte aufgenommen hatten. Doch wer war der Fahrer? Komplize oder alleiniger Täter? Im Anschluss an das Gespräch mit dem Einweiser von der Fähre hatten sie routinemäßig das Einwohnermelderegister von ganz Schleswig-Holstein nach dem Namen Lars Petersen durchsucht. Wie vermutet, gab es eine Vielzahl von Männern mit diesem Namen. Nichts, was ihnen auf die Schnelle weiterhalf.

Sie hatten Bendix den Auftrag erteilt, bei Reederei und Fährpersonal nach Zeugen zu fahnden, die am 5. November 2015 an Bord der Fünf-Uhr-Fähre gewesen waren und vielleicht den Fahrer des Kastenwagens gesehen oder mit ihm gesprochen hatten. Bendix' Nachforschungen in den sozialen Netzwerken waren genauso wie sein Aufruf, dass sich damalige Nutzer des Sportplatzes bei der Polizeidienststelle Amrum melden sollten, bisher ergebnislos verlaufen. Ebenso seine Suche nach Zeugen auf der »Uthlande«. Was, wenn Heinz von Husen sich doch nicht getäuscht hatte und es sich bei der Person, die er auf dem Sportplatz gesehen zu haben glaubte, tatsächlich um Birthe Andresen handelte? Dann wären alle Ansätze in Bezug auf Gunnar Andresen, den Ford Transit und Lars Petersen hinfällig. Doch gerade hinsichtlich des Wagens konnte und wollte Marlene das nicht glauben. Ihr Instinkt sagte ihr etwas anderes.

In der Ferne sah sie die Lichter von Föhr. Irgendwo dahinter lag das Festland, in der Schwärze der Nacht. Führte die Spur sie dorthin? Würden sie dort die Antworten auf all ihre Fragen finden? Sie schlang die Arme um den Körper. Ihr wurde kalt.

Marlene und Simon hatten entschieden, ihre Zelte auf Amrum morgen abzubrechen. Hier konnten sie vorerst nichts mehr tun. Bendix und Zimmermann hatten während der kriminaltechnischen Untersuchung in Andresens Garten die Nachbarn nach einem weißen Kastenwagen befragt, doch niemand konnte sich an ein solches Fahrzeug erinnern. Simon und sie selbst hatten, nachdem das Team der Spurensicherung unverrichteter Dinge wieder abgezogen war, zwei mit Birthe Andresen locker befreundete Insulanerinnen aufgesucht, aber nichts erfahren, was sie nicht bereits wussten: Birthe Andresen galt als Übermutter und erfolgreiche Sportlerin, verhielt sich sonst aber eher unauffällig und zurückhaltend. Engere Freundschaften habe sie nicht gesucht, über ihre Ehe könnten sie nichts Besonderes sagen.

Marlene ließ ihren Blick über das Meer schweifen, sog die salzige Luft tief ein. Wirklich ein schönes Fleckchen Erde. Sie würde wiederkommen, nahm sie sich vor. Privat. Ohne über Verbrechen, Täter und Opfer grübeln zu müssen. Nur zum Genießen und Entspannen. Zum Leben.

Trotz aller Begeisterung und Leidenschaft für ihren Beruf gab es immer wieder Momente wie diesen, in denen Marlene beklemmende Gefühle beschlichen ob all der Gedanken und Fragen, denen sie sich als Kriminalkommissarin stellen musste. Ob der körperlichen und psychischen Gewalt, des Elends und des Leids, mit denen sie sich tagtäglich auseinanderzusetzen hatte. Und des Misstrauens. Wenn auch am unspektakulärsten, so war das Misstrauen von allem beinahe das Schlimmste. Denn es hielt Einzug in ihren privaten Alltag. Es veränderte ihren Blick auf die Welt, auf die Mitmenschen. Das war nicht gut. Doch sie hatte eins von ihrem Ausbilder gelernt und selbst zu Genüge erfahren: Menschen waren zu allem fähig, was man sich ausmalen konnte. Und zu noch viel Schlimmerem.

17

2015

Er versorgte sie regelmäßig. Einmal am Tag gab er Klopfzeichen. Sofern der in regelmäßigem Rhythmus erfolgende Wechsel von Licht und Dunkelheit einem Tag und einer Nacht entsprach. Die Ration war stets dieselbe. Ein Eimer zum Wechseln für die Notdurft, mittlerweile handbreit mit Wasser gefüllt, ein kleinerer mit Trinkwasser, ein warmes Essen, zwei Scheiben Brot. Hin und wieder Toilettenpapier. Niemals Besteck. Birthe musste mit den Fingern essen.

Sie hatte sich inzwischen angewöhnt, die benutzten Eimer frühzeitig vor die Klappe zu stellen, damit sie die Gefäße zügig austauschen konnte, ehe die Tür erneut verriegelt wurde. Ein einziges Mal noch hatte sie getestet, ob die hintere Klappe tatsächlich unter Strom stand. Der Schmerz in ihrer Hand war unmissverständlich gewesen.

Die warme Mahlzeit aß sie immer zuerst. Er gab ihr nur das Nötigste, Kartoffeln oder Nudeln, meistens trocken, manchmal mit Butter, selten mit Gemüse. Und doch stellte diese Mahlzeit für Birthe den Höhepunkt des Tages dar. Es war vor allem die Wärme, die ihr guttat. Auch wenn das Essen oftmals nur lauwarm bei ihr ankam. Doch selbst ein Hauch von Wärme in ihrem Mund und ihrem Magen war in diesem kalten Verlies eine Wohltat für ihren Körper. Und für ihre Seele.

Als besonders widerwärtig, wenn in dem Grauen, das ihr widerfuhr, überhaupt eine Abstufung möglich war, empfand sie die Vorstellung, dass er ihr zusah. Dass sie beobachtete. Dass er womöglich hinter dem Fenster neben dem Projektor hockte, sie anglotzte und begaffte, jeden ihrer Schritte, all ihre Bewegungen verfolgte, sich an ihrem Leid ergötzte. Bisher hatte sie ihn dort nicht erkennen können, zu sehr blendete das Licht, und die

Glasscheibe spiegelte. Doch allein der Gedanke daran reichte ihr. Sie hatte den vermeintlichen Beobachter hinter der Scheibe angeschrien. Sie hatte ihn beschimpft, beleidigt und bedroht. Dann wieder hatte sie geheult und gebettelt, hatte ihn angefleht, er möge Mitleid mit ihr haben und sie freilassen. Sie war Mutter, sie hatte ein Kind! Er, gerade er, müsse das doch verstehen! Aber all ihr Flehen, all ihr Aufbäumen war unerwidert geblieben. Birthe wusste noch nicht einmal, ob er sie überhaupt hören konnte.

Als kläglichen Versuch, sich seinem Zugriff so weit wie möglich zu entziehen, hatte sie die Matte direkt unter das Fenster geschoben, an die Stelle in ihrem Gefängnis, die von dort oben am schlechtesten einsehbar war. Den Toiletteneimer hatte sie in die Ecke daneben gestellt. Sie kämpfte darum, sich einen letzten Funken menschlicher Würde zu erhalten. Jeden Tag, jede Stunde.

Wieder und wieder hatte Birthe mit sich selbst einen Pakt geschlossen: Sie würde durchhalten. Sie würde dieses Martyrium aushalten, bis die Polizei kam. Bis sie Tamme endlich wieder in die Arme schließen konnte. Das war ihr Ziel, das sie niemals aus den Augen verlieren durfte. Das sie niemals aufgeben, ja noch nicht einmal anzweifeln durfte. Sie malte sich aus, wie die Polizei nach ihr suchte, wie sie die Insel auf den Kopf stellten, ihre Spur aufnahmen. Sie sah den Suchaufruf mit ihrem Bild überall auf Amrum, beim Bäcker, im Supermarkt, auf den Fähren und am Anleger ausliegen und an den Schwarzen Brettern hängen, in der Zeitung, im Fernsehen. Die Schlinge um den Täter würde sich zuziehen. Sie stellte sich vor, wie die Beamten das Verlies finden und sie retten würden, voller Freude und Stolz über den Ermittlungserfolg und voller Hochachtung für sie, dass sie diese Qualen ausgehalten hatte.

Dass die Ermittlungen eine gewisse Zeit in Anspruch nahmen, war selbstverständlich, redete sie sich ein. Sie legte sich eine Vielzahl von Erklärungen zurecht, warum die Kriminalpolizei bisher noch nicht eingetroffen war. Es war alles nur eine Frage der Zeit. Bis dahin würde sie weitermachen. Aufgeben war keine Option.

Doch wo war sie? Wo hielt er sie gefangen? Wo hatte er dieses schreckliche Gefängnis gebaut? War sie noch auf Amrum? Oder hatte er sie aufs Festland verschleppt? War sie ganz nah oder ganz weit entfernt von Tamme? Beide Vorstellungen drohten ihr ein ums andere Mal den Verstand zu rauben. Gleichzeitig waren die Gedanken an ihren Sohn das Fundament, das sie bei Kräften hielt. Das sie daran hinderte, sich der Verzweiflung und der Angst, die sie in regelmäßigen Abständen überfielen, zu ergeben. Dann beschwor sie die Bilder von Tamme vor ihrem inneren Auge herauf, schloss die Lider und stülpte sich den Schlafsack über den Kopf, um das Surren des Ventilators auszublenden und ganz bei Tamme sein zu können.

Sie sah seine leuchtenden Augen, die kleine Nase, den Leberfleck auf der linken Wange. Sie stellte sich sein Lächeln vor, die viel zu großen, windschiefen Schneidezähne, sie hörte seine helle Kinderstimme, das leichte Lispeln, sein fröhliches Lachen. Sie rief sich in Erinnerung, wie er duftete, seine Haut, seine Haare, wie es sich anfühlte, ihn im Arm zu halten, wenn er nachts zu ihr unter die Decke schlüpfte, weil er nicht schlafen konnte. Kalte Füße zwischen ihren Beinen. Tamme.

Es zerriss ihr das Herz. Und hielt sie gleichzeitig am Leben.

Wie es ihm wohl erging? Er machte sich bestimmt fürchterliche Sorgen! Er würde sie vermissen, er würde ganz schreckliche Angst haben. Was mochte die Polizei ihm sagen? Wie erklärte man einem siebenjährigen Jungen, dass seine Mutter von einem Moment auf den anderen spurlos verschwunden war?

Birthe begann, mit ihrem Sohn zu reden. Anfangs war es beklemmend gewesen. Ihre Stimme klang rau und fremd in ihren Ohren. Doch es tat gut, der Stille etwas entgegenzusetzen. Der Stille und dem ständigen Geräusch der Lüftung. Es zeigte ihr, dass sie noch da war, dass sie existierte. Die eigene Stimme zu hören, war der Beweis, dass sie noch lebte.

Sie versuchte, Tamme zu beruhigen und ihm Mut zu machen. Sie erzählte ihm, dass alles gut werden würde. Dass er sich keine Sorgen machen müsse. Mama sei bald wieder zu Hause.

Mama geht es gut.
Dann weinte sie.
Oder lachte hysterisch.
Sie dachte auch an ihre Eltern. An Gunnar, an Julia. Aber meistens an Tamme.

Am härtesten waren die Nächte. Wenn die Schwärze sie zu verschlucken drohte. Wenn die Angst ihre Klauen nach ihr ausstreckte und sie nicht mehr losließ, wenn sie nichts sah, nichts hörte außer dem Surren, das sich in ihren Kopf fraß. Mit angezogenen Beinen lag sie da, zusammengekrümmt wie ein Embryo, um sich selbst zu spüren. Um überhaupt irgendeinen Halt zu finden in dem totalen Dunkel ohne oben und unten. Der Schlaf, der sie übermannte, barg keine Erlösung, weil mit ihm die Träume kamen.

Die Bilder an der Wand hatten die Dämonen wieder zum Leben erweckt. Dabei hatte sie geglaubt, sie überwunden zu haben. Doch nun waren sie zurück. Schlimmer als zuvor.

Im Hellen versuchte Birthe stets, den Blick auf die Bilder zu vermeiden. Wenn sie auf der Matte saß oder lag, wandte sie ihnen den Rücken zu. Wenn sie aufstand und rastlos durch ihr Gefängnis tigerte, sah sie in die andere Richtung. Allein das Wissen um sie war Folter genug. Einzig, dass die Projektionen Licht spendeten und sie somit vor der dauerhaften Finsternis bewahrten, hatte etwas Gutes.

Was hatte er mit ihr vor? Wenn er beabsichtigte, sie zu töten, hätte er es längst tun können. Worauf wartete er also? Und ob er allein handelte? Konnte man so etwas Großes, so etwas Ungeheuerliches allein planen und durchführen? Oder hatte er Helfer? Birthe war in Gedanken immer wieder den fraglichen Morgen durchgegangen. Das Klingeln. Sie hatte die Haustür geöffnet. Er hatte unmittelbar vor ihr gestanden, auf dem Tritt, schon viel zu nah an der Tür. Er hatte etwas gesagt. Im Nachhinein war ihr klar, dass sie sofort gespürt hatte, dass irgendetwas nicht stimmte. Ein diffuses Gefühl, ein Instinkt war in ihr aufgeblitzt. Doch da war es bereits zu spät gewesen. Ein einziger großer Schritt, schon hatte er sie gepackt. Der Stich in die Schulter war das Letzte, woran sie sich erinnerte. Die Einstichstelle im Muskel hatte sie später wiedergefunden. Danach war ihr Bewusstsein abgerissen. Erst im Verlies war sie wieder zu sich gekommen.

Die Tage und Wochen ihrer Gefangenschaft schlichen dahin. Dann kam der erste Zettel.

Er lag auf dem Teller neben den Broten. Birthes Finger zitterten, als sie ihn auseinanderfaltete. Eine Nachricht, mit einem Kugelschreiber auf ein Stück Karopapier geschrieben. In deutlichen Druckbuchstaben.

»ES SCHNEIT.«

Nur diese zwei Wörter, mehr nicht.

Es schneit? Was hatte das zu bedeuten? Was bezweckte er damit? Wollte er ihr zeigen, wie lange er sie in seinem Wahnsinn schon eingesperrt hatte? Wie die Zeit verstrich? Wollte er ihr vorhalten, was sie draußen in der realen Welt verpasste? Was ihr entging? Wollte er sie auf diese Weise zusätzlich quälen? Ein weiteres Mittel, um sie seelisch zu brechen? Und seine Macht zu demonstrieren?

Aber diese perfiden Spielchen würde sie nicht mitmachen. Sie allein bestimmte, wohin ihre Gedanken wanderten. Das war die einzige Form von Freiheit, die letzte Form von Selbstbestimmung, die ihr noch geblieben war. Die sie aufrecht hielt. Das würde sich Birthe nicht nehmen lassen. Noch reichte ihre Kraft.

Sie stellte den Eimer für die Notdurft in die Mitte des Raumes, so, dass er vom Fenster aus gut zu sehen sein musste. Dann nahm sie den Zettel, zerriss ihn in kleine Schnipsel und ließ sie einen nach dem anderen in den Eimer rieseln. »Mit mir nicht!«, brüllte sie in Richtung der Scheibe. »Mit. Mir. Nicht!«

Es dauerte etliche Tages- und Nachtrhythmen, bis die nächste Mitteilung kam. Dieses Mal waren es drei Wörter.

»HEUTE IST HEILIGABEND.«

Weinend sank Birthe auf die Knie.

18

Donnerstag, 7. März 2019

Sie nahmen die Fähre um neun Uhr dreißig. Bendix begleitete sie zum Anleger. Sein Abschied war rührselig. Es freue ihn sehr, dass sie wegen des Falls in Kontakt bleiben würden, ein noch glücklicherer Mann wäre er allerdings, wenn Marlene ihn auch einmal außerdienstlich auf Amrum besuchen würde. Er sah ihr gerade in die Augen, ließ ihre Hand nicht los. Ganz neue Seiten der Insel könne er ihr zeigen, sie könnten surfen gehen, segeln, sein Freund würde ihnen bestimmt sein Segelboot leihen und …

»Danke. Wir melden uns.« Unwirsch zog Marlene ihre Hand zurück und stieg zu Simon ins Auto.

»Mutig ist er, unser bester Polizist der Welt.« Simon grinste. Marlenes Antwort war ein Schlag gegen seinen Oberschenkel. Er startete den Motor und reihte sich in die Schlange der Wartenden ein.

Die Überfahrt hatte wenig von der entspannten Urlaubsatmosphäre ihrer Anreise. Über Nacht war einer der ersten Frühjahrsstürme aufgezogen und trieb dunkle Wolken über das Meer in Richtung Festland. Die See war rau, Schaumkronen lagen auf den Wellen. Dicke Regentropfen klatschten gegen die Panoramafenster.

Unentschlossen rührte Marlene in dem Cappuccino, der vor ihr auf dem Tisch stand, in ihrem Magen ein flaues Gefühl. Bei dem starken Seegang begann er selbst gegen den geliebten Kaffee zu rebellieren. Das kannte Marlene nicht von sich. Früher, beim Segeln mit ihrer kleinen Familie, war sie nie seekrank gewesen. Waren das etwa beginnende Alterserscheinungen? Oder lag es an der Ertaubung und der Operation? Obgleich es zu den möglichen Nebenwirkungen des Eingriffs gehören konnte, hatte sie bisher glücklicherweise nicht unter Schwindel oder Gleichgewichtsstörungen gelitten. Sollte sich das jetzt noch ändern? Marlene war mehr als erleichtert, als das Schiff nach zwei sehr langen Stunden endlich in den Fährhafen von Dagebüll einlief und sie wieder festen Boden unter den Füßen hatte.

Die Weiterfahrt nach Schleswig unterbrachen sie in Husum, um die Angaben von Gunnar Andresen zu überprüfen. Die graue Stadt am Meer machte ihrem Namen alle Ehre. Tief hingen die Wolken über den Häusern und dem kleinen Hafen und hielten die Sonne gut versteckt. Der kräftige Wind fegte durch die Straßen.

Im Sportgeschäft in der Fußgängerzone kannte man den Amrumer, der regelmäßig die Tischtennisausrüstung für seinen Sohn aufstockte und Schläger mit Spezialbelägen bestellte. Ob er allerdings an dem fraglichen Datum im November 2015 im Laden gewesen war, konnten die Mitarbeiter weder bestätigen noch widerlegen. Nach über drei Jahren konnten die Verkäufe an dem Tag nicht mehr im Detail nachvollzogen werden. Das Restaurant, das Andresen genannt hatte, hatte in der Zwischenzeit den Besitzer gewechselt; in der Belegschaft herrschte ein stetes Kommen und Gehen von Saisonkräften und Angestellten aus Zeitarbeitsfirmen. Hier konnte niemand eine Auskunft geben.

Wieder fanden Marlene und Simon kein Indiz, das verlässlich belegte, dass Gunnar Andresen in Husum gewesen war. So wenig, wie sie das Gegenteil beweisen konnten.

»Ich würde noch gern bei Julia Riemer vorbeischauen«, sagte Marlene, als sie am Hafen entlang zum Auto zurückgingen.

»Warum habe ich das bloß schon geahnt?« Simon holte den Autoschlüssel aus der Hosentasche.

»Friedrichstadt liegt quasi auf dem Heimweg.«

»Quasi.«

»Nur ein kleiner Schlenker.«

»Wie klein?«

»Eine halbe Stunde Umweg.«

»Und du hast deine Arbeitsstundenzahl reduziert?« Sie hatten den Wagen erreicht. Simon entsperrte die Zentralverriegelung.

»Prinzipiell schon.«

»Prinzipiell. Aha.« Er öffnete die Fahrertür. Ein kapitulierendes Schulterzucken, begleitet von einem Lächeln. »Mir bleibt ja eh keine andere Wahl.«

»Was ist los? Hast du noch was vor? Ein Date?« Amelie, dachte Marlene. So hieß die junge Frau, mit der Simon gestern noch lange telefoniert hatte. Sie selbst war irgendwann schlafen gegangen.

»Morgen Abend.«

»Dann haben wir ja alle Zeit der Welt.«

Julia Riemer wohnte in einer unscheinbaren Reihenhaussiedlung am Rande der malerischen Grachtenstadt zwischen Eider und Treene. »Haben Sie Neuigkeiten von Birthe?«, war der Satz, mit dem sie Marlene und Simon an der Haustür begrüßte. Simon hatte ihr Kommen telefonisch angekündigt, um sicherzustellen, dass sie Julia Riemer auch antreffen würden. Nicht dass sie den Umweg umsonst in Kauf nahmen.

»Noch nichts, was wir Ihnen sagen könnten. Allerdings würden wir Ihnen gern ein paar Fragen stellen. Louven ist mein Name, Kriminalpolizei Schleswig. Das ist mein Kollege Fährmann.« Sie gaben der Frau die Hand.

»Julia Riemer, aber das wissen Sie ja bereits.« Sie steckte sich eine Haarsträhne, die sich aus der Frisur gelöst hatte, hinter das Ohr. »Tut mir leid, ich bin seit Ihrem Anruf ein wenig durcheinander. Sofort kommt alles wieder hoch. Aber kommen Sie doch bitte herein. Sie müssen allerdings entschuldigen ...« Sie drehte sich beim Reden um und ging vorweg ins Haus. Marlene und Simon folgten ihr.

Als die Wohnzimmertür geöffnet wurde, dröhnte ihnen Heavy-Metal-Musik entgegen. Marlene fasste sich an ihre CIs. Viel zu laut. Die Musik wollte zudem so gar nicht zum äußeren Erscheinungsbild von Julia Riemer passen. Dunkelblauer Hosenanzug, weiße Bluse, die glatten blonden Haare mit einer silberfarbenen Klemme hochgesteckt. »Ich … beim Aufräumen … höre … immer … besser putzen«, erklärte sie, während sie auf dem Couchtisch zwischen Zeitungen, leeren Kekspackungen und Mineralwasserflaschen kramte. »Wo … bloß …«

Zum Glück hatte Julia Riemer schnell gefunden, wonach sie suchte. Mit dem Smartphone schaltete sie die Musik aus. Marlene atmete innerlich auf.

»Ich bin gerade erst von der Arbeit gekommen und muss noch schnell ein wenig Ordnung machen, bevor Line nach Hause kommt«, erklärte Julia Riemer.

»Line?«, fragte Marlene.

»Ja, meine Tochter, sie kommt gleich aus der Schule.« Sie machte mit den Armen eine ausholende Bewegung. »Entschuldigen Sie bitte das Chaos. Normalerweise sieht es hier nicht so aus, aber die letzten Tage waren etwas stressig. Dann schaffe ich nicht alles. Ich bin alleinerziehend, wissen Sie, und Line und der Job gehen vor. Aber wenn Sie sich trotzdem setzen wollen?« Hastig klaubte sie zwei, drei Wäschestücke vom Sofa, warf sie in einen Wäschekorb, der auf dem Fußboden vor einem Wäscheständer stand, legte eine Wolldecke zusammen. »Bitte sehr.«

»Haben Sie vielen Dank.« Marlene und Simon nahmen auf dem Sofa Platz. Marlenes Blick fiel auf eine große Krabbeldecke in der Ecke des Zimmers, Kleinkindspielzeug, Kuscheltiere. Hatte die Frau nicht gesagt, ihre Tochter käme aus der Schule? Hatte sie noch ein zweites Kind? Oder hatte Marlene sich verhört?

»Darf ich Ihnen etwas zu trinken anbieten? Kaffee, Tee? Oder ein Wasser?«

»Nein danke, nur keine Umstände.«

Julia Riemer setzte sich. »Okay, was wollen Sie von mir wissen? Wie kann ich Ihnen weiterhelfen?« Während sie sprach, räumte sie das dreckige Geschirr auf dem Tisch zusammen.

»Ich denke immer noch so oft an Birthe. Diese quälenden Fragen. Was ist mit ihr geschehen? Was mag ihr bloß zugestoßen sein?« Sie zerknüllte eine leere Zigarettenpackung, stellte einen vollen Aschenbecher auf den Tellerstapel. »Ich räume nebenbei ein bisschen auf, ja? Hoffe, das stört Sie nicht.« Sie stand auf und brachte das Geschirr in die Küche. »Aber sprechen Sie nur weiter, ich kann Sie auch so …«

Ich dich aber nicht, dachte Marlene. Sie sah zu Simon, der ihren angestrengten Blick nicht bemerkte. Sie würde etwas sagen müssen. Mal wieder. Als Julia Riemer zurückkam, bat Marlene deshalb: »Frau Riemer, können wir uns bitte einen Moment in Ruhe unterhalten? Ich kann Sie sonst nicht gut verstehen.« Sie deutete auf ihre Ohren. »Es wird auch nicht lange dauern.«

»Oh ja, natürlich, tut mir leid, das ist mir noch gar nicht aufgefallen. Sie tragen Hörgeräte?« Julia Riemer nahm wieder Platz, beugte sich vor. »Ach nein, Cochlea-Implantate. Meine Tochter hat Hörgeräte. Sie kommt ganz gut damit zurecht, nur auf dem einen Ohr hört sie kaum noch etwas. Wenn sich die Seite weiter verschlechtert, soll sie auch ein CI bekommen. Aber ich habe Bedenken wegen der Operation.« Sie ordnete die Zeitungen auf dem Tisch, strich zerknitterte Seiten glatt. »Und Sie arbeiten damit bei der Kripo? Respekt.«

»Äh, ja, danke«, antwortete Marlene. »Aber lassen Sie uns zum Grund unseres Besuches kommen.« Sie schilderte in Kürze den Stand der Dinge, soweit ihn Julia Riemer wissen durfte. »Uns interessiert vor allem Ihr letztes Treffen mit Ihrer Freundin. Ist Ihnen am damaligen Verhalten von Birthe Andresen etwas aufgefallen?«

»Sicher! Es war ja der Tag, an dem sie von zu Hause abgehauen war, weil sie sich mit Gunnar gestritten hatte. Birthe war richtig sauer auf ihn. Warum genau, hat sie mir allerdings nicht verraten.« Julia Riemer wischte mit der Hand einige Krümel auf dem Tisch zusammen. »Sie war ziemlich zugeknöpft. Im wahrsten Sinne des Wortes. Ich erinnere mich noch, dass sie ein langärmeliges Shirt und ein Halstuch getragen hat, obwohl es sehr heiß war. Es war ja Hochsommer. Aber sie wollte sich partout nicht umziehen oder wenigstens das Tuch ablegen.« Mit den Fingern formte sie einen kleinen Haufen aus den Krümeln.

»Haben Sie dafür eine Erklärung?«, fragte Marlene.

»Tja, eine Erklärung … Ich habe mich das im Nachhinein so oft gefragt. Hätte ich intensiver nachhaken müssen? Hätte ich mich mit ihren Antworten nicht zufriedengeben dürfen? Hätte es irgendetwas geändert?« In ihrem Blick lag auf einmal eine gewisse Schwere, eine Art Müdigkeit. »Wissen Sie, man will das ja nicht wahrhaben. Schlimme Dinge geschehen nur anderen. Gewalt in der Ehe – klar, das gibt's, aber doch nicht bei mir oder bei meinen Freunden. Aber ich hatte so ein blödes Gefühl. Schließlich war sie vorher noch nie einfach so von zu Hause abgehauen.« Sie zerdrückte die Krümel, presste sie zusammen. »Gunnar kann sehr wütend werden. Er kann richtig ausrasten. Ich selbst habe mich einmal von ihm anschreien lassen müssen. Fürchterlich. Also habe ich mich irgendwann getraut zu fragen. Ob sie im Streit auch körperlich aneinandergeraten seien? Ob Gunnar ihr womöglich irgendetwas angetan habe? Und sie sich deshalb nicht umziehen wolle? Um die Spuren zu verstecken? Aber da hat Birthe sofort dichtgemacht. Sie hat nichts mehr dazu gesagt. Nur ein ganz normaler Streit unter Eheleuten. Alles gut.«

»Birthe Andresen wurde damals im Juli tatsächlich von ihrem Mann geschlagen. Er hat zugegeben, dass ihm die Hand ausgerutscht ist. Ob so sehr, dass sie sichtbare Blessuren davontrug, wissen wir nicht, aber nach Ihrer Beschreibung ist es anzunehmen.«

»Scheiße.« Julia Riemers Finger suchten Halt, verknoteten sich ineinander. Sie schwieg. In Gedanken schien sie weit weg zu sein. Sie stand auf, ging ein paar Schritte, drehte sich zu Marlene um. »Hat er Birthe etwas angetan?«

»Dafür gibt es keine Beweise.«

Sie setzte sich wieder. »Aber sie ist tot, oder?«

»Wir wissen es nicht. Allerdings ist davon auszugehen, ja.«

Stille.

Simons Zeichen an Marlenes Arm. »Als Frau Andresen bei Ihnen war, ist Ihnen da noch irgendetwas anderes aufgefallen, das ungewöhnlich war?«, fragte er.

»Wie gesagt, es ging ihr nicht gut, aber sie hat versucht, es zu überspielen. Über Gunnar haben wir dann nicht mehr gesprochen. Dass sie das nicht will, hat sie mir eindeutig zu verstehen gegeben.«

»Worüber haben Sie sich dann unterhalten? Haben Sie etwas Besonderes gemacht? Jedes Detail kann wichtig sein, auch wenn es Ihnen auf den ersten Blick völlig unbedeutend erscheinen mag.«

»Was wir gemacht haben?« Julia Riemer versuchte, sich zu konzentrieren, schloss für einen Moment die Augen. »Wir haben unglaublich viel Wein getrunken.« Ein wehmütiges Lächeln legte sich auf ihr Gesicht. »Und dann ...« Sie stutzte und war auf einmal wieder hellwach. »Dann haben wir uns ewig lange im Internet bei Parship rumgetrieben.«

»Sie meinen die Partnervermittlung?«, fragte Marlene.

»Ja, genau. Ich hatte mich dort angemeldet.« Als ob sie sich dafür entschuldigen müsste, fügte sie hinzu: »Wissen Sie, als Alleinerziehende und dann noch mit einem Kind wie Line, da habe ich kaum Möglichkeiten, jemanden kennenzulernen. Hat allerdings auch nichts gebracht. Außer ein paar üblen Dates.«

»Und Birthe?«

»Das ist es ja! Birthe hatte mich zuvor immer für ziemlich bescheuert erklärt, weil ich mich auf so etwas einließ. Liebe per Steckbrief und Internet, das könne nicht funktionieren. Aber an diesem Wochenende war sie total interessiert. Sie wollte alles wissen. Wie ich das so mache, wie viel Geld ich dafür bezahlen muss und so weiter.«

»Wissen Sie, ob sie sich danach ebenfalls dort angemeldet hat?«

Julia Riemer schüttelte den Kopf. »An diesem Wochenende jedenfalls nicht.«

Marlene und Simon wechselten einen Blick, woraufhin sich Simon eine Notiz machte.

»Halten Sie es für denkbar, dass Ihre Freundin sich von ihrem Mann trennen wollte?«

»Trennung? Bislang hätte ich mir das nur schwer vorstellen können, auch wegen Tamme. Birthe wollte immer das Beste für ihn, eine heile Familie – was auch immer das heißt.« Ein bitterer Zug legte sich um ihren Mund. »Aber wo Sie mich jetzt danach fragen, ja, es könnte schon sein, dass sie darüber nachgedacht hat.«

»Hat Birthe Ihnen gegenüber jemals den Namen Lars Petersen erwähnt?«, fragte Marlene, auch wenn sie glaubte, die Antwort bereits zu kennen. »Oder eine Frau namens Dörthe Steffens?« Das war die Fahrzeughalterin aus Stade, die im August den Diebstahl ihres Kennzeichens gemeldet hatte.

Julia Riemer verneinte.

Plötzlich ertönte eine laute Fanfare, die Marlene zusammenfahren ließ.

»Sorry, die Türklingel. Das muss meine Tochter sein.« Julia Riemer stand auf und verließ das Zimmer. Leise Stimmen im Flur. Kurz darauf kehrte sie mit ihrer Tochter zurück. Das etwa zehnjährige Mädchen saß in einem Rollstuhl, ihr Kopf mit zwei fröhlich abstehenden Zöpfen wurde von einer Stütze gehalten. Lines Gesichtsausdruck war überrascht, heiter. Speichel tropfte aus ihrem Mundwinkel auf ein bunt gemustertes Halstuch.

»Schau mal, Line, wir haben Besuch. Die Frau und der Mann sind von der Polizei. Sag den beiden Hallo.«

Mit ihrer spastisch gekrümmten Hand drückte Line auf einen roten Buzzer an einem Gerät, das am Tisch ihres Rollstuhls befestigt war. Eine elektronische Stimme ertönte. »Hallo, ich bin Line!«, meinte Marlene zu hören. Jedenfalls reimte sie es sich aus dem, was sie verstanden hatte, so zusammen. Die Stimme klang hell und verzerrt.

»Hallo, Line, ich bin Simon«, antwortete Simon und hob grüßend die Hand. Marlene tat es ihm nach.

»Line kann noch nicht sprechen«, erklärte Julia Riemer. »Aber die Technik hilft.« Sie gab ihrer Tochter einen Kuss. »Möchtest du etwas trinken?«

Line drehte den Kopf leicht zur Seite und gab einen unbestimmten Laut von sich. Sie betätigte einen anderen, gelbfarbigen Knopf an dem Gerät. »Ich möchte Fupi!«

Fu-pi? Hatte Marlene richtig verstanden?

»Wo steckt denn dein Fupi?« Julia Riemer kramte in dem Beutel, der an der Rückenlehne des Rollstuhles hing. »Ah, hier hat er sich versteckt!« Sie förderte ein rosa Schwein zutage. Dem Stofftier war anzusehen, dass es innig geliebt wurde. Julia Riemer drückte es ihrer Tochter in den Arm, und Line jauchzte vor Freude. An Marlene und Simon gewandt erklärte sie: »Mit Dingen, die für Line bedeutsam sind, soll sie Kommunikation erlernen und ausbauen. Ja und Nein schafft sie schon mit dem Kopf, ohne die Unterstützung des Talkers.«

Das Kuscheltier entglitt Line und fiel auf den Boden. Julia Riemer wartete, bis ein erneutes »Ich möchte Fupi!« aus dem Lautsprecher drang, dann hob sie das Tier auf und reichte es ihrer Tochter. »Ich habe gleich Zeit für dich, mein Schatz, dann kannst du auf deine Decke.«

»Wir werden Sie auch gar nicht länger aufhalten.« Marlene erhob sich. »Falls Ihnen noch etwas Wichtiges einfällt, melden Sie sich bitte bei uns.« Sie reichte Julia Riemer ihre Karte.

Nachdem Marlene und Simon sich von dem Mädchen verabschiedet hatten, begleitete Julia Riemer sie zur Haustür. »Bitte sagen Sie mir Bescheid, falls Sie Birthe finden.«

Marlene nickte. »Eine letzte Frage habe ich noch: Sie gaben damals zu Protokoll, dass Ihre Freundin niemals freiwillig untergetaucht wäre. Sind Sie nach wie vor dieser Auffassung, nachdem Sie nun wissen, dass die Eheprobleme womöglich doch schwerwiegender waren als angenommen?«

»Nie und nimmer wäre Birthe ohne Tamme gegangen. Nur gefühlsmäßig war sie längst auf dem Absprung.«

19

Freitag, 8. März 2019

»Haben Sie vielen Dank für Ihre Bemühungen, auf Wiederhören.« Marlene beendete das Telefonat und legte den Telefonclip auf den Schreibtisch. Auch das Festnetztelefon in ihrem Büro war im Zuge der Umbaumaßnahmen ausgetauscht worden. Nun stand ihr ein Gerät mit Bluetooth-Funktion zur Verfügung, das sie wie das Smartphone mit den CIs verbinden konnte.

Das Gespräch mit dem Angestellten der Wyker Dampfschiffs-Reederei war ein Erfolg und Misserfolg zugleich gewesen. Erfolgreich für sie persönlich, weil sie mit einem unbekannten Mann, einer unbekannten Stimme telefoniert und die Wörter und Sätze verstanden hatte. Erfolglos, was die inhaltliche Ebene betraf. Der Mitarbeiter, der am 29. September 2015 am Schalter in Dagebüll die gesuchte Buchung vorgenommen hatte, konnte sich zwar noch an den Vorgang erinnern, doch mehr, als dass es sich um einen Mann eher mittleren Alters gehandelt haben müsste, wusste er über die Person nicht zu sagen.

Als die Zimmertür mit Schwung geöffnet wurde, schrak Marlene zusammen. Victor von Saalow. Hatte er nicht angeklopft, oder hatte sie sein Klopfen nicht gehört? Fürchterlich, wie schreckhaft sie geworden war, seitdem sie die CIs trug. Unauffällig ließ Marlene den Telefonclip in der Schreibtischschublade verschwinden. Auf einen Kommentar zu ihren technischen Hilfsmitteln konnte sie gut verzichten.

Von Saalow sah sich um. »Da hat ja mal jemand keine Kosten gescheut. Sogar die Vorhänge sind neu. Schick, schick.« Er ging zum Fenster und befühlte den schweren Stoff. »Von Ado mit der Goldkante? Das übertrifft ja selbst Bischoffs Büro.«

Marlene atmete innerlich tief durch und bemühte sich, eine gleichgültige Miene aufzusetzen. »Victor, was gibt's?«

Von Saalow nahm einen Schluck aus dem Kaffeebecher, den er in der Hand hielt. »Wollte mal gucken, wo unsere Steuergelder geblieben sind.«

»Dann schau dich nur in Ruhe um. Sonst noch Fragen?« Wie lächerlich er sich mal wieder verhielt. Marlene musterte ihren Kollegen. Seine äußere Erscheinung war wie immer lässig-elegant. Lederschuhe von Tod's, dazu Jeans, ein Jackett über dem gestärkten Hemd. Alter Landadel. Alles aufeinander abgestimmt, nichts dem Zufall überlassen. Sein Gesicht war glatt rasiert, an den dunklen Schläfen zeigte sich erstes Grau. Am Bügel der Brille war der Schriftzug »Porsche Design« für jedermann deutlich sichtbar. Sein einziges Schönheitsmanko, mit dem er, wie Marlene wusste, haderte, waren die Aknenarben an Wangen und Schläfen.

»So kurz angebunden vorhin in der Frühbesprechung? Ist doch sonst nicht deine Art.« Er ließ seinen Blick über die große Magnettafel gleiten, die hinter Marlene an der Wand hing, über die Fotos, Namen und wichtigsten Informationen zum Fall, die sie und Simon zusammengetragen hatten. »Doch nicht so spektakulär, deine Cold Cases?«

Wie anders Victors Stimme nun in ihren Ohren oder besser gesagt in ihrem Kopf klang. Es war Marlene in den Besprechungen bisher noch nicht aufgefallen, wahrscheinlich, weil sie sich auf andere Dinge, auf den Gesprächsverlauf und das Funktionieren der Technik konzentriert hatte. Nun stellte sie belustigt fest, wie komisch seine elektronisch übermittelte Stimme klang. Micky Maus statt Männerbass. Wenn er das wüsste! Marlene lachte still in sich hinein. Alle einst vertrauten Stimmen klangen für sie zunächst ungewohnt und fremd. Hell, blechern, künstlich. Selbst bei ihrer eigenen Stimme war es so gewesen. Mit der Zeit glichen sich diese Wahrnehmungen jedoch mit ihrem Hörgedächtnis ab, wurden die unterschiedlichen Hörerfahrungen miteinander verknüpft, bis Marlene den neuen Eindruck als normal empfand. Bei Simon und Ada hatte sie diesen Punkt schon lange erreicht.

»Oder alles *top secret*?«, fragte von Saalow weiter. »Bist du schon an einer ganz heißen Spur dran?« Sein Blick ironisch. Provozierend.

Marlene wollte sich auf dieses Spielchen nicht einlassen. Heute nicht. »Ich habe zu tun. Du weißt ja, wo die Tür ist.«

»Ich wollte sowieso Fährmann sprechen.«

Marlene wies mit dem Arm in Richtung der Verbindungstür. Dass Simon gerade bei der Staatsanwältin war, musste sie von Saalow ja nicht auf die Nase binden. Doch schon einen Augenblick später stand er erneut vor ihr.

»Er ist nicht da.«

»Und?«

»Wo steckt er?«

»Simon ist in Flensburg. Und er besitzt ein Handy.« Marlene wandte sich demonstrativ ab, bückte sich nach ihrer Tasche, holte das Notizbuch heraus. »Schönen Tag noch«, flötete sie ihm hinterher, als er das Zimmer verließ.

Endlich Ruhe. Marlene schlug das Buch auf und ging die Notizen durch, die sie gestern Abend nach ihrem Lagegespräch mit Simon und Bischoff angefertigt hatte. Sie ergänzte sie um die Ergebnisse aus dem Telefonat mit dem Reederei-Mitarbeiter und die Informationen, die sie von Ada erhalten hatte. Ada hatte Dörthe Steffens erreicht und ihr einige Fragen stellen können. Das Schild war in der Nacht vom 19. auf den 20. August 2015 von einem Pendlerparkplatz an der B 73 in der Nähe von Buxtehude gestohlen worden. Eine Verbindung der Frau zu Birthe oder Gunnar Andresen schien nicht zu bestehen. Marlene war sich sicher, dass das Schild willkürlich ausgewählt worden war. Um die Identität des wahren Fahrzeughalters zu verbergen, hätte auch jedes andere Kennzeichen Verwendung finden können, solange es unbeobachtet von einem frei zugänglichen Ort wie dem Parkplatz entwendet werden konnte. Womit sie wieder bei Lars Petersen und dem Ford Transit war.

Wenn sie davon ausging, dass der Wagen und sein Fahrer mit dem Verschwinden von Birthe Andresen in Zusammenhang standen, dann war es naheliegend anzunehmen, dass der Fahrer nur deswegen überhaupt auf die Insel gekommen war – und dies entsprechend der fünf Wochen zuvor erfolgten Buchung von langer Hand geplant hatte. Doch wo lag das Motiv? Wer versteckte sich hinter dem Namen Lars Petersen? War er der große Unbekannte? Ein Komplize? Handlanger? Oder womöglich der alleinige Täter?

Marlene drehte sich mit dem Stuhl zur Magnettafel um. »Profil bei Parship?«, las sie auf einer der Karten, die unter dem Foto der Vermissten hingen. Sie spann diesen Gedanken weiter. Hatte Birthe Andresen über die Vermittlungsplattform einen Mann kennengelernt? Und war dieser Mann Lars Petersen? Hatte er sie in dem Kastenwagen aufs Festland gebracht? Tot? Oder hatte sie lebendig – gefesselt und geknebelt – auf der Ladefläche gelegen? War der Fahrer deshalb so unruhig und ungehalten gewesen, weil er Angst gehabt hatte, dass Birthe Andresen auf sich aufmerksam machen könnte? Vielleicht war sie in falsche Kreise geraten. War verschleppt worden. Zuhälterei, Zwangsprostitution, organisierte Kriminalität. Lars Petersen könnte ein Lockvogel gewesen sein. Für eine solche Theorie spräche die langwierige Planung. Und es würde erklären, warum es keine Lösegeldforderungen, keine Kontobewegungen gegeben hatte. War das Handy deshalb zusammen mit der Vermissten verschwunden? Weil darauf die Daten von Parship gespeichert waren? Auf dem Laptop der Familie waren damals keinerlei verwertbare Hinweise aufgetaucht. Allerdings dürften der oder die Täter kaum gewusst haben, welches Gerät Birthe Andresen zum Parshippen benutzte. Wenn es also darum ging, die Spuren zu vernichten, die der Lockvogel bei der Kommunikation mit Birthe Andresen hinterlassen hatte, warum hatten sie dann nicht auch den Laptop mitgenommen? Hatten sie von dem Gerät nichts gewusst? Oder es schlichtweg nicht gefunden? Standen sie unter Zeitdruck oder wurden womöglich gestört? Warum überhaupt der große Aufwand und das hohe Risiko, eine Frau von einer Insel für solche Zwecke auszuwählen? Warum gerade Birthe Andresen? Das passte nicht zusammen.

Marlene schrieb mit einem roten Filzstift in großen Druckbuchstaben das Wort »Menschenhandel« auf eine neue Karte, versah es mit einem dicken Fragezeichen und pinnte sie neben der Parship-Notiz an die Magnettafel.

Warum Birthe Andresen?

Vielleicht hatte Gunnar Andresen aber auch schlicht und einfach Wind davon bekommen, dass seine Frau bei Parship aktiv war. Hatte er sie getötet, weil sie einen anderen Mann gefunden hatte? Für den sie ihn womöglich verlassen und Tamme mitnehmen wollte? Dann könnte Lars Petersen der Komplize sein, der ihm geholfen hatte, die Leiche unentdeckt auf dem Festland zu entsorgen.

Marlene notierte auf der nächsten Karte die Begriffe »Gescheiterte Ehe«, »Eifersucht« und »Hass« und hängte sie zu der Fotografie von Gunnar Andresen. Sie öffnete die Schreibtischschublade und griff nach der Tüte »Glückssteine«, die ihr Simon geschenkt hatte. Gedankenverloren ließ sie einen davon in ihrem Mund verschwinden. Sie benötigten dringend einen Zugang zu den Daten der Partnervermittlung. Marlene hoffte, dass ihre Ermittlungsergebnisse die Staatsanwaltschaft und das Gericht ebenfalls von dieser Notwendigkeit überzeugen würden. Und Glück brauchten sie auch. Wann kam nur endlich Simon zurück?

Als wären ihre Gedanken erhört worden, öffnete sich die Verbindungstür zu seinem Büro, und ihr Partner kam herein. Wie viel unaufgeregter und angenehmer war doch sein Auftreten als das von Victor von Saalow. Hoodie, Turnschuhe, offener Blick. »Für Parship haben wir grünes Licht«, sagte er. »Was Andresen betrifft, ist Bente nach dem missglückten Einsatz der Spurensicherung auf dessen Grundstück allerdings zurückhaltend. Selbst wenn wir auf eine Affäre seiner Frau stoßen, die wir ihm als Motiv auslegen können, braucht sie …«

»… noch mehr Futter, ist klar«, ergänzte Marlene trocken.

Das war einer der Lieblingssprüche von Bente Jakobsen. Böse Zungen behaupteten, das liege an ihrer Kinderstube. Die Staatsanwältin stammte aus einem nordfriesischen Milchviehbetrieb.

»Andresens Anwalt hat wohl ein bisschen Wind gemacht.« Simon verzog das Gesicht.

»Hauptsache, wir können bei Parship loslegen.« Marlene schielte auf das große Paket, das Simon unter dem Arm trug. »Und was ist das?«

»Ein Tischkicker im Kleinformat. Ich dachte mir, nach Amrum können wir auch hier ganz gut einen gebrauchen. Aber hast du gewusst, wie teuer die Dinger sind?«

»Und den gab's im Gericht?«

»Mehr oder weniger. Hab ihn auf dem Weg dorthin im Schaufenster eines Sportgeschäftes entdeckt. Ich konnte kein zweites Mal dran vorbeigehen. Nachher ein Spiel bei mir?«

»Und ich sitze hier auf heißen Kohlen und warte ...« Marlene zog eine Augenbraue hoch. »Aber ja, nachher gern. Jetzt müssen wir uns den Transit und die Partnervermittlung vornehmen. Mein Telefonat mit dem Schaltermitarbeiter der Reederei hat leider keine neuen Erkenntnisse gebracht. Aber ich habe den Einweiser von der ›Uthlande‹, Martinen, erreicht. Er ist zufällig heute in Kiel und kommt am Nachmittag vorbei, damit wir ein Phantombild von dem Transit-Fahrer anfertigen können. Joost wird das wie immer machen.«

»Dann lass mich Parship übernehmen. Vielleicht kann ich da nebenbei noch etwas lernen«, fügte Simon mit einem schiefen Grinsen hinzu.

»Ich denke, du bist für die nächste Zeit ausgebucht?«

»Man sollte stets auf alles vorbereitet sein.«

»In Ordnung, dann kümmere ich mich um den Wagen.«

»Passt.« Simon nickte und drehte sich um.

»Übrigens, Victor war hier und wollte dich sprechen«, rief Marlene ihm hinterher, doch da war er bereits in seinem Büro verschwunden. Egal. Wenn es wichtig war, würde von Saalow sich schon wieder melden. Sie öffnete das Vorgangsbearbeitungssystem auf ihrem Rechner und begann mit der Suche nach dem Fahrzeug, indem sie die wenigen Angaben, die sie über den Kastenwagen hatte, eingab. Eine lange Liste erschien auf dem Bildschirm. Marlene ging Eintrag für Eintrag durch. Diebstähle und Sachbeschädigungen, Unfälle, Fahrerflucht, schwere Vergehen gegen die Straßenverkehrsordnung. Und dann hatte sie ihn.

20

2016

Sie richtete sich ein im Wahnsinn.

Was ihr half, nicht den Verstand zu verlieren, war die Verbindung zur Außenwelt. Auch wenn diese nur in ihrer Vorstellung existierte. Aber es gab dort draußen jenseits der Mauern noch ein Leben, das auf sie wartete. In dem sie gebraucht wurde. Für das es sich durchzuhalten lohnte. Ihre Gedanken waren frei. Kein Kerker, keine Wände aus Stein oder Türen aus Stahl konnten sie einsperren.

Birthe träumte sich fort. Fort aus dem Verlies, fort von den Bildern, fort von ihm. Ihre Gedanken und Sehnsüchte flogen zu Tamme, begleiteten ihn durch seinen Tag. Sie waren bei ihren Eltern, selten bei ihrem Mann, häufig auf ihrer Insel und am Meer. Weiter Himmel. Licht. Sonne und Wärme. Wind im Gesicht, Salz auf der Haut.

Irgendwann hatte sie begriffen, dass die Nachrichten, die er ihr schickte, nicht nur die beabsichtigte Qual, sondern gleichzeitig auch eine Hilfe waren, um dem Gefängnis entfliehen zu können. Die Zettel kamen unregelmäßig, nichts, worauf sie sich einstellen konnte. Mal stand nur ein einziges Wort darauf, mal ein ganzer Satz. Aber sie zeigten ihr, dass die Welt dort draußen sich noch drehte, dass sie überhaupt noch vorhanden war. Die Papiere waren eine reale Verbindung, greifbar, Birthe konnte sie mit den eigenen Händen anfassen. Was von ihm als Grausamkeit, als Folter gedacht war, verwandelte Birthe in etwas Nützliches, etwas Positives. Sie begann, die Nachrichten als ein Stück Wirklichkeit zu sammeln. Und auch wenn jede einzelne sie zunächst verzweifeln ließ und ihr regelrecht körperliche Schmerzen zufügte, so gewann sie dadurch eine Form von Kontrolle zurück. Sie allein bestimmte, was sie mit den

Informationen machte. Und was sie ihnen erlaubte, mit ihr zu machen. Ein irrwitziges Aufbegehren gegen die perfiden Pläne ihres Peinigers.

»DER ERSTE WARME FRÜHLINGSTAG.«

»OSTERFERIEN OHNE MAMA.«

»NEUNZEHN GRAD CELSIUS, SONNIG – PERFEKTES TRAININGSWETTER.«

Birthe ordnete die Zettel, reihte sie auf dem Fußboden fein säuberlich entlang der Wand neben der Matte auf. So konnte sie, wann immer sie wollte, einen Blick darauf werfen. Auf ihren Anker zur echten Welt.

Schlimm waren die besonderen Tage. Silvester, Ostern, Geburtstage. Wie würde Tamme diesen Tag überstehen? Was würde er tun? Wie würde es ihrer Mutter, ihrem Vater ergehen? In welch großer Sorge würden sie alle um sie sein! Und wie gern würde sie sie wissen lassen, dass sie am Leben war! Sie lebte!

Haltet durch!

Wir alle müssen durchhalten, beschwor sie sie in Gedanken.

Den Zettel zu Tammes Geburtstag hatte sie zunächst wutentbrannt zusammengeknüllt.

»ACHT JAHRE – HERZLICHEN GLÜCKWUNSCH AN DEN LIEBEN TAMME!«

Sie hatte gewürgt, so zornig und verzweifelt war sie gewesen. Hatte auf die Tür eingetreten und schließlich voller Hass das Fenster angeschrien. Doch nachdem die Tränen versiegt waren, war es ihr gelungen, sich zu besinnen. Sie hatte das Blatt auseinandergefaltet, hatte es glatt gestrichen, vorsichtig, fast zärtlich, und in die Reihe zu den anderen gelegt. Diese Genugtuung würde sie ihm nicht geben. Sie würde sich den Geburtstag ihres Sohnes nicht ruinieren lassen. Sie hatte sich auf die Matte gekauert, den Schlafsack über den Kopf gezogen und mit der Kraft ihrer Gedanken all ihre Liebe zu Tamme geschickt. Ihr Herz war schwer wie Blei, doch sie war sich sicher gewesen, dass er es spüren konnte.

Birthe nutzte die Nachrichten nicht nur als Band zur Realität, sondern auch, um eine zeitliche Struktur zu finden, eine Verortung im Hier und Jetzt. Sie hielt sich fest an allem, was ihr Halt geben konnte in diesem losgelösten, entrückten Nichts, das ihr Gefängnis war. Sie hatte entschieden, dass die Hell- und Dunkelphasen, die sich regelmäßig abwechselten, Tagen und Nächten entsprechen mussten. Das war ihre Zählweise, ihr Lebensrhythmus. Und die Zettel ließen sie wieder zu so etwas wie einer konkreten Zeitrechnung zurückfinden.

Auch die Bilder, die er in immer gleicher Reihenfolge an die Wand projizierte, trugen zu diesem Rhythmus bei, zu der Tagesstruktur, ohne die sie wahnsinnig werden würde. Sie hatte die Fotografien gezählt. Zu Beginn war sie immer wieder durcheinandergekommen, aber irgendwann war sie sich sicher gewesen: Ein Durchlauf umfasste zwanzig Bilder, achtzehn dieser Zyklen entsprachen einem Tag.

Gleichzeitig hatte sie ihre Strategie im Umgang mit den Bildern geändert. Anstatt sie weiter zu meiden, setzte sie sich bewusst mit ihnen auseinander. Sie stellte sich ihnen, konzentrierte sich auf jede Kleinigkeit, kannte bald jedes Detail auf den Fotos. Anfangs hatte sie es kaum ausgehalten. Es war erdrückend gewesen. Traurig. Und die Frage nach der Schuld war mit jedem neuen Bild aufgeblitzt. Doch sie sagte es sich immer wieder, mal leise oder ganz im Stillen, mal klar und deutlich, mal schrie sie es laut heraus: »Ich bin unschuldig!«

Das hier hatte sie nicht verdient. Warum sie? Warum nicht er?

Nach und nach hatte sie sich die Bilder zu eigen gemacht, ihnen eine neue Bedeutung gegeben. Dadurch verloren sie an Schrecken. Sie verwandelten sich in etwas Vertrautes, das zu ihrem Alltag gehörte. So hielt sie die Dämonen in Schach. Ein weiterer Akt der Selbstbestimmung und des Widerstands.

Beides, sowohl die Nachrichten als auch die Projektionen, boten Birthe außerdem noch etwas anderes, sehr Entscheidendes: Beschäftigung. Sie brauchte irgendetwas zu tun, um in diesem einsamen, von nahezu allen Reizen abgeschnittenen

Kerker nicht verrückt zu werden. Sie brauchte Aufgaben, für ihren Verstand und für ihren Körper.

Wenn sie sich nicht in ihren Träumen davonschlich, befasste Birthe sich mit den Zetteln oder den Bildern. Oder sie sang. Rief sich alte Lieder aus der Schule, aus dem Kindergarten ins Gedächtnis zurück. Kämpfte an gegen die Stille und das stete Surren der Lüftung. Sie redete laut, manchmal mit ihren Eltern, mit ihrer Freundin, meistens mit Tamme. Sie weckte ihn morgens, durchlebte seinen Tag, sagte ihm Gute Nacht.

Guten Morgen, mein Schatz, hast du gut geschlafen?

Wie war es in der Schule? Hast du wieder so viele Hausaufgaben in Deutsch auf?

Ja, du kannst dich gern zum Spielen verabreden. Aber vergiss nicht die Trinkflasche fürs Tischtennistraining!

Schlaf gut und träume etwas Schönes.

Irrwitzige Augenblicke vermeintlicher Normalität.

Zu Birthes Routine gehörte es bald auch, sich zu bewegen, anders hielt sie es gar nicht aus. Sie war Sportlerin. Sie machte gezielte Übungen, entwickelte daraus ein Trainingsprogramm, das sie jeden Tag absolvierte. Sie ging schnellen Schrittes durch den Raum, soweit es die Enge erlaubte, zweihundert Runden, jeden Tag. Sie hatte alles genau abgemessen. Die Längswand maß fünf große Schritte, knapp siebzehn Fußlängen. Die kürzere Wand war etwa vier Schritt lang, gut zwölf Fuß. Bei ihrer Körpergröße von nur einem Meter zweiundsechzig mit der Schuhgröße neununddreißig müsste die Grundfläche also etwa drei mal vier Meter betragen.

Einmal noch hatte sie mit Hilfe beider Eimer versucht, an den Lüftungsschacht zu gelangen. Dazu hatte sie, nachdem sie Nahrung, Wasser und den frischen Eimer für die Notdurft von ihm erhalten hatte, von ihrer Tagesration Wasser zunächst so viel wie möglich getrunken und den Plastikbecher, bis an den Rand gefüllt, für später zur Seite gestellt. Dann hatte sie das restliche Wasser aus beiden Eimern ausgeschüttet, hatte die Eimer umgedreht, sie aufeinandergestapelt und war hinaufgestiegen.

Dennoch waren die Decke und das Lüftungsgitter unerreichbar für sie gewesen. Auch an das Fenster kam sie nicht heran, sosehr sie sich auch danach ausstreckte. Er hatte alles genau berechnet. Sie war gefangen auf zwölf Quadratmetern. Multipliziert mit der Deckenhöhe hatte sie vielleicht sechsunddreißig, maximal zweiundvierzig Kubikmeter Luft um sich herum. Stellte er die Lüftung aus, bliebe ihr genau diese Menge zum Atmen. Zum Überleben. Sobald sie an diese Enge und ihre Abhängigkeit von ihm dachte, drohte es Birthe jedes Mal die Kehle zuzuschnüren. Doch sie wehrte sich. Machte weiter. Lief am Tag ihre gut zwei Kilometer, machte Gymnastik, Dehnungsübungen, Yoga. Sie musste in Form bleiben. Noch hatte sie die Kraft dazu. Zumindest meistens.

Es gab auch Tage, an denen die Düsternis siegte. An denen Birthe sich auf der Matte zusammenrollte, den Schlafsack fest um ihren Körper schlang und reglos vor sich hindämmerte. Träge, niedergeschlagen. Die Hoffnung schwindend, die Erlösung nicht greifbar. Wo blieb die Polizei? Wie lange musste sie noch ausharren? Und was in aller Welt hatte er mit ihr vor? Diese Fragen ließen sie niemals los.

Sie hatte abgenommen. Birthe merkte es an ihren Armen, an ihrem Bauch. Der Hosenbund saß nur noch locker über den Hüftknochen, die immer weiter hervortraten. Ihre Monatsblutung war ausgeblieben. Das Haar hing ihr in fettigen Strähnen auf die Schultern, die Haut war trocken, der Geruch, den sie verströmte, nicht mehr der ihre. Sie musste einen erbärmlichen Anblick abgeben.

Irgendwann, nach Wochen, hatte eine frische Unterhose in der Schleuse gelegen. Außerdem ein kleines Stück Seife, ein Gästehandtuch und eine Tube Zahnpasta in Reisegröße. Eine absurde Freude hatte Birthe beim Anblick der Gegenstände erfasst, beinahe so etwas wie ein Glücksgefühl. Sekundeneuphorie. Sie konnte sich waschen! Ihre Hände hatten gezittert, als sie die Zahnpastatube aufdrehten. Der scharfe Geruch nach Pfefferminz war himmlisch, der Geschmack im Mund berauschend gewesen. Ohne Bürste hatte sie die Zahnpasta mit dem Zeigefinger auf den Zähnen verteilen müssen.

Zum Waschen presste Birthe sich nahe an die Wand unter dem Fenster, damit er sie nicht sehen konnte. Sie musste das Wasser aus dem Eimer für die Notdurft nehmen, das Trinkwasser war viel zu wertvoll. Wollte sie sich also waschen, musste sie dies tun, bevor sie den neuen Eimer mit frischem Wasser zum Austreten benutzte.

Die Unterhose hatte sie zunächst zur Seite gepackt. Sie war ein Teil von ihm, er hatte sie ausgesucht, gekauft, in den Händen gehalten. Die Vorstellung, sie zu tragen und auf der Haut zu spüren, ekelte sie an. Doch ihr eigener Slip war nach den Tagen und Wochen alles andere als angenehm. Schließlich siegte der Wunsch nach Sauberkeit und Hygiene, und sie wechselte die Hosen. Ihren alten Slip wusch sie in dem benutzten Seifenwasser aus. Sobald er getrocknet war, zog sie ihn wieder an. Die Kleidung, die sie am Leib trug, ihr Pullover, ihre Jacke und Hose, Unterhemd und Strümpfe, all das gehörte zu ihr, zu ihrem vertrauten Leben. Selbst wenn sie inzwischen unangenehm roch und dreckig geworden war, stellte sie ein weiteres Bindeglied zur Außenwelt dar, an das sie sich klammerte und das sie nicht verlieren durfte. So wie sie sich selbst nicht verlieren durfte.

Seife, Zahnpasta, Handtuch und Unterhose kamen in unregelmäßigen Abständen, die Nahrungsration normalerweise einmal am Tag. In der Regel nach vier oder fünf Durchläufen der Bilder. Einmal hatte Birthe auf die Klopfzeichen hin nicht schnell genug reagiert. Die Bestrafung folgte auf dem Fuße. Als sie die Klappe öffnen wollte, war sie bereits wieder verschlossen gewesen. Erst nach endlosen Minuten des Wartens hatte er sie ein weiteres Mal entriegelt. In der Schleuse nur Wasser. Kein Essen.

Noch schlimmer war es gewesen, als Birthe die Tür einmal nicht wieder geschlossen hatte. Als sie einen der Pappteller in den Spalt geklemmt hatte. Kein Essen am folgenden Tag. Und nichts zu trinken.

Beim ersten Mal, als es eine größere Portion statt der üblichen zwei Scheiben Brot, einer warmen Mahlzeit und eines Eimers Wasser gegeben hatte, hatte Birthe das meiste davon sogleich in sich hineingestopft. Das Völlegefühl war berauschend gewesen. Endlich richtig satt! Bis sie begriffen hatte, dass es sich um eine Vorratsration handelte. Weil am nächsten Tag nichts kam. Und auch am übernächsten nicht. Der Durst und der Hunger waren zu einer entsetzlichen Qual geworden. Das würde ihr kein zweites Mal passieren.

Er herrschte über sie. Wie Gott über Tag und Nacht, über ihr Essen und Trinken, ihre Luft zum Atmen, ihr Leben. Wie sie ihn hasste! Wie sehr sie ihn hasste! Doch was, wenn er sie nicht mehr versorgte? Wenn er die Lüftung ausstellte? Oder wenn ihm etwas zustieße? Und man sie nicht rechtzeitig finden konnte? Würde sie elendig verdursten und verhungern? Oder ersticken? Die Angst war ihr ständiger Begleiter. In den dunklen Ecken ihres Bewusstseins lauerte sie Hand in Hand mit der Panik, stets zum Sprung bereit.

Birthe blieb nichts anderes übrig, als sich zu fügen. Sich anzupassen, so gut es ging. Nur so würde sie überleben. Bis die Polizei sie rettete.

Am ersten Jahrestag ihrer Gefangenschaft fand Birthe auf dem Teller neben der Klappstulle keine handgeschriebene Nachricht, sondern einen Zeitungsartikel. Eine kurze Randnotiz, akkurat ausgeschnitten, auf der Rückseite die Werbung eines Schlachters.

Keine Spur von vermisster Frau
Amrum. Auch ein Jahr nach ihrem Verschwinden fehlt
von der inzwischen sechsunddreißig Jahre alten Birthe
Andresen aus Süddorf/Amrum jedes Lebenszeichen.

21

»In der Nähe von Kellinghusen?«

»Ja, in einem Waldstück an der Stör.«

»Und was macht dich so sicher, dass es unser Wagen ist?« Simon saß an seinem Schreibtisch. Vor ihm der Tischkicker, daneben ein Teebecher mit dem Vereinslogo der SG Flensburg-Handewitt.

»Von sicher kann keine Rede sein«, antwortete Marlene, »aber die zeitliche Nähe finde ich auffällig, und die Längenangabe des Fahrzeugs von der Fähre stimmt mit dieser hier überein.«

Am 24. November 2015 war zwischen Itzehoe und Neumünster das ausgebrannte Wrack eines Ford Transit 06 gefunden worden.

»Und das ist noch nicht alles. Das Nummernschild fehlte, aber über die Fahrzeugidentifizierungsnummer konnte der Gebrauchtwagenhändler ausfindig gemacht werden, der den Wagen wahrscheinlich zuletzt verkauft hat. Ich habe bereits mit der zuständigen Dienststelle in Kellinghusen und mit diesem Autoverkäufer telefoniert.« Sie sagte es so ganz nebenbei, wie selbstverständlich. Doch innerlich war es ein Sieg, der sie strahlen ließ.

Simon verstand. Ein kurzes Lächeln.

»Der Mann heißt Wolter, sein Geschäft ist in Kitzingen bei Würzburg.«

»In Bayern?«

Marlene nickte. »Wolter hat den Transit am 14. Juli 2015 verkauft. Weiße Lackierung, Vollverblechung, keine Werbeaufschrift. Und ein interessantes Detail: Der Wagen wurde bar bezahlt und danach nirgendwo angemeldet.«

Simon ließ sich gegen die Lehne seines Bürostuhls fallen und stieß einen leisen Pfiff aus. Zumindest glaubte Marlene, dies gehört zu haben. »Kann der Autohändler den Käufer beschreiben?«, fragte er.

»Nicht wirklich. Er habe wahrscheinlich einen Vollbart getragen. An eine Besonderheit meinte er sich aber zu erinnern: an seine Sprache. Die meisten seiner Kunden hätten einen bayrischen Dialekt oder im Falle eines Migrationshintergrundes einen ausländischen Akzent. Dieser Mann aber habe Hochdeutsch gesprochen, und zwar mit einem norddeutschen Einschlag. Das sei ihm aufgefallen, weil er selbst von hier oben stamme und es so gern höre.«

»Lars Petersen? Oder Gunnar Andresen?«

»Beides ist denkbar. Wir müssen uns die Stelle im Wald ansehen.«

»Mein Kontakt zu Parship war leider weniger erfolgreich. Auf den Namen Birthe Andresen wird dort kein Benutzerkonto geführt. Einen Lars Petersen gibt es zwar, aber in seinem Profil konnte ich nichts entdecken, was auf eine Verbindung zu unserem Fall hindeutet.« Simon schaltete seinen Computer aus. »Du hast uns in Kellinghusen schon angemeldet?«

»Wir werden erwartet.«

Zwei Stunden später standen sie am Ende eines Forstweges in einem kleinen Waldstück nahe der Stör. Rundherum hohe Kiefern und Tannen. Kein Haus, keine größere Straße in näherer Umgebung. Nur ein schmaler Fußweg. Durch die Baumstämme meinte Marlene, etwas Blaues in der Märzsonne glitzern zu sehen. Führte der Weg zum Fluss?

»Hier hat das Fahrzeug gestanden«, sagte die Polizistin von der Polizeistation Kellinghusen, die Marlene und Simon in ihrem Streifenwagen dorthin geleitet hatte. »Es war vollständig ausgebrannt, die Feuerwehr hatte nichts mehr zu tun.«

»Sie sagten, ein Förster habe den Wagen bemerkt. Um wie viel Uhr war das?«, fragte Marlene.

»Am Morgen gegen halb zehn.«

»Gab es irgendwelche Zeugen? Jemanden, der den Brand

bemerkt, aber sich erst im Nachhinein gemeldet hat? Oder dem schon zuvor etwas aufgefallen war? Der das Fahrzeug hier in der Gegend gesehen hatte? Oder den Fahrer?«

Die Frau schüttelte den Kopf. »Es hat sich niemand bei uns gemeldet. Allerdings haben wir auch keine weiteren Untersuchungen vorgenommen. Sie wissen ja, wie dünn die Personaldecke ist.« Sie zuckte mit den Schultern, der Blick entschuldigend. »Wir gingen davon aus, dass hier irgendjemand seine alte Karre kostengünstig entsorgt hat. Wäre nicht das erste Mal. Woher sollten wir ahnen, dass der Wagen mit einem Vermisstenfall in Verbindung steht?«

»Das ist bisher auch nur eine Vermutung.« Marlene hörte ein unbestimmtes Geräusch. Sie drehte sich suchend um.

»Sorry.« Die Frau ging zu ihrem Dienstwagen und nahm einen Funkspruch entgegen. Ihr Gesichtsausdruck spannte sich an. Als sie zurückkam, sagte sie: »Ich muss los. Ein Verkehrsunfall auf der B 206. Ich habe Ihnen auch schon alles gezeigt. Falls Sie weitere Fragen haben sollten, melden Sie sich gern auf der Wache.« Sie verabschiedete sich und fuhr mit dem Wagen davon. Marlene und Simon blieben allein zurück.

»Angenommen, es handelt sich hier tatsächlich um den Kastenwagen, mit dem der Täter Birthe Andresen von der Insel weggeschafft hat. Könnte er ihre Leiche zusammen mit dem Fahrzeug verbrannt haben?«, überlegte Simon.

»Das halte ich für nicht sehr wahrscheinlich. Die Feuerwehr hätte irgendwelche Hinweise oder Überreste des Leichnams entdeckt.« Marlene ging ein paar Schritte, ließ den Blick über den Boden, die Bäume gleiten. »Außerdem ist unser Täter bisher sehr planvoll vorgegangen. Das Auto aus Bayern, ein Nummernschild aus Stade – er hat gezielt seine Spuren verwischt, wollte vielleicht sogar falsche Fährten legen. Dafür hat er große Umstände in Kauf genommen, ist weite Strecken gefahren und hat viel Zeit aufgewendet.« Sie blieb stehen. »Nein, ich denke nicht, dass er sich auf diese Weise der Leiche entledigt hat. Das wäre zu einfach. Viel zu risikoreich.«

»Dann werden wir die Leiche also nicht in diesem Waldstück finden? Oder in der Stör? Im Wasser?«

»Die Stör …« Marlene dachte nach. Natürlich wäre es denkbar gewesen, dass der Täter die Leiche oder Teile davon im Fluss versenkt hatte. Dennoch. Sie glaubte nicht, dass er so leichtsinnig gewesen war abzuwarten, bis der Wagen ausgebrannt war, um die Überreste im Anschluss daran ins Wasser zu werfen oder hier irgendwo zu vergraben. Oder dass er Leiche und Fahrzeug räumlich derart nah beieinander gelassen hätte, dass eine Verbindung zwischen beiden relativ einfach hergestellt werden könnte. Marlenes Erfahrung und ihr Instinkt sagten ihr, dass hier nur das Auto abgestellt worden war. »Ich denke, der Täter hat Leiche und Fahrzeug an unterschiedlichen Orten entsorgt«, sagte sie und fügte der Vollständigkeit halber hinzu: »Wenn wir es denn überhaupt mit einer Leiche zu tun haben.«

»Aber warum an dieser Stelle? Kennt er sich hier aus?«

»Ich nehme nicht an, dass er in der Nähe wohnt, falls du das meinst. Das würde seinem bisherigen Vorgehen widersprechen. Aber er hat den Ort mit ziemlicher Sicherheit nicht zufällig ausgewählt.«

»Wie ist er danach von hier weggekommen? Wenn er einen Komplizen hatte, erklärt es sich von selbst.«

»Du meinst Gunnar Andresen und Lars Petersen?«

»Wäre doch möglich. Ein zweites Fahrzeug vorab hier abzustellen, wäre zu riskant. Mit einem zweiten Fahrer allerdings … Wir müssen uns die Gegend auf der Karte ansehen.«

»Und wenn er allein war?«, überlegte Marlene laut, während Simon zum Wagen ging und sein Tablet holte. »Er könnte zu Fuß gegangen sein. Oder hatte er ein Fahrrad dabei? Vielleicht ist er irgendwo in ein öffentliches Verkehrsmittel umgestiegen. Aber wenn ja, wo? Gibt es hier überhaupt welche? Abends, nachts? Womöglich frühmorgens? Wäre es nicht riskant gewesen? Wäre die Wahrscheinlichkeit, dass ihn irgendjemand sieht, nicht viel zu groß?«

Simon trat neben sie. »Wir haben Glück, es gibt hier ein Netz. Langsam, aber es funktioniert.«

Sie beugten sich über die Karte, die auf dem Tablet erschien. Wald, Felder, kleine Straßen und Wege. Im Westen der Lauf der Stör. Zum nächsten Ort Brokstedt waren es etwa zwei Komma fünf Kilometer Luftlinie.

»Hier!« Simon tippte auf das Display. »Brokstedt hat einen Bahnhof.« Sie sahen sich an. War die fußläufige Erreichbarkeit der Grund, warum der Täter den Transit hier entsorgt hatte?

Marlene bemerkte, dass Simon aufhorchte. Dann hörte auch sie das Geräusch und drehte sich um. Ein Auto kam den Forstweg heraufgefahren. Neben ihrem Wagen kam es zum Stehen. Ein alter Herr mit Schirmmütze stieg aus. Er hob die Hand zum Gruß. »Moin«, meinte Marlene ihn brummeln zu hören. Aus dem Kofferraum nahm er eine Angelausrüstung, mit der er sich auf dem schmalen Fußweg in Richtung Fluss aufmachte.

Aus einer Eingebung heraus rief Marlene ihm hinterher: »Warten Sie bitte!«

Der Mann blieb stehen. Sein Gesichtsausdruck überrascht. Fragend.

»Louven mein Name, Kriminalpolizei Schleswig.« Marlene ging auf ihn zu und zückte ihre Polizeiplakette. »Darf ich Sie fragen, ob Sie regelmäßig hier zum Angeln gehen?«

Der Blick des Alten wurde misstrauisch. »Wieso? Darf man das nicht mehr?«

»Doch, doch.« Marlene setzte eine freundliche Miene auf. »Darum geht es nicht. Mein Kollege und ich sind hier wegen eines Wagens, der im November 2015 an dieser Stelle ausgebrannt ist. Können Sie sich zufällig daran erinnern?«

»Natürlich. War damals Gespräch im ganzen Dorf. Diese Umweltsünder! Aber ist ja schon 'ne Weile her. Warum kümmern Sie sich erst jetzt darum?«

»Wir suchen den oder die Fahrer. Ist Ihnen womöglich etwas aufgefallen? In der Nacht vom 23. auf den 24. November oder in den Tagen davor? Haben Sie hier oder im näheren Umkreis einen weißen Ford Transit Kastenwagen gesehen?«

Der Alte schüttelte den Kopf.

»Das Nummernschild lautete wahrscheinlich STD–AW 194«, ergänzte Simon.

»Nummernschild?«, wiederholte der Mann. Er murmelte etwas vor sich hin, das Marlene nicht verstand.

»Wie bitte?«, fragte sie.

»Daran habe ich damals nicht gedacht ...«

Marlene sah ihn forschend an. »Woran haben Sie nicht gedacht?«

»Ich glaube, ich habe da etwas für Sie.«

Marlene beobachtete, wie Simon mit verschwörerischer Miene seine Jacke aufhielt und dem kleinen Jungen das Holster mit der Dienstwaffe zeigte. Strahlende Augen im Gesicht des Kindes, eine charmante Zahnlücke kam zum Vorschein. Er beugte sich zu dem Kleinen hinunter und klatschte die dargebotene Hand ab.

Sie standen auf der Auffahrt vor einem alten Siedlungshaus in Hasenkrug, einem kleinen Nachbarort von Brokstedt. Der alte Mann aus dem Wald hatte sie hierhergeführt. Marlene hielt sich im Hintergrund. Bei hohen, unbekannten Kinderstimmen fühlte sie sich noch unsicher. Als sie obendrein realisierte, dass der Junge lispelte, hatte sie Simon den Vortritt überlassen. Der kam nun zu ihr herüber. »Ich wäre dann so weit«, sagte er.

Sie verabschiedeten sich von dem alten Herrn und seinem Enkel. Marlene sah die beiden im Rückspiegel winken, als sie die holperige Dorfstraße in Richtung Autobahn hinunterfuhren. Sie schielte auf die Rückbank. Da lag es, das Schild. STD–AW 194. Zerkratzt, mit Ansätzen von Rost, aber intakt. Marlene spürte ein Kribbeln, ein Ziehen im Magen. Sie hatten eine Spur.

Vor ungefähr eineinhalb Jahren hatte der kleine Junge das Nummernschild aus der Stör gefischt. Er begleitete seinen Großvater regelmäßig zum Angeln. Nicht weit entfernt von der Stelle, an der das ausgebrannte Fahrzeug gestanden hatte, hatte er es entdeckt und mitgenommen. Um es im großväterlichen Schuppen in einer Kiste aufzubewahren. Dort hatte es gelegen zwischen all seinen kleinen und großen Schätzen, zwischen Steinen und Stöcken, einer Cola-Dose und einem Badeschlappen, zwischen Vogelfedern, dem Skelett einer Maus, einem Hufeisen, Nägeln, Draht. Sein Enkel sei ein Sachensucher, hatte der alte Mann gesagt. Marlene hatte lächeln müssen. Das war ihr bekannt vorgekommen. Auch ihr Sohn Mats war ein Sachensucher gewesen. Doch das war Jahre, fast zwei Jahrzehnte her.

Sie lehnte sich gegen die Kopfstütze, schloss für einen Moment die Augen. Sie hatten tatsächlich eine Spur gefunden. Doch wo war die Verbindung zu Birthe Andresen?

Sie quälten sich durch die zahlreichen Baustellen und Staus auf der A 7 in Richtung Norden. Vor der Rader Hochbrücke, die über den Nord-Ostsee-Kanal führte, standen sie mehr als eine halbe Stunde. Ein infrastrukturelles Desaster. Als sie endlich zurück in der Dienststelle waren, wurden sie auf dem Flur von Ada in ihr Büro gerufen. Adas Tür stand wie immer offen. »Joost hat nach euch gesucht. Er sagte, er sei mit dem Phantombild fertig.« Ihre Augen hinter der Goldrandbrille blickten neugierig zwischen Marlene und Simon hin und her. In den Händen hielt sie einen Schwan aus Glaskristall und ein Poliertuch.

»Es geht um den Mann, der wahrscheinlich das Auto mit dem gestohlenen Nummernschild gefahren hat«, erklärte Marlene. »Wir haben es übrigens gefunden.« Sie hielt das Schild in die Höhe.

»Kompliment, mein Kind! Wie ist euch das gelungen?«

»Später. Ist eine längere Geschichte. Jetzt müssen wir ...«

Ada winkte ab. »Alles gut. Ich sehe schon, Kriminalhauptkommissarin Marlene Louven ist wieder im Dienst. Sehr erfreulich.« Sie lächelte.

Als weniger erfreulich entpuppte sich das Phantombild. Ein

Allerweltsgesicht mit dunkler Mütze und Sonnenbrille. Nicht ein hervorstechendes Detail. Das könnte jeder sein. Marlene hatte es befürchtet. Sie ließ sich auf den Schreibtischsessel in ihrem Büro fallen.

Simon schloss hinter ihr die Tür und nahm gegenüber Platz. »Okay. Der Transit im Wald ist unser Wagen. Wir müssen den Fahrer finden. Lars Petersen, oder wie auch immer er heißt.«

Marlene nickte. »Und/oder den Käufer. Wir können dem Autohändler das Phantombild vorlegen. Ist zwar wenig erfolgversprechend, aber wer weiß.«

»Und ein Foto von Gunnar Andresen. Vielleicht ist er es gewesen, der den Wagen gekauft hat?« Er erhob sich. »Willst du das wieder übernehmen? Ich sehe in der Zwischenzeit nach, wie es mit anderen Dating-Plattformen aussieht. Muss ja nicht immer Parship sein.«

Nachdem Simon in sein Büro gegangen war, bereitete Marlene ihr Telefonat nach Süddeutschland vor. Telefonclip, Bluetooth-Verbindung. Allmählich fühlte es sich vertrauter an. Sie musste es lange klingeln lassen, bis sich am anderen Ende jemand meldete. Marlene trug dem Mann ihr Anliegen vor und bat ihn, so bald wie möglich die Polizeidienststelle in Kitzingen aufzusuchen, an die sie die Bilder und die Personenbeschreibungen senden würde.

Das mache er gern, sagte Herr Wolter, allerdings müsse sie sich ein klein wenig gedulden, er befinde sich gerade in einer Praxis für Physiotherapie, und seine Behandlung werde jeden Augenblick beginnen. Fangopackung, Massage, das volle Programm, sie habe doch sicherlich Verständnis.

Sicherlich. Marlene beendete das Gespräch und schickte die notwendigen Unterlagen per E-Mail an die bayerischen Kollegen. Sie strich sich mit der Hand über den Nacken, dehnte die Muskeln. Gegen eine Massage hätte sie auch nichts einzuwenden gehabt. Sie stand auf. An der Magnetwand ergänzte sie die gesammelten Informationen zum Kauf des Transits und zum Fund des Nummernschildes, markierte den Fundort nahe

Brokstedt auf der Karte. Sie trat einen Schritt zurück. Wo war die Verbindung?

In ihrem Augenwinkel nahm sie eine Bewegung wahr. Sie fuhr herum. Sie hatte Simon nicht ins Zimmer kommen hören.

»Mensch, erschreck mich nicht so!«

»Ach, Mist, ich hatte …« Er hob die Hände. »Ich habe einfach nicht daran gedacht, entschuldige. Wusstest du, wie viele Flirt-Plattformen oder Partnerbörsen es im Netz gibt? Können sich die Menschen nicht mehr normal kennenlernen?« Simon reckte sich. »Wenn wir die alle durchgehen wollen, haben wir einiges vor. Ich kann gleich am Montag damit anfangen.« Er gähnte. »Was macht Bayern?«

»Unser Autohändler lässt sich gerade durchkneten. Ich habe ihn bei der Massage gestört. Er schaut sich die Bilder danach an.«

Simon sah auf die Uhr.

»Dein Date?«, fragte Marlene.

»Lass uns Schluss machen und in unser verdientes Wochenende gehen, oder?«

Täuschte sich Marlene, oder war Simon rot geworden? Herrje, er war verliebt. »Ich warte noch auf die Antwort aus Kitzingen. Aber zisch los. Und streng dich an«, fügte sie mit einem Grinsen hinzu.

»Immer. Schick mir eine Nachricht, falls es Neuigkeiten gibt.« Im Gehen drehte er sich noch einmal um. »Übrigens: Sonntag spielt der THW gegen Magdeburg. Sei tapfer.«

»Ich kann dich gar nicht mehr verstehen!«, rief Marlene ihm hinterher. Dann schloss sich die Tür hinter ihm.

Marlene setzte sich zurück an den Schreibtisch. Simon hat recht, dachte sie, es wird Zeit. Sie sollte die Reduzierung ihrer Arbeitsstunden nicht gänzlich ignorieren und ebenfalls bald Feierabend machen. Sie musste lernen, auf sich zu achten. Sich abzugrenzen. Wieder fuhr sie mit der Hand in ihren Nacken, knetete die verspannte Muskulatur. Die Arbeit strengte sie an. Aber sie tat ihr auch gut. Sie fühlte sich wieder gebraucht.

Wertgeschätzt. Und Simons Anteil daran war nicht unerheblich. Hoffentlich war diese Amelie gut zu ihm und das Treffen ein Erfolg. Nicht wenige Frauen fanden Simon auf den ersten Blick sympathisch oder sogar anziehend, aber zu langfristigen Beziehungen hatte es bisher kaum gereicht. Vielleicht war er einfach zu nett. Zu normal, zu unspektakulär. Der gute Freund. Marlene wünschte ihm endlich etwas anderes.

Sie war über den Aufzeichnungen in ihrem Notizbuch beinahe eingenickt, als das Klingeln des Telefons sie hochschrecken ließ. Schnell schaltete sie den Clip ein und nahm das Gespräch an.

»So, jetzt bin ich auf der Wache und habe mir Ihre Bilder und Beschreibungen angesehen«, hörte sie Herrn Wolter sagen. »Das Phantombild können Sie ja wohl vergessen. Das könnte jeder sein.«

Wem sagen Sie das, dachte Marlene. Aber was war mit Gunnar Andresen? »Und der zweite Mann?«, fragte sie.

»Definitiv nein. Das war nicht der Käufer. Der war auf jeden Fall älter. Ich meine, sein Bart und auch seine Haare wären vollständig grau gewesen.«

22

2016

Birthe tobte. Sie rastete aus wie noch nie, schrie ihre Wut, ihren Zorn, ihre ganze abgrundtiefe Verzweiflung hinaus. Tränen im freien Fall.

Keine Spur. Fehlt jedes Lebenszeichen.

Sie zerriss den Zettel in feine Schnipsel, warf sie in die Luft und trampelte mit ihren Schuhsohlen darauf herum. Sie trat gegen die Mauern, gegen die Versorgungsklappe, die Tür. Zog ihre Schuhe aus und schleuderte sie nach ihm, ließ sie gegen das Fenster krachen. Sie griff nach dem Wassereimer und schüttete den Inhalt mit Wucht gegen die Bilder an der Wand. Rinnsale über den Gesichtern. Spritzer auf ihrer Haut.

Wer sich wehrt, lebt.

Und sie lebte! Verdammt, sie lebte!

Die Bestrafung erfolgte umgehend. Am nächsten Tag erhielt sie kein Essen. Doch das kannte sie bereits. Damit wusste sie umzugehen. Und dieses Mal hatte sie eine Antwort: Sie kippte den Unrat aus dem Toiletteneimer in die Schleuse.

Wer sich wehrt, lebt.

Er hielt dennoch sämtliche Trümpfe in der Hand und hatte längst noch nicht alle ausgespielt. Er dehnte den Nahrungsentzug aus. Und schaltete die Projektionen ab. Birthe war gefangen in tiefschwarzer Nacht.

Wasser zum Trinken gab er ihr. In welchen zeitlichen Abständen, konnte Birthe nicht mehr einschätzen. Diese Orientierung hatte er ihr genommen. Bis zur Klappe musste sie sich durch die Finsternis vorantasten. Irgendwann konnte sie vor Erschöpfung nur noch auf allen vieren kriechen. Immerhin ließ er ihr jetzt nach dem Klopfzeichen mehr Zeit. In der Schleuse der abscheuliche Geruch nach Fäkalien. Beim ersten Mal hatte sie einen kleinen, absurden Triumph verspürt. Danach nur noch Ekel.

Der Hunger wurde übermächtig. War sie bisher im Glauben gewesen, sämtliche Facetten des Hungergefühls bereits durchlitten zu haben, so musste sie nun erkennen, dass sie sich getäuscht hatte. Entsetzliche Magenkrämpfe schüttelten ihren Körper, ungeahnte Schmerzen quälten sie. Anfangs drohte ihr Kopf zu zerspringen, bis er sich in eine dumpfe, pochende Hülse verwandelte, ausgehöhlt und leer, die nur noch einen einzigen Gedanken zuließ: Essen. Das war alles, worum Birthes Bewusstsein kreiste. Der nächste Bissen. Ein Stück Pizza, Pfannkuchen, ein frisches Brötchen mit Butter. Ein Himmelreich für einen Apfel. Oder ein wenig Schokolade. Die Bilder waberten vor ihrem inneren Auge umher, mal gestochen klar, manchmal verschwommen, immer unerreichbar.

Zusammengerollt lag sie auf der Matte, die Beine eng an den Körper gezogen, den Kopf unter den Armen versteckt. Von Tag zu Tag wurde sie apathischer. Sobald sie sich aufsetzte, wurde ihr schwarz vor Augen, und sie musste sich an die Wand lehnen, um nicht umzukippen. Ihre Haut juckte und brannte, das Kratzen eine nie dagewesene Anstrengung. Die Fingerkuppen danach feucht, aufgeplatzte Lippen, ein metallischer Geschmack auf der Zunge.

Es war kein Wahnsinn. Es war die Hölle.

Irgendwann kam das Licht zurück. So gleißend hell, dass es in den Augen wehtat. Doch noch mehr schmerzte ihr eigener Anblick. Die Arme und Beine dünn, die Hüftknochen spitz, verschorfte Haut in den Ellenbeugen, am Schienbein.

Das erste Essen fiel Birthe aus den Fingern, so sehr zitterten ihre Hände. Sie klaubte es vom Boden auf und schlang die Brocken gierig hinunter. Ihr Magen rebellierte auf der Stelle. Nur in ganz kleinen Portionen konnte sie die Nahrung bei sich behalten.

Mit dem Essen kehrten die Kräfte zurück. Langsam, in winzigen Schritten, aber stetig. Erst dadurch war es Birthe überhaupt wieder möglich, sich gedanklich auf etwas anderes als Essen zu fokussieren. Und das hieß nach wie vor Tamme. Ein gemeinsames Leben mit ihm. Deshalb würde sie weitermachen. Trotz allem und immer wieder.

Mit seinen Nachrichten wollte er sie manipulieren. Brechen. Doch das würde ihm nicht gelingen. Sie durchschaute ihn. Jetzt, mit ein wenig Abstand, konnte Birthe in Ruhe über den Zeitungsartikel nachdenken. Er hatte nur aus einer Überschrift und einem einzigen Satz bestanden. Aber kein Artikel war derart kurz gefasst, selbst keine knappe Randnotiz. Er musste etwas abgeschnitten haben, musste den Inhalt gekürzt haben, um ihr Entscheidendes vorzuenthalten, dessen war sich Birthe nun sicher.

Die Kriminalpolizei ermittelt weiter unter Hochdruck.

Etwas in dieser Art hatte als nächste Zeile in dem Artikel gestanden. Bestimmt.

In der kommenden Woche wird der Fall bei »Aktenzeichen XY … ungelöst« ausgestrahlt. Die Polizei bittet um Ihre Mithilfe. Für sachdienliche Hinweise ist eine Belohnung von zehntausend Euro ausgesetzt.

Nein, man hatte sie noch nicht aufgegeben, ganz gewiss nicht. Keine Spur bedeutete nicht, dass man nicht weiter nach ihr suchte. Man fahndete nach ihr. Mit allen Mitteln, die der Polizei zur Verfügung standen. So musste es sein.

Birthe erhob sich von der Matte. Sie würde ihren Anteil zum Erfolg beitragen. Sie reckte sich, ließ die Schultern kreisen, dehnte vorsichtig den Nacken, die Arme. Sie würde ihre Sportübungen wieder aufnehmen. Sie war zäh. Eine Siebenkämpferin. Darin war das Wort »Kämpferin« schon enthalten. Selbst wenn man eine Disziplin verloren hatte, konnte man den Wettkampf immer noch gewinnen.

Der Sieger stand erst am Ende fest.

23

Sonntag, 10. März 2019

Die Schlei lag still im rosafarbenen Glanz der Morgensonne. Ein wolkenloser Himmel, an dem die letzten Sterne nach und nach verblassten, spannte sich über den Meeresarm. Einzig der Mond blieb als schmale Sichel stehen.

Beinahe lautlos glitt das Ruderboot dahin. Die weichen Bugwellen verloren sich im spiegelglatten Wasser. Marlene ruderte mit langen, kräftigen Zügen. Sie ließ die Ruderblätter tief eintauchen, rollte auf dem Sitz in gleichmäßigem Rhythmus vor und zurück. Eine einzige flüssige Bewegung. Sie genoss das Spiel ihrer Muskeln, die Geschwindigkeit des Bootes, den Wind im Rücken, in den Haaren. Die Luft war kalt, doch Marlene war längst warm geworden. Sie ließ ihren Blick schweifen, sah die Silhouette der Stadt, den Dom mit seinem mächtigen Kirchturm, in einiger Entfernung den Jachthafen und den ebenso hässlichen wie markanten Wikingturm. Seine Fenster schimmerten im Sonnenlicht.

Zu dieser frühen Stunde war Marlene allein auf dem Wasser. Einzig ein paar Seevögel begleiteten sie. Ein Haubentaucherpärchen war auf der Suche nach Nahrung, hoch über ihr zog eine Möwe ihre Kreise. Nur hin und wieder stieß sie einen leisen Schrei aus, so als ob auch sie diesen verwunschenen Augenblick nicht stören wollte.

Marlene liebte seit jeher die Morgenstimmung auf der Schlei. Eins sein mit dem Boot und dem Wasser. Und mittlerweile konnte sie auch dieser Art von Stille wieder etwas abgewinnen. Eine Stille, in der sie nur die Geräusche des Bootes und der Natur wahrnahm. Das Knarren der Ruder in den Dollen der Ausleger, das zarte Plätschern beim Eintauchen der Ruderblätter, das leise Surren des Rollsitzes, wenn er auf der Rollbahn vor- und zurückschnellte. Ab und an der Ruf eines Seevogels.

Marlene wusste, dass sie nicht alles hörte, was um sie herum Laute verursachte, dass ihr Dinge entgingen. Früher hatte sie Geräusche vom Ufer vernommen, Autos, Menschen, das Bellen eines Hundes. Doch sie vermisste sie nicht. Nicht mehr. Sie konnte die Ruhe hier draußen wieder genießen. Sie hatte nichts mehr gemein mit der erdrückenden Stille, die sie umschloss, als sie vor knapp einem Jahr ihr Gehör verloren hatte. Als sie für jedes Geräusch, jeden Laut, für jeden einzelnen wahrgenommenen Ton dankbar gewesen war, als sie danach gelechzt und sich regelrecht verzehrt hatte. Nach der Operation hatte sie es zunächst kaum ausgehalten, die CIs auch nur für einen kurzen Moment abzulegen.

Hier draußen auf dem Wasser konnte sie loslassen.

Dabei war ihr erster Ruderversuch im letzten Spätsommer kläglich gescheitert. Marlene hatte die CIs aus Angst, sie könnten ins Wasser fallen, abgenommen. Dadurch war sie derart verunsichert gewesen, dass sie nach kurzer Zeit frustriert aufgegeben und das Boot über den Winter weggeschlossen hatte. Nun hatte sie es vor zwei Wochen wieder hervorgeholt und flottgemacht. Sie war immer eine der Ersten in ihrem Ruderverein gewesen, die, sobald das Wetter es zuließ, die neue Saison noch vor dem offiziellen Start einläuteten. Ihre CIs sicherte Marlene jetzt mit speziellen Ohrhaken, die die Ohrmuschel von hinten der Länge nach umschlossen und so dem Gerät einen festeren Halt boten. Diese Haken konnte sie je nach Bedarf gegen die übliche Halterung austauschen, den Tipp hatte sie von einer Therapeutin erhalten. Zusätzlich trug sie bei dieser Witterung ein Stirnband. Damit hatte sich Marlene einen weiteren Lebensbereich, der wichtig für sie war, zurückerobert.

Sie rollte auf dem Sitz nach vorn, die Arme lang ausgestreckt, um sich sogleich wieder mit den Beinen vom Stemmbrett abzudrücken, während sie die Ruder kräftig durchzog. Sie spürte den Gegendruck des Wassers, fühlte, wie ihre Muskeln arbeiteten. Ihre Finger wurden klamm, doch das machte ihr nichts aus. Nachdem sie nach Nils' Tod das Segeln aufgegeben hatte, war

Rudern das Medium geworden, mit dem sie ihre Liebe zum Wasser ausleben konnte. Rudern war ihr Weg, abzuschalten. Den Kopf frei zu bekommen und sich ganz auf das Hier und Jetzt zu konzentrieren.

Heute allerdings wollte ihr das nicht so recht gelingen. Marlenes Gedanken stahlen sich immer wieder fort, zurück zu ihrem Fall, zu Birthe Andresen und zu dem Fahrzeug, das sie gefunden hatten. Wo war die Verbindung? Wer war der Fahrer des Ford Transit, und was hatte er mit dem Verschwinden der Frau zu tun?

Am gestrigen Samstag hatte ein überraschender Besuch ihrer Schwester und ihrer Nichte Marlene auf andere Gedanken gebracht. Bei einem ausgiebigen Stadtbummel und anschließendem gemeinsamen Kochen hatte sie die Arbeit beiseiteschieben können. Jetzt jedoch holten die Fragen sie wieder ein. Wer steckte hinter dem Namen Lars Petersen?

Zurück am Bootshaus reinigte Marlene das Boot und die Ruder, wischte sie trocken und verstaute sie an ihrem angestammten Platz. Der Ruderclub lag neben der Badestelle hinter dem St.-Johannis-Kloster. Bis zu ihrer Wohnung auf dem Holm, dem kleinen historischen Fischerviertel mit seinen bunten Häusern und malerischen Gassen, war es nur ein kurzer Fußweg. Die Wohnung unter dem Dach war ein Glücksfund gewesen, als sie nach dem Tod ihres Mannes Hals über Kopf mit ihrem Sohn aus Kiel geflohen war und die Stelle bei der Kriminalpolizei in Schleswig angetreten hatte. Sie war zwar nicht sonderlich groß, jedoch hell und gemütlich und barg ein Juwel: eine kleine Dachterrasse, von der aus Marlene den Dom und bis hinüber zur Schlei sehen konnte.

Als allergrößter Schatz hatten sich jedoch ihre Vermieter Hilde und Werner entpuppt, die im Erdgeschoss wohnten. Wenn Marlene zurückblickte, konnte sie sich nicht mehr vorstellen, wie sie die erste Zeit, die ersten Jahre mit einem kleinen Kind, mit ihrem Beruf und ihrer bodenlosen Trauer ohne die Unterstützung des älteren Ehepaares hätte überstehen sollen.

Inzwischen waren die beiden in die Jahre gekommen, und es war nun an ihr, etwas von der Hilfe und Zuwendung zurückzugeben.

Als Marlene das Haus erreichte, das bereits 1746 erbaut worden war, wie die gusseisernen Zahlen über dem Eingang verrieten, spähte sie durch das Fenster mit den weißen Holzsprossen und den halbhohen Häkelgardinen. Alles dunkel. Waren Hilde und Werner gar nicht zu Hause? Sie öffnete die Haustür und stieg die knarzende Treppe nach oben. Früher hatte sie das laute Knacken bei jedem Schritt als lästig empfunden, heute freute sie sich über die Geräusche.

Mit einem Cappuccino in der Hand setzte sie sich in den Strandkorb auf der Dachterrasse und mummelte sich in eine dicke Decke ein. Sie wollte die Strahlen der Frühlingssonne noch ein wenig auskosten. Auf ihrem Schoß hatte sich ihr Kater Dule zusammengerollt. Er trug den Spitznamen des Kapitäns vom THW Kiel, Domagoj Duvnjak. Gemeinsam mit ihrer ebenfalls handballverrückten Nichte hatte sie Dule nach ihm benannt. Nachher würde der THW in der Bundesliga spielen. Marlene würde sich das Spiel im Fernsehen anschauen, sie hatte sich extra ein Abonnement bei einem Sportsender zugelegt.

Dule schnurrte leise vor sich hin. Marlene meinte, sein Schnurren hören zu können, obgleich sie es sich womöglich nur einbildete und ihre Erinnerung ihr einen Streich spielte. Sie vergrub ihre Finger in seinem Fell. Fühlen konnte sie es jedenfalls sicher.

Sie trank einen Schluck Cappuccino und lehnte sich zurück, genoss die Sonne auf ihrer Haut. Und wieder begannen sich ihre Gedanken um den Fall zu drehen. Wie konnten sie den Fahrer des Transits ausfindig machen? Waren Käufer und Fahrer ein und dieselbe Person? Es *musste* eine Verbindung geben. Sie strich sich mit dem Daumen über die Fingerspitzen, betrachtete ihre Fingernägel. Hatten sie etwas übersehen?

Marlene schloss die Augen. Sie sollte damit aufhören. Es war Wochenende, sie hatte keinen Dienst. Zeit zum Ausspannen, zum Kräftesammeln. Morgen würde sie sich wieder an die Arbeit machen.

Sanft schob sie Dule, der mit einem entrüsteten Maunzen protestierte, von ihrem Schoß und stand auf. Sie würde sich jetzt um ihre Fingernägel kümmern, sie mussten dringend neu lackiert werden. Ihre Nägel waren das Einzige, worauf Marlene in Sachen Kosmetik wirklich achtete. Im Badezimmer durchforstete sie das Sammelsurium an bunten Fläschchen und entschied sich für ein helles Jeansblau. »Saltwater-happy« nannte sich die Farbe. Passte zu diesem Tag.

Später setzte sich Marlene vor den Fernseher und sah sich das Handballspiel an. Neben ihr auf dem Sofa lag eine Tüte Lakritz, aus der sie sich reichlich bediente. Auf dem Tisch das Zusatzgerät, das sie zum Fernsehen nutzte. Ähnlich dem Telefonclip übertrug dieser Transmitter den Ton aus dem Fernseher direkt auf ihre CIs und ermöglichte ihr damit ein entspanntes Zuhören.

Eineinhalb Stunden später schaltete Marlene enttäuscht aus. Der THW hatte verloren. Eine unnötige Niederlage und nicht die erste gegen Magdeburg. Sie konnte sich schon jetzt den Kommentar vorstellen, der sie morgen früh von Simon erwartete, zumal seine SG aus Flensburg gewonnen hatte. Marlene nahm ihr Smartphone zur Hand. Sie hatte noch nichts von ihm gehört. Ob es gut lief mit dieser Amelie? Sie musste sich eingestehen, dass sie neugierig war. Eine Nachfrage über WhatsApp verkniff sie sich allerdings. Stattdessen fragte sie bei ihrem Sohn Mats an, ob er Zeit zum Telefonieren habe, aber er war gerade auf dem Weg in die Kletterhalle, und sie verabredeten sich für den Abend.

Eine neue Nachricht erschien auf dem Display. Von Bendix. Es war nicht die erste. Dieses Mal hatte er ein Selfie geschickt, das ihn am Kniepsand zeigte. Im Hintergrund glaubte Marlene den Strandaufgang von Nebel zu erkennen. »Immer einen Besuch wert«, hatte er unter das Bild geschrieben und ein zwinkerndes Emoji hinzugefügt. »P.S. Wie laufen die Ermittlungen?«

Marlene ersparte sich eine Antwort.

Sie sah auf die Zeitanzeige. Gleich drei Uhr. Was sollte sie mit dem angebrochenen Nachmittag anstellen? Sie erhob sich und begann wahllos, irgendwelche Sachen hin- und herzuräumen, hier eine Zeitung, dort ein Stück Wäsche. Und wieder begann Marlene zu grübeln, kreisten ihre Gedanken um Birthe Andresen. Sie hatten eine Spur gefunden, aber es fehlte der nächste Schritt. Marlene wusste, wenn sie jetzt die Unterlagen zur Hand hätte, würde sie trotz aller anderslautender Vorsätze anfangen, alles noch einmal durchzusehen, auf der Suche nach dem entscheidenden Puzzleteil. Doch sie hatte sich schon lange abgewöhnt, Akten mit nach Hause zu nehmen. Zumindest diesen Schritt der Abgrenzung hatte sie tatsächlich verinnerlicht. Selbst ihr Notizbuch hatte sie vorgestern in der Schreibtischschublade liegen lassen, wenn auch mehr zufällig als geplant.

Marlene sah prüfend aus dem Fenster. Die Sonne schien noch immer von einem strahlend blauen Himmel. Sie könnte es mit einer kleinen Radtour verbinden. Es musste ja nicht lange sein.

Zehn Minuten später saß sie auf dem Fahrrad.

Das dreigeschossige Gebäude der Polizei mit seiner schlichten orangefarbenen Fassade lag in der Friedrich-Ebert-Straße. Marlene stellte ihr Rad ab und betrat durch den Hintereingang den Trakt der Kriminalpolizei. Die langen Flure lagen still und verlassen da. In ihrem Büro öffnete sie ein Fenster, um die frische Frühlingsluft hereinzulassen. Dann ließ sie sich auf ihren Schreibtischstuhl fallen, streifte sich die Chucks von den Füßen, zog die Beine an und stützte das Kinn auf die Knie. Konzentriert ließ sie ihren Blick über die Magnettafel gleiten. Bei dem Phantombild hielt sie inne. Lars Petersen, oder wie auch immer du heißt, wer bist du?

Auch wenn sich Marlene nicht allzu viel davon versprach, sollte das Bild weiteren Zeugen gezeigt werden, dem Fährpersonal und denjenigen Passagieren auf den Schiffen, die anhand ihrer Fahrzeugreservierungen ausfindig gemacht werden konnten. Auch Gunnar Andresen sollte das Phantombild vorgelegt werden. Gleich morgen früh würde sie Jessen diese Aufgaben übertragen. Außerdem sollten die Amrumer Kollegen versuchen, über die beiden Landschulheime, die es auf Amrum gab, den Namen der Lehrerin herauszufinden, die mit Lars Petersen aneinandergeraten war. Marlene machte sich eine entsprechende Notiz in ihr Heft. Ob und wie weit Jessen diese Aufträge an Bendix delegieren würde, war seine Sache.

Gedankenverloren griff Marlene nach der kleinen Schnecke aus Glaskristall auf ihrem Schreibtisch. Mit den Fingerspitzen befühlte sie die feinen Schliffkanten. Sie drehte sich zurück zur Tafel.

Simon hatte die Fotos von der Fundstelle des Ford Transit im Wald aufgehängt. Sollten sie entgegen Marlenes Einschätzung doch in diesem Waldstück nach den Überresten einer Leiche suchen? Und im Fluss? Um auf Nummer sicher zu gehen? Sie würde diesen Ansatz morgen mit Simon und Bischoff diskutieren. Notiz Nummer zwei.

Außerdem könnten sie in Brokstedt nach Zeugen suchen. Wer hatte am oder kurz vor dem fraglichen Datum im November 2015 eine auffällige Person gesehen? Zum Beispiel auf dem Weg zwischen dem Waldstück und dem Bahnhof? War der Bahnhof eigentlich mit einer Überwachungskamera ausgestattet? Marlene fuhr den Computer hoch. Wenigstens diese Frage würde sie schnell klären können. Die Antwort, die sie kurz darauf fand, war allerdings enttäuschend. Der Bahnhof verfügte über keine Kamera. Marlene konnte sich des Gefühls nicht erwehren, dass auch dies kein Zufall war. Der Mann ging äußerst planvoll vor. Hatte er sogar auf dieses Detail geachtet?

Aber wo lag das Motiv?

Sie lehnte sich stöhnend auf ihrem Stuhl zurück und strich sich mit den Händen über das Gesicht.

Wie sie es auch drehte und wendete, ihr einziger Ansatzpunkt außer Andresen war nach wie vor das Fahrzeug mit dem unbekannten Fahrer. Sollte sie sich noch einmal alle Zeugenaussagen vornehmen, in der Hoffnung, irgendwo einen Hinweis auf dieses Fahrzeug oder auf den Mann zu finden, der ihnen bisher entgangen war? Es würde Stunden dauern. Aber sie könnte wenigstens damit beginnen.

Marlene legte sich die Unterlagen zurecht. Als Erstes benötigte sie jedoch einen Kaffee. Sie ging zum Fenster, um die Siebträgermaschine einzuschalten. Dabei fiel ihr Blick auf den Stapel Akten mit den Altfällen, die sie letzte Woche in das Regal neben der Tür gepackt hatte.

Zeugenaussagen, die einen Ford Transit erwähnen.

Eine vage Erinnerung blitzte in ihrem Gedächtnis auf. Sie blieb stehen. War das möglich?

Wie angewachsen starrte sie auf die Mappen. Dachte nach. Doch, sie war sich sicher: Bei einem dieser Fälle war in den Zeugenaussagen wiederholt von einem Ford Transit die Rede gewesen. Ihr Puls beschleunigte sich. Zufall?

Sie griff nach dem Stapel und setzte sich damit an den Schreibtisch. Hastig blätterte sie in der ersten Akte, überflog den Inhalt, nahm die nächste. In der fünften fand sie es.

Als sie das Datum auf dem Umschlag registrierte, wurde ihr heiß. Ihr Magen zog sich zusammen.

»Frank Schlichting. Vermisst seit 20.10.2015«.

Sechzehn Tage.

Den Kaffee vergaß sie.

Der Plan reifte langsam, aber stetig.

Die Idee war irre, das wusste er. Wahnsinnig. Ein Gelingen kaum vorstellbar. Doch sie war die logische Konsequenz.

Zu Beginn hatte er weder die Kraft noch die Zeit gehabt, sich mit derartigen Gedanken auseinanderzusetzen. Er hatte sie verdrängt, mit aller Macht. Weggesperrt in den hintersten Winkel seines Bewusstseins. Er hatte alles, was er an Energie noch aufbringen konnte, für die Bewältigung seines Alltags benötigt. Für das Überleben an jedem einzelnen Tag. Und in jeder verdammten Nacht.

Er hatte funktionieren müssen, denn er hatte eine Aufgabe, eine Pflicht. Das Einzige, was ihm noch geblieben war. Ihr widmete er sich mit vollem Einsatz, so gut er konnte und so gut, wie er es überhaupt noch schaffte.

Doch Hass und Rachephantasien taten ihre Arbeit. Leise und unauffällig. Kontinuierlich streiften sie die Idee, bissen sich daran fest, ließen den Plan wachsen und schälten nach und nach seine Konturen heraus, bis er konkrete Formen annahm. Und nicht länger zu ignorieren war.

Hin und wieder beschlichen ihn Skrupel. Stahl sich sein besseres Ich aus vergangenen Zeiten aus dem Grab tief unten in seiner Seele hervor.

Würde er es wirklich tun können?

Er hatte Tiere getötet, hatte sie sterben sehen.

Aber Menschen?

Konnte er Menschen töten?

War er ein Mörder?

Dann betrachtete er die Bilder, schaute in ihre Gesichter.

Nein. Er war kein Mörder. Er war unschuldig.

Sie nicht.

Montag, 11. März 2019

Marlene fuhr zeitig in die Dienststelle. Sobald sie in ihrem Büro war, schaltete sie den Computer ein und überprüfte ihr E-Mail-Postfach. Keine neue Nachricht. Wäre ja auch zu schön gewesen. Sie musste sich in Geduld üben.

Sie bereitete sich einen Cappuccino zu, setzte sich wieder an den Schreibtisch und schlug ihr Notizbuch auf, um die Punkte durchzugehen, die es abzuarbeiten galt. Dann nahm sie den Telefonclip aus ihrer Tasche, verband ihn mit den CIs und dem Telefon und wählte die Nummer der Amrumer Dienststelle. Sie hatte Glück, dass es Jessen war, der den Hörer abnahm. Nach Small Talk mit Bendix stand ihr so gar nicht der Sinn. Sie schilderte ihr Anliegen und schickte Jessen gleich darauf per E-Mail das Phantombild, damit er es Gunnar Andresen sowie dem Fährpersonal und etwaigen Passagieren vorlegen konnte. Das Gespräch am Telefon war problemlos verlaufen, Marlene hatte nicht nachfragen müssen und glaubte, alles verstanden zu haben. Ein gutes Gefühl.

Sie sah auf die Uhr. Simon war mal wieder spät dran. Auf dem Weg zur Fensterbank, wo Marlene einen zweiten Kaffee durch ihre Siebträgermaschine laufen ließ, warf sie einen Blick in sein Büro. Wo blieb er? Die Frühbesprechung würde bald beginnen. Außerdem brannte sie darauf, ihm von ihrer Entdeckung zu berichten.

Marlene begann, sich auf die Besprechung vorzubereiten, indem sie das Mikrofon bereitlegte und die kleinen Empfänger an den CIs anbrachte. Gerade als sie ihr Handy zur Hand nehmen wollte, um Simon eine Nachricht zu schicken, ob er denn heute generell noch zu arbeiten gedenke, flog die Tür auf. Marlene zuckte zusammen.

Mit ihrem Kollegen kam ein Schwall frische Luft ins Zimmer. Simons Gesicht war leicht gerötet, die Haare zerzaust, entweder weil er direkt aus dem Bett gefallen war oder weil er sich mit dem Fahrrad abgehetzt hatte. »Marlene, Moin! Na, schönen Sonntag gehabt?« Er grinste breit. »Würde mein Herz nicht der SG gehören, könnte ich glatt Magdeburg-Fan werden.«

War Marlene eben noch in der Stimmung gewesen, ihrem Ärger über sein Zuspätkommen heute einmal Luft zu machen, so winkte sie nun großmütig ab. »Ich habe etwas gefunden«, sagte sie stattdessen, »eine mögliche Verbindung.«

»In unserem Fall?«

Marlene nickte. »*Zu* unserem Fall, genau genommen. Ich erzähle es dir auf dem Weg.« Sie erhob sich und tippte mit dem Zeigefinger auf ihr Handgelenk wie auf eine imaginäre Uhr. Bischoff hasste es, wenn man zu spät zur Frühbesprechung kam. Und Marlene mochte es ebenso wenig.

Während sie durch den langen Flur in Richtung Treppenhaus gingen, berichtete Marlene in knappen Sätzen, was sie entdeckt hatte. Seit dem 20. Oktober 2015 galt der damals einundvierzig Jahre alte Frank Schlichting aus Munkbrarup als vermisst. In den Tagen vor seinem spurlosen Verschwinden hatten mehrere Zeugen einen weißen Ford Transit in der Nähe seines Wohnhauses gesehen. Das Haus lag in einem Neubaugebiet, in dem zu der Zeit noch reger Baubetrieb herrschte. Daraufhin hatte die Polizei sämtliche Handwerksbetriebe und Zulieferfirmen, die dort tätig gewesen waren, sowie Paketzustelldienste aus der Umgebung überprüft, allerdings ohne Erfolg.

»Und nun meinst du, der Kastenwagen, den die Zeugen dort gesehen haben wollen, könnte unser Transit gewesen sein? Wieso? Woher nimmst du diese Vermutung?« Marlene sah die Skepsis in Simons Gesichtsausdruck.

»Die zeitliche Nähe! Frank Schlichting ist genau sechzehn Tage vor Birthe Andresen verschwunden. Nur sechzehn Tage.«

»Spricht irgendetwas dafür, dass Birthe und dieser Mann sich gekannt haben?«

Marlene schüttelte den Kopf.

»Oder dass Gunnar Andresen ihn kannte?«

»Auch nein.«

»Also ist es nur das Datum?«

»Letztendlich ja«, gab Marlene zerknirscht zurück. Sie wusste selbst, dass der Ansatz dünn war. Sehr dünn. »Und die räumliche Nähe natürlich nicht zu vergessen. Munkbrarup liegt nur zehn Kilometer östlich von Flensburg. Also so wie Amrum im äußersten Norden von Schleswig-Holstein.«

»Mit dem kleinen Unterschied, dass es sich bei Amrum um eine Insel handelt.«

»Ja-ha.« Hatte Marlene sich verrannt? Erhoffte sie sich zu viel? Ihr Gefühl hatte ihr gestern etwas anderes gesagt.

Sie mussten das Gespräch vorläufig beenden, denn Marlene und Simon hatten die Tür zum Konferenzraum im obersten Stockwerk erreicht. Erst zwei Stunden später, nach einer ungewöhnlich lang andauernden Besprechungsrunde und einem daran anschließenden ausführlichen Gespräch mit Bischoff waren sie zurück in Marlenes Büro.

»Und nun wartest du auf eine Antwort von …«

»Wie bitte?« Marlene ließ sich auf den Stuhl fallen. Ihr Schädel brummte. Eigentlich bräuchte sie jetzt eine Pause.

Simon wiederholte seine Frage. »Du wartest also jetzt auf die Antwort von diesem Bauunternehmen?«

Marlene nickte. »Die Firma Bitter-Hoch-und-Tiefbau aus Lübeck hat zum Zeitpunkt seines Verschwindens neben dem Grundstück von Frank Schlichting und seiner Frau ein Mehrfamilienhaus gebaut.« Sie unterdrückte ein Gähnen. »In der Akte waren Bilder von Schlichtings Haus, auf denen im Hintergrund die Baustelle mit zahlreichen Baufahrzeugen und Lieferwagen zu erkennen war. Dadurch bin ich auf die Idee gekommen, dass es ja sozusagen auch andersherum funktionieren könnte, und habe eine E-Mail-Anfrage an die Baufirma geschickt. Vielleicht existiert noch irgendwo ein Foto von der Baustelle, auf dem auch das Einfamilienhaus von Schlichting und die Straße davor zu sehen sind. Mit viel Glück finden wir darauf irgendein Detail, das uns weiterhelfen kann, bestenfalls ist sogar der Transit mit abgelichtet worden.« Und bevor Simon etwas einwenden konnte, fügte sie hinzu: »Mit sehr viel Glück, ich weiß. Es ist nur ein Versuch.«

Marlene beugte sich vor und loggte sich mit ihrem Passwort in den Computer ein. Augenblicklich erschien eine Anzeige auf dem Bildschirm: eine neue Nachricht im Posteingang. Sie öffnete die E-Mail. »Baustelle Wiesengrund, Munkbrarup«, stand im Betreff, Absender war die Firma BHT, Bitter-Hoch-und-Tiefbau GmbH.

Marlene überflog das Anschreiben, dann öffnete sie die Anhänge. Sechs Bilder, datiert auf den 9. Oktober 2015. Bitte lass uns Glück haben, flehte sie innerlich, nur ein bisschen Glück. Sie klickte auf das erste Bild.

Die Aufnahme eines zweistöckigen Rohbaus erschien, auf dem unbefestigten Vorplatz Baumaschinen, verschiedene Fahrzeuge, aber kein weißer Kastenwagen. Im Hintergrund erkannte Marlene das Haus der Schlichtings, an der Grenze zur Baustelle stand ihr Carport.

Auf dem nächsten Foto konnte man einen Abschnitt der Straße sehen. Vor Schlichtings Haus parkte ein Auto, aber es war ein roter Golf. Keine Menschen. Bild Nummer drei zeigte eine Frontalansicht der Baustelle mit dem Carport im Anschnitt am linken Rand.

Dann öffnete Marlene das vierte Bild. Erneut war ein Teil der Straße einzusehen. Und da stand er, ein kleines Stück von Schlichtings Haus entfernt in einer Parkbucht auf der gegenüberliegenden Straßenseite. Ein weißer Kastenwagen.

Marlenes Herz schlug schneller. Sie vergrößerte das Foto. Jetzt konnte sie das Nummernschild lesen: STD–AW 194.

»Yes!« Marlene ballte die Faust. Sie drehte sich zu Simon um, der hinter sie getreten war und ihr über die Schulter schaute. Ihre Blicke trafen sich. »Er ist es«, sagte sie.

Hastig ließ sie den Cursor über den Bildschirm gleiten. Sie

vergrößerte das Bild maximal, doch die Auflösung der Aufnahme war nicht hoch genug, um das Gesicht der Person im Fahrzeuginneren erkennen zu können. Marlene sah die unscharfen Konturen eines Mannes mit dunkler Mütze, Sonnenbrille und Vollbart. Dunkle Jacke. Hände auf dem Lenkrad. Er schaute nach links, in die Richtung von Schlichtings Haus.

»Lars Petersen«, sagte Marlene. Die Haut auf ihren Armen begann zu kribbeln. Sie starrte auf das verschwommene Gesicht. »Wir kriegen dich«, flüsterte sie.

Zwei Stunden später machten sich Marlene und Simon auf den Weg nach Flensburg. Sie hatten sich mit Tordis Schlichting verabredet, der Ehefrau des Vermissten, die an der dortigen Musikschule als Lehrerin für Harfe arbeitete.

Bis auf die leisen Motorengeräusche war es still im Auto. Marlene saß auf dem Beifahrersitz und hatte die Augen geschlossen. Einen Moment lang nicht zuhören und reden zu müssen, tat ihr gut. In ihrem Kopf arbeitete es indes pausenlos.

Was hatten Frank Schlichting und Birthe Andresen miteinander zu tun? Und welche Rolle spielte der Fahrer des Kastenwagens? Waren die beiden Vermissten zusammen durchgebrannt, und der Fahrer hatte nur dabei geholfen? Oder hatte Schlichting Birthe Andresen etwas angetan, und der Fahrer war sein Komplize? Oder war Schlichting selbst ein Opfer? Und der Täter in beiden Fällen der unbekannte Mann? Hatte er auf Schlichting vor dessen Haus gewartet? Womöglich, um ihn zu treffen? Oder hatte er ihn beschattet? Das Haus ausgekundschaftet, um Schlichting zu entführen?

Aber aus welchem Grund? Auch hier war die Frage des Motivs noch ungeklärt. Doch Marlene war sich sicher, dass sie, wenn es ihnen gelänge, die Verbindung zwischen den beiden Fällen herzustellen, auch auf das Motiv stoßen würden. Womöglich auf ein gemeinsames.

Sie öffnete die Augen und sah durch das Fenster die Landschaft vorbeiziehen. Felder, Weiden und Knicks, Kühe, Windräder. Weiße Wolken, die der Wind über den weiten blauen Himmel trieb.

Ehe sie aufgebrochen waren, hatte Simon Gunnar Andresen und Julia Riemer telefonisch zu Frank Schlichting befragt. Simon war eher in der Lage, die Reaktionen am anderen Ende der Leitung einzuschätzen. Er konnte feine Nuancen in der Stimme seiner Gesprächspartner wahrnehmen, konnte Untertöne heraushören, ein Krächzen oder ein Räuspern, ein auffälliges Zögern, all das, was über den gesprochenen Inhalt hinausging und wichtige Hinweise unterschiedlichster Art liefern konnte. Dies war Marlene mit den Implantaten nicht mehr möglich.

Das Ergebnis der Telefonate war allerdings ernüchternd. Weder Andresen noch Julia Riemer schienen den Namen Frank Schlichting jemals gehört zu haben, geschweige denn, dass sie einen Mann mit diesem Namen kannten. Auch sein Gesicht schien ihnen nichts zu sagen. Marlene hatte sein Foto zwecks möglicher Identifizierung an die Dienststellen auf Amrum und in Friedrichstadt geschickt, damit die Kollegen es den beiden vorlegen konnten. Schlichting hatte eine dünne, spitze Hakennase und schmale Lippen, aber ein gewinnendes Lächeln mit einem einnehmenden Blick aus hellblauen Augen. Die blonden Haare waren beinahe schulterlang, im typischen Surferlook unfrisiert, passend dazu trug er ein Lederband um den Hals. Die Rückmeldungen waren zwar überraschend zügig eingetroffen, nur brachten sie Marlene und Simon nicht weiter.

Sie passierten das Ortsschild von Flensburg und erreichten bald darauf die Musikschule im Marienkirchhof in der Nähe der Förde. Sie war in einem imposanten Altbau aus roten Klinkersteinen mit hohen, schlanken Sprossenfenstern und gemusterten Friesen aus dunklem Stein untergebracht. Die Eingangstür aus weißem Holz und Glas mit ihrem Spitzbogen und den geschwungenen Ornamenten ließ Marlene an eine Kirche denken.

Im Innern wurde sie schlagartig an ihre eigene Kindheit erinnert. Der Geruch nach altem Gemäuer, das voller Leben und Geschichten war, in der Luft das gedämpfte Durcheinander von

Musik, eine Mischung aus verschiedenen Tönen und Klängen. Als Kind hatte sie sich auf dem Weg zu ihrem Klavierunterricht einen Spaß daraus gemacht, an jedem Zimmer, an dem sie in ihrer damaligen Musikschule vorbeikam, zu lauschen, um herauszufinden, welches Instrument dort drinnen gerade geübt wurde. Jetzt jedoch, zumal mit der hallenden Akustik im Eingangsbereich und im Treppenhaus mit dem glatten Linoleumboden und den hohen Decken, nahm Marlene nur einen leisen, undefinierbaren Geräuschteppich wahr, aus dem sie keins der Instrumente heraushören konnte.

Mit den CIs Musik zu hören, gestaltete sich für Marlene nach wie vor schwierig. Sie setzte sich zu Hause zwar immer mal wieder an ihr Klavier, und sie konnte einzelne Töne hören, auch Tonhöhenunterschiede wahrnehmen, selbst Zweiklänge waren inzwischen machbar. Doch sobald sie ein vollständiges Klavierstück zu spielen begann, verließ sie ihr neues Hörvermögen, und ihr Spiel klang schrecklich in ihren Ohren. Bei einem ganzen Orchester war es noch schlimmer.

Sie hatte es mit Pop- und Rockmusik versucht, ein klarer, harter Rhythmus erleichterte ihr das Zuhören. Doch gut, geschweige denn vergleichbar mit den Eindrücken von früher war es noch lange nicht. Und das Schlimmste an allem war: Es fehlte das Gefühl. Musik war für Marlene stets eng an Emotionen gekoppelt gewesen. Sie hatte früher zu den Menschen gehört, die bei Musik rasch eine Gänsehaut bekamen, bei denen ein bestimmtes Lied augenblicklich eine Erinnerung wachrief, Ereignisse, Orte oder Menschen heraufbeschwor. Diese Verbindung fehlte nun. Dadurch hatte sie ein Stück ihrer eigenen Lebensgeschichte verloren. Musik war nicht länger Genuss und Erinnerung, Musik war Arbeit geworden. Hör-Arbeit. Deshalb ging Marlene ihr meist aus dem Weg. Auch wenn sie wusste, dass sie geduldig sein musste und es durch Vermeiden alles andere als besser wurde. Aber der Verlust schmerzte noch zu sehr.

Sie folgte Simon eine breite Treppe hinauf in den ersten Stock. Im Treppenhaus hingen Geigenkästen in bunten Farben von der Decke, in dem Gang, in den sie danach einbogen, waren es Instrumente: ein Cello, eine Gitarre, eine Trompete. Am Ende des Ganges fanden sie den Unterrichtsraum von Frau Schlichting, klopften an und traten ein.

Eine Dame mit grauem Kurzhaarschnitt hatte eine große Harfe gegen ihre Schulter gelehnt und ließ ihre Hände geschmeidig über die Saiten gleiten. Neben ihr auf einem Hocker saß eine Frau, die Tordis Schlichting sein musste. Als sie Marlene und Simon bemerkte, unterbrach sie das Spiel ihrer Schülerin und erhob sich, um die beiden zu begrüßen. Sie trug das glänzend schwarze Haar zu einem hohen Zopf gebunden, im Gesicht einen dichten geraden Pony über leuchtend grünen Augen, die mit einem dunklen Lidstrich betont waren. Die Lippen waren rot geschminkt, im Nasenflügel glänzte der Stein eines Piercings.

Nachdem sie ihre Schülerin verabschiedet hatte, zog Tordis Schlichting zwei Holzstühle heran und bat Marlene und Simon, sich zu setzen. Sie selbst nahm auf dem Hocker ihnen gegenüber Platz. Ihre Miene war ernst. Unbewegt.

»Vielen Dank, dass Sie sich Zeit für uns nehmen, Frau Schlichting«, begann Marlene. »Wie mein Kollege bereits am Telefon erwähnt hat, ermitteln wir in einem Vermisstenfall, der in denselben Zeitraum wie das Verschwinden Ihres Mannes fällt. Nun haben wir eine Verbindung zwischen den beiden Fällen gefunden, zu der wir Ihnen gern ein paar Fragen stellen möchten.«

Die Frau nickte stumm. Sie schlug ein Bein über das andere und steckte ihre Hände zwischen die Oberschenkel.

Marlene zeigte ihr das Phantombild. »Kennen Sie diesen Mann?«

Tordis Schlichting beugte sich vor. Nach eingehender Betrachtung sagte sie: »Nein. Wer soll das sein?«

»Und diesen Mann?« Marlene legte ihr eine Vergrößerung der Aufnahme vor, die sie von dem Bauunternehmen erhalten hatten.

»Auch nein. Ist es derselbe?«

»Wir vermuten es. Er nennt sich Lars Petersen. Das Foto ist an der Straße vor Ihrem Haus aufgenommen worden, elf Tage vor dem Verschwinden Ihres Ehemannes. Petersen sitzt in einem weißen Kastenwagen, einem Ford Transit, der gegenüber in einer Parkbucht stand.« Sie legte einen Ausdruck des Fotos in Normalgröße daneben. »Ist Ihnen ein solches Fahrzeug aufgefallen?«

»Vor unserem Haus?« Jetzt kam zum ersten Mal Bewegung in das Gesicht der Frau. »Damals wurde in unserer Siedlung noch gebaut, es fuhren jeden Tag Handwerker durch die Straße. Aber so ein Kastenwagen ist mir nicht aufgefallen. Ein Lars Petersen ist mir auch nicht bekannt. Warum fragen Sie?«

Tordis Schlichting sprach vergleichsweise schnell. Marlene musste sich sehr konzentrieren, um ihr folgen zu können. »Auch in unserem Fall spielen dieser Wagen und sein Fahrer eine Rolle. Sagt Ihnen der Name Birthe Andresen etwas?«, fragte sie.

Kopfschütteln.

»Gunnar Andresen?«

Abermals ein Nein. Auch als Marlene ihr die Fotos der Ehepartner vorlegte.

»Waren Sie schon einmal auf Amrum? Gemeinsam mit Ihrem Mann? Oder Ihr Mann allein?«

»Nein, wir waren nur mal auf Sylt. Mein Mann hat lange Zeit als Rettungsschwimmer gearbeitet, und ich …«

Mist, sie sprach wirklich viel zu schnell. Marlene unterbrach die Frau. »Können Sie bitte etwas langsamer sprechen?«

»Okay …« sagte Tordis Schlichting gedehnt, beließ es aber bei einem fragenden Blick. Mit verringertem Tempo fuhr sie fort: »Mein Mann war früher Rettungsschwimmer, und ich weiß nicht, ob er vor meiner Zeit einmal auf Amrum eingesetzt war. Seit ich ihn kenne jedenfalls nicht.«

Simon berührte Marlene am Arm. Dann sagte er: »Sie haben die Vermisstenanzeige am Donnerstag, dem 22. Oktober, aufgegeben. Zwei Tage, nachdem ihr Mann verschwunden war.«

»Das ist richtig.« Tordis Schlichting wechselte das Bein, faltete die Hände und legte sie in den Schoß. Wartete.

»Was haben Sie in diesen zwei Tagen gemacht?«

»Am Dienstagabend hatte ich eigentlich eine Bandprobe, ich spiele auch Saxophon, bin aber stattdessen spontan zu meiner Mutter gefahren und über Nacht in Flensburg geblieben. Sie hatte einen ambulanten Eingriff an der Halsschlagader hinter sich, und es ging ihr schlechter als erwartet. Ich konnte sie nicht allein lassen.«

»Und am darauffolgenden Tag?«

»Da hatte ich Unterricht, hier in der Musikschule. Ich meine, so gegen achtzehn Uhr bin ich dann nach Hause gekommen.« Tordis Schlichting sah Simon und Marlene einen Moment lang zögernd an. »Ach, was soll's, Sie werden es ja eh in der Akte lesen, wenn Sie es nicht schon längst getan haben.« Sie drückte den Rücken durch, ihr Fuß wippte hin und her. »Ich musste meinen Mann teilen. Mit anderen Frauen. Mal mehr, mal weniger offen.« Ein harter Zug legte sich um ihre roten Lippen. »Als er Mittwochabend nicht zu Hause war, hatte ich zuerst die Befürchtung, dass er schon wieder eine Neue hat.«

»Was sich aber nicht bestätigte?«

»Zumindest haben Ihre Kollegen nichts herausgefunden.«

»Wann haben Sie realisiert, dass der Grund für seine Abwesenheit ein anderer war?«

»Ich habe meinen Mann während der ganzen Zeit nicht auf seinem Handy erreichen können. Später stellte sich heraus, dass es seit Dienstagabend ausgeschaltet gewesen war. Am Donnerstag bin ich nach der Arbeit direkt zu ihm ins Geschäft gefahren. Er hatte ein kleines Sportgeschäft in Glücksburg, vor allem für Wassersport, Surfen, Kiten und so. Ich wollte ihn zur Rede stellen. Da hat sich herausgestellt, dass er am Dienstag das letzte Mal im Laden gewesen war. Nach Ladenschluss muss er noch nach Hause gefahren sein, sein Auto stand im Carport. Er aber war zwei Tage lang nicht gesehen worden, und deshalb bin ich schließlich zur Polizei gegangen.«

»Warum hat das Auto im Carport Sie nicht früher stutzig gemacht?«

»Mein Mann verhielt sich mit seinen Affären, sagen wir, äußerst kreativ. Ich nahm an, dass er womöglich vor der Haustür zu wildern begonnen hatte. Ein Neubaugebiet mit vielen jungen Frauen. Perfektes Jagdrevier. Ich wollte mich nicht noch lächerlicher machen als sowieso schon.«

»Das Sportgeschäft steckte in wirtschaftlichen Schwierigkeiten«, sagte Simon.

»Schwierigkeiten ist gut. Er war pleite. Hoch verschuldet. Und mir hat er nicht ein Wort davon gesagt.« Tordis Schlichting verzog den Mund zu einem bitteren Grinsen. »Von den wesentlichen Dingen hat er mir nie etwas gesagt.«

Die nächste Frage übernahm wieder Marlene. »Können Sie sich vorstellen, dass Ihr Mann sich das Leben genommen hat? Weil er aufgrund der finanziellen Probleme keinen Ausweg mehr gesehen hat?«

Tordis Schlichting lachte auf. »Er? Selbstmord? Nie und nimmer!« Sie schüttelte vehement den Kopf. »Er liebt sich selbst und sein Leben. Vielleicht ist es das Einzige, was er wirklich liebt. Und er hat immer irgendeinen Weg gefunden, aus einem Schlamassel wieder rauszukommen.« Sie schaute Marlene gerade in die Augen. »Glauben Sie mir, er würde sich niemals umbringen. Abhauen, sich der Verantwortung entziehen, das ist sein Weg. Und ich glaube, den ist er auch gegangen.«

»Sie vermuten, Ihr Mann hat sich abgesetzt?«, hakte Marlene nach. »Ohne Ihnen irgendeine Nachricht zu hinterlassen?«

»Abgesetzt. Wie förmlich das klingt. Sprechen Sie es doch ruhig aus: Er hat mich sitzen gelassen. Noch dazu mit einem Berg Schulden. Ich wurde abgezockt und – entschuldigen Sie bitte die Ausdrucksweise – verarscht. Toll, nicht wahr?« Tordis Schlichting strich sich den Pony aus der Stirn, der sogleich wieder in Form fiel, und atmete tief durch. »Wissen Sie, das alles ist jetzt schon so lange her. Ich habe mich damit abgefunden. Egal was geschehen ist, ich habe einen Schlussstrich gezogen, emotional. Ich will nicht mehr an meinen Mann denken, geschweige denn auf ihn warten. Ich brauche ihn nicht mehr. Und mit seiner Abwesenheit kann ich inzwischen gut leben.«

Das Zucken ihres Augenlides verriet etwas anderes.

26

2017

Am zweiten Jahrestag schickte er ihr ein Foto von Tamme. Er hatte es auf einem Blatt Papier ausgedruckt. Aus einem Onlinemagazin, vielleicht von den »AmrumNews«? Oder aus der digitalen Ausgabe des »Insel-Boten«? Es war in einer Sporthalle aufgenommen worden, vermutlich in der Öömrang-Skuul. Birthe meinte, die Holzverkleidung im Hintergrund zu erkennen. Im Arm hielt Tamme einen Pokal. Er musste ihn bei einem Tischtennisturnier gewonnen haben. Sein Blick war geradeaus in die Kamera gerichtet, das Siegerlächeln eher verhalten. Er hatte sich verändert. Das Haar kürzer, zwei Zahnlücken, die Birthe nicht kannte, das Gesicht schmaler und gestreckt. Der Ausdruck in seinen Augen älter, ernster.

Tamme.

Birthes Finger zitterten, als sie zärtlich über das Papier strichen. Die Tränen flossen leise. Ihr Herz ein einziger glühender Schmerz. Behutsam berührte sie mit den Fingerspitzen seine Haare, fuhr seine Wangen entlang, den Nasenrücken, legte sie auf seinen Mund. Sie führte das Bild an ihre trockenen Lippen, küsste es sacht, einmal, zweimal, dann bedeckte sie die ganze Fotografie mit ihren Küssen. Sie presste sie an sich, hielt sie mit beiden Händen fest an die Brust gedrückt. Sie wollte ihren Sohn so nah wie möglich bei sich haben.

Tamme.

Fortan war das Bild ihr größter Schatz. Es war heilig. Birthe reihte es nicht in die lange Abfolge von Zetteln auf dem Boden ein, die die Längswand des Verlieses säumten, es erhielt einen besonderen Platz. Sie legte die Aufnahme an das Kopfende der Matte und dort direkt an die Wand. So entzog sie es seinem Blick. Und so war Tamme bei ihr, wenn sie sich auf der Matte zusammenrollte. Sein Gesicht war das Letzte, was sie sah, bevor die Dunkelheit kam. Und das Erste, wenn das Licht des Projektors sie weckte.

Für Wut reichte die Kraft nicht mehr. Sie musste sparsam mit ihren Reserven umgehen. Sparen fürs Durchhalten. Fürs Überleben.

Birthe bemühte sich, ihre Rituale im alltäglichen Wahnsinn ihrer Gefangenschaft aufrechtzuerhalten. Ihr imaginäres Miterleben von Tammes Tagesablauf, die lauten Selbstgespräche, die körperliche Aktivität. Sie suchte sich immer neue Denksportaufgaben, kramte längst verschüttet geglaubte Gedichte aus der Schulzeit aus ihrer Erinnerung hervor und rezitierte sie vor einem abwesenden Publikum, stellte sich Rechenaufgaben, betete Primzahlen hinunter, das große Einmaleins.

Doch mit der Zeit stumpften die Übungen und ihre Wirkung, stumpfte Birthe ab. Stattdessen dehnten sich die depressiven Phasen aus. Sie hatte zunehmend Schwierigkeiten, sich zu konzentrieren. Ihr Gehirn funktionierte immer träger, die Einsamkeit drohte ihr ein ums andere Mal den Verstand zu rauben. Die Kargheit und Kälte ihres Verlieses drangen in jede Pore ihres Körpers, breiteten sich in ihr aus wie ein Geschwür, das sie von innen auffraß.

Birthe konnte sich nicht sehen, nicht ihr Gesicht, nicht ihre Haare. Ihr Geruch war ein anderer. Es gab niemanden, der sie berührte, der sie in den Arm nahm, ihr körperliche Nähe schenkte. Ihr Bild von sich selbst verblasste immer mehr. Das Gefühl für den eigenen Körper begann sich aufzulösen. Sie musste sich anfassen, streicheln, drücken, damit sie überhaupt irgendetwas spürte und sich nicht gänzlich verlor. Manchmal kniff sie sich in den Arm. Oder schlug sich auf die Beine, die Wangen. Nur um etwas wahrzunehmen. Schmerz war besser als nichts. Schmerz zeigte ihr, dass sie noch am Leben war.

Sie spaltete gedanklich ein zweites Ich ab, das den Körper und das Gefängnis verlassen konnte. Das frei war. Doch es konnte nicht verhindern, dass Birthes Bezug zu ihrer ehemals vertrauten Welt schwand. Ihr früheres Leben entglitt ihr Stück für Stück, die Erinnerungen wurden schemenhaft, unwirklich. Wie klang es, wenn Tamme lachte? Wie fühlte es sich an, wenn ihre Mutter, ihr Vater sie in die Arme schlossen? Wenn die Sonne auf ihre Haut schien?

Die Angst in diesen Augenblicken war unermesslich. Sie durfte diese Verbindung nicht verlieren! Niemals! Das war alles, was sie noch hatte. Deshalb lechzte sie förmlich nach den Zetteln, die er ihr in den Kerker schickte. Sie klammerte sich an jede neue Nachricht, auch wenn sie gleichzeitig Folter für die Seele war. Aber sie waren ihr einziger Anschluss an die Realität, an das Leben.

Häufiger wurden dagegen die Momente, da die eine Frage, die Birthe in den hintersten Winkel ihres Bewusstseins verbannt hatte, sämtliche Sperren und Barrikaden durchbrach und sich bedrohlich vor ihr aufbaute: Was, wenn die Polizei sie aufgegeben hatte?

Schüttelfrost am ganzen Körper.

Was, wenn die Polizei aufgehört hatte, nach ihr zu suchen? Wenn die Beamten, wenn Tamme und ihre Eltern, Gunnar, wenn sie alle dachten, dass sie tot war?

Würgereiz. Weinen.

Zwei Jahre. Aber ich lebe! Tamme, Mama, Papa, ich lebe!

Birthe machte weiter, immer weiter, irgendwie. Wieder und wieder erneuerte sie ihren Pakt mit sich selbst. *Du hältst durch! Er kann dich nicht zerstören!*

Sie setzte sich konkrete Ziele, Zeitpunkte, die sie sich schwor zu erreichen. Bis Neujahr. Bis zu ihrem Geburtstag. Bis zu Tammes Geburtstag.

Birthe haderte mit dem Schicksal und mit Gott. Warum bloß? Warum sie? Das hatte sie nicht verdient! Sie versuchte, mit Gott zu verhandeln und auch mit ihm einen Pakt zu schließen. Wenn sie hier lebend rauskäme, würde sie ein besserer Mensch werden. Sie würde eine noch liebevollere Mutter sein. Eine fürsorgliche Tochter, Freundin, eine hingebungsvolle Ehefrau. Sie würde sich für bedürftige Menschen engagieren, nicht nur für ihren eigenen Sohn, sondern auch für Fremde. Sie würde etwas von ihrem gewonnenen Leben zurückgeben.

Doch all ihre Schwüre verhallten im Nichts, prallten ab an den dicken Mauern ihres Kerkers.

Unterdessen schritt Birthes körperlicher Verfall weiter voran. Die Haut war durch die fehlende Sonneneinstrahlung weiß und durchscheinend, in den Ellenbeugen und Kniebeugen, am Hals und an den Handgelenken schuppig und verkrustet. Auch die Kopfhaut juckte, die Haare hingen verfilzt und strähnig von ihrem Kopf. Sie fielen inzwischen bis über die Schulterblätter. Eine Bürste zum Kämmen besaß Birthe nicht. Zum Waschen musste sie das kleine Stück Seife benutzen.

Sie verlor weiter an Gewicht. Nicht dramatisch, aber stetig. Pullover und Hose schlackerten an Armen und Beinen. Doch er hatte sie kein zweites Mal so hungern lassen wie im November vor einem Jahr. Denn Birthe fügte sich.

Ihr Körper sagte ihr mittlerweile ganz genau, ohne dass sie die Durchläufe der Bilder an der Wand noch abzählen musste, wann die nächste Essensration zu erwarten war. Er war derart konditioniert, dass sich der Speichel in ihrem Mund zu sammeln begann, sobald sie die Klopfzeichen hörte. Wie ein Tier. Sie war ein eingesperrtes Tier. Der Pawlow'sche Hund. Irre.

Mit den Depressionen und der zunehmenden Ausweglosigkeit schlichen sich die ersten konkreten Todesphantasien in ihren Kopf. Selbsttötung als letzter Akt der Selbstermächtigung. Einfach zu verschwinden und das Verlies, alle Schmerzen und Qualen hinter sich zu lassen, erschien ihr an manchen Tagen wie ein verheißungsvolles Versprechen. Ein süßer Traum und gleichzeitig ihre letzte Möglichkeit, sich seiner Macht und seiner Willkür zu entziehen.

Aber wie sollte sie es bewerkstelligen? Er hatte alles genau geplant und schien selbst diese Eventualität berücksichtigt zu haben. Birthe verfügte über keinen einzigen spitzen Gegenstand. Allein der Plastikbecher hatte, wenn man ihn zerdrückte, scharfe Kanten. Doch sie würden niemals ausreichen, um die Haut bis zu den Pulsadern aufzuschneiden. Zum Strangulieren eignete sich, wenn überhaupt, einzig der Knauf an der Klappe, doch er befand sich nur etwa eineinhalb Meter über dem Boden. Würde diese Höhe genügen? Konnte sie sich halb sitzend, halb liegend an dem Griff erhängen? Doch womit? Mit Hilfe ihres Pullovers? Oder blieb ihr als letzter Ausweg nur die Nahrungsverweigerung? Verdursten und verhungern? Ihre letzte Hungerperiode war eine grauenvolle Grenzerfahrung mit ungeahnten Schmerzen gewesen. Aber hatte sie nicht auch die irgendwie durchgestanden? Wahrscheinlich würde sie irgendwann einfach wegdämmern, einschlafen. Sanft hinübergleiten. Wenn sie keine Flüssigkeit mehr zu sich nahm, würde es vermutlich auch viel schneller gehen. Vielleicht konnte sie mit einem Stromschlag nachhelfen. Oder womöglich reichte in ihrem erbärmlichen körperlichen Zustand der Stromschlag allein schon aus?

Doch wann immer Birthe über diese wahnwitzigen Alternativen, aus dem Leben zu scheiden, nachsann, griff ihre Hand wie von selbst nach dem Bild von Tamme. Dann blickte sie in sein Gesicht, sah sein Lächeln, seine Augen. Ihr Sohn. Noch würde sie diesen letzten Schritt nicht gehen.

Noch nicht.

27

Dienstag, 12. März 2019

Sie suchten nach einer Verbindung. Fünf Bilder hingen nun in einer Reihe an der Magnettafel. Links das Porträt von Birthe Andresen, daneben ganz außen ein Bild von ihrem Mann, rechts die Fotos von Frank Schlichting und seiner Frau. Im Zentrum, etwas höher als alle anderen, die unscharfe Aufnahme vom Ford Transit vor Schlichtings Haus sowie das Phantombild des unbekannten Fahrers. Wer von ihnen war Opfer, wer Täter und wer womöglich Komplize? Wer hatte wen gekannt?

Ebenso wie Gunnar Andresen im Fall seiner Frau war damals Tordis Schlichting als Ehepartnerin ins Visier der Kriminalbeamten geraten. Mord oder Totschlag aus Eifersucht oder wegen des drohenden wirtschaftlichen Ruins waren als Motive in Betracht gezogen worden. Auch Marlene war das durchaus auffällige Verhalten der Frau bei der gestrigen Befragung nicht entgangen. Tordis Schlichting hatte sich das gesamte Gespräch hindurch sehr distanziert gezeigt, hatte kaum eine inhaltliche Frage gestellt und ihren Mann nicht ein einziges Mal bei seinem Namen genannt. Ein Schutzmechanismus, um sich von einer unglücklichen Ehe und der Tatsache, dass ihr Mann spurlos verschwunden war, loslösen zu können? Marlene hatte wiederholt die Erfahrung gemacht, dass bei Vermisstenfällen, in denen Personen über Jahre verschollen blieben, der Wunsch nach Aufklärung, egal mit welchem Ausgang, und die Sehnsucht, endlich einen Schlussstrich ziehen zu können, bei den Hinterbliebenen übermächtig wurden. Die Ungewissheit bedeutete für sie eine unentwegt andauernde Qual.

Tordis Schlichting könnte sich aber auch so abweisend verhalten haben, weil sie an dem Verschwinden ihres Mannes beteiligt war, in welcher Form auch immer. Zwar hatte sie ein Alibi vorzuweisen: Sie hatte den fraglichen Abend und die Nacht bei ihrer Mutter verbracht. Vollkommen wasserdicht war es allerdings nicht.

»Und wenn sie zwischendurch nach Hause gefahren ist? Bei der geringen Entfernung zwischen Flensburg und Munkbrarup wäre das durchaus machbar.« Simon stand neben Marlene an die Tischkante gelehnt, die Arme vor der Brust verschränkt, und strich sich mit einer Hand über den Bart.

»Und die Mutter hat nichts vom Verschwinden ihrer Tochter bemerkt? Mag sein. Vielleicht, während sie geschlafen hat. Tordis Schlichting könnte mit Schlaftabletten nachgeholfen haben.« Marlene nahm einen Schluck Cappuccino aus dem Becher, den sie in der einen Hand hielt, und biss in das Croissant in der anderen. »Aber welche Rolle spielte dann Lars Petersen?«, redete sie mit vollem Mund weiter. »Warum stand er vor dem Haus? Nein, das ergibt keinen Sinn.«

»Oder Gunnar Andresen und Tordis Schlichting haben sich miteinander verbündet und gemeinsame Sache gemacht. Birthe und Frank hatten eine Affäre und wollten zusammen durchbrennen, irgendwo ein neues Leben anfangen. Ihre Ehepartner sind dahintergekommen und haben ihnen einen ordentlichen Strich durch die Rechnung gemacht.«

»Und Petersen war ihr Komplize?« Marlene schüttelte langsam den Kopf. »Das klingt äußerst abwegig.«

»Stimmt. Aber abwegig heißt nicht unmöglich. Und solange wir keinen anderen Ansatz haben …« Simon stieß sich vom Tisch ab. »Ich werde versuchen, die Mutter von Tordis Schlichting zu erreichen. Vielleicht können wir dann hinter diesen Punkt wenigstens schon einen Haken machen.«

Simon ging zum Telefonieren nach nebenan in sein Büro und ließ Marlene grübelnd zurück. Sie holte ihr Notizbuch hervor und versuchte, ihre Gedanken zu ordnen. Auf einer leeren Doppelseite entwarf sie ein neues Schaubild. Birthe Andresen und Frank Schlichting. Sie umkreiste die Namen mit dem Kugelschreiber. Was hatten sie miteinander zu tun?

Bald darauf kehrte Simon zurück. »Ich habe sie erreicht. Tordis Schlichtings Mutter gibt an, ihre Tochter sei die ganze Nacht bei ihr gewesen. Sie habe wegen der Schmerzen und der Übelkeit durch die Narkose kaum schlafen können. Tordis sei nicht von ihrer Seite gewichen und morgens von ihr aus direkt zur Arbeit gefahren. Demnach gibt es also keinen Grund, das Alibi anzuzweifeln.« Er ließ sich auf den Stuhl vor Marlenes Schreibtisch fallen. »Den Namen Birthe Andresen will sie noch nie gehört haben.«

»Was irgendwie zu erwarten war.« Marlene klappte das Notizbuch zu und beugte sich vor. »Und – wie machen wir weiter? Was denkst du?«

»Was hältst du von einer Gegenüberstellung von Tordis Schlichting und Gunnar Andresen? Um herauszufinden, ob die beiden sich nicht vielleicht doch kennen?«

»Haben wir dafür nicht zu wenig? Es gibt bisher keinen einzigen Anhaltspunkt dafür, dass die beiden Vermissten sich gekannt haben, und dasselbe gilt für die Ehepartner.« Marlene zog skeptisch die rechte Augenbraue in die Höhe. »Und Tordis Schlichtings Reaktion auf die Bilder gestern hat echt auf mich gewirkt.«

»Ja, da gebe ich dir recht, andererseits sind Schwierigkeiten in der Ehe die einzigen Motive, die wir bisher finden konnten«, wandte Simon ein. »Wir könnten es ja ganz nebenbei machen, sozusagen zufällig, indem wir jeden einzeln für morgen zu einem Gespräch auf die Dienststelle einladen. Ich kann mich darum kümmern.«

»Wenn du meinst«, antwortete Marlene, doch wirklich überzeugt war sie nicht von diesem Plan. »Ich denke, davon abgesehen sollten wir unser Hauptaugenmerk auf eine mögliche Verbindung zwischen Birthe Andresen und Frank Schlichting richten. Und Lars Petersen natürlich nicht zu vergessen.«

Sie stimmten ihr weiteres Vorgehen ab. Simon würde sich ans Telefon hängen und die Familien und Bekannten der Gesuchten kontaktieren, während Marlene die Aufgaben am Computer übernahm. Sie hatte die Aufnahme von Lars Petersen im Ford Transit per E-Mail an die Kriminaltechniker in Flensburg geschickt, aber auch deren Überarbeitung, die sie nun in ihrem elektronischen Postfach fand, brachte keinen nennenswerten Zugewinn. Details waren in dem Gesicht des Mannes nicht auszumachen. Dennoch würde sie das Foto morgen Gunnar Andresen vorlegen, sollte er Simons Aufforderung tatsächlich Folge leisten. Zum Phantombild hatte er leider nichts sagen können. Zusammen mit einem Bild von Frank Schlichting schickte sie das Foto zudem an die Kollegen in Bayern, damit diese die Aufnahmen dem Autoverkäufer zeigen konnten.

Jessen hatte die Adresse der Lehrerin, die während der Fährüberfahrt mit Lars Petersen aneinandergeraten war, ausfindig gemacht. Sie wohnte in Nordrhein-Westfalen in der Nähe von Bielefeld. Marlene nahm Kontakt zur zuständigen Polizeidienststelle auf, schilderte ihr Anliegen und übermittelte die Bilder von Petersen und Schlichting. Jessen selbst beauftragte sie, sich beim Fährpersonal und den registrierten Passagieren in einem zweiten Durchlauf nach Frank Schlichting zu erkundigen. Seine Suche nach Zeugen, die Lars Petersen auf einem der Schiffe gesehen hatten, war bisher leider ergebnislos verlaufen.

Marlene griff nach der Tüte mit den Glückssteinen. Es waren nicht mehr viele übrig. Sie ließ zwei auf einmal in ihrem Mund verschwinden.

Vielleicht hatte Birthe Andresen Frank Schlichting über eine der Dating-Plattformen kennengelernt? Diesbezügliche Nachforschungen würde sie zunächst Simon überlassen, immerhin hatte er sich bereits einen Überblick über die Angebote verschafft. Deshalb nahm sich Marlene als Nächstes die sozialen Medien vor. Die Smartphones der beiden Vermissten waren mit ihnen verschwunden, und Birthe Andresen war bei keiner der entsprechenden Plattformen aktiv gewesen, aber Frank Schlichting besaß ein Facebook-Profil, dessen Zugangsdaten in der Akte vermerkt waren. Vielleicht fand sie dort einen Hinweis auf Birthe Andresen? Oder auf ein Sportevent, bei dem sie sich getroffen haben könnten? Beide waren begeisterte Sportler, sie Siebenkämpferin, er Surfer und Triathlet. Womöglich lag dort die Verbindung? Oder die Verbindung zu Lars Petersen?

Marlene öffnete das Profil, durchsuchte als Erstes die Freundesliste und klickte sich dann durch eine Flut an Bildern und Beiträgen. Der letzte Post war am 13. Oktober 2015 hochgeladen worden, eine Woche vor Schlichtings Verschwinden. Frank Schlichting schien ein Freund der Selbstdarstellung zu sein. Die meisten Fotos zeigten ihn allein, auf dem Surfbrett oder Mountainbike, beim Zieleinlauf eines Triathlon-Wettbewerbs oder beim Bungee-Jumping von einer Brücke. Mal mit vom Wind zerzausten Haaren auf einem Segelboot oder mit Sonnenbrille und Bier in der Hand entspannt am Strand sitzend. Marlene konnte sich vorstellen, dass die Frauen auf ihn flogen und Tordis Schlichting keinen einfachen Stand gehabt hatte. Doch sowohl von Birthe Andresen als auch von Lars Petersen keine Spur.

Marlene sah auf die Uhr. Die Zeit rannte. Sie lehnte sich zurück und neigte den Kopf erst zu der einen, dann zu der anderen Seite. Ihr Nacken war mal wieder verspannt, die Augen brannten. Sie brauchte eine Bildschirmpause. Und frische Luft.

Zunächst kontrollierte sie allerdings noch einmal rasch ihr Postfach. Aus Bayern und Nordrhein-Westfalen waren die Rückmeldungen auf die Bilder eingetroffen. Negativ. Resigniert schaltete Marlene den Computer aus. Sie war keinen Schritt weitergekommen. Sie griff nach der Tüte mit den Glückssteinen. Leer.

Seufzend stand sie auf und nahm ihre Jacke vom Haken. Wenn es mit der Stundenreduzierung bisher auch noch nicht so richtig funktionierte, wenigstens auf ihre Pausen sollte sie achten. Sie ging hinüber zu Simon in sein Büro. Er steckte mitten in einem Telefonat und schaute sie fragend an.

»Ich gehe kurz raus«, sagte Marlene leise.

Simon nickte wortlos.

»Willst du mit? Soll ich warten?«

Er schüttelte den Kopf.

»Und, hast du was Neues?«

Simon senkte den Daumen, während er weitersprach.

Dann sind seine Nachforschungen ähnlich erfolgreich wie meine, dachte Marlene deprimiert, als sie durch den Hintereingang das Polizeigebäude verließ. Draußen war es frisch. Die Sonne hatte sich hinter eine zähe graue Wolkendecke zurückgezogen, aber wenigstens regnete es nicht. Sie zog den Reißverschluss ihrer Jacke hoch bis zum Kinn, steckte die Hände in die Taschen und stapfte los. Unten in der Stadt holte sie sich einen Imbiss von ihrem Lieblingsasiaten und ging mit dem Essen in der Hand durch die Fußgängerzone.

Zurück in der Dienststelle machte sie einen Abstecher in die Geschäftsstelle auf einen kurzen Schnack mit Ada. Sie lehnte sich gegen den Tresen und berichtete der älteren Dame von ihrem gestrigen Erfolg sowie vom momentanen Stocken der Ermittlungen.

»Und nun geht es dir mal wieder nicht schnell genug.« Ada schaute Marlene über den Rand ihrer Goldrandbrille an, in den Händen die Post, die darauf wartete, in die Ablagefächer sortiert zu werden. »Geduld ist der Begleiter der Weisheit.«

»Ja doch.« Marlene rollte mit den Augen, allerdings nicht ohne ein Lächeln. Ada war der einzige Mensch, von dem sie solche Sprüche ertragen konnte.

Plötzlich wurde neben ihr ein Stapel Akten mit Schwung auf den Tresen geknallt. Marlene zuckte zusammen. Victor. Mist, sie hatte ihn nicht kommen hören.

»Marlene.« Er verzog den Mund zu einem Grinsen. »Gar nichts zu tun?«

Bevor Marlene etwas erwidern konnte, fragte Ada mit bittersüßer Stimme: »Herr von Saalow, wie kann ich Ihnen helfen?«

Von Saalow reichte ihr zwei Umschläge über den Tresen. »Frau Bergengrün, die müssen heute noch …« Er wandte Marlene demonstrativ den Rücken zu, sodass sie ihn nur noch schlecht verstehen konnte. Erst als er seine Ausführungen beendet hatte, drehte er sich wieder um. »Ich muss. *Meine* Arbeit duldet keinen Aufschub.«

Arschloch, dachte Marlene und atmete tief durch.

»Und – was hat er so Eiliges?«, erkundigte sie sich, nachdem von Saalow gegangen war.

Ada winkte ab. »Ein Toter in der Schlei. Mr. Wichtig hat damit endlich mal wieder einen Todesfall zugeteilt bekommen.«

»Na dann.« Marlene verabschiedete sich und ging hinauf in den zweiten Stock. Die Begegnung mit Victor trug nicht gerade zur Aufhellung ihrer Stimmung bei. Vielleicht war wenigstens Simon in der Zwischenzeit vorangekommen.

Als sie sein Büro betrat und ihren Partner hinter dem Schreibtisch sitzen sah, versprach allerdings auch seine Miene nichts Gutes. Mit frustriertem Gesichtsausdruck schaute er auf sein Smartphone. Als er Marlene bemerkte, legte er es rasch zur Seite.

»Na, frische Luft getankt? Hätte ich auch besser mal machen sollen.« Er reckte sich und verschränkte die Arme hinter dem Kopf. »Bist du vorangekommen?«

Marlene nahm ihm gegenüber Platz und fasste ihre Ergebnisse zusammen.

»Bei mir ist es nicht viel besser. Alle, die ich erreicht habe, sei es von Schlichtings oder von Andresens Seite, haben noch nie etwas von dem jeweils anderen gehört und konnten mir auch in Bezug auf Lars Petersen nicht weiterhelfen. Schlichtings Eltern sind schon lange verstorben, Birthe Andresens Vater erst vor ein paar Monaten, wie wir ja wissen. Die Mutter lebt jetzt in einem Seniorenwohnheim in Rendsburg, ich konnte mit einer Pflegerin sprechen. Frau Martens sei gesundheitlich angeschlagen, gerade heute gehe es ihr nicht gut, ich könne allerdings morgen wieder nachfragen.«

»In Rendsburg?« Marlene beugte sich zu dem kleinen Tischkicker vor, der neben dem Bildschirm stand, und spielte an einer der Stangen. »Das ist ja nicht weit. Vielleicht können wir ihr morgen einen Besuch abstatten. Unsere Fragen werden alte

Wunden aufreißen, das sollten wir nicht unbedingt am Telefon machen.«

Simon nickte. »Daran habe ich auch schon gedacht. Gunnar Andresen und Tordis Schlichting habe ich für dreizehn Uhr einbestellt. Ein früherer Termin war wegen der Fährverbindung schwierig.«

»Wie hat Andresen reagiert?«

»Er klang skeptisch, auch etwas genervt. Aber er kommt.«

»Also hoffen wir auf morgen.« Marlene ließ einen Ball ins Fußballfeld rollen und drehte die Spielfiguren. Der Ball prallte gegen einen Abwehrspieler und dann gegen die Bande. Sie sah auf. »Wie ist es eigentlich mit deiner Amelie gelaufen?«

»Von wegen, meiner …« Simon zuckte mit den Schultern, ratlos und verärgert zugleich. »Gestern war noch alles gut. Jetzt«, er machte mit dem Kopf eine Geste in Richtung seines Handys, »hat sie es sich anders überlegt. Über WhatsApp!« Mit Schwung kurbelte er an einer der Spielerstangen. Der Ball flog in hohem Bogen über die Bande und kullerte über den Fußboden, bis er an der gegenüberliegenden Wand unter einem Regal verschwand. »Frauen.«

28

Die Schulaula war voll besetzt. Er saß am Rand in einer der hinteren Reihen. Allein.

Nacheinander wurden sie aufgerufen und traten auf die Bühne. Claas kam zuerst. Er war immer der Erste, der Ältere. Nach ihm Peer. Sie nahmen die Abiturzeugnisse entgegen, schüttelten Hände. Eine unsichere Verbeugung, Kopfnicken ins Publikum, Applaus. Dann reihten sie sich zwischen den Mitschülern des Jahrgangs ein, die sich bereits auf der Bühne versammelt hatten.

Ihre Blicke suchten ihn. Hielten ihn fest, als sie ihn zwischen all den Menschen gefunden hatten. Ihre Gesichter strahlten.

Seine Söhne. Das Einzige, was ihm noch geblieben war. Er lächelte zurück. Bemerkte nicht die Träne, die über seine Wange lief. Sie hatten es geschafft. Trotz allem. Er war so stolz auf sie.

Sie waren eine heile Familie gewesen. Glücklich, gesund, beruflich erfolgreich. Sie waren zufrieden.

Dann kam das mit Ella.

Er hatte geglaubt, dass es danach nicht mehr schlimmer werden könnte. Es war ausgeschlossen, nicht vorstellbar. Schlicht undenkbar.

Doch er hatte sich getäuscht.

Mit Ella hatte er auch Bettina verloren.

Und was es noch grausamer machte: Er hatte nichts dagegen tun können. Sie hatte sich vor seinen Augen aufgelöst, bis am Ende nichts mehr von ihr übrig gewesen war. Er hatte zusehen müssen, machtlos, und ihr nicht helfen können. Was er auch versucht hatte, es war alles an ihr abgeprallt. An ihrem geschundenen Herzen und ihrer zerstörten Seele. Er hatte sich aufgebäumt, hatte verzweifelt um sie gekämpft. Doch sie war ihm bereits entglitten.

Schließlich hatte sie dem Ganzen selbst ein Ende gesetzt. Das hatte sie noch geschafft.

Er machte weiter. Stark sein. Für die Jungs. Durchwachte Nächte, zu dritt in einem Bett, über Jahre. Außer zum täglichen Schulbesuch waren sie nirgends mehr ohne ihn hingegangen, nicht zu Freunden, nicht zum Sport, auf keine Klassenfahrt. Er war von Therapeut zu Therapeut gerannt, hatte Wochen in der kinderpsychiatrischen Klinik verbracht. Claas kratzte sich die Haut auf, bis es blutete, Peer stotterte. Wenn er denn überhaupt sprach.

Trotzdem hatte er sie nie aufgegeben. Hatte nie aufgehört, an sie zu glauben. Woher er die Kraft nahm, wusste er nicht. Aber es hatte sich ausgezahlt.

Mit der Zeit und dem Alter, mit dem Schulwechsel, mit echten Freunden und Lernerfolgen kam die Befreiung. Claas und Peer hatten ihren Weg zurück ins Leben gefunden.

Er hingegen hatte seines hergegeben. Die Praxis war nur noch ein Schatten von einst, die universitären Karrierepläne ad acta gelegt. Ein Leben am finanziellen Limit und in sozialer Isolation. Alles, was für ihn zählte, was überhaupt noch eine Bedeutung für ihn hatte, waren seine Söhne.

Und Vergeltung. Sie bestimmte sein Denken, seine Träume. Jeden Augenblick seines Daseins, in dem er nicht mit seinen Söhnen beschäftigt war.

In vier Wochen würden die beiden aufbrechen. Asien, Australien, ein Jahr lang um die Welt reisen. Er freute sich für sie. Er hatte seinen Dienst getan, seine Pflicht erfüllt. Nun konnte die neue Zeit beginnen.

Seine Zeit.

Die Zeit der Rache und Sühne.

Er hatte lange darauf gewartet. Er hatte nichts mehr zu verlieren.

29

Mittwoch, 13. März 2019

Marlene und Simon betraten die Seniorenwohnanlage, die in Rendsburg direkt am Ufer des Nord-Ostsee-Kanals lag, durch eine automatische Schiebetür. Marlene nahm ihre Mütze ab und steckte sie in die Jackentasche. Es war stürmisch draußen. Kalt.

An der Anmeldung wurden sie von einer Pflegerin mit weißblond gefärbtem Kurzhaarschnitt abgeholt. »Frau Martens ist noch nicht ganz wieder auf dem Damm, aber sie möchte Sie unbedingt sehen. Als ich ihr gestern von Ihrem Anruf erzählte, war sie sehr aufgewühlt. Die Sache mit ihrer Tochter nimmt sie bis heute sehr mit, wer kann es ihr verdenken. Nehmen Sie also bitte Rücksicht.«

Mit dem Fahrstuhl fuhren sie in den dritten Stock. Die Pflegerin steuerte eines der zahlreichen Appartements an, die von einem langen Gang abgingen, und öffnete nach dem Anklopfen mit einem Schlüssel die Tür.

Marlene und Simon folgten ihr durch einen kurzen Flur in ein Zimmer mit einer breiten Fensterfront, die den Blick auf den Kanal freigab. Gerade schob sich ein mächtiges Containerschiff an dem Haus vorbei, so dicht, dass man die Personen auf der Brücke deutlich erkennen konnte. Marlenes Augenmerk galt jedoch der Frau, die vor dem Fenster in einem Sessel saß. Aufrecht, die Hände im Schoß gefaltet und die Beine in eine Decke gewickelt, sah sie ihnen aus kleinen Augen hinter Brillengläsern erwartungsvoll entgegen. Marlene meinte, auch eine Spur von Angst darin zu entdecken.

Sie wusste aus den polizeilichen Unterlagen, dass Gisela Martens knapp über siebzig Jahre alt war. Doch Birthe Andresens Mutter, die sie nun unsicher anlächelte, wirkte wesentlich älter.

Das Gesicht war von tiefen Falten durchzogen, das graue Haar schütter, der Oberkörper schmal und zerbrechlich.

Sorge, Angst und Trauer hinterlassen immer ihre Spuren, dachte Marlene, während sie das Lächeln erwiderte.

Nachdem sie Simon und sich vorgestellt hatte, sagte Gisela Martens: »Entschuldigen Sie bitte, dass ich nicht aufstehe. Ich fühle mich ein wenig matt und habe letzte Nacht nicht gut geschlafen. Aber setzen Sie sich doch bitte.« Sie deutete auf die beiden anderen Sessel der kleinen Sitzgruppe und wartete, bis Marlene und Simon ihr gegenüber Platz genommen hatten.

»Sie kommen wegen Birthe. Haben Sie …« Sie brach ab, räusperte sich. »Haben Sie sie gefunden?«

»Nein, es tut mir leid, deswegen sind wir nicht hier«, antwortete Simon. »Aber wir haben die Ermittlungen im Fall Ihrer Tochter erneut aufgenommen und haben einige Fragen an Sie.«

Während Simon der alten Dame die Hintergründe erläuterte, ließ Marlene den Blick durch das Zimmer schweifen. Auf einer Anrichte an der Wand entdeckte sie eine Sammlung von Familienbildern. Die meisten zeigten die vermisste Tochter, Porträtaufnahmen als Jugendliche, als junge Frau, als Mutter mit dem Enkelkind auf dem Arm. Eines davon erkannte Marlene aus der Ermittlungsakte wieder. Auf einem Foto stand Birthe Andresen zwischen ihren Eltern, alle drei in eleganter Kleidung. Sie hielten sich im Arm, lachten gemeinsam in die Kamera. Im Bilderrahmen daneben ein strahlendes junges Mädchen im Badeanzug auf einem Podest wie bei einer Siegerehrung nach einem Sportwettbewerb, um den Hals eine Medaille, in der Hand eine Urkunde der DLRG.

Marlene stutzte. In ihrem Kopf begann es zu rattern. Badeanzug? DLRG? Irgendetwas stimmte damit nicht. Sie versuchte, sich zu konzentrieren. Dann fiel es ihr wieder ein: Hatte Gunnar Andresen nicht gesagt, seine Frau würde das Wasser hassen wie die Pest? Tordis Schlichtings Worte kamen ihr in den Sinn: *Mein Mann war früher Rettungsschwimmer.*

»… Sie Kinder?«

Die Frage und die daran anschließende Pause rissen Marlene aus ihren Gedanken. Sie registrierte, dass sie an sie gerichtet gewesen war. »Entschuldigung, wie bitte?«

»Haben Sie Kinder?«

Marlene nickte und griff instinktiv an Nils' und ihren Ring. »Ich habe einen Sohn.«

»Dann können Sie vielleicht erahnen, was es für Eltern bedeutet, wenn man sein Kind verliert. Wenn es plötzlich verschwindet, spurlos, von heute auf morgen. Einfach so.« Gisela Martens verknotete die Hände ineinander. »Mein Mann ist daran zerbrochen. Er ist nicht gestorben, weil er krank war. Er hat einfach aufgegeben. Er konnte nicht mehr.« Tränen stiegen in ihre Augen. »Aber ich weiß, dass meine Tochter lebt. Birthe lebt. Eine Mutter spürt das.« Wie um ihre Worte zu bekräftigen, nickte sie. Langsam, mit Nachdruck, so als könne es daran keinen Zweifel geben.

Marlene spürte einen Kloß im Hals. Derartige Beschwörungen hörte sie nicht zum ersten Mal. Leider entsprachen sie nur äußerst selten der Realität. »Wir haben eine Verbindung zu einem weiteren Vermisstenfall herstellen können, der in den gleichen Zeitraum wie das Verschwinden Ihrer Tochter fällt«, sagte sie. »Haben Sie den Namen Frank Schlichting schon einmal gehört?«

»Frank Schlichting?« Die Augen der alten Dame weiteten sich überrascht. »Selbstverständlich.«

30

15. *August 1999*

Bettina Worthmann saß am Strand auf ihrer Decke und sah ihrem Mann und den Zwillingen nach, wie sie allmählich im Getümmel verschwanden. Rainer hatte sich Peer auf die Schultern gesetzt, an der Hand Claas, der neben ihm her über den Sand hüpfte. Es war ein sonniger Tag, windig, aber warm. Die Sommerferien neigten sich dem Ende zu, sodass sie nicht die einzigen Badegäste waren, die diesen herrlichen Sonntag für einen Ausflug an die Ostsee nutzten.

Bettina gähnte und reckte sich. Im Stillen dankte sie ihrem Mann dafür, dass er mit ihren Söhnen allein loszog, um ein Eis zu essen. Dass er ihr eine Pause verschaffte, einen kurzen Moment zum Durchatmen. Endlich einmal nicht ununterbrochen ansprechbar und zuständig sein, ein klein wenig Zeit nur für sich haben, zum Entspannen, Abschalten, vielleicht, um ein paar Seiten in ihrem Buch zu lesen. Eine verlockende Aussicht.

Die Jungs waren wunderbar, das stand außer Frage. Bettina hatte schon immer von einem Haus voller Kinder geträumt, voller Leben. Doch die Zwillinge verlangten ihr viel ab, beinahe rund um die Uhr forderten sie ihre Aufmerksamkeit und Energie. Noch dazu kam Rainer jetzt, da er die Praxis eröffnet hatte, noch später nach Hause als sonst, und nahezu die komplette Kinderbetreuung und Fürsorge lagen bei ihr. Sie hatte es so gewählt, sie hatte mit Rainer die Aufgaben- und Rollenverteilung abgesprochen und nichts dagegen einzuwenden gehabt. Ganz im Gegenteil, sie wollte die Zeit mit den Kindern und für die Kinder. Dennoch benötigte sie hin und wieder eine Pause. Auch wenn sie sich das nur ungern eingestand.

»Mama, kommst du mit ins Wasser?«

Und dann war da ja auch noch Ella. Mit sechs Jahren die große Schwester. Wenn ihre kleinen Brüder einmal Ruhe gaben, forderte auch sie, die seit der Geburt der Zwillinge oft zurückstecken musste, ihren Anteil an Bettinas Zeit und Zuwendung. Zu Recht. Doch in der vergangenen Nacht hatte Bettina schlecht geschlafen. Sie spürte Kopfschmerzen aufziehen, ein leichtes Pochen hinter den Schläfen.

»Tut mir leid, meine Große, aber ich brauche eine Pause«, antwortete sie deshalb. »Nur eine Viertelstunde, dann komme ich noch mal mit rein.«

»Na gut.«

Bettina hörte die Enttäuschung in der Stimme ihrer Tochter mitschwingen, aber Ella nörgelte nicht. Sie nörgelte selten. Ihr Sonnenkind. Bettina strich ihr sanft über die weißblonden Haare, die wild vom Kopf abstanden, betrachtete die wachen Augen, die Schramme am Kinn, die neue Zahnlücke. Erst heute Morgen hatte Ella einen der oberen Schneidezähne verloren. Wie schnell die Zeit verging. Nur noch zwei Wochen, dann würde sie eingeschult werden. Ein neuer Lebensabschnitt.

»Aber du kommst gleich, versprochen? Nur eine Viertelstunde!« Ella schnappte sich den aufblasbaren Wasserball, der in der Strandmuschel lag, und rannte los.

»Versprochen. Und geh nicht so weit raus! Immer so, dass du stehen kannst!«, rief Bettina ihr hinterher.

»Ja-ha!« Ella war schon am Wasser angelangt, hüpfte über die ersten Wellen und ließ sich mit dem Ball zwischen den Armen ins kühle Nass fallen.

Bettina musste lächeln. Ihre Wasserratte. Sie selbst brauchte mehrere Minuten oder, wie Rainer sagen würde, Stunden, um überhaupt bis zur Hüfte ins Wasser zu gehen. Sie nahm ihr Buch aus der Tasche und suchte die Stelle, über der sie gestern Abend im Bett eingeschlafen war. Seit die Kinder da waren, schlief sie fast immer beim Lesen ein, mehr als drei, vier Seiten schaffte sie kaum. Doch ein Leben ohne ein Buch war für sie undenkbar. Nun hatte sie eine Viertelstunde, vielleicht sogar zwanzig

Minuten. Ganz so genau musste sie es mit der Zeit ja vielleicht doch nicht nehmen, wenn Ella beschäftigt war. Himmlisch.

Sie blickte kurz auf, sah Ella den Ball in die Luft werfen, sah, wie sie sich mit dem Oberkörper auf ihn schmiss und von der Brandung an Land treiben ließ. Bettina streckte sich auf der Decke aus, stützte sich auf die Ellenbogen und begann zu lesen.

Beim nächsten Mal, als sie nach ihrer Tochter schaute, brauchte sie einen Augenblick, bis sie Ella zwischen all den Badenden gefunden hatte. Sie stand ein Stück weiter draußen, das Wasser reichte ihr knapp über die Hüfte. Sie warf den Ball gegen den Wind und versuchte, ihn wieder zu fangen.

Bettina setzte sich aufrecht hin, das Buch in ihrem Schoß. So konnte sie Ella besser sehen. Gestikulierend bedeutete sie ihr, nicht weiter hinauszugehen.

Ella winkte lachend zurück.

Bettina senkte den Kopf und vertiefte sich in ihr Buch. Als sie ihn wieder hob, konnte sie ihre Tochter an der bisherigen Stelle nicht entdecken. Sie suchte mit den Augen das Wasser ab. Wo war Ella?

Sie legte das Buch zur Seite und stand langsam auf. Schaute nach links, schaute nach rechts. Ella?

Sie ging einige Schritte in Richtung Wasserkante. Um sie herum Gewimmel und Gelächter. Das Rauschen der Brandung, aufspritzendes Wasser. Wo war ihre Tochter? War sie schon aus dem Wasser gekommen, ohne dass sie es bemerkt hatte?

Bettina drehte sich einmal um sich selbst, ließ den Blick über den Strand gleiten. Überall Menschen, Strandmuscheln, Sonnenschirme. Vielleicht fand sie ihren Liegeplatz nicht?

Ihre Füße trugen sie weiter in Richtung Ostsee. Ihr Herzschlag beschleunigte sich. Wo war Ella?

Dann sah sie den Ball. Verlassen tanzte er auf den Wellen.

Bettina begann zu laufen, ihre Füße patschten durch das flache Wasser. »Ella!« Sie hastete weiter, mit großen Schritten, immer tiefer hinein. Ihr Herz schlug hart gegen den Brustkorb.

»Hat jemand meine Tochter gesehen?«, rief sie. »Ein blondes

Mädchen! Es hat mit dem Ball dort gespielt!« Sie kämpfte sich durchs Wasser vorwärts, ruderte mit den Armen. »Ella!« Sie schrie, so laut sie konnte, spürte Panik in sich aufsteigen. »Wer hat meine Tochter gesehen?«

Da hörte sie einen anderen Schrei. »Hilfe! Da draußen ist ein Kind!« Ein Stück weit rechts von der Stelle, an welcher der Ball schwamm, fuchtelte ein älterer Herr im Wasser wie wild mit den Armen. »Hilfe!«

Bettina folgte seinem Blick und sah etwas Helles an der Wasseroberfläche treiben, das sogleich wieder aus ihrem Blickfeld verschwand. Für den Bruchteil einer Sekunde blieb sie wie angewurzelt stehen. Rauschen in den Ohren. Dann stürzte sie sich ins Wasser und begann zu schwimmen.

Sie hörten den Rettungswagen kommen. Er fuhr mit Blaulicht und Martinshorn an der Eisdiele vorbei und den Zugang zum Hauptstrand hinauf, dicht gefolgt von dem Notarztwagen.

Später würde Rainer sich immer wieder fragen, ob alles anders gekommen wäre, wenn er für sich und die Jungs eine Portion Eis auf die Faust gewählt hätte. Wenn sie sich nicht an einem Tisch in der Eisdiele hätten bedienen lassen, für die Zwillinge einen Kinderbecher, Pinocchio, mit Hütchen und Schirmchen und Smarties als Augen, für ihn einen guten italienischen Espresso. Sondern stattdessen mit einer Waffel in der Hand zum Platz zurückgekehrt wären. Wenn er obendrein nicht auch noch an dem Souvenirladen gestoppt und diese albernen Stofftierkrebse gekauft hätte.

Wenn er sie nur nicht so lange allein gelassen hätte, seine Tochter und seine Frau. Ella und Bettina.

»Der Krankenwagen parkt auf dem Strand!«, rief Claas aufgeregt, als sie sich wenig später auf den Rückweg zu ihrem Platz machten. Eine Traube Menschen hatte sich neben den Fahrzeugen gebildet. »Ich will den Krankenwagen angucken!«

»Krankenwagen angucken!«, wiederholte Peer.

»Nein, bleibt hier! Das können wir nicht machen. Da ist

jemand krank oder hat sich verletzt und braucht Hilfe, da darf man nicht stören.« Rainer Worthmann zog seine beiden Söhne an den Händen weiter.

Als sie ihren Liegeplatz erreichten, fanden sie die Decke und die Strandmuschel verlassen vor.

»Wo ist Mama? Ich will Mama meinen Krebs zeigen!« Claas ließ sich auf die Decke fallen.

»Krebs zeigen, Krebs zeigen!« Peer warf sich neben seinen Bruder.

»Meiner ist größer!« Claas hielt sein Stofftier in die Luft.

»Nein, meiner!«, kreischte Peer.

»Ist gut jetzt«, sagte Rainer abwesend. Wo waren Bettina und Ella? Waren sie schwimmen gegangen? Er ließ seinen Blick suchend über das Wasser gleiten.

»Lass das!« Peer zerrte an seinem Stofftier, das Claas ihm stibitzt hatte. »Papa! Claas hat mir meinen Krebs weggenommen!«

»Hört jetzt auf!« Rainer schaute den Strand hinunter, in die Richtung, aus der sie soeben gekommen waren. Weiter hinten blinkte das Blaulicht des Rettungswagens. Waren die beiden doch noch ein Eis essen gegangen? Waren sie ihnen entgegengekommen, und sie hatten sich verpasst?

Eine fremde Frau trat auf ihn zu. Zögernd, der Gesichtsausdruck auf irritierende Weise verstörend. Nicht passend zu einem Sonnennachmittag am Strand. Wäre es nicht völlig abwegig gewesen, so hätte er gemeint, sie sei betroffen. Ängstlich und betroffen. »Entschuldigung, gehören Sie zu diesem Platz?«, fragte sie überflüssigerweise. Seine Antwort nicht abwartend, fuhr sie fort: »Ihre Frau und Ihre Tochter …« Sie hob den Arm und zeigte den Strand hinunter. Täuschte er sich, oder zitterte ihre Hand?

Dann begriff er. Und rannte los.

»Papa!«, hörte er seine Söhne rufen.

Rainer drehte sich im Laufen um. »Wartet auf der Decke, geht nicht weg! Ich bin gleich wieder da.« Dann sah er nur noch das Blaulicht.

Völlig außer Atem erreichte er den Rettungswagen. Als er sich durch die Menschenmenge gedrängelt hatte, blieb er abrupt stehen.

Bettina lag auf einer Trage, eingewickelt in eine Decke, die Augen geschlossen. Ein Rettungssanitäter und ein Mann mit einem T-Shirt der DLRG hoben die Trage in diesem Moment an. Ein zweiter Sanitäter stand seitlich neben ihr und hielt einen Tropf in die Höhe.

»Was ist mit meiner Frau?« Rainer griff nach Bettinas Hand. »Bettina!«

»Sie sind der Ehemann?«, fragte einer der Sanitäter. »Ihre Frau hat einen Schock, sie ist nicht ansprechbar, aber stabil. Ihre Tochter …«

Rainer entglitt die Hand, er torkelte zurück. Erst jetzt registrierte er das Rettungsboot, daneben im Sand eine zweite, kleinere Gestalt, die von der Notärztin und dem Sanitäter, die vor ihr knieten, fast vollständig verdeckt wurde. Sie hatten die Köpfe gesenkt. Gespenstische Stille.

Ella.

»Was machen Sie mit meinem Kind?« Rainers Stimme war laut. Schrill. »Das ist mein Kind! Ella!«

Er ließ sich neben seiner Tochter in den Sand fallen. Bemerkte nicht, wie er den Sanitäter grob zur Seite stieß. »Was ist mit meinem Kind?« Seine Hände berührten Ellas Arm, die Schultern, ihr Gesicht. Sein Verstand weigerte sich anzunehmen, was seine Finger fühlten. »Ella!«, rief er. »So machen Sie doch was!«

»Wir können nichts mehr für Ihre Tochter tun. Es tut mir –«

»Nein!« Der gellende Schrei übertönte den Rest des Satzes. Rainer riss seine Tochter an sich, tätschelte ihre Wange, strich ihr über das nasse Haar. »Hey, meine Große, Papa ist da. Es ist alles gut. So sag doch was.« Er versuchte, ihren Puls an der Halsschlagader zu fühlen. Hielt sein Ohr an ihre Nase. »Ella! Nun sag doch was!« Er ließ ihren Oberkörper zurück in den Sand gleiten, beugte sich vor und legte die Hände übereinander auf ihren Brustkorb, um eine Herz-Druck-Massage zu beginnen. »Tun Sie was!«

Er spürte zwei feste Arme, die ihn von hinten umfassten und zurückzogen.

»Nein!« Er versuchte, um sich zu schlagen, sich zu wehren, doch die Arme waren stark. »Nein!« Ein letztes Aufbäumen, dann sackte Rainer in sich zusammen. Zitterte. Alles um ihn herum verschwamm.

Irgendwo der Schrei einer Möwe. Jemand hustete. Das Flattern einer Fahne im Wind.

»Papa?« Es kam von fern, von sehr weit weg. Unendlich weit.

Rainer hob den Kopf. Und sah in die Augen seiner Söhne. Ihre Münder eisverschmiert.

»Papa!«

31

»Es war ein tragischer Unfall. Schlimm.« Die Kripobeamtin schenkte Kaffee ein. »Milch? Zucker?« Sie reichte Marlene und Simon die dampfenden Becher über den Tisch und nahm ihnen gegenüber Platz. Sie saßen in einem Büro der Kriminalpolizei Rendsburg, der damals zuständigen Dienststelle in der Todesermittlungssache Ella Worthmann. »Es ist immer besonders hart, wenn ein Kind stirbt. Aber das muss ich Ihnen wahrscheinlich nicht erklären.«

Die Kommissarin machte eine Pause, blickte aus dem Fenster, trank einen Schluck. Dann wandte sie sich wieder Marlene und Simon zu. »Die Eltern waren außer sich vor Schmerz. Sie waren in Schönhagen bewusst an den von der DLRG bewachten Strandabschnitt gegangen. Und Ella war für ihr junges Alter eine gute Schwimmerin, sie hatte bereits das Bronzeabzeichen, trainierte für Silber. Aber all das hat das Unglück nicht verhindern können. Das Mädchen ist von einer Unterwasserströmung erfasst worden. Die können dort sehr tückisch sein. Sie hatte keine Chance.«

»Und die Rettungsschwimmer von der DLRG waren Birthe Andresen, damals noch unter ihrem Geburtsnamen Martens, und Frank Schlichting«, stellte Marlene fest.

Die Beamtin nickte. »Sie hatten an diesem Nachmittag Wache. Die Mutter haben sie noch retten können, aber für Ella kam jede Hilfe zu spät.«

»Gab es bei dem Rettungseinsatz irgendwelche Probleme? Haben die Rettungsschwimmer womöglich nicht richtig, nicht vorschriftsmäßig gehandelt? Ist Birthe Martens beziehungsweise Andresen oder Frank Schlichting irgendein Vorwurf gemacht worden?«

»Wie gesagt, die Eltern waren außer sich. Nahezu wahnsinnig vor Schmerz und Trauer. Sie haben nach einer Erklärung gesucht, nach einem Schuldigen. Nach jemandem, den sie für den Tod ihrer Tochter verantwortlich machen konnten. Anders konnten sie es wohl nicht aushalten.« Die Kommissarin lehnte sich über den Tisch, den Kaffeebecher zwischen den Händen. »Frau Martens und Herr Schlichting haben dafür herhalten müssen. All die Wut und Verzweiflung, insbesondere die des Vaters, war gegen sie gerichtet. Die Mutter blieb eher im Hintergrund, sie wirkte auf mich wie gelähmt. Der Vater hingegen hat den Rettungsschwimmern grobes Fehlverhalten vorgeworfen und ein Strafermittlungsverfahren gegen beide angestrebt. Doch es ist kein Verfahren eingeleitet worden. Die Staatsanwaltschaft kam zu dem Schluss, dass Frau Martens und Herr Schlichting ihren Pflichten entsprechend den Vorschriften nachgekommen waren und keinesfalls grob fahrlässig gehandelt hatten. Und auch die Eltern wurden von jeglichem Verdacht der Aufsichtspflichtverletzung freigesprochen.« Sie strich sich den dunklen Pony ihrer Kurzhaarfrisur aus der Stirn. »Ich erinnere mich noch, wie der Vater getobt hat. Dass sie sich als Eltern in ihrer Situation überhaupt hatten rechtfertigen müssen, empörte ihn. Und dass kein Verfahren aufgenommen worden war, dass die Rettungsschwimmer unbehelligt davongekommen waren. Herr Worthmann wollte einfach nicht wahrhaben, dass es ein schrecklicher Unfall gewesen war.«

Weshalb er viele Jahre später an den vermeintlich Schuldigen Rache genommen hatte? Konnte das sein? Marlene atmete tief durch.

»Besonders tragisch ist, dass sich Frau Worthmann in der Folge das Leben nahm. Sie ist ins Wasser gegangen, in die Schlei. Ich meine, es muss drei, vier Jahre nach dem Unglück gewesen sein. Ihre Dienststelle in Schleswig müsste den Fall bearbeitet haben. Kaum auszudenken, was das für den Vater bedeutet haben muss. Und für die Geschwister. Es gab noch zwei jüngere Kinder, Zwillinge.«

Eine halbe Stunde später saßen sie im Auto auf der Fahrt in Richtung Schleswig. Die Scheibenwischer kämpften gegen die kräftigen Regenschauer an, die der frische Westwind über das Land trieb. Marlene holte ihren Telefonclip und das Smartphone heraus und wählte Adas Nummer.

»Kriminalpolizeistelle Schleswig, Geschäftsstelle, Sie sprechen mit Frau Bergengrün.«

»Ada, ich bin's, Marlene. Wir brauchen dringend eine Wohnsitzüberprüfung. Kannst du das bitte übernehmen?«

»Selbstverständlich, mein Kind.«

»Jetzt?«

»Ich sitze bereits vor dem Computer.«

»Es geht um Dr. Rainer Worthmann. Rainer mit ai. Zuletzt gemeldet –«

»Herr Dr. Worthmann?«, fiel ihr Ada ins Wort. »Der Tierarzt?«

»Du kennst ihn?«

»Ich war mit meiner Katze bei ihm, damals, als er noch Kleintiere behandelt hat, aber das muss Jahre her sein. Es war noch mit Hildegard, die kennst du gar nicht mehr, sie war –«

»Ada!«

»Die Meldedaten, ich habe verstanden. Wo soll er wohnen?«

Marlene nannte ihr die Adresse, die sie von der Rendsburger Kollegin erhalten hatte.

»Einen Augenblick, ich hab's gleich.« Es wurde still am anderen Ende der Leitung. Marlene stellte sich vor, wie Ada ihre Brille auf der Nase zurechtrückte und mit zusammengekniffenen Augen auf den Bildschirm starrte. »So, ich habe ihn gefunden. Der Wohnsitz ist immer noch derselbe. Den Praxisbetrieb für Kleintiere hat Dr. Worthmann, wie schon gesagt, vor langer Zeit eingestellt. Er soll inzwischen nur noch Bauernhöfe versorgen, habe ich gehört. Oder im Schlachthof arbeiten.«

»Weißt du etwas über den Badeunfall seiner Tochter?«, fragte Marlene.

»Nur, dass sie im Kindesalter verstorben ist. Das arme Ding!

Und dann ist ja auch noch seine Frau in der Schlei ertrunken. Entsetzlich, nicht wahr? Erst verliert er das Kind, dann die Frau. Kein Wunder, dass die Leute sagen, er sei ein verschrobener Kauz geworden. Wer wäre das nicht?«

Es folgte ein undefinierbares Geräusch. Hatte Ada geseufzt?

»Haben wir eine Akte über Frau Worthmann?«

»Ja, wir waren damals zuständig. Ich kann sie raussuchen, wenn du möchtest. Aber was hat das mit eurem Fall zu tun?«

»Die Akte nehme ich, den Rest erzähle ich dir später. Das wäre es dann auch erst –«

»Halt!«, ging Ada dazwischen. »Was ist mit Herrn Andresen und Frau Schlichting? Sollen die beiden nicht bald hier auftauchen? Wann seid ihr zurück?«

Mist, daran hatte Marlene gar nicht mehr gedacht. »Halte sie hin, am besten jeden in einem anderen Zimmer. Du findest bestimmt eine gute Erklärung. Koche ihnen einen Tee. Wahrscheinlich sind wir auch bald da.«

»Marlene –«

»Danke, Ada!« Marlene legte auf. Sie schaltete den Telefonclip aus, wechselte das Hörprogramm an ihren CIs und wandte ihr Gesicht Simon zu, der am Steuer saß. »Ich muss zugeben, Andresen und Schlichting habe ich ganz vergessen.«

»Die müssen warten. Vielleicht kann Joost das nachher übernehmen. Worthmann geht jetzt vor«, sagte Simon.

Marlene nickte zustimmend und erzählte ihm, was sie von Ada über Rainer Worthmann erfahren hatte. Dann schlug sie die Akte zur Todesermittlungssache Ella Worthmann auf, die sie von den Rendsburger Kollegen erhalten hatte. Sie überflog die Seiten, bis sie den Bericht über den Unfallhergang gefunden hatte. Sie fasste das Wichtigste für Simon zusammen: »Familie Worthmann hatte ihren Liegeplatz am von der DLRG mittels Wachtürmen bewachten nördlichen Strandabschnitt aufgeschlagen, etwa sechshundert Meter entfernt vom Hauptstrandzugang und der Rettungsstation der DLRG. Ella ist allein ins Wasser gegangen, die Mutter war am Platz geblieben, der Vater und die

Brüder waren ein Eis essen. Ella spielte im halbhohen Wasser mit einem Wasserball, bis sie plötzlich verschwunden war. Als die Mutter es bemerkte, ist sie ins Wasser gestürzt und hinterhergeschwommen. Sie geriet ebenfalls in Not. Und dann kamen die Rettungsschwimmer ...« Marlene las weiter. »Frank Schlichting war als Erster bei Bettina Worthmann, als Ausrüstung hatte er einen Gurtretter dabei. Er hat Frau Worthmann gesichert und gewartet, bis Birthe Andresen auf einem Rettungsbrett nachgekommen war. Sie haben die Rettungsgeräte getauscht. Schlichting wechselte auf das Brett, um Ella zu suchen, Birthe Andresen blieb bei der Mutter und brachte sie unter Gegenwehr zurück an den Strand. Schlichting konnte das Mädchen nicht entdecken, ist zurück an Land und hat von dort über Funk die Hauptwache am Strandaufgang verständigt. Dort lag ein Rettungsboot, das sofort hinausgefahren ist. Ella wurde gefunden, aber sie konnte nur noch tot geborgen werden. Die Reanimation durch die eingetroffene Notärztin blieb erfolglos.«

Marlene lehnte sich gegen die Kopfstütze und schloss für einen Moment die Augen. Die Chronik einer familiären Katastrophe. Sie dachte an Mats, an Nils, an ihre gemeinsamen Segeltörns. Kaum vorstellbar, wenn ihrem Sohn so etwas zugestoßen wäre.

»Und die Anschuldigungen des Vaters? Was hat Worthmann Frank Schlichting und Birthe Andresen vorgeworfen?«

»Moment ...« Marlene blätterte weiter. »Hier steht es.« Sie fuhr mit dem Zeigefinger am Seitenrand entlang. »Die Liste seiner Vorwürfe ist lang: Schlichting und Andresen hätten viel zu spät reagiert. Sie hätten viel früher auf das Mädchen aufmerksam werden müssen und hätten sie schon vorher, bevor es überhaupt zu dem Unglück kommen konnte, zurückrufen müssen. Das Kind hätte gar nicht so weit draußen sein dürfen. Und dann hätten sie sofort bemerken müssen, dass Ella untergetaucht und verschwunden war. Aber auch im Ablauf der anschließenden Rettungsmaßnahmen warf Worthmann den Rettungsschwimmern fehlerhaftes Verhalten vor.« Marlene räusperte sich und fuhr fort: »Sie hätten die Lage falsch eingeschätzt und sich viel zu lange grundlos bei der Mutter aufgehalten. Schlichting hätte sofort nach Ella suchen müssen und nicht auf Andresen und das Brett warten dürfen. Und als er endlich mit dem Brett losgepaddelt war, hätte er noch weiter rausschwimmen müssen. Oder aber schneller erkennen, dass die Situation für ihn allein ausweglos war, dann hätte er die Hauptwache viel früher kontaktieren können. Oder Birthe Andresen hätte schneller mit der Mutter an Land zurückkehren müssen, um selbst den Funkspruch abzusetzen. Das Rettungsboot hätte dadurch viel eher im Wasser sein können und sein müssen.«

»Schneller, hätte, müssen.« Simon nahm eine Hand vom Lenkrad und strich sich über den Bart. »Traurig. Aber die Staatsanwaltschaft sah das anders.«

»Ja. Im abschließenden Bericht heißt es, dass Frank Schlichting und Birthe Andresen pflichtgemäß nach bestem Wissen und Gewissen gehandelt haben«, antwortete Marlene und klappte den Aktendeckel zu. »Und der Eigenschutz der Rettungsschwimmer hat immer Vorrang.«

32

2019

Birthe tigerte vor der Schleuse auf und ab. In jedem Augenblick müsste ihre Tagesration kommen, der vierte Durchlauf der Bilder neigte sich bereits dem Ende zu. Auch ihr Körper sagte es ihr. Der Magen knurrte, sie hatte Durst. Vielleicht ist heute eine frische Seife dabei, dachte sie. Es war allmählich an der Zeit, das letzte Stück war beinahe aufgebraucht. Welchen Duft sie wohl haben würde? Er wechselte die Sorten beliebig, Zitrone, Kamille, er schien dem keine Beachtung zu schenken. Sie mochte am liebsten die blaue Seife. Sie hatte sie »Meeresbrise« getauft, so wurden diese blauen Seifen doch genannt. Wenn sie sich damit wusch, dachte sie an Amrum und die Nordsee, an ihre Insel und das Meer. Auch wenn der Duft nichts mit dem Geruch nach Salzwasser und Dünengras gemein hatte. Aber den hatte sie schon lange verloren. Er hatte sich aufgelöst und verflüchtigt, und es gelang ihr nicht mehr, ihn in ihrer Erinnerung heraufzubeschwören.

Sie hörte das Klopfzeichen. Dreimal. In ihrem Mund sammelte sich der Speichel. Birthe öffnete die Klappe, scannte mit raschem Blick die Gegenstände in der Schleuse. Keine Seife. Sie zuckte flüchtig mit den Schultern. Dann nicht. Sie regte sich nicht mehr auf. Dafür reichte ihre Energie nicht mehr. Wenigstens war eine neue Nachricht dabei.

Birthe wechselte die Eimer aus und ließ sich mit der warmen Ration Essen auf der Matte nieder. Das Blatt Papier legte sie zunächst ungelesen zur Seite. Sie musste sich jedes Mal neu überwinden, das zu tun, zu sehr lechzte sie nach dieser Verbindung zur Außenwelt, nach einem greifbaren Anschluss an das Leben jenseits der Mauern ihres Gefängnisses. Doch sie wollte für das Lesen der Nachricht Ruhe haben, wollte den nötigen Rahmen schaffen, um dem erbärmlichen Höhepunkt ihres Tages gebührende Aufmerksamkeit zu schenken. Um ihn auszukosten. Das war unmöglich mit einem leeren Magen. Zudem kühlte die warme Mahlzeit, wenn sie überhaupt als solche bezeichnet werden konnte, schnell ab. Also immer zuerst das warme Essen. So machte sie es jeden Tag. Heute gab es Kartoffelbrei mit verkochten Erbsen und Möhren aus der Dose.

Erst als sie aufgegessen, den Teller zur Seite gestellt und ihre Finger gewaschen hatte, nahm Birthe den Notizzettel zur Hand. Er war in der Mitte gefaltet. Sie strich das zerknitterte Papier glatt. Dann setzte sie sich mit dem Rücken an die Wand unter dem Fenster und beugte den Oberkörper vor, sodass ihr die langen verfilzten Haare ins Gesicht fielen. Sie bildeten einen natürlichen Schutz. Er sollte ihren Gesichtsausdruck unter keinen Umständen erkennen können. Er sollte nicht sehen, wie sie reagierte und was seine Nachricht in ihr auslöste.

Sie faltete das Blatt auseinander.

»RECHNE.«

Das war alles? Dieses eine Wort? Rechne?

Birthe starrte auf die Notiz. Hatte sie richtig gelesen? Sie zog die Augenbrauen zusammen. Was hatte das zu bedeuten? Ihre Gedanken flossen nur noch langsam, wie ein ehemals reißender Fluss, der nun zu wenig Wasser führte und träge dahinglitt, bis sein Strom irgendwann ganz versiegen würde.

Rechne.

Was sollte sie berechnen? Meinte er die Anzahl der Wochen und Monate, die er sie schon gefangen hielt? Die Anzahl der Tage? Wollte er sie damit zusätzlich quälen? Dafür musste Birthe keine Rechnung anstellen. Dieses Ergebnis kannte sie bereits. Sie hatte die Tage und Wochen immer wieder nachgezählt anhand der Zettel, die er ihr geschickt hatte. Es waren jetzt drei Jahre, vier Monate und bald eine Woche.

Sie hob den Kopf, lehnte ihn gegen die Wand.

Eine Ewigkeit.

Ihr leerer Blick ruhte auf dem Bild, das gerade einen Großteil der gegenüberliegenden Wand bedeckte. Ruhte auf dem Gesicht des Mädchens, das sie nie vergessen hatte. Auf dem selbst bemalten Blumentopf, den es stolz in die Kamera hielt, auf dem Tisch im Hintergrund, abgedeckt mit Zeitungspapier, auf Tuschkasten, Pinsel, Wasserglas. Birthe kannte jedes noch so winzige Detail auf diesem Foto. Wie auch auf dem nachfolgenden. Die Mutter, die sie aus dem Wasser gezogen hatte. In einem Arm die Tochter, im anderen den jüngeren Bruder, auf dem Schoß dessen Zwilling. Die Kinder schauten konzentriert in ein Bilderbuch, das die Mutter aufgeschlagen in den Händen hielt. Nur sie selbst hatte den Kopf gehoben, schenkte dem Fotografen ein Lächeln. Regungslos starrte Birthe auf die Bilder, doch sie schaute durch sie hindurch.

Drei Jahre, vier Monate und bald eine Woche.

Der Wunsch nach Erlösung war in den letzten Monaten immer stärker geworden, immer verlockender. Kaum mehr zu beherrschen. Erlösung durch Selbsttötung. Endlich frei sein. Die einzige Entscheidungsgewalt, die ihr geblieben war.

Einmal hatte sie es bereits versucht. Zum Ausgang des vergangenen Jahres. Sie hatte Essen und Trinken verweigert. Aber sie hatte es nicht durchgehalten. Sie war kläglich gescheitert. Als sie mit Strom hatte nachhelfen wollen, hatte er ihn abgestellt. Nicht einmal das wollte er ihr lassen. Stattdessen hatte er sie mit Schokolade und warmem Vanillepudding gelockt. Ein weiteres Mal manipuliert und in seine Gewalt gebracht. Danach hatte sie sich noch elender gefühlt.

In der Folge hatte sie sich eine neue Deadline gesetzt. Als ihr die makabre Doppeldeutigkeit dieses Begriffes bewusst geworden war, hatte sie einen hysterischen Lachanfall bekommen. Der in einem Weinkrampf endete. Aber sie hatte wieder einen Plan. Ein Ziel, an das sie sich klammern konnte. Sie würde durchhalten bis zu Tammes elftem Geburtstag. Elf! Noch einmal würde sie diesen Tag in Gedanken mit ihrem Sohn feiern. Sie würde bei ihm sein. Er würde bei ihr sein. Dann würde sie sich von ihm verabschieden. Und gehen.

Plötzlich wurde es dunkel. Die Projektionen verschwanden. Birthe wurde aus ihren Gedanken gerissen. Keine Bilder mitten am Vormittag? Was sollte das? War der Projektor kaputt? Stromausfall?

»Nein, bitte nicht«, flehte sie leise, ein beklemmendes Gefühl in der Brust, ihr Puls beschleunigte sich. Nein, nein, nein! Nicht schon wieder dunkel!

Sie holte tief Luft und zwang sich, ruhig weiterzuatmen. Was hatte das zu bedeuten? Irgendetwas war heute anders. Anders als sonst. Was bezweckte er? Hatte er etwas vor? Ihr Atem ging schneller. Sie lauschte. Spähte in Richtung der Schleuse und der Tür, doch in der absoluten Dunkelheit konnte sie nichts erkennen.

Dann sprang der Projektor wieder an. Ein Bild leuchtete an der Wand auf. Erleichtert stieß Birthe die Luft aus. Doch noch ehe sie vollends entwichen war, hielt sie inne.

Das Foto. Es war neu. Keines von denen, die sie bereits kannte und das zu der Abfolge gehörte, mit der er sie tagtäglich büßen ließ.

In ihren Ohren begann es zu summen. Ein heller Ton. Birthes Blick wanderte über das Bild. Sie nahm die Wörter und Zahlen wahr, las stumm jeden Buchstaben und jede Ziffer. Aber ihr Verstand reagierte nicht. In der Hand hielt sie immer noch den Notizzettel.

Rechne.

Sie sah hinunter auf das Blatt, hob den Kopf, blickte an die Wand.

Rechne.

Ihr Oberkörper sackte zur Seite. Wieder war alles schwarz.

33

Das Haus lag in einer kleinen Seitenstraße in Schleswig, nicht weit entfernt von der Kriminalpolizeistelle. Ein Altbau aus der Gründerzeit mit Erkern, hohen Fenstern und einer breiten Treppe, die zur doppelflügeligen Eingangstür hinaufführte.

Es muss einmal wunderschön gewesen sein, dachte Marlene, als sie aus dem Wagen stieg und auf das Haus zuging. Jetzt ließ sich die vergangene Blütezeit allerdings nur noch erahnen. Haus und Garten machten einen verwahrlosten Eindruck. Farbe blätterte von den Fensterrahmen, die Scheiben waren dreckig und stumpf, Efeu und Wein hatten das Mauerwerk in Besitz genommen. Der Vorgarten war voll Unkraut und Laub, die Büsche und Sträucher verwildert, der Eingang zugewuchert.

Dunkle Wolken trieben über den Himmel, doch der Regen hatte aufgehört. Marlene zog die Schnalle ihres Holsters mit der Schusswaffe fester und folgte Simon die Treppenstufen zum Eingang hinauf. »Familie Worthmann«, las sie auf einem zerkratzten Messingschild. Aus dem Briefkasten quoll Werbung, ein Anzeigenblatt.

Simon klingelte mehrmals, doch nichts regte sich. Niemand öffnete die Tür.

Sie traten ein paar Schritte zurück und schauten an der Fassade empor. Alle Fenster geschlossen, kein Licht, die Gardinen im Erdgeschoss zugezogen. Das Haus schien unbewohnt.

Durch das Gestrüpp bahnten sich Marlene und Simon einen Weg rechts um das Gebäude herum bis hin zur Terrasse. Hier versperrten keine Vorhänge die Sicht ins Innere des Hauses. Sie spähten durch die großen Fenster in das Wohnzimmer. Eine abgewetzte Sofagarnitur, der Läufer auf dem Dielenboden fleckig, eine aus der Mode gekommene Schrankwand. Bis auf eine zerwühlte Decke auf einem Sessel und eine leere Coca-Cola-Flasche, die daneben auf dem Boden stand, wirkte der Raum leer und verlassen. Durch die offene Tür konnten sie bis in den Flur sehen. Ein leerer Hundekorb, daneben zwei Fressnäpfe. Ob sie sauber oder in Benutzung waren, konnte Marlene nicht erkennen.

Hinter einem Sichtschutz an der Hauswand fanden sie die Mülltonnen. Marlene öffnete die Deckel. Alle leer bis auf die Altpapiertonne, in der Werbeprospekte und Wochenblätter lagen. Marlene fischte das oberste heraus. Es handelte sich um die Ausgabe vom 21. Februar 2019.

Sie waren gerade zurück auf der Straße, als ein lautes Rufen Marlene zusammenzucken ließ.

»Hey, was …«

Sie drehte sich suchend um. Dann entdeckte sie den Mann, der durch die Gartenpforte des Nachbargrundstücks trat und auf sie zukam. Er ging auf Krücken, der Fuß steckte in einer Schiene. »Ich habe gesehen, wie Sie ums Haus geschlichen sind. Was machen Sie hier?«

Simon hatte bereits seine Dienstmarke gezückt und stellte sich und Marlene vor. »Und Sie sind?«

»Andreas … ötte … eier.«

Föttermeier, Schöttelmeier, Schötteldreier? Einen solch ausgefallenen Namen konnte Marlene ohne Vorabinformation nicht verstehen.

»Wir müssen Herrn Worthmann sprechen«, sagte Simon. »Wissen Sie, wo wir ihn finden können?«

»Hier zumindest eher selten. Seit die Jungs weg sind, ist er kaum noch zu Hause.«

»Die Jungs? Sie meinen Herrn Worthmanns Söhne?«

Der Mann nickte. »Claas und Peer. Sie sind ausgezogen. Claas studiert in Leipzig, und Peer macht eine Ausbildung in Hamburg.«

»Kennen Sie die Familie näher?«

»Na ja, näher. Wie man sich so kennt als Nachbarn. Die Jungs haben öfter auf meine Kinder aufgepasst. Ich habe zwei Töchter und einen Sohn.« Er schaute von einem zum anderen. »Aber wieso wollen Sie das alles wissen?«

»Haben Sie eine Idee, wo Herr Worthmann sich aufhalten könnte? Könnte er bei seinen Söhnen sein?«

Der Nachbar schüttelte den Kopf. »Nein, das glaube ich nicht. Rainer, also Herr Worthmann, ist nie wirklich verreist. Nicht mit den Hunden. Und ich meine, er arbeitet ja auch immer noch.« Er stützte sich schwer auf die Gehhilfen. »Aber er hat eine Jagdhütte. Da ist er häufig.«

»Eine Jagdhütte?«, wiederholte Marlene. »Können Sie uns die Adresse nennen?«

Der Mann legte die Stirn in Falten. »Irgendwo in der Nähe von Satrup. Ich weiß das nicht so genau.«

»Denken Sie bitte nach. Können Sie es etwas genauer sagen? Es wäre wirklich wichtig.«

»Nein, ich war nie dort.« Er wirkte irritiert. »Warum ist das denn so dringend?«

»Gibt es jemanden, der weiß, wo sich die Hütte befindet?«

»Vielleicht meine Kinder«, antwortete er nach kurzem Überlegen, »sie waren früher manchmal mit Claas und Peer dort.«

»Können Sie Ihre Kinder bitte fragen?« Als der Mann nicht sofort reagierte, fügte Marlene etwas ungehalten hinzu: »Jetzt.«

»Jetzt? Sie sind in der Schule.«

»Aber sie haben doch sicherlich ein Handy dabei.«

Der Gesichtsausdruck des Mannes war immer noch skeptisch. »Wenn Sie meinen. Aber dann muss ich erst mal mein eigenes Handy holen.«

»Bitte.« Marlene musste sich zusammenreißen, um ihre Ungeduld im Zaum zu halten.

Der Nachbar humpelte langsam ins Haus. Zehn lange Minuten später kehrte er zurück und überreichte Marlene einen Notizzettel. »Präziser konnte meine Tochter es auch nicht beschreiben.«

Marlene und Simon bedankten sich und eilten zu ihrem Wagen.

Den Mann, der in einem Jeep am Straßenrand gehalten hatte, bemerkten sie nicht.

34

Er war instinktiv weitergefahren, als er die Personen aus seinem Vorgarten kommen sah. Nicht zu langsam, nicht zu schnell. Drei Häuser weiter hielt er am Straßenrand. Er sah in den Rückspiegel.

Eine Frau mit hellroten Haaren. Sie redete mit ihrem Begleiter, einem auffallend großen, schlanken Mann. Wer waren die beiden? Was wollten sie auf seinem Grundstück? Werbung für gewerbliche Angebote? Glasfaserkabel, Markisen und Rollläden, Gartenservice? Aber sie waren zivil gekleidet und hielten keinerlei Unterlagen in den Händen. Nach Zeugen Jehovas sahen sie auch nicht aus. Er ließ die Hände auf dem Lenkrad ruhen, spürte seine Handflächen feucht werden. Es konnte nicht sein.

Er sah seinen Nachbarn auf die Straße treten. Wie immer hatte Andreas alles im Blick. Er sprach die Personen an. Der Mann holte etwas aus seiner Jackentasche hervor, hielt es Andreas unter die Nase. Andreas nickte.

Scheiße. Er merkte, wie sich sein Puls beschleunigte, und umklammerte das Lenkrad fester. War es wirklich möglich? Waren die Frau und der Mann von der Polizei? Von der Kripo?

Er sah Andreas zurück ins Haus gehen. Doch die Frau und der Mann brachen nicht auf. Sie blieben auf der Straße stehen.

Die Hunde hinter ihm im Kofferraum begannen unruhig zu werden. Sie kratzten mit den Pfoten an der Klappe. »Platz!«, zischte er. Wie gebannt starrte er in den Rückspiegel. Worauf warteten die beiden?

Da kam Andreas zurück und reichte der Frau einen Zettel. Sie und ihr Begleiter eilten zu dem Wagen, der vor seinem Haus parkte, und fuhren los. Er duckte sich. Wartete zwei, drei Sekunden. Dann startete er den Motor und folgte ihnen in sicherem Abstand.

35

»Da müsste es sein.« Marlene beugte sich im Beifahrersitz vor und streckte den Arm aus. »Im Wald die erste Möglichkeit links.«

Sie fuhren auf der Landstraße von Uelsby nach Satrup, eine knappe halbe Stunde nördlich von Schleswig, und hatten das ausgedehnte Waldgebiet erreicht, das etwa in der Mitte zwischen beiden Ortschaften lag. *Links in den Wald hinein und dann irgendwo rechts*, hatte die Tochter von Worthmanns Nachbar angegeben. An welcher Stelle sie jedoch abbiegen sollten, das hatte sie nicht gesagt. Marlene schaute auf den Kartenausschnitt auf Simons Tablet. Hoffentlich würden sie die Jagdhütte finden. Simon hatte in weiser Voraussicht einen Screenshot von der Landkarte gemacht, bevor sie aufgebrochen waren. Und tatsächlich hatte sich die Internetverbindung verabschiedet, nachdem sie das kleine Dorf Uelsby durchquert hatten, sodass die Karte nicht mehr geladen werden konnte.

Sie bogen von der Landstraße in eine schmale Straße ein und folgten einem nicht asphaltierten Wirtschaftsweg, der gleich zu Beginn rechts davon abging. Der Weg beschrieb einen Bogen und stieß an seinem Ende wieder auf die Straße. Nirgends ein Haus oder eine Hütte.

Sie fuhren tiefer in den Wald hinein und nahmen die nächste Abzweigung nach rechts. Als sie im zweiten Gang den holperigen Weg entlangschlichen, hätten sie die Zufahrt, die abermals nach rechts abzweigte, beinahe verpasst. Gerade noch rechtzeitig entdeckte Marlene den engen Weg, der zwischen dichtem Gestrüpp und mächtigen Tannen hindurchführte.

Simon drosselte weiter das Tempo. Schon bald sahen sie zwischen den Bäumen ein Gebäude auftauchen. Sie erreichten eine Lichtung, an deren Rand Simon den Wagen zum Stehen brachte. Sie stiegen aus und zogen die schusssicheren Westen an.

Mit schnellem, geschultem Blick nahm Marlene ihre Umgebung auf. Geradeaus ein kleines einstöckiges Haus, Fachwerk, Spitzdach, die Fenster dunkel. Linker Hand ein Schuppen mit einer breiten Flügeltür, angrenzend ein weitläufiger Hundezwinger mit zwei Hundehütten. Leer. Der Vorplatz voller Pfützen, kein Auto. Rund um die Lichtung Bäume und dichtes Gestrüpp. Marlenes Puls beschleunigte sich. Ein idealer Rückzugsort. Das perfekte Versteck.

Sie überprüfte den Sitz ihrer CIs. Alles in Ordnung. Dennoch sagte sie zu Simon, als sie auf das Haus zugingen: »Übernimm du.« Sie hielt sich an seiner Seite, die Jacke offen, den Riemen über der Waffe im Holster gelöst.

Alles still. Nur ein leises Rauschen war zu hören. Marlene fragte sich kurz, ob es von den hohen Bäumen stammte oder ob es der Wind an ihren Mikrofonen war. Egal.

Simon klopfte an die verwitterte Haustür, drei-, viermal, rief laut Rainer Worthmanns Namen. Keine Antwort. Im Haus rührte sich nichts, die Tür war verschlossen.

Sie umrundeten die Hütte und spähten durch die Fenster, doch Rollos versperrten die Sicht ins Innere. Am Schuppen hatten sie mehr Glück. Ein Flügel des Tores ließ sich mit lautem Knarzen öffnen.

»Herr Worthmann?«, rief Simon laut. Auch hier keine Antwort.

Im Schuppen war es dämmrig. In der Mitte stand ein alter Dacia, an den Wänden aufgestapeltes Feuerholz, ein verrosteter Grill, eine Schubkarre.

Simon umrundete den Wagen und legte die Hand auf die Motorhaube. »Kalt«, sagte er.

Marlene ging neben einem der Hinterreifen in die Hocke und betastete den Schlamm, der sich im Profil gesammelt hatte und an der Karosserie hochgespritzt war. »Die Reifen sind noch feucht.« Sie schaute Simon gerade in die Augen. »Wir müssen ins Haus.«

Wenig später hatte Simon das Schloss der Haustür aufgebrochen. Marlene betrat dicht hinter ihm einen kurzen Flur, der durch eine offene Tür in eine Wohnküche mündete. Hier drinnen war es noch dunkler als im Schuppen. Ihre Augen brauchten einen Moment, bis sie sich an die Lichtverhältnisse gewöhnt hatten. Marlene erkannte eine altmodische Küchenzeile, eine Eckbank um einen Esstisch, ein abgewetztes Sofa, zwei Hundekörbe. Dreckiges Geschirr auf dem Tisch und in der Spüle. Die Luft war abgestanden, es roch nach Hund und Tierfutter.

»Herr Worthmann, hier ist die Polizei! Wir müssen dringend mit Ihnen sprechen!«, rief Simon erneut.

Da sah Marlene den schwachen Lichtschimmer. Kaum zu erahnen, drang er durch den Spalt unter einer Tür, die linker Hand in ein weiteres Zimmer führen musste.

»Simon!«, flüsterte sie und zeigte auf die Tür.

Simon nickte. Sie zogen ihre Waffen aus dem Holster und entsicherten sie.

»Herr Worthmann, hier ist die Polizei! Kommen Sie heraus!« Stille.

Marlene und Simon wechselten einen Blick, dann beugte sich Simon vor, drückte die Klinke lautlos hinunter und trat im nächsten Augenblick mit Schwung die Tür auf. Mit wenigen Schritten war er im Zimmer, die Pistole im Anschlag, Marlene dicht hinter ihm. Was sie sahen, ließ sie abrupt innehalten.

Der winzige Raum war verlassen und stockdunkel. Einzige Lichtquelle war der matte Schein von vier LED-Kerzen, die auf einem kleinen Tisch in der Mitte der Kammer standen. Davor ein Sessel mit einer hohen Lehne. Die Kerzen flankierten auf einem Deckchen, ähnlich einem Altar, drei Bilder. Ihre silbernen Rahmen glänzten im sacht flackernden Licht.

Marlene trat näher. Sie sah links die Fotografie eines jungen Mädchens, rechts die Porträtaufnahme einer erwachsenen Frau, in der Mitte Mutter, Vater, drei Kinder. Familie Worthmann.

Simon berührte sie an der Schulter. »Komm!«

Marlene riss sich von den Bildern los und folgte Simon, um die restlichen Zimmer der Hütte zu überprüfen. Aber auch im

Bad und auf dem Schlafboden fanden sie keine Spur von Rainer Worthmann. Der Vogel war ausgeflogen. Doch wohin?

Das Auto stand im Schuppen. War er zu Fuß unterwegs? Vielleicht auf einen Spaziergang mit seinen Hunden? Oder hatte er ein anderes Fahrzeug genommen? Ein Fahrrad oder einen anderen Wagen?

Marlene und Simon inspizierten ein weiteres Mal den Schuppen. Dabei fielen ihnen die Reifenspuren auf dem matschigen Vorplatz auf. Sie mussten von zwei verschiedenen Fahrzeugen stammen. War Worthmann von jemandem abgeholt worden? Oder besaß er einen Zweitwagen, mit dem er nun unterwegs war?

Während Simon versuchte, die Kriminaltechniker vom K6 in Flensburg zu kontaktieren, ging Marlene zurück ins Haus. Sie zog Handschuhe an, ehe sie das Zimmer neben der Küche betrat. An der Wand neben der Tür fand sie einen Schalter. Das Licht einer Deckenlampe erhellte den Raum. Marlene blieb stehen. Sie sog scharf die Luft ein. Jetzt sah sie alles.

Die Wände der Kammer waren tapeziert mit Fotografien von Ella und Bettina Worthmann. Große und kleine, im Hochformat oder quer, mal Tochter und Mutter einzeln, mal beide zusammen. Im Kinderzimmer, auf dem Wickeltisch, in der Badewanne, im Garten. Zwischendrin Zeichnungen aus Kinderhand.

»Ella, viereinhalb Jahre alt«, konnte Marlene am Rand eines Blattes lesen. In dessen Mitte prangte ein Mädchen mit gelben Haaren und lachendem Mund, der Körper ein Kreis, Hände und Füße in Strichform. Daneben ein Tier mit vier Beinen und braunem Fell, ob Katze oder Hund, konnte Marlene nicht erkennen. In der Ecke eine strahlende Sonne. Zeugen einer unbeschwerten Kindheit.

Auf einem Regal an der hinteren Wand stand ein alter Röhrenfernseher. In den Fächern darunter ein Videorekorder und eine Reihe von Videokassetten. Marlene überflog die Beschriftungen.

»Mai–Juli 1993: Geburt Ella, erste Wochen«.

»August–Oktober 1993: neues Haus, Ella 3–5 Monate alt«.

Die Kassetten waren chronologisch geordnet, die letzte trug die Aufschrift »Juni–Juli 1999: Ella Abschied Kindergarten, Urlaub Bornholm«.

Marlene ließ sich auf die Kante des Sessels sinken. Rainer Worthmann hatte sich eine Gedenkstätte geschaffen, sein persönliches Refugium. Erinnerungen an eine Zeit, in der seine Welt noch heil und unversehrt gewesen war. Glücklich.

Hatte er sich an den beiden Menschen, die er dafür verantwortlich machte, dass ihm diese Welt genommen worden war, gerächt? Hatte er sie getötet, weil sie sein Leben und das seiner Familie zerstört hatten? Womöglich hier im Haus oder im Schuppen? Würden sie die Leichen von Birthe Andresen und Frank Schlichting irgendwo auf diesem Gelände finden?

Marlene schaute das Familienfoto an, rief sich die Bilder der beiden Rettungsschwimmer ins Gedächtnis. Eine fürchterliche Geschichte. Und eine traurige zugleich.

Dann fiel ihr Blick auf eine Schublade an der Unterseite der Tischplatte. Vorsichtig zog Marlene an dem metallenen Griff. Ein kurzes Rucken, und die Schublade ging auf. Ein schwarzer Ringordner kam darin zum Vorschein. Marlene nahm ihn auf den Schoß und öffnete den Deckel. Blätterte durch die Seiten. Hielt inne. Jetzt hatte sie keine Zweifel mehr.

»Alter Schwe…«, tönte es hinter ihr.

Marlene zuckte mit dem ganzen Körper zusammen, der Ordner rutschte ihr aus den Händen. Nur mit Mühe konnte sie verhindern, dass er auf den Boden fiel. »Mensch, Simon!«

Simon war in der Tür stehen geblieben und blickte sich um. »Worthmann ist also unser Mann.«

Marlene nickte und zeigte ihm den Ordner. »Hier drin hat er Zeitungsartikel zu den Geschehnissen gesammelt, Berichte der Polizei, Fotos von Birthe Andresen und Frank Schlichting. Ihre Gesichter hat er verunstaltet und zerstört – mit Schuldzuweisungen und Todesdrohungen beschmiert, mit Messern zerschnitten, angekokelt.«

»Wir müssen ihn zur Fahndung ausschreiben«, sagte Simon. »Die Spusi ist auf dem Weg.«

Das Klingeln ihres Handys ließ Marlene erneut zusammenfahren. Sie fluchte. Allmählich hatte sie genug davon. Zu allem Überfluss realisierte sie, dass sie den Telefonclip in ihrer Tasche im Auto gelassen hatte. Sie sah auf das Display. Bischoff. Dann würde sie es ohne zusätzliche Unterstützung versuchen müssen.

»Bruno, was gibt's?«, meldete sie sich.

»Hallo, Marlene. Ihr seid doch an diesem …« Der Rest ging in Rauschen unter.

Verdammt. War der Empfang hier draußen so schlecht? Oder lag es an ihren CIs, dass sie ihn nicht besser verstehen konnte? Marlene seufzte. »Entschuldige, ich habe dich nicht verstanden. Kannst du das bitte wiederholen?«

»Klar. Also bei eu… aktuellen Fall ha…«

Es hatte keinen Sinn. »Bruno, ich gebe dich mal an Simon weiter.«

Resigniert reichte sie Simon das Smartphone. Nun musste sie abwarten und zusehen, wie er mit ihrem Chef telefonierte. Marlene blieb nichts anderes übrig, als seine Reaktionen zu beobachten und zu versuchen, wenigstens seine Antworten zu verstehen.

»Sicher?« Simon war sichtlich überrascht. »Wo genau?« Eine steile Falte bildete sich auf seiner Stirn.

Marlene bemerkte, dass er den Atem anhielt.

»Zwei Wochen?« Die Stirn war kraus, die Augen aufgerissen. »Das ist ja …« Er brach ab, strich sich über den Bart. »Sobald die Spusi eingetroffen ist, kommen wir in die Dienststelle.«

Simon beendete das Gespräch und sah Marlene bestürzt an. »Du erinnerst dich an die Frühbesprechung? Victors Toter, der gestern aus der Schlei gefischt wurde? Es ist Frank Schlichting. Er ist ertrunken. Er war gefesselt. Eindeutig Mord. Aber das ist noch nicht alles.« Er holte tief Luft. »Der vermutliche Todeszeitpunkt war vor zwölf bis fünfzehn Tagen.«

36

Als sie auf die Bundesstraße in Richtung Kappeln einbogen, wusste er es eigentlich schon. Auch wenn er es kaum glauben konnte. Der Schweiß trat ihm auf die Stirn. Andreas, du Idiot! Hättest du nicht die Klappe halten können? Warum musste sein Nachbar auch ausgerechnet heute krank zu Hause sein?

Am Morgen hatte er im Netz gelesen, dass Schlichting aufgetaucht war. Im wörtlichen Sinne. »Toter Mann aus Schlei geborgen«. Zu früh. Viel zu früh! Hatten sich die Gewichte gelöst? Oder die Riemen nachgegeben? Es war ihm ein Rätsel, wie das passieren konnte. Er hatte auf alles geachtet. Es hätte nicht passieren *dürfen*! Kurz hatte er die Fassung verloren. Sich dann aber besonnen. Hatte dieses unschöne Detail rasch zur Seite geschoben und seinen Fokus zurück auf das Wesentliche gelenkt. Auf die Aufgabe, die vor ihm lag. Eine Fähigkeit, die er in all den Jahren gegen jeden Widerstand hatte erlernen müssen. Und die ihm seitdem Vorteile verschaffte.

Aber wie hatten sie die Verbindung zu ihm herstellen können? »Die Identität des Toten ist bisher unbekannt«, hatte es in dem Artikel geheißen. Wusste die Polizei bereits mehr? Selbst wenn dem so wäre, wenn die Bullen Schlichting identifiziert hatten, konnten sie unmöglich in so kurzer Zeit seine Fährte aufgenommen haben. Nach nur einem Tag! Das war absurd.

Er krampfte seine Finger um das Lenkrad, bis die Knöchel weiß hervortraten, den Blick auf das Fahrzeug geheftet, das er verfolgte.

Egal, er musste sich jetzt konzentrieren. Hatte er etwas in der Hütte liegen gelassen? Einen Hinweis, der seinen Plan verriet? Er war immer vorsichtig gewesen. Penibel, genau. Konsequent. Es sollte reichen. Den Dacia würden sie finden. Er war das einzige Bindeglied. Doch der würde sie so schnell nicht weiterbringen. Keine Spur vom Kastenwagen. Unter falschem Namen gekauft, das Nummernschild gestohlen. Das war schon einmal gut gegangen. Er musste Ruhe bewahren.

In Tolk verließen sie die Bundesstraße und fuhren weiter über Böklund in Richtung Uelsby. Er hatte sich wirklich nicht getäuscht. Verfluchte Scheiße! Er schlug mit der Faust auf das Lenkrad. Die Hunde begannen zu winseln. »Aus!«, brüllte er.

Er ließ sich ein Stück zurückfallen. Unter keinen Umständen durfte er auf sich aufmerksam machen. Er musste nachdenken. Fokussieren. Änderte die neue Ausgangslage etwas an seinem Plan? Musste er sein Vorhaben anpassen? Bisher hatte er alle Schwierigkeiten und Herausforderungen bewältigt. Er konnte das. Er konnte das sehr gut. Unvorhergesehene Dinge warfen ihn nicht mehr aus der Bahn. Wenn er nur an den Morgen auf der Insel zurückdachte! Als dieser blöde Ehemann viel später als üblich zur Arbeit gefahren war. Wie war ihm die Zeit davongerannt! Doch er war ruhig geblieben. Hatte sich nicht aus dem Konzept bringen lassen. Er hatte es durchgezogen, und es hatte funktioniert. Das Glück war auf seiner Seite gewesen. Endlich einmal. Wer sonst hatte es verdient, wenn nicht er?

Noch war sein Vorsprung groß genug. Das musste genügen.

Sie erreichten das Waldstück zwischen Uelsby und Satrup. Er sah, wie der Wagen vor ihm blinkte und nach links abbog.

Entschlossen trat er auf das Gaspedal und fuhr geradeaus weiter.

Sie würden ihn nicht aufhalten. Niemals. Er würde es vollenden. Er allein.

Was danach kam, interessierte ihn nicht.

37

»Vor zwölf bis fünfzehn Tagen?«, wiederholte Marlene fassungslos. »Aber wie ist das möglich?« Noch während ihre Lippen den Satz formten, wusste sie bereits die Antwort. »Er hat ihn gefangen gehalten«, flüsterte sie.

»Alles andere ergibt keinen Sinn.« Simon schüttelte mit betroffener Miene den Kopf. »Über drei Jahre. Wahnsinn.«

»Aber wo?« Marlene war von ihrem Sessel aufgestanden. »Hier irgendwo? Im Haus, im Schuppen?« Sie drehte sich einmal um die eigene Achse. »Könnte es hier auf diesem Gelände gewesen sein? Und wo ist Birthe Andresen?«

»Ich konnte hier bisher nichts entdecken, was nach einem Versteck oder einem Gefängnis aussieht. Wir müssen das K6 darauf ansetzen. Und wir brauchen sofort die Fahndung. Ich erledige das.« Er ging zum Telefonieren hinaus, um einen besseren Empfang zu haben.

»Wir müssen das Haus in Schleswig durchsuchen!«, rief Marlene ihm hinterher. Sie ballte die Fäuste, presste die Fingernägel in die Handballen.

Vor zwei Wochen! Sie waren so dicht dran gewesen. Marlene schloss für einen Moment die Augen. So dicht.

Und Birthe Andresen, was hatte er ihr angetan? War sie ebenfalls tot? In der Schlei ertränkt?

Rainer Worthmann war krank. Er hatte sechzehn Jahre gewartet und dann den Tod seiner Tochter und seiner Frau auf das Brutalste gerächt. Aber warum die lange Gefangenschaft? Über drei Jahre! Warum hatte er Frank Schlichting nicht sofort, gleich nachdem er ihn entführt hatte, umgebracht? Warum dieser immense Aufwand? Und ein solch großes Risiko? Und warum hatte er seinen Rachefeldzug erst nach so langer Zeit und nicht schon viel früher begonnen? Ella war seit fast zwanzig Jahren tot!

Marlene schritt durch die Kammer, ließ den Blick ziellos über die Fotos und Kinderzeichnungen an der Wand gleiten.

Warum?

Worthmann war bisher sehr planvoll vorgegangen. Eine Entführung und eine lange Gefangennahme benötigten eine intensive Vorbereitung und penible Durchführung. Er hatte nichts dem Zufall überlassen. Also konnte Schlichtings Tod kein Zufall sein. Die Todesursache, der Ort, der Zeitpunkt. Von Worthmann so gewollt?

Marlene trat an den Tisch heran, schaute auf das Bild von Bettina Worthmann. Eine schöne Frau. Nicht klassisch schön, aber mit Ausstrahlung. Wärme. Sie war an dem Verlust ihrer Tochter zerbrochen. Und war ihr ins Wasser gefolgt.

Auch Frank Schlichting hatte im Wasser sterben müssen. Wie Ella und Bettina, auf ähnliche Art und Weise.

Marlene fuhr sich mit dem Daumen über die Fingerkuppen, pulte an den Fingernägeln.

Worthmann hat für Schlichtings Ermordung die Schlei gewählt. Nicht die Ostsee, wo Ella ertrunken war, sondern die Schlei. Den Ort, an dem seine Frau gestorben war.

Marlenes Magen zog sich zusammen.

Hatte er Schlichting an derselben Stelle ertränkt, an der seine Frau ins Wasser gegangen war? Vom genauen Fundort der Leiche hatte Simon nichts gesagt. Ob Bischoff ihn erwähnt hatte? Wo blieb Simon eigentlich?

Marlene setzte sich in den Sessel und nahm den Ordner zur Hand. Sie blätterte, bis sie den Zeitungsartikel über den Tod von Bettina Worthmann gefunden hatte. »Tote in der Schlei bei Ulsnis«. Es war kurz vor Weihnachten gewesen, am 22. Dezember 2002.

Gut drei Jahre nach dem Unfall.

Todesursache, Ort, Zeitpunkt.

Zeitpunkt?

Drei Jahre und vier Monate.

Marlene wurde heiß und kalt. Worthmann hatte Frank

Schlichting am 20. Oktober 2015 entführt. Vor drei Jahren und vier Monaten und ...

Marlene riss ihr Handy aus der Jackentasche und tippte hastig auf das Display. Der Kalender öffnete sich. Sie ging zwanzig Jahre zurück. 15. August 1999, das war der Tag, an dem Ella ertrunken war, bis 22. Dezember 2002, Bettinas Selbstmord. Drei Jahre, vier Monate und eine Woche.

Schnell scrollte sie ins Jahr 2015. 20. Oktober, der Tag von Schlichtings Verschwinden, bis ungefähr Ende Februar 2019, dem mutmaßlichen Todeszeitpunkt vor zwei Wochen. Drei Jahre, vier Monate – und eine Woche?

»Simon!« Marlene sprang auf. »Simon, ich hab's!«, brüllte sie und rannte durch die Küche nach draußen.

Simon stand in der Mitte des matschigen Vorplatzes und schien soeben ein Telefonat beendet zu haben. Mit großen Schritten kam er auf sie zu.

»Ich hab's!« Marlene streckte ihm das Handy mit dem Kalender entgegen. »Er hat ihn so lange gefangen gehalten, wie seine Frau leiden musste. Drei Jahre, vier Monate und eine Woche.«

»Was? Aber das ist ja –«

»Er hat ihn nicht einfach nur getötet«, unterbrach ihn Marlene. »Er hat ihn so lange gequält, wie seine Frau sich quälen musste, bevor sie sich das Leben nahm.«

»Scheiße!« Simon stieß geräuschvoll die Luft aus, so laut, dass selbst Marlene es hören konnte. »Und Birthe Andresen?«

»Warte ...« Marlene sah wieder auf den Kalender und begann zu rechnen. »Birthe Andresen hat er am 5. November 2015 entführt. Das würde bedeuten ...« Sie hielt inne. »Oh Gott. Der 5. März plus eine Woche.« Sie schaute Simon entsetzt an. »12. März. Gestern.«

Sekunden des Schweigens. Sie standen da wie gelähmt.

»Wir sind zu spät.«

»Nein!«, brach es aus Simon heraus. Er trat mit Wucht gegen einen Stein. Das Geschoss flog weit über den Platz, bevor es im Matsch stecken blieb.

Alles um sie herum war still. Wie eingefroren. Selbst der Wind machte eine Pause. Es war vorbei.

Irgendwann wurde Marlene kalt. »Lass uns drinnen in der Hütte auf die Spusi warten.« Sie wandte sich zum Gehen, als sie von Simon an der Schulter zurückgehalten wurde.

»Was ist, wenn die Rechnung ungenau ist? Drei Jahre, vier Monate und eine Woche – das können unterschiedlich viele Tage sein. Wir wissen, dass Worthmann alles bis ins kleinste Detail geplant hat. Was ist, wenn er die Tage exakt abgezählt hat?« Er zückte sein Smartphone. »Diktiere mir die Anzahl der Tage für jedes Jahr, ich rechne sie zusammen.«

»Okay«, antwortete Marlene. Sie ging in ihrem Kalender zurück in das Jahr 1999. »Ich fange mit Bettina Worthmann an.« Sie zählte die Tage eines jeden Monats. »Sechzehn im August plus dreißig für September, danach einunddreißig, dreißig, einunddreißig.«

»Hundertachtunddreißig.«

»Dann das Jahr 2000: Dreihundertfünfundsechzig.«

»Achte auch auf Schaltjahre!«

»Verdammt, natürlich.« Wie hatte sie das übersehen können? Marlene überprüfte den Februar. »2000 war tatsächlich ein Schaltjahr. Also dreihundertsechsundsechzig.«

Simon nickte. »Dann sind es in 2001 dreihundertfünfundsechzig Tage. Und in 2002?«

»Dreihundertfünfundsechzig minus neun. Also dreihundertsechsundfünfzig.«

»Das ergibt insgesamt tausendzweihundertfünfundzwanzig Tage.«

»Tausendzweihundertfünfundzwanzig«, wiederholte Marlene ungläubig. Die Zahl wirkte noch unfassbarer als die Angabe der Jahre und Monate. »Jetzt zu Birthe Andresen.« Sie sah auf den Kalender. »2015 sind es sechsundfünfzig Tage. 2016 ist wieder eine Ausnahme mit dreihundertsechsundsechzig.«

»2017 und 2018 habe ich.«

»Wie viele Tage sind es bis dahin insgesamt?«

»Tausendeinhundertzweiundfünfzig.«

»Dann fehlen für dieses Jahr noch dreiundsiebzig Tage.« Sie rechnete laut. »Im Januar einunddreißig und achtundzwanzig im Februar ergeben zusammen neunundfünfzig Tage. Bleiben …« Wie in Zeitlupe hob sie den Kopf. »Der 14. März«, flüsterte sie. »Morgen.«

38

Sie kam zu sich. Das Gesicht auf der Matte, der Kopf dröhnend, Hals und Nacken ein stechender Schmerz. Vorsichtig richtete sie sich auf.

Hinten an der Wand leuchtete noch immer das Bild. Das neue Bild. Es hatte etwas zu bedeuten gehabt. Sie strich sich die strähnigen Haare aus der Stirn. Aber was?

Birthes Verstand erwachte nur langsam. Als ob er zögerte, um sie zu beschützen.

Erneut las sie die Inschrift auf dem Grabstein.

Die Liebe hört niemals auf.
Ruhestätte Familie Worthmann
Ella
*11.05.1993 †15.08.1999
Bettina Worthmann, geb. Rinas
*5.10.1962 †22.12.2002

Dann registrierte sie den Zettel. Er lag neben ihrem Knie auf der Matte.

Sie hob ihn auf.

»RECHNE.«

Mit einem Schlag war alles wieder da. Glasklar.

Birthe spürte, wie sich ihr Magen verkrampfte. Sie schaffte es gerade noch rechtzeitig bis zum Eimer und erbrach sich. Würgte, bis nur noch Galle kam. Wischte sich mit dem Ärmel über Mund und Nase und hielt inne.

Er würde sie töten. Ihre Zeit war abgelaufen.

Schwerfällig stand sie auf. Die Beine weich, aber die Hände zu Fäusten geballt. Sie stellte sich in den Lichtkegel, den Blick zum Fenster gerichtet. Die Namen der Toten, die Geburts- und Sterbedaten verschwommen auf ihrer Brust und auf ihrem

Gesicht. An der Wand hinter ihr der schwarze Schatten ihres Körpers.

»Nein!« Ihr Schrei kam aus der Tiefe ihrer Seele. »Ich kann nichts dafür! Ich bin unschuldig!«

Dann sackte sie in sich zusammen, ihre Knie schlugen hart auf den Betonboden auf. »Ich kann doch nichts dafür. Lass mich am Leben, bitte! Tu meinem Sohn nicht dasselbe an wie deinen«, flehte sie. Sie begann, am ganzen Körper zu beben. »Tu ihm das nicht an.«

Erschöpft krabbelte Birthe auf allen vieren zurück auf die Matte und kauerte sich in den Schlafsack. Sie versuchte, einen klaren Gedanken zu fassen, doch es gelang ihr nicht. Der Grabstein nahm ihren Blick und all ihre Aufmerksamkeit gefangen.

Sie hatte gerechnet.

Drei Jahre, vier Monate und eine Woche.

So viel Zeit war vergangen, bis seine Frau nach dem Tod der gemeinsamen Tochter ihr Leben beendete.

Und so viel Zeit war vergangen, seit er Birthe entführt und eingesperrt hatte.

Nun würde er ihr Leben beenden. Sie hatte seinen Plan verstanden. Er war verrückt.

Birthe zwang sich, den Blick von dem Foto abzuwenden. Sie setzte sich aufrecht hin und holte tief Luft. Sie musste nachdenken. Sie schlug sich mit den Handflächen auf die Wangen, die Stirn. Sie musste sich konzentrieren!

War dieser Tag heute schon? Oder morgen? Sie war sich mit ihrer Zeitrechnung nicht ganz sicher. Und dann? Dann sollte alles vorbei sein? Einfach aus und Schluss? Alles umsonst? Ihr Durchhalten, ihr Ausharren, all ihre Qualen, Ängste und Schmerzen – all das sollte umsonst gewesen sein? War sie wirklich über drei Jahre durch die Hölle gegangen, um am Ende von seiner Hand getötet zu werden?

Etwas in ihr begann sich gegen diesen Gedanken aufzubäumen. Der Widerstand regte sich mit einer Kraft, die sie nicht mehr für möglich gehalten hatte. Sie lebte! Sie hatte es bis hierhin geschafft und würde ihr Leben jetzt nicht ungerührt hergeben. Sie würde nicht tatenlos zusehen, sie würde kämpfen!

Birthe nahm Tammes Bild in die Hand. Die Farbe war inzwischen verblasst, das Papier abgegriffen und dünn vom unzähligen Festhalten, Streicheln, Küssen. Sie sah in die Augen ihres Sohnes. Drückte das Papier an ihre Brust. Nein, sie würde nicht aufgeben. Sie *musste* kämpfen.

»Streng dich an, denk nach!«, beschwor sie sich. Sie musste analytisch vorgehen. Wie würde er es tun? Was plante er? Welche Möglichkeiten hatte er überhaupt? Er könnte einfach die Tür öffnen und plötzlich vor ihr stehen. Und was würde er dann tun? Würde er eine Pistole zücken, ein Gewehr? Oder noch schlimmer, ein Messer? Oder hatte er ein Seil dabei, um sie zu erwürgen?

Würde es schnell gehen? Oder würde er ihr noch weitere Qualen zufügen?

Sie starrte auf die Tür, lauschte. Alles ruhig. Nur das Klappern ihrer Zähne lärmte in der Stille.

Wie sollte sie sich wehren? Als die armselige Erscheinung, die sie noch abgab? Sie besaß keine Waffen außer ihren Händen, doch sie hatte ihm körperlich nichts entgegenzusetzen. Alles, was ihr zur Gegenwehr zur Verfügung stand, war ein Eimer mit Erbrochenem. Das könnte sie ihm ins Gesicht schleudern. Um seine Überraschung auszunutzen und zu fliehen. Auf ihren wackeligen Beinen? Sie wusste, wie lächerlich und absurd das klang. Sie würde nicht weit kommen. Und doch war es vielleicht ihre einzige Chance. Sie spürte Tammes Bild zwischen ihren Fingern. Sie musste es versuchen.

Während sie grübelte, wanderte ihr Blick durch den Raum, glitt von der Tür zur Klappe, streifte die Decke, den Lüftungsschacht. Und wenn er sie vergiften wollte? Mit Gas durch den Schacht? Oder über die Nahrung?

Sie nahm die zwei Scheiben Brot, die von ihrer täglichen Ration noch übrig waren, gründlich in Augenschein. Roch vorsichtig daran. Unauffällig. Ebenso am Wassereimer und dem Becher. Sie konnte nichts Ungewöhnliches entdecken. Doch sie würde sicherheitshalber auf beides verzichten. Der warmen Mahlzeit hatte sie sich ja bereits von selbst entledigt.

Birthe nahm den Eimer mit der Notdurft und dem Erbrochenen in beide Hände und stellte sich in die Ecke unter dem Fenster, den Rücken gegen die Wand gepresst. Der Gestank war fürchterlich. Doch sie blieb stehen. Starrte auf die Tür. Und wartete.

Am Ende versagten ihre Kräfte. Die Beine trugen sie nicht länger. Ob Stunden oder Minuten vergangen waren, wusste sie nicht. Sie sank auf die Matte nieder. Die Tür, das Bild, das ganze Verlies verschwamm vor ihren Augen. Sie hatte Hunger und Durst. Der bittere Geschmack im Mund war grauenvoll, doch sie verbot sich nach wie vor, zu essen und zu trinken.

Ein vertrauter Gedanke schlich sich in ihr Bewusstsein. Er spielte mit ihr, lockte sie, bis er sie eingefangen hatte.

Endlich.

Endlich würde es ein Ende haben.

Endlich würden ihr Leid und ihre Qualen vorbei sein.

Endlich würden ihr Geist und ihre Seele befreit werden.

Endlich Erlösung.

Birthe fiel in eine Art Dämmerzustand. Sie zog sich in ihr Innerstes zurück, schreckte hoch, für einen Augenblick hellwach, und fixierte die Tür, um bald darauf wieder von ihren Gedanken und Träumen eingehüllt zu werden und davonzutreiben.

Endlich Erlösung.

Doch die würde sie nicht ihm überlassen. Sie würde es selbst tun. Ihre letzte Rebellion.

Sie nahm das Bild ihres Sohnes in die Hand. Richtete sich langsam auf. Ging mit festen Schritten, soweit es ihr möglich war, zur Klappe hinüber, den Kopf hocherhoben. Sie küsste ein letztes Mal Tammes Gesicht. Steckte das Bild unter ihr Unterhemd. Spürte es auf der Haut über ihrem Herzen. Dann zog sie ihren Pullover aus. Knotete einen Ärmel um den Hals. Ging in die Hocke, befestigte den anderen Ärmel am Knauf der Klappe. Drehte sich mit dem Rücken zur Wand. Und ließ sich hinuntersinken.

39

Sie arbeiteten fieberhaft gegen die Zeit.

Die Großfahndung nach Rainer Worthmann und seinem Wagen, ein silberfarbener Jeep mit Kennzeichen des Kreises Schleswig-Flensburg, sowie nach Birthe Andresen lief auf Hochtouren. Die Beamten des K6 stellten die Jagdhütte auf den Kopf, doch bislang ohne Erfolg. Keine Spur von der Vermissten, kein Hinweis auf ein Versteck.

Auch in seinem Wohnhaus in Schleswig hatten sie bisher nichts finden können, was ihnen verriet, wo Worthmann seine Opfer gefangen hielt. Keine Unterlagen zu einer möglichen Immobilie, zu einer Wohnung, Hütte, einem Haus, Resthof oder Schrebergarten. Kein Kauf- oder Mietvertrag, keine Stromrechnung, Gas, Öl, irgendetwas. Hatte er womöglich einen Komplizen?

Der Kühlschrank war bis auf zwei Konserven und eine Flasche Ketchup leer. Auf dem Anrufbeantworter eine nicht abgehörte Nachricht von einem Schlachthof in Tarp, aufgenommen am 8. März: Ob Worthmann seinen Urlaub schon früher beenden könne, es gebe einen hohen Krankenstand, und sie bräuchten dringend Verstärkung. Im Briefkasten die Wochenblätter vom 28. Februar und 7. März, in der Mülltonne obenauf die Ausgabe vom 21. Februar. Worthmann schien regelmäßig zu Hause gewesen zu sein, das letzte Mal vermutlich zwischen dem 21. und 28. Februar.

Über die Rechnung eines Mobilfunkanbieters hatten sie seine Handynummer herausgefunden. Der Vertrag war im Sommer 2015, am 20. Juli, abgeschlossen worden. Die Funkzellenüberprüfung der letzten drei Monate brachte sie jedoch auch nicht voran. Das Handy war einzig und allein in einer Zelle, zu deren Bereich die Jagdhütte zählte, eingeloggt gewesen, und das zudem sehr selten. Die Mehrzahl der Tage hatte Worthmann sein

Mobiltelefon ausgeschaltet gehabt. Die letzte Verbindung war am vergangenen Sonntag zwischen acht Uhr dreiundfünfzig und elf Uhr neununddreißig gewesen. Auf der Liste der Verbindungsnachweise tauchten lediglich zwei Nummern auf: die von Worthmanns Söhnen.

Simon hatte telefonisch mit Claas in Leipzig gesprochen, während sein Zwillingsbruder, der derzeit Urlaub in Israel machte, momentan nicht zu erreichen war. Er hatte ihm eine Nachricht mit der Bitte um Rückruf auf der Mailbox hinterlassen. Claas Worthmann hatte nicht sagen können, wo sein Vater sich aufhielt, wenn er nicht zu Hause, in der Jagdhütte oder bei der Arbeit im Schlachthof anzutreffen war. Am Sonntag habe er das letzte Mal mit ihm telefoniert, er würde sich jeden Sonntag bei ihm melden, und nein, sein Vater habe sich nicht anders als sonst verhalten, auch nicht in den Wochen zuvor. Vom Besitz einer weiteren Immobilie wisse er nichts, ebenso wenig von einer zweiten Handynummer. Zum Herbst 2015 könne er sich ebenfalls nicht äußern, da er nach dem Abitur ab Juli gemeinsam mit seinem Bruder ein Jahr lang um die Welt gereist sei.

Der Kreis schloss sich. Jetzt hatten Marlene und Simon eine Idee, warum Worthmann seinen Rachefeldzug so lange hinausgezögert und ihn erst im Herbst vor drei Jahren begonnen hatte.

Während die Kriminaltechniker im Haus und in der Hütte ihre Arbeit machten, hatten Marlene und Simon außerdem mit Tordis Schlichting und Gunnar Andresen sprechen müssen. Auch Adas fürsorgliche Bewirtung hatte nicht verhindern können, dass sich deren Geduld durch das lange Warten bis zu ihrem Eintreffen deutlich dem Ende zugeneigt hatte. Der Ärger darüber war jedoch vergessen, als sie ihnen von den neuesten Entwicklungen in den beiden Fällen berichteten, die nun zu einem geworden waren.

Tordis Schlichting war bei der Nachricht, dass ihr Mann über Jahre gefangen gehalten und grausam ermordet worden war, zusammengebrochen. Sie hatten einen Notarzt rufen müssen, der die Frau zur Überwachung ins Krankenhaus eingewiesen hatte. Von dem Badeunfall vor knapp zwanzig Jahren hatte sie nichts gewusst.

Gunnar Andresen war noch nicht einmal bekannt gewesen, dass seine Frau früher als Rettungsschwimmerin gearbeitet hatte. Diesen Teil ihres Lebens hatte Birthe Andresen ihrem Mann verschwiegen. Nach der anfänglichen Schockstarre, während der er nur langsam realisierte, was sie ihm da eigentlich erzählten, war alles aus Andresen herausgebrochen. Die Angst um seine Frau, das Entsetzen über das unfassbare Verbrechen, der Druck und die Anspannung der letzten Jahre und Monate, all das hatte sich in Form von unbändiger Wut und Zorn Bahn gebrochen. Er hatte gegen die Versager bei der Polizei, der Staatsanwaltschaft und bei den Behörden im Allgemeinen gewettert, gegen schlampige Ermittlungen, versäumte Zeit und verpasste Chancen. Nur schwer hatten Marlene und Simon den tobenden Ehemann zumindest ansatzweise beruhigen können. Schließlich hatten sie Ada diese undankbare Aufgabe übertragen müssen, denn die Zeit rannte ihnen davon.

Sie arbeiteten bis tief in die Nacht. Befragten die Nachbarn von Worthmann, durchforsteten die Fallakten zu Schlichtings Verschwinden, Ella Worthmanns Badeunfall und dem Suizid der Mutter, immer auf der Suche nach dem entscheidenden Hinweis, dem einen Detail, das ihnen verraten konnte, wo Worthmann Birthe Andresen gefangen hielt. Sie wussten, dass es womöglich vergeblich war. Vielleicht war die Frau längst tot. Aber sie hatten nicht vor zu warten, bis ihre Leiche irgendwo angespült wurde. Sie wollten, sie mussten an diese eine Chance glauben, und wenn sie noch so klein war. Sie mussten alles daransetzen, Birthe Andresen lebend zu finden.

Irgendwann siegte die Vernunft. Marlenes Akkus waren leer. Und nicht nur die ihrer CIs. Sie brauchte eine Pause. Und wenigstens drei, vier Stunden Schlaf. Auch am nächsten Morgen würde ihr Verstand noch funktionieren müssen. Gut funktionieren.

40

Donnerstag, 14. März 2019

Um sechs Uhr früh war Marlene zurück im Büro. Sie hatte unruhig geschlafen, war immer wieder aufgewacht. Simon kam nur fünf Minuten nach ihr. Eine Stunde später betraten sie gemeinsam den Konferenzraum.

Es waren alle anwesend: Joost Henningsen, Elena Zaric, Synje Morgensen und Victor von Saalow. Bischoff hatte die Sonderkommission »Rettungsschwimmer« gestern Nachmittag ins Leben gerufen. Nun saßen sie zusammen mit Marlene, Simon und Bruno Bischoff um den großen Tisch herum und lauschten Marlenes und Simons Ausführungen über Rainer Worthmann, seinen perfiden Plan und ihre Theorie, dass Birthe Andresen noch am Leben sein könnte. Ihr Mikrofon hatte Marlene auf Empfang gestellt und in der Mitte des Tisches platziert.

Als sie geendet hatten, sagte von Saalow zu Bischoff: »Du kennst meine Meinung zu diesem Ansatz.«

»Ist mir bekannt«, antwortete Bischoff knapp. Marlene und Simon hatten sich bereits im kleinen Kreis mit ihm und Victor von Saalow über ein weiteres Vorgehen beraten, da von Saalow zunächst für den Fall der unbekannten Wasserleiche zuständig gewesen war. Mit Blick in die Runde sagte er: »Zunächst gehen wir davon aus, dass wir diesen einen Tag haben. Keine siebzehn Stunden. Wir richten unseren Fokus daher auf drei Bereiche: Fahndung nach Worthmann, Suche nach dem Aufenthaltsort von Birthe Andresen, Überprüfung und Observation des Fund- und Tatorts im Tötungsdelikt Schlichting.« Er schlug die Akte auf, die vor ihm auf dem Tisch lag. »Zum Obduktionsbericht von Frank Schlichting. Aus Zeitgründen erspare ich euch die Details, nur so viel: Schlichting hat noch gelebt, als er ins Wasser gestoßen wurde. Todeszeitpunkt zwischen dem 25.

und 28. Februar. Nach unserer Theorie ist es der 26. gewesen. Der Zustand des Leichnams zeugt von der langen Gefangenschaft: lange Haare und Bart, sechsundfünfzig Kilogramm Körpergewicht bei einem Meter vierundachtzig Körpergröße, Reste der Kleidung, die er noch am Leib trug, zerschlissen und übereinstimmend mit den Angaben aus der Vermisstenanzeige. Außerdem frische Verletzungen, etwa vierzehn Tage alt: Bruch des Schien- und des Wadenbeins links, Riss in der linken Patella und im Sehnenapparat, vermutlich durch Einwirkung stumpfer Gewalt.«

Betroffenes Schweigen. Irgendjemand räusperte sich.

Bischoff fuhr fort: »In der Haut des rechten Handrückens wurden zwei Holzsplitter gefunden. Sie sind bereits beim K6 in der KTU, ebenso das Material, mit dem Schlichting gefesselt war.«

»Auf den ersten Blick handelt es sich um handelsübliche Spanngurte, Hände und Füße waren mit Kabelbindern fixiert«, ergänzte von Saalow. »Ich bin da bereits am Ball.«

Über einen Beamer warf Bischoff eine Luftbildkarte an die Wand, die den Abschnitt der Schlei mit dem Gunnebyer Noor zeigte, einer großen Bucht an der Nordseite des Meeresarms, etwa zwanzig Kilometer nordöstlich von Schleswig.

»Schlichtings Leiche ist am Übergang des Noors in die Schlei gefunden worden, östlich der Ortschaft Ulsnis, südlich von Gunneby. Am westlichen Noor-Ufer befindet sich die Badestelle von Ulsnis. Dort hat sich Worthmanns Frau im Dezember 2002 das Leben genommen.« Bischoff zeigte mit einem Laserpointer auf einen kurzen Strandabschnitt, der sich hell gegen das Grün der umliegenden Felder und Wiesen abzeichnete. »In den letzten zwei Wochen lag eine Westwindwetterlage vor. Die Schlei hatte daher eine vorherrschende Strömungsrichtung von West nach Ost, in Richtung Ostsee. Demnach muss das Opfer westlich der Fundstelle, also sehr wahrscheinlich bei Ulsnis, ins Wasser geworfen worden sein. Der Fundort der Leiche war relativ weit draußen, Worthmann wird also ein

Boot oder irgendetwas in der Art für den Transport benutzt haben.«

»Nördlich der Badestelle und südwestlich in Ulsnisstrand gibt es zwei kleine Hafenanlagen von örtlichen Wassersportvereinen. Worthmann könnte eine dieser Steganlagen genutzt haben«, sagte von Saalow.

»Badestrand, Hafenanlagen. Du übernimmst die Überprüfung, Victor. Synje wird dich unterstützen. Nehmt Holzproben von den Stegen und lasst sie mit den Holzsplittern aus Schlichtings Haut abgleichen.«

»Keine Spusi?«

»Dafür reichen die Kapazitäten momentan nicht aus.«

»Und Taucher? Vielleicht finden wir Birthe Andresen schneller, als wir gucken können.«

»Noch mal: Wir gehen bis auf Weiteres davon aus, dass die Frau noch am Leben ist.« Bischoff beugte sich vor, die Arme auf den Tisch gestützt. »Eine Überwachung der drei Wasserzugänge in Ulsnis habe ich bereits gestern Abend angeordnet. Bisher ist alles ruhig. Falls Worthmann, wie wir es erwarten, mit seinem Opfer kommt, wird er vermutlich den Schutz der Dunkelheit abwarten. Bis dahin gilt das gewohnte Programm: Befragung der Anwohner von Ulsnis und der Mitglieder der Segelvereine. Ist Worthmann dort bekannt? Wem ist etwas aufgefallen, insbesondere am 26. Februar? Hat jemand ein unbekanntes Fahrzeug gesehen, womöglich einen Kastenwagen? Der Jeep eignet sich nicht als Transportmittel. Und macht Druck bei der KTU.«

»Selbstverständlich.« Victor von Saalow lehnte sich zurück und verschränkte die Arme vor der Brust.

»Joost und Elena, ihr kümmert euch um die weitere Fahndung nach Worthmann. Wohnhaus und Jagdhütte werden observiert, bisher ohne Ergebnis. In der Hütte wurden Lebensmittel von Edeka und Aldi gefunden. Leider nichts Frisches, kein Bon. Elektrische Kerzen und Hygieneartikel von Rossmann. Klappert also die entsprechenden Lebensmittel- und Drogeriemärkte in der Region ab, beginnend in der näheren Umgebung der Jagdhütte und des Wohnhauses.« Bischoff tippte auf eine Taste seines Laptops, und das Bild eines blauen Dacia erschien hinter ihm an der Wand. »Marlene, kannst du bitte etwas zu diesem Wagen sagen?«

Marlene strich sich eine Haarsträhne aus der Stirn. »Das ist der Dacia, Baujahr 2008, den wir im Schuppen der Jagdhütte gefunden haben. Er ist nicht angemeldet, das Nummernschild wurde vor einem Jahr in Gelting gestohlen. Das Reifenprofil stimmt mit Abdrücken auf dem Vorplatz überein, die übrigen Spuren stammen von Worthmanns Jeep. Wir gehen davon aus, dass Worthmann an der Hütte die Fahrzeuge getauscht hat, um mit dem Dacia unerkannt zu seinem Versteck zu gelangen.«

»Fragt also auch nach dem Wagen«, sagte Bischoff an Elena Zaric und Joost Henningsen gewandt. »Außerdem hat Worthmann zwei Hunde bei sich, Mischlinge, der eine mit grauem Fell, der andere schwarz mit weißen Flecken. Holt euch so viel Verstärkung, wie ihr kriegen könnt.«

Henningsen murmelte etwas, das nach Zustimmung klang. Elena Zaric machte sich Notizen.

»Bleibt noch der letzte Punkt«, fuhr Bischoff fort. »Wo hält Worthmann Birthe Andresen gefangen? Als einzige konkrete Spur haben wir die Proben von Sand und Dreck in den Reifenprofilen beziehungsweise am Unterboden des Dacias. Die Auswertung wird jedoch Tage in Anspruch nehmen.« Er nickte Marlene auffordernd zu.

»Womöglich ergibt die Überprüfung von Worthmanns Konten und Krediten einen Hinweis auf den Erwerb einer Immobilie. Simon und ich haben gleich einen Termin bei seiner Bank«, sagte sie. »Es könnte ein Haus sein oder bloß eine weitere Hütte, müsste sich jedoch mit ziemlicher Sicherheit um ein Objekt in Alleinlage handeln. In seinem Wohnhaus fanden wir Abrechnungen und Steuererklärungen ab dem Jahr 2005. Worthmann ist Tierarzt und hat bis August 2015 Bauernhöfe in der gesamten Region Angeln betreut. Diese Tätigkeit stellte er aber ein, als seine Söhne nach dem Abitur das Haus verließen.

Er arbeitet seitdem auf Honorarbasis im Schlachthof in Tarp. Wir werden Kontakt zu dem Schlachthof aufnehmen.« Marlene gab Bischoff ein Zeichen, und er wechselte zur nächsten Übersichtskarte. »Bedenkt man die lange Zeit der Gefangenschaft und den hohen Aufwand, den Worthmann betreiben musste, ist davon auszugehen, dass er sich ein Versteck in leicht erreichbarer Nähe für sein Vorhaben ausgesucht hat. Worthmann ist jahrelang über Land gefahren, er kennt sich in der Region gut aus. In regelmäßigen Abständen hält er sich in Schleswig, in Tarp und in der Jagdhütte zwischen Uelsby und Satrup auf.«

Bischoff markierte die drei Punkte, die wie ein Dreieck zueinander lagen, mit Schleswig als südlicher Spitze.

»Es ist daher wahrscheinlich, dass das Versteck in relativer Nähe zu diesen Orten liegt.« Marlene zuckte mit den Schultern. »Es könnte allerdings auch überall in ganz Angeln sein.«

»…tausend Quadratkilometer wären.«

»Wie bitte?« Marlene drehte ihren Kopf in die Richtung von Victor von Saalow. Der winkte ab.

Idiot. Sie hasste Kommentare, die sie nicht verstand. Insbesondere, wenn derjenige sie nicht wiederholte. Aber sie wollte sich nicht in ihren Ausführungen beirren lassen.

Sie streckte ihr Kreuz durch. »Wir werden die ehemalige Kundendatei von Worthmann abtelefonieren, ob irgendjemand einen Tipp wegen der Immobilie hat, und sobald uns die Übersicht über die Festnetzverbindungen vorliegt, auch die. Außerdem werden wir die Nachbarn befragen, die wir gestern noch nicht erreicht haben.«

Synje Morgensen, die bis jetzt geschwiegen hatte, meldete sich zu Wort. »Was ist mit einem Lost Place? Könnte Worthmann die Frau an einem Lost Place gefangen halten? Ein alter Bunker, ein verlassenes Werksgelände, so was?«

Marlene wechselte einen Blick mit Simon, der daraufhin antwortete: »Wir denken, das ist eher unwahrscheinlich. Worthmann muss über eine lange Zeit die Versorgung seiner Gefangenen sichergestellt haben. Er benötigte also eine gewisse

Infrastruktur – Strom, Wasser. Das spricht eher für Eigentum, ein Haus, eine Hütte oder etwas Ähnliches.«

Bischoff schaltete den Beamer aus und erhob sich. »Keine weiteren Fragen? Dann los. Nächstes Treffen um sechzehn Uhr.«

Acht Stunden, dachte Marlene. Die Zeit rann ihnen durch die Finger.

41

Sie hatte es nicht geschafft.

Noch nicht einmal das.

Ihr Körper hatte sich gewehrt.

Sie war eine Versagerin.

Birthe lag auf der Matte, ihr Kiefer und der Hals schmerzten, der Rachen brannte. Trotzdem hatte sie die Brote gegessen und die Wasserration ausgetrunken. Sie hatte es nicht mehr ausgehalten. Und nichts war mit ihr geschehen. Wäre auch egal gewesen. Sie hatte aufgegeben.

Sie wehrte sich nicht länger gegen den Schlaf. Sie träumte wirr, von Tamme, von ihren Eltern und immer wieder vom Meer. Von riesigen Wellen, die über ihr zusammenschlugen. Sie konnte nicht mehr atmen. Dann wachte sie auf, japste nach Luft, weinte. Egal.

An der Wand noch immer dasselbe Bild. Der Grabstein. Er verschwand nicht. Es wurde nicht mehr dunkel. Oder war noch derselbe Tag? Alles egal.

Durst und Hunger kehrten zurück und ließen sie nicht mehr los, begannen, Schicht für Schicht alles andere zu überlagern.

Essen.

Trinken.

Sie *musste* trinken.

Irgendwann hörte sie das Klopfzeichen. Erst beim zweiten Mal realisierte sie, was es bedeutete. Entkräftet kroch Birthe zur Klappe und richtete sich mühsam auf. Würde sie ihn gleich sehen? Was würde er tun? Egal.

Trinken.

Und endlich Erlösung finden.

Ihre Hand umschloss den Knauf, sie zog die Tür auf. In der Schleuse ein einziger Gegenstand. Eine Plastikflasche, zur Hälfte gefüllt mit Wasser. Ein Viertelliter.

Trinken.

Birthe nahm die Flasche, schraubte den Verschluss ab und setzte sie an die Lippen.

Marlene starrte durch die Windschutzscheibe in die schwarze Nacht hinaus. Ihr war kalt. Sie zog die Decke fester um ihre Schultern. Aus der Tasche auf der Rückbank angelte sie eine Thermoskanne, schraubte den Deckel ab. Duftender Kaffeedampf stieg ihr in die Nase. Immerhin, der Kaffee schien noch heiß zu sein. Sie füllte ihn in einen Becher. »Du auch?«

»Nein danke.« Simon rutschte auf dem Fahrersitz hin und her, um eine halbwegs angenehme Sitzposition und Platz für seine langen Beine zu finden. »Wenn wir die ganze Nacht hier festsitzen, kann ich meinen Rücken morgen wegschmeißen.«

»Mmh«, murmelte Marlene. Sie umschloss den Becher mit beiden Händen. Die Wärme tat gut. Marlene war hundemüde, und doch war jede Faser ihres Körpers angespannt. Sie warteten auf Rainer Worthmann.

Mit ihrem Wagen standen sie an der Badestelle von Ulsnis, gut versteckt hinter hohen Büschen, aber so, dass sie die schmale Zufahrtsstraße im Blick hatten. Weiter oben in dem kleinen Dorf sowie an den Hafenanlagen südlich und nördlich waren ihre Kollegen positioniert.

Würde er kommen? Würde Worthmann seinen Plan heute Abend hier vollenden? Und das alles Entscheidende: Würde Birthe Andresen noch am Leben sein?

Der Gedanke, dass sie falschliegen konnten, dass sie irgendetwas übersehen, die Hinweise falsch gedeutet hatten, machte Marlene schier wahnsinnig. Und wenn Worthmann nun bemerkt hatte, dass sie ihm auf den Fersen waren? Konnte er seinen Plan geändert haben? Die Vorstellung, dass er sein Opfer womöglich jetzt, in diesen Sekunden, irgendwo an einem anderen Ort, womöglich ganz in ihrer Nähe, tötete, war kaum auszuhalten. Doch was sollten sie tun?

Alle in der Sonderkommission hatten bis zuletzt unter Hochdruck gearbeitet und doch keinen Durchbruch erzielt. Allein in der Annahme, dass Worthmann ihr Mann war, waren sie bestätigt worden. Der Autohändler aus Bayern hatte ihn als den Käufer des Transits wiedererkannt.

Die Überprüfung der Bankdaten hatte ergeben, dass Worthmann sein Haus in Schleswig im Frühjahr 2014 mit einer sechsstelligen Summe beliehen hatte. Das Geld wurde ihm in bar ausgezahlt. Hatte er damit eine Immobilie erworben? Das Versteck? Entsprechende Unterlagen waren nicht aufzufinden gewesen. Die EC-Karte hatte Worthmann ausschließlich zum Bargeldabheben genutzt, an Automaten in Schleswig, Tarp und Satrup.

Die Anwohnerbefragung in Ulsnis hatte keine neuen Erkenntnisse hervorgebracht, dasselbe galt für die Fahndung in den Lebensmittelmärkten und Drogerien. Der Leiter des Schlachthofes hatte Worthmann als einen wortkargen Einzelgänger beschrieben, der persönliche Kontakte vermieden, aber seine Arbeit stets zuverlässig und pünktlich erledigt habe.

Der einzige zunächst vielversprechende Hinweis stammte von einem Landwirt aus Worthmanns ehemaliger Kundendatei. Er hatte sich an Worthmanns Interesse an einem Resthof erinnert, im Winter 2013 habe er ihm von der zum Verkauf stehenden Immobilie in der Nähe von Süderbrarup erzählt. Doch auch dies hatte sich als eine tote Spur entpuppt. Der Hof wurde seit mittlerweile vier Jahren von einer jungen Familie bewohnt.

Die Holzsplitter, die in Schlichtings Haut gefunden worden waren, stimmten mit keiner der Proben von den Stegen an den Hafenanlagen überein. Stammten sie von einem Boot? Oder hatte Schlichting beim Transport zur Schlei oder in seinem Gefängnis auf einem Brett, einem Holzboden oder etwas Ähnlichem gelegen?

Marlene seufzte und atmete tief durch. Sie wussten einfach noch zu wenig. Viel zu wenig. Es blieb ihnen daher nichts anderes übrig, als abzuwarten. Sie winkelte die Beine an und stellte die Füße gegen das Armaturenbrett, nippte am Kaffee.

Warteten sie hier wirklich am richtigen Ort? Vorausgesetzt, dass sie sich in diesem Punkt nicht geirrt hatten, blieb nach wie vor die Frage, wie Worthmann sein Opfer aufs Wasser hinausgebracht hatte. Sie hatten an der Badestelle nichts gefunden. Könnte er das Transportmittel mitgebracht und es gemeinsam mit Schlichting im Innern eines Fahrzeugs befördert haben? Schließlich würde er kaum mit einem Bootsanhänger umherfahren. Vielleicht ein aufblasbares Boot? Oder ein selbst gebautes Floß? Es musste in einen Wagen hineinpassen und für den Täter gut zu handeln sein. Marlene hatte früher einmal mit Mats an einem Floßbauprojekt in einem Ferienlager teilgenommen. Sie erinnerte sich noch, wie überrascht sie gewesen war, wie einfach und doch stabil so ein Floß konstruiert werden konnte. War das denkbar?

Mit einem Mal hörte Marlene einen hellen Ton auf ihrem linken Ohr. Das Warnsignal des Akkus. Noch ungefähr zehn Minuten, und das CI würde sich ausschalten. Sie holte die Reserveakkus aus ihrer Tasche und tauschte sicherheitshalber gleich beide aus. Seit dem Fiasko während ihrer Ermittlungen im letzten Herbst ging sie nie mehr ohne Ersatz aus dem Haus.

»Brauchen deine Goldstücke neue Energie?«, fragte Simon. »Die hätte ich allerdings auch nötig.« Gähnend reckte er sich, soweit es ihm möglich war. Dann beugte er sich vor zum Handschuhfach. »Irgendwo muss ich doch noch Schokolade –«

»Simon«, unterbrach ihn Marlene, »da hinten!« Achtlos warf sie die ausgetauschten Akkus auf den Rücksitz.

In einiger Entfernung sahen sie die Scheinwerfer eines Autos näher kommen. Die hellen Lichtkegel durchschnitten die Dunkelheit.

»Keine Info von Wagen eins?«

Simon schüttelte den Kopf. Er griff zum Funkgerät. »Wagen drei an alle. Verdächtiges Fahrzeug nähert sich Badestelle.«

Als Antwort hörte Marlene nur ein verzerrtes Rauschen.

»Wagen eins aus dem Dorf hat nichts gesehen. Er kommt«, erklärte Simon.

Marlene nickte. Sie streifte die Decke ab, öffnete ihre Jacke und nahm die Pistole aus dem Holster. Der Fahrer des sich nähernden Wagens drosselte das Tempo. Ahnte er etwas? War er misstrauisch?

Marlene entsicherte die Waffe.

Der Umriss des Fahrzeugs zeichnete sich jetzt deutlich ab. Marlene stutzte. Kein Kastenwagen. Ein Kombi. Silbermetallic? Gleich war das Auto auf ihrer Höhe. Marlene konnte das Nummernschild entziffern.

»Das glaube ich jetzt nicht. Scheiße, was macht der hier?« Entsetzt sah Marlene Simon an. »Der Idiot macht alles kaputt!«

Simon ließ die Hand an seiner Pistole sinken. »Ada sagte, er habe sich im Hotel ›Schleiblick‹ eingemietet. Er wolle vor Ort sein, wenn wir etwas Neues haben.«

»Aber doch nicht an *diesem* Ort!« Marlene steckte die Waffe zurück ins Holster. Wutentbrannt stieg sie aus und stapfte auf den Wagen zu, der zum Stehen gekommen war. Sie riss die Fahrertür auf. »Herr Andresen, was denken Sie sich?«

»Frau Louven, ich habe es im Hotel nicht mehr –«

»Wenn Sie nicht den letzten Funken Hoffnung zerstören wollen, Ihre Frau jemals lebend wiederzusehen, dann verschwinden Sie auf der Stelle!«, herrschte sie ihn an.

»Ich wollte nur –«

»Ich glaube, ich habe mich unmissverständlich ausgedrückt.«

»Nun machen Sie mal halblang, ich …« Er verstummte und sah in den Rückspiegel. Ein weiteres Auto kam die Zufahrtsstraße entlanggefahren. Marlene erkannte den Wagen der Kollegen, die im Ort nach verdächtigen Fahrzeugen Ausschau gehalten hatten.

»Meine Kollegin wird Sie zurück nach Schleswig begleiten«, entschied sie. »Verlassen Sie nicht Ihr Fahrzeug.« Sie schlug die Tür zu und ging dem Polizeiwagen entgegen.

Wenig später saß sie wieder neben Simon im Auto. Sie kochte noch immer. Ihr Herz schlug hart gegen den Brustkorb. »Wie kann man so bescheuert sein? Wenn er jetzt alles versaut hat?«

Sie sahen, wie Elena Zaric zu Andresen in den Wagen stieg. Der schien zu protestieren, doch schließlich wendete er und fuhr von dannen. Der andere Kollege kehrte auf seine Position zurück.

»Woher wusste er, wo wir sind?« Marlene presste den Kopf gegen die Nackenstütze.

»Keine Ahnung.« Simon strich sich über das Gesicht. »Es ist mir wirklich unbegreiflich.«

Sie warteten weiter.

Mit jeder Minute, die verstrich, wurde Marlene unruhiger. Müsste Worthmann nicht längst hier sein? Was, wenn sie sich durch diese Aktion verraten hatten? Wenn sie Worthmann bei der Entsorgung seines Opfers gestört hatten? Oder wenn er doch einen ganz anderen Plan verfolgte?

Marlenes Gefühl ließ sie immer stärker zweifeln. Sie versuchte, sich zu konzentrieren, ging in Gedanken noch einmal alles durch, ihre Theorie, Schlichtings Tod, das Motiv. Bettina und Ella. Die Frau und die Tochter.

»Simon?« Sie drehte sich zu ihm um und sah ihm gerade in die Augen. »Er wird nicht mehr kommen.«

43

Er war ruhig. So wie beim letzten Mal. Wenn es darauf ankam, bewahrte er einen kühlen Kopf.

Dabei hätte sie ihm kurz vor Schluss fast noch Schwierigkeiten gemacht. Davonstehlen wollte sie sich! Seinen Triumph zerstören. Ihn hatte die kalte Wut gepackt, als er sie am Knauf hängen sah. Doch sie war zu schwach gewesen. Hatte aufgegeben, noch ehe er einschreiten konnte. Er hatte sie längst gebrochen. Erbärmlich. Der Rest war reine Formsache gewesen. Ein Kinderspiel. Und gleich würde er es zu Ende bringen.

Er sah auf die dunkle Landstraße hinaus. Die Fahrbahnmarkierungen zogen im Scheinwerferlicht vorbei. Zu dieser späten Stunde war er nahezu allein unterwegs. Erst zwei Fahrzeuge waren ihm entgegengekommen, seit er aufgebrochen war.

Die Polizei hatte ihn nicht aufgespürt, hatte das Versteck und die Verliese nicht entdeckt. Natürlich nicht. Selbst wenn sie die Verbindung zwischen Schlichting und Martens entdeckt hatten, über den Tod seiner Ella Bescheid wussten, würden sie nicht wissen, was er plante. Das war undenkbar. Die Polizei konnte nicht ahnen, dass heute der Tag war. Sie konnte ihm nichts anhaben. Niemand konnte ihm etwas anhaben. Seine akribische Vorbereitung zahlte sich aus, sein genialer Plan ging auf. Er hatte alles unter Kontrolle. Er hatte die Macht.

Seine Hände ruhten auf dem Lenkrad. Er lauschte. Im Laderaum war es still. Gut so. Noch war Zeit genug.

In der Ferne sah er die Lichter einer Tankstelle aufleuchten. Rasch wurden sie größer. Er war fast da, als vor ihm ein Auto von der Tankstelle auf die Straße einbog. Rainer Worthmann musste bremsen.

»Schwachkopf!«, fluchte er leise. Hätte der nicht abwarten können, bis er vorbeigefahren war?

Als Worthmann sich weiter zurückfallen lassen wollte, um

dem Fahrzeug nicht zu nahe zu kommen, erfasste sein Blick das Nummernschild. Er stutzte. NF?

Seine Handflächen wurden feucht.

Nordfriesland?

Er beugte sich vor, kniff die Augen zusammen, doch er hatte sich nicht getäuscht. NF–GA 300. Daneben ein Aufkleber, der Umriss einer Insel. Er erkannte sie sofort. Amrum.

Sein Mund wurde trocken. Er schluckte. NF–GA. Das konnte nicht sein!

Wie hypnotisiert starrte er auf das Fahrzeug vor ihm. Wie war das möglich? Was hatte der hier zu suchen?

Es musste ein Zufall sein. Er *konnte* nichts wissen. Das war ausgeschlossen.

Worthmann folgte dem Wagen in sicherem Abstand. Nach endlos scheinenden Minuten näherten sie sich einer großen Kreuzung. Die Lichtkegel der Scheinwerfer erhellten den Wegweiser: Nach Ulsnis rechts abbiegen.

Der Fahrer vor ihm setzte den Blinker.

»Nein!«, schrie Worthmann und schlug mit der Faust auf das Lenkrad.

In einem Reflex trat er auf die Bremse und brachte den Transporter in der Parkbucht einer Bushaltestelle zum Stehen. Er sah dem Wagen nach, bis seine Rücklichter in der Dunkelheit verschwanden.

Seine Hände sanken in den Schoß. Einen Augenblick lang blieb er regungslos sitzen, die Stirn schweißnass, die Brust eng. Die Bilder vor seinen Augen verschwammen. Stattdessen erschienen die Gesichter von Bettina und Ella. Er tat es für sie. Er musste es vollenden.

Er hob die Arme, presste die Fäuste gegen die Schläfen, schloss die Augen. Nachdenken.

Sein Plan war zunichtegemacht worden. Es war ihm unerklärlich, wie das hatte passieren können, aber es war so. Wie auch immer. Er musste diese Fragen auf später verschieben. Durfte sich nicht ablenken lassen.

Es handelte sich lediglich um eine kleine Komplikation. Unschön, aber letztendlich unbedeutend. Er hatte sie rechtzeitig aufgedeckt.

Eine neue Herausforderung.

Das konnte er. Das konnte er sehr gut.

Er öffnete die Augen.

Er musste sich nur beeilen.

44

Sie erwachte langsam. Ihr Kopf dröhnte. Eine zähe Masse, die nicht zu ihr zu gehören schien. Die Lider schwer. Nur mit Anstrengung gelang es ihr, die Augen zu öffnen. Dunkelheit. War es schon wieder Nacht? Oder hatte er die Bilder mitten am Tag ausgeschaltet?

Sie brauchte Luft. Sie wollte den Mund aufreißen, aber sie konnte es nicht. Sie wollte die Arme heben, ihr Gesicht berühren, aber sie schaffte es nicht.

Ihr Herz stolperte. Setzte einen Moment aus. Dann war sie mit einem Schlag hellwach.

Sie war gefesselt, der Mund mit Klebeband verschlossen. Panik überrollte sie. Schweißausbruch, Herzrasen, Rauschen in den Ohren. Atemnot.

Birthe zerrte an den Fesseln, doch das rächte sich umgehend. Ihr Schmerzensschrei wurde vom Klebeband erstickt. Sie begann, am ganzen Körper zu zittern.

Ruhig, vernahm sie eine Stimme wie von fern, du musst ruhig bleiben. Schalte deinen Verstand ein.

Vorsichtig sog Birthe die Luft durch die Nase ein. Sie war frei. Gut. Sie musste sich auf das Ein- und Ausatmen konzentrieren.

Ganz ruhig. Du bekommst genug Luft.

Sie hörte ihren eigenen Atem laut in den Ohren. Dann erst realisierte sie das andere Geräusch. Ein gleichmäßiges Brummen. Wie das Geräusch eines fahrenden Autos. Auch der Untergrund, auf dem sie lag, fühlte sich ungewohnt an. Hart und kalt, aber nicht wie die Matte oder der Boden ihres Kerkers.

Sie befand sich nicht mehr im Verlies! Lag sie in einem Wagen? In einem Bus, einem Transporter?

Birthe versuchte, die Finsternis um sich herum mit ihren Blicken zu durchdringen, doch sie konnte nichts erkennen. Kein Fenster, kein Licht. Nur die Vibrationen des Fahrzeugs konnte sie spüren. Ihre Arme waren auf den Rücken gefesselt, die Schultern verrenkt, die Beine fest verschnürt. Jede Bewegung jagte einen entsetzlichen Schmerz durch ihre Muskeln. Womit hatte er sie gefesselt? Sie schaute an sich hinab, aber selbst das konnte sie nicht sehen.

Was war geschehen? Sie erinnerte sich an die Wasserflasche. Sie hatte sie geleert. Hatte er ihr darüber ein Betäubungsmittel eingeflößt? Um sie zu fesseln und in diesen Wagen zu legen? Wohin brachte er sie?

Es holperte. Ihr Kopf schlug hin und her. Birthe spannte die Nackenmuskeln an, versuchte, dagegenzuhalten. Es gelang ihr, die Beine ein klein wenig nach hinten anzuwinkeln. Mit den Fingern bekam sie die Schnüre um ihre Waden zu fassen, doch sie entglitten ihr sogleich wieder. Messerscharf schnitten die Fesseln in ihre Handgelenke. Der Schmerz trieb ihr die Tränen in die Augen.

Und wieder drohte die Panik Birthe mit sich fortzureißen. Sie wollte schreien, wollte ihre Angst und ihre Wut hinausbrüllen, doch nichts. Stattdessen ein einziges Zittern und Weinen. Die Nase begann zu laufen.

Ruhe, mahnte die ferne Stimme, du musst Ruhe bewahren, sonst kriegst du keine Luft mehr. Geräuschvoll zog Birthe die Nase hoch.

Wohin fuhren sie? Was hatte er mit ihr vor?

Sie musste sich wehren. *Wer sich wehrt, lebt.* Mit diesem Leitsatz hatte sie die Hölle überstanden. Jetzt nicht aufgeben. Schalte deinen Kopf ein! Aber ihr Verstand arbeitete nur noch träge. Zu stark die Schmerzen, zu schlimm und zu lang andauernd die Qualen.

Die Fahrgeräusche veränderten sich. Der Wagen stoppte kurz, dann fuhr er wieder an, beschleunigte. Ihr Körper rutschte zur Seite. Das Fahrzeug musste abgebogen sein.

Wohin waren sie unterwegs? Fuhren sie über Land? Durch ein Dorf, vielleicht sogar durch eine Stadt?

Wer sich wehrt, lebt.

Denk nach!

Sie musste auf sich aufmerksam machen. Vielleicht war das ihre einzige, ihre letzte Chance.

Birthe biss die Zähne zusammen und robbte vorwärts. Erst ein kleines Stück, dann noch eins, bis ihre Füße gegen etwas Hartes stießen. Die Kofferraumklappe? Eine Seitenwand? Egal.

Mit der letzten Kraft, die ihr noch blieb, hob sie die Beine an und ließ sie gegen die Verkleidung krachen. Einmal, zweimal, wieder und wieder, bis sie erschöpft aufgeben musste.

Plötzlich kam der Wagen zum Stehen.

Sekunden der Stille.

Dann hörte sie das Zuschlagen einer Tür. Schritte.

Die Heckklappe wurde aufgerissen. Ein Schwall kühler Luft strömte herein. Sie konnte das Meer augenblicklich riechen. Vor ihr die dunkle Silhouette des Mannes, der sie töten würde.

45

»Nun mach doch, fahr zu!« Marlene hatte den Blick auf die Fahrbahn geheftet, die Finger in den Stoff ihrer Jeans gekrallt. Ihr Magen ein glühender Feuerball.

»Schneller geht nicht, wenn wir in einem Stück ankommen wollen.« Simon ging vom Gas, lenkte den Wagen durch eine scharfe Rechtskurve, beschleunigte.

Sie waren auf dem Weg zur Ostsee. Zu dem Strand, an dem Ella Worthmann vor knapp zwanzig Jahren ums Leben gekommen war. An der Schlei hielten die Kollegen weiterhin Wache.

Hätten sie schon früher darauf kommen müssen? Hätten sie von vornherein auch den Ort des tödlichen Unfalls der Tochter in ihre Überlegungen einbeziehen müssen? Diese Fragen quälten Marlene, seit sie in Ulsnis aufgebrochen waren. Hatten sie einen entscheidenden, einen folgenschweren Fehler gemacht?

Endlich sah Marlene in der Dunkelheit den Abzweig nach Schönhagen auftauchen. Sie verließen die Bundesstraße und erreichten bald darauf den Ortseingang des kleinen Ostseebades.

Der Ort lag verlassen da. Keine Menschenseele unterwegs. Die Straßenbeleuchtung war bereits ausgeschaltet. Sie folgten dem Wegweiser in Richtung Strand.

Marlenes Nerven waren zum Zerreißen gespannt. Mit den Augen suchte sie die Nebenstraßen nach einem verdächtigen Fahrzeug ab, doch ohne Erfolg.

»Da vorn muss es sein«, sagte sie, als linker Hand das Gebäude der Tourist-Information in Sicht kam. Davor ein großer Parkplatz. Auch er verwaist. Kein Auto, kein Transporter oder Lieferwagen, soweit Marlene es auf die Schnelle überblicken konnte.

Simon drosselte das Tempo. Neben der Tourist-Information gab es eine asphaltierte Auffahrt zum Strand. Simon schaltete die Scheinwerfer aus und steuerte den Wagen langsam die Rampe hinauf. Er kreuzte die Promenade und kam zwischen flachen Dünen zum Stehen.

Sie stiegen aus. Vor ihnen lag der Strand. Buhnen aus Stein ragten ins Meer, am Nachthimmel über dem schwarzen Wasser stand der Mond. Stille. Kein Fahrzeug. Keine Spur von Rainer Worthmann oder Birthe Andresen. Sie waren allein.

»Das kann doch nicht sein!« Marlene rannte zum Wasser, drehte sich im Kreis und suchte in alle Richtungen hektisch den Strand ab. »Scheiße!« Sie schlug sich mit den Händen auf die Oberschenkel.

Simon kam mit langen Schritten hinterher. »Die Promenade ist sauber!«, rief er.

»Aber sie *müssen* hier irgendwo sein!« Marlene konnte, sie wollte es nicht wahrhaben.

Simon nahm sein Smartphone aus der Hosentasche, führte ein kurzes Telefonat. »Auch in Ulsnis immer noch negativ.« Er zuckte resigniert mit den Schultern.

Marlene starrte ihn an. »Was haben wir übersehen? *Was?*« Sie überlegte fieberhaft. Und plötzlich, nach wenigen Sekunden, aber einer gefühlten Ewigkeit, waren ihre Gedanken ganz klar. »Warte … Im Bericht hieß es, dass man an der Hauptwache der DLRG versucht hatte, Ella zu reanimieren. Die ist hier am Hauptaufgang. Aber der Liegeplatz der Familie war woanders. Weiter entfernt. Und dort ist das Mädchen ins Wasser gegangen. War es nördlich?«

Sie sahen nach links, wo sich der Strand in Richtung Norden im Dunkeln verlor.

Simon nickte. »Nördlich.«

Sie liefen los.

Das Erste, was sich aus der Dunkelheit schälte, war das Fahrzeug. Ein Transporter. Er stand an einem Strandaufgang am Rande der Dünen, die Kofferraumklappen offen, dem Meer zugewandt.

Dann erst entdeckten sie den Mann auf dem Wasser.

»Oh Gott, er ist es! Auf einem Floß!«

Marlene und Simon rannten schneller. Im Laufen zogen sie ihre Waffen.

»Hier ist die Polizei!«, brüllte Simon. »Herr Worthmann, kehren Sie sofort um! Kommen Sie ans Ufer zurück!«

Die Gestalt auf dem Floß drehte sich um. Worthmann hielt ein langes Paddel in den Händen. Seinen Gesichtsausdruck konnten sie über die weite Entfernung nicht ausmachen. Für einen winzigen Augenblick hielt er inne, dann wandte er sich wieder ab und tauchte das Paddel ein.

»Herr Worthmann, halten Sie an! Kommen Sie sofort zurück!«

Er paddelte unbeirrt weiter.

Inzwischen waren Marlene und Simon auf Höhe des Floßes angelangt. Zum Glück war es noch nicht weit draußen. Jetzt konnte Marlene auch das menschliche Paket erkennen, das zu Worthmanns Füßen lag. Birthe Andresen! Ihr Herz machte einen Satz. War sie schon tot? Die Frau rührte sich nicht.

»Frau Andresen!«, rief Marlene. »Hier ist die Polizei. Wir sind hier, um Sie zu retten!« Bitte lass sie leben, flehte sie innerlich, bitte! »Birthe, hören Sie mich? Halten Sie durch! Wir sind gleich bei Ihnen.«

Das Paket begann sich zu regen. Das Floß schwankte. Worthmann stockte in seiner Bewegung. Er nahm das Holzpaddel aus dem Wasser. Hob es an wie zu einem Schlag.

»Legen Sie das Paddel weg, sonst schieße ich!« Simon hob die Waffe und zielte auf Worthmann. »Geben Sie auf, Herr Worthmann! Sie haben keine Chance mehr!«

Worthmann ließ das Paddel fallen und ging blitzschnell neben Birthe Andresen auf die Knie. Er wuchtete ihren Oberkörper vor den seinen. Ein Schutzschild.

»Lassen Sie die Frau los!«

Birthe Andresen war gefesselt. Ihr ganzer Körper fest verschnürt.

Marlene versuchte, die Entfernung zum Floß abzuschätzen.

Zwanzig, fünfundzwanzig Meter? Wie tief mochte das Wasser dort sein? Würden sie noch stehen können?

Ein kurzer Blickwechsel mit Simon. Nicken. »Wir gehen rein.«

Marlene zog die schusssichere Weste und die Schuhe aus und warf sie in den Sand. Sie zuckte zusammen, als sie das kalte Wasser an ihren Füßen spürte, die nassen Hosenbeine auf ihrer Haut. Lange würde sie das nicht aushalten. Sie hielt sich dicht hinter Simon.

»Herr Worthmann, es ist vorbei!« Simon behielt seine Waffe im Anschlag. »Wir wissen, was Ihnen Schlimmes widerfahren ist.«

»Nichts wissen Sie!«, brüllte Worthmann zurück. Er legte seinen Arm enger um den Hals seines Opfers. Marlene meinte, ein leises Geräusch zu hören, ein Wimmern, ein Stöhnen. War Birthe Andresen geknebelt? »Bleiben Sie stehen, sonst stirbt sie auf der Stelle!«

Simon stoppte. »Lassen Sie die Frau los.« Er hob beide Hände, die Waffe in der Rechten. »Herr Worthmann, lassen Sie uns reden. Ihnen wurde durch einen schrecklichen Unfall ein Kind genommen, aber Sie können jetzt ein Leben retten. Sie können es besser machen.«

Während Simon sprach, bewegten sie sich kaum merklich in kleinen Schritten weiter auf das Floß zu. Das Wasser stand Marlene bereits bis zum Po. Sie unterdrückte ein Zittern.

»Es war kein Unfall!«, schrie Worthmann. »Und jetzt bleiben Sie stehen! Hauen Sie ab!«

»Denken Sie an Ihre Söhne!«, rief Marlene. »Sie brauchen ihren Vater! Peer und Claas brauchen Sie!«

»Mich braucht niemand mehr. Ich bin schon vor langer Zeit gestorben. Das erste Mal mit Ella. Und endgültig mit meiner Frau.« Er richtete sich auf den Knien auf und zog Birthe Andresen mit sich hoch. »Mich hält nichts mehr auf.«

Auf einmal ging ein Zucken durch den gefesselten Körper. Birthe Andresen wand sich, sie versuchte, sich irgendwie aus der Umklammerung zu befreien. Sie hob die Beine an und ließ sie sogleich wieder fallen. Das Floß geriet ins Wanken.

Worthmann verlor für den Bruchteil einer Sekunde den Halt. Er löste eine Hand von seinem Opfer, um sich abzustützen.

Im selben Augenblick warf sich Birthe Andresen auf die Seite. Sie versuchte, nach Worthmann zu treten. Das Floß geriet in Schieflage, und ehe Worthmann ihn festhalten konnte, rutschte der gefesselte Körper ins Wasser.

Ein Schuss zerriss die Nacht. Marlene schrie auf, vor Schreck und vor Schmerz in ihren Ohren.

Ihr Schrei wurde von dem von Worthmann übertönt. Brüllend wie ein verwundetes Tier presste er eine Hand an die Schulter, mit der anderen griff er nach dem Paddel.

Marlene und Simon versuchten, im Wasser zu rennen, kämpften sich durch die eiskalten Fluten.

»Ich nehme Birthe!«, rief Marlene, doch sie konnte die Frau schon nicht mehr sehen. Sie war untergegangen. Marlene fixierte mit ihrem Blick die Wasseroberfläche. Unter keinen Umständen durfte sie die Stelle verlieren, an der Birthe Andresen untergetaucht war. Sie durfte sie nicht aus den Augen lassen. Sie war bereits nah dran, als sie Worthmann schreien hörte: »Nein!«

Aus den Augenwinkeln sah Marlene das Paddel durch die Luft sausen, direkt auf sie zu. Sie riss die Arme hoch, warf den Kopf zur Seite. Das Paddel schlug krachend nieder, Wasser spritzte. Marlene bemerkte, dass das linke CI abfiel.

»Hören Sie auf, sonst schieße ich noch einmal!«, hörte sie Simon wie von fern rufen.

Worthmann richtete sich auf und holte ein zweites Mal aus. Simon drückte ab. Der Schuss traf Worthmann in den Oberschenkel. Er verlor das Gleichgewicht und stürzte ins Wasser.

»Ich nehme ihn!«, brüllte Simon.

Marlene kämpfte sich weiter voran. Endlich hatte sie die Stelle erreicht, an der sie Birthe Andresen vermutete. Das Wasser stand ihr bis zur Brust. Sie zerteilte mit ausgestreckten

Armen das Wasser, suchte mit den Füßen den Boden ab. Verdammt, Birthe, wo bist du?, fragte sie sich verzweifelt.

Da stieß ihr Fuß gegen etwas Hartes. Sie tauchte unter. Ihre Finger ertasteten den Oberkörper der Frau, den Kopf. Doch beim Versuch, ihn anzuheben, glitt er ihr aus den Händen. Marlene musste Luft holen. Beim zweiten Versuch bekam sie die Fesseln an der Brust zu fassen, suchte Halt auf dem Meeresboden, fand ihn und streckte die Beine durch. Mit Schwung zog sie den Kopf von Birthe Andresen aus dem Wasser.

»Ich hab sie!«, schrie Marlene. Sie löste mit einem Ruck das Klebeband, das den Mund der Frau verschloss. »Ich hab sie!«

Birthe Andresen begann zu husten, zu würgen. Sie spuckte Wasser, schnappte nach Luft.

»Gut so, Birthe, ich halte Sie. Atmen Sie ganz ruhig. Sie kriegen Luft. Worthmann ist keine Gefahr mehr.«

Marlene registrierte, dass sie ihre Stimme nicht hören konnte. Und auch nicht die Geräusche der Frau. Gar nichts um sie herum konnte sie mehr hören. Scheiße.

Dennoch fuhr sie fort, mit der Frau zu sprechen. »Ich bringe Sie an Land. Ganz ruhig weiteratmen, ja? Ich lasse Sie nicht los. Sie müssen keine Angst mehr haben.« Dabei schaute Marlene sich hastig um. Was war mit Simon und Worthmann?

Erleichtert sah sie hinter dem Floß Simons Gestalt aus dem Wasser ragen. Er hatte Worthmann fest im Griff. Der Mann schien sich nicht mehr zu wehren.

»Simon! Meine CIs sind außer Gefecht. Ich bringe Birthe an Land. Kommst du klar? Gib mir ein Zeichen!«

Simon drehte sich suchend nach ihr um. Er nickte. Dann legte er den Kopf in den Nacken und wies so in Richtung Ufer.

Sie hatten es geschafft.

Marlene ging rückwärts. Konzentriert setzte sie einen Fuß hinter den anderen. Der nasse, gefesselte Körper wog schwer. Unnatürlich schwer. Sie musste all ihre Kräfte mobilisieren, um ihn festzuhalten und durchs Wasser zu ziehen. Immer darauf bedacht, dass Birthe Andresen genug Luft bekam. Und dass sie ruhig blieb.

»Sie schaffen das, hören Sie, Birthe? Ich halte Sie. *Wir* schaffen das!« Marlenes Arme und Beine brannten. Gleichzeitig fror sie am ganzen Körper. »Atmen Sie ganz ruhig, Sie sind in Sicherheit.«

Endlich erreichten sie das Ufer. Marlene ließ Birthe Andresen vorsichtig in den Sand sinken. Erst jetzt bemerkte sie, dass an dem verschnürten Körper ein Gewicht befestigt war. Sie versuchte eilig, die Frau von ihren Fesseln zu befreien, wenigstens einige der Stricke und Schnüre zu lösen, doch es gelang ihr nicht.

Also kniete sie sich hinter sie und bettete Birthe Andresens Kopf und den Oberkörper auf ihren Schoß. Sie strich ihr das nasse Haar aus dem Gesicht, während sie weiterhin beruhigend auf sie einsprach. Eine Antwort musste sie nicht verstehen. Da waren keine Worte mehr. Nur das Zittern und Beben eines geschundenen Körpers. Und der leere Blick einer gequälten Seele. Birthe Andresen weinte still.

Marlene hielt sie. Wischte ihr die Tränen von den Wangen, bemühte sich, sie so gut wie irgend möglich zu wärmen. Auf ihren Oberschenkeln spürte sie Birthe Andresens Hände. Er hatte sie ihr auf den Rücken gefesselt. Behutsam schob Marlene ihre Linke unter den Körper. Die Finger berührten sich. Sachte drückte Marlene zu. Birthe Andresen erwiderte die Berührung. Und ließ Marlene nicht mehr los, bis der Rettungswagen eintraf.

46

Freitag, 29. März 2019

»Hast du ihn?« Simon pustete sich eine Haarsträhne aus dem Gesicht. »Und los!«

Sie wuchteten den Tischkicker aus dem Laderaum von Marlenes VW-Bus, den Simon sich ausgeliehen hatte, um das Gerät abzuholen.

»Und den gab's bei Ebay-Kleinanzeigen?«

Simon nickte. »Ist super in Schuss, oder?«

Marlene musste ihm beipflichten, der Kicker war wirklich noch gut erhalten. Amüsiert betrachtete sie ihren Kollegen, die nahezu kindliche Freude. Männer. Aber sie war ansteckend.

»Und wo soll das gute Stück hin?«

»Folgen Sie mir.« Simon ging voran und lotste Marlene über den Hintereingang der Dienststelle in den langen Flur im Erdgeschoss. Marlene ächzte.

»Für die Treppen zu deinem Büro brauchen wir aber Verstärkung.«

»Ist gar nicht nötig.« Simon steuerte das Geschäftszimmer an.

»Zu Ada?«

»So ungefähr.«

Marlene runzelte die Stirn. Gemeinsam bugsierten sie den Tischkicker durch die Tür.

Die kleine Dame erwartete sie bereits. »Ah, da seid ihr ja.« Ada kam hinter dem Tresen hervor. »Wartet, ich helfe euch!« Sie eilte zu einer weiteren Tür an der gegenüberliegenden Wand, die in einen Nebenraum führte, und hielt sie auf.

Jetzt verstand Marlene.

Sie betraten das Archiv, Adas geheimes Reich. Es war ein ungeschriebenes Gesetz in der Dienststelle, dass niemand ohne

Adas Erlaubnis Zutritt zu diesem Raum hatte, vermutlich aufgrund des Umstands, dass sie die Einzige war, die einen Überblick über all die Ordner und Akten hatte, die ein deckenhohes Regal neben dem anderen füllten. Der Geruch nach Staub und Papier, nach Vergangenheit und Schicksalen hing in der Luft.

Ada schaltete die Beleuchtung ein. Feine Staubkörner tanzten im Schein der Lampen. »Hinten in der Ecke habe ich euch Platz gemacht.«

»Gemütlich ist vielleicht etwas anderes, aber hier stören wir niemanden. Und sind selbst ungestört. Bischoff kriegt es bestenfalls gar nicht mit«, sagte Simon, als sie den Kicker zwischen zwei Regalen abstellten. Er zog an den Spielerstangen, testete die Abstände. »Passt doch.« Zufrieden trat er zurück und betrachtete seine Errungenschaft. »Auf ein Spiel, Ladys?«

»Sehr gern. Erholung ist die Würze der Arbeit«, antwortete Ada.

Marlene sah lachend von ihr zu Simon. »Okay. Spielen wir zusammen, Ada? Mit der schwarz-weißen Mannschaft. Wie der THW Kiel. Natürlich.« Sie grinste Simon herausfordernd an und beugte sich vor, um die Toranzeige auf null zu stellen. Doch mitten in der Bewegung hielt sie inne. Am rechten Ohr war der Warnton ihres CIs zu hören. »Mist, ich brauche einen neuen Akku. Bin sofort wieder da.«

Fluchend eilte Marlene die Treppe hinauf in den ersten Stock. In ihrem Büro angelte sie ihre Tasche unter dem Schreibtisch hervor. Sie setzte sich, nahm das rechte Cochlea-Implantat ab und löste den Akku.

Marlene hatte neue Geräte erhalten. Von ihren ursprünglichen CIs hatte sie bei der Rettung von Birthe Andresen eines in der Ostsee verloren, das andere war durch das Wasser irreparabel beschädigt worden. Die Erfahrung, erneut vollständig taub zu sein, war fürchterlich gewesen. Auch wenn es nur erstaunliche vierundzwanzig Stunden gedauert hatte, bis sie über den Notdienst des Herstellers Leihgeräte für den Übergang zugeschickt bekommen hatte. Dennoch hatte Marlene die

Zeitspanne als quälend lang empfunden. Sie hatte sich gefühlt wie damals, kurz vor der Operation. Abgeschnitten und ausgeliefert.

Die Schutzweste und die Schuhe hatte sie noch abgelegt, als sie ins Wasser gerannt war. Die CIs hingegen nicht. Im Nachhinein hatte Marlene versucht, sich ihr Verhalten zu erklären. Waren die Geräte mittlerweile zu einem derart festen Bestandteil von ihr geworden, zu einem Körperteil, das zu ihr gehörte, sodass sie gar nicht mehr über sie nachdachte? In einer Stresssituation erst recht nicht? Oder aber hatte sie die Entscheidung, die CIs nicht abzunehmen, bewusst getroffen? Sich ohne Gehör in eine solch gefährliche Situation zu begeben, in der es um Leben und Tod ging und in der ihr Partner auf sie angewiesen war, wäre grob fahrlässig gewesen. Hatte sie das Risiko, dass die Geräte Schaden nehmen konnten, als das geringere Übel also wissend in Kauf genommen?

Wie auch immer, sie hatte diese Hürde genommen. Vor zwei Tagen waren die neuen Geräte eingetroffen. Und das Beste daran: Sie hatte das neuste Modell erhalten. Jetzt konnte Marlene ihre Hörhilfen über Bluetooth direkt mit anderen elektronischen Geräten wie dem Smartphone verbinden. Eine neue Freiheit.

Sie tauschte den Akku aus und überprüfte mit dem Handy den Ladezustand an der anderen Seite. Ebenfalls niedrig, also wechselte sie auch diesen. Dabei fiel ihr Blick auf den Blumenstrauß auf ihrem Schreibtisch. Tulpen, ein ganzer Arm voll, bunt gemischt. Sie waren ein Geschenk von Birthe Andresens Mutter. Vor knapp einer Woche hatte Gisela Martens sie in Begleitung einer Betreuerin persönlich vorbeigebracht. Der Dank der alten Dame war bewegend gewesen. Sie war aufgewühlt gewesen, zutiefst schockiert und entsetzt über das, was ihrer Tochter angetan worden war. Doch sie hatte ihr Kind zurück. Das allein zählte.

Gunnar Andresen hatte sich ebenfalls bei Marlene und Simon für ihren Einsatz und die Rettung seiner Frau bedankt.

Mit einem kurzen Telefonat. Birthe selbst hatte Marlene bisher nur noch einmal im Krankenhaus gesehen, in das man sie für die ersten Tage nach ihrer Befreiung gebracht hatte. Das Zusammentreffen hatte Marlene zutiefst berührt. Sie hatte das erste Mal die Stimme der Frau gehört, wenngleich die Worte für diese noch immer schwer zu finden gewesen waren. Wie am Strand hatte Birthe Andresen ihr die Hand gereicht. Zarte, zerbrechliche Finger. Der Händedruck jedoch von ungeahnter Stärke. Jetzt war Birthe Andresen unter ärztlicher Aufsicht zu Hause. Zurück auf ihrer Insel, zurück bei ihrem Sohn. Die ausführlichen polizeilichen Befragungen würden nächste Woche beginnen. Die psychologische Aufarbeitung hingegen würde für sie noch Jahre dauern. Wenn nicht ein ganzes Leben.

Auch Tordis Schlichting würde noch einen langen Weg vor sich haben. Sie musste nicht nur das schlimme Verbrechen an ihrem Mann und seinen grausamen Tod verarbeiten, sondern sich außerdem ihren eigenen Vorwürfen und Selbstzweifeln stellen. »Hätte ich es verhindern können?«, hatte sie Marlene bei ihrem abschließenden Gespräch gefragt. »Wäre er noch am Leben, wenn ich die Suche nach ihm weiter vorangetrieben hätte? Wenn ich um ihn gekämpft hätte? Anstatt ihn aufzugeben?« Sie hatte an ihren Fingernägeln gekaut, die Nagelhaut blutig gebissen. »Ich dachte, dass er mich verlassen hätte. Dabei bin ich es gewesen, die ihn im Stich gelassen hat.«

Marlene atmete tief durch. Eine solche Geschichte kannte keine Gewinner. Das Leben eines Menschen war gerettet, doch die Narben würden bleiben. Bei allen.

Der Anblick der Verliese hatte selbst Marlene als erfahrene Ermittlerin schwer erschüttert. Niemand hatte ein Wort gesagt, als sie zusammen mit Simon und den Kollegen das erste Mal in das Kellergewölbe hinabgestiegen war. Als sie die massiven Stahltüren gesehen hatte, die Versorgungsklappen, Überwachungsvorrichtungen, die Schallisolierungen. Die Matte, den Schlafsack, die Eimer in jedem der beiden Kerker. Die Notizzettel auf dem Boden, die Projektionen an der Wand. Bis ins kleinste Detail geplante körperliche und seelische Folter. Hermetisch abgeriegelt. Frank Schlichting und Birthe Andresen hatten keine Chance gehabt, diesem Gefängnis zu entfliehen. Ein Wunder, dass sie überhaupt so lange standgehalten hatten.

Worthmann hatte für sein abscheuliches Verbrechen einen heruntergekommenen Resthof in der Nähe von Hürup, einem kleinen Dorf südöstlich von Flensburg, erworben. Mit ihrer Einschätzung, in welcher Region das Versteck liegen könnte, hatten Marlene und Simon demnach nicht ganz falschgelegen. Dort auf dem Hof hatten sie seine sämtlichen Unterlagen zur Planung und Durchführung der grausamen Taten gefunden. Fotos und Angaben zu Wohnorten, Familien, Arbeitsstellen und Gewohnheiten der Opfer, Skizzen der Wohnhäuser und der genauen Umgebung, daneben Zeitungsartikel über die Vermisstenfälle. Alles fein säuberlich abgeheftet und aufgereiht in dicken Ordnern. Worthmann hatte penibel genau recherchiert. Und nichts dem Zufall überlassen.

Nun saß er in der Justizvollzugsanstalt Flensburg und wartete auf seinen Prozess. In den Verhören hatte er sich wenig kooperativ gezeigt, doch die Beweislast war erdrückend. Nur eine einzige Frage hatte er gestellt. Er hatte sie an Simon gerichtet. Hatte ihm lange in die Augen gesehen und schließlich gesagt: »Warum haben Sie nicht besser gezielt? Und mich endlich erlöst?«

Marlene legte die leeren Akkus zurück in die Tasche. Die Freude über das gerettete Leben und den Ermittlungserfolg hatte einen schalen Beigeschmack. Im Fall von Frank Schlichting waren sie zu spät gekommen. Und sie hatten darüber hinaus eine Tragödie ans Licht geholt, die sie betroffen zurückließ. Menschen waren zu allem fähig, was man sich ausmalen konnte. Und zu noch viel Schlimmerem.

Gedankenverloren ließ sich Marlene gegen die Rückenlehne sinken, drehte sich auf dem Stuhl im Kreis. Ihr Blick glitt über die Magnettafel, an der noch die Bilder und Notizen zum Fall hingen. An der Karte von Amrum blieb er hängen. Vielleicht sollte sie sich, sobald die Ermittlungen abgeschlossen waren, eine kurze Auszeit gönnen? Nur ein verlängertes Wochenende? Überstunden hatte sie trotz aller guten Vorsätze schon wieder reichlich angesammelt. Sie sollte mehr auf sich achten. Vielleicht mit einem Besuch auf Amrum? Sie könnte Mats dazu einladen. Und mit einem erwachsenen Sohn an ihrer Seite wäre sicherlich auch die Gefahr von weiteren Annäherungsversuchen von Bendix gebannt. Wenn sie so darüber nachdachte, gefiel ihr die Idee immer besser.

Schließlich riss sich Marlene los. Sie saß schon viel zu lange hier, Ada und Simon warteten auf sie. Sie lief die Treppe hinunter ins Erdgeschoss. Als sie die Tür zum Archiv öffnete, drang ihr bereits das laute Klacken des Balles und der Spielfiguren entgegen.

»Marlene, endlich!«, rief Ada. Sie stand auf dem kleinen Tritt, den sie sonst für die Suche von Unterlagen in den Regalfächern benutzte, und schaute konzentriert auf das Spielfeld. »Ich brauche dich! Ohne deine Hilfe habe ich keine Chance.«

Marlene trat neben sie. Sie griff nach den zwei Spielerstangen im Angriff. Simon gab einen neuen Ball ins Spiel. Er prallte an der Bande ab und rollte einem von Marlenes Spielern vor die Füße. Marlene holte weit aus, drehte die Kurbel mit Schwung. Der Ball schoss auf das Tor zu. Treffer, versenkt.

Nachbemerkung und Dank

Wie kann ein Mensch, der Opfer einer Entführung geworden ist, die kaum vorstellbaren Qualen einer jahrelangen Gefangenschaft überstehen? Wie kann es ihm gelingen, seine menschliche Würde zu bewahren und sich nicht von seinem Peiniger brechen zu lassen? Bewegende Einblicke in dieses Thema hat mir Natascha Kampusch mit ihren Schilderungen in ihrem Buch »3096 Tage« gewährt. Ein Schicksal, das mich zutiefst berührt hat.

Auch bei meinem zweiten Roman über die Kommissarin Marlene Louven stand mir mein inzwischen bewährtes, wunderbares Team zur Seite, dem ich von Herzen danken möchte:
Michaela Korte und den Teilnehmerinnen und Teilnehmern der Selbsthilfegruppe Kappeln des Cochlea Implantat Verbandes Nord e. V., Kriminaloberkommissarin Britta Völz, meiner Lektorin Marit Obsen in Berlin sowie meinem Agenten Peter Molden und Regina Molden in Köln, Astrid Dützmann-Nissen, Bärbel Claus und Helga Dick.
Und Marla, Franka, Marius und Karsten. Just awesome.

Ilka Dick, im September 2020

Ilka Dick
ENDSTATION NORDSEE
Broschur, 336 Seiten
ISBN 978-3-7408-0047-5

Die Welt von Aenne Jannen wird jäh erschüttert, als ihr Vater tot in den Amrumer Dünen gefunden wird: Erk Jannen wurde brutal ermordet. Während sich ihre Mutter hinter eine Mauer aus Schweigen zurückzieht, kämpft sich Aenne durch einen Strudel aus Trauer und Verzweiflung – und macht sich schließlich selbst auf die Suche nach dem Mörder. Doch weder sie noch die Polizei kann klären, warum ihr Vater sterben musste. Bis an derselben Stelle eine zweite Leiche entdeckt wird …

www.emons-verlag.de

Ilka Dick
DER STILLE KOOG
Marlene Louvens erster Fall
Broschur, 256 Seiten
ISBN 978-3-7408-0503-6

Marlene Louven ist Kriminalhauptkommissarin und hat binnen kürzester Zeit ihr Gehör verloren. Dank Implantaten kann sie zwar wieder hören, doch nichts klingt mehr wie zuvor. Hinauskatapultiert aus ihrer vertrauten Welt, sucht sie Zuflucht bei ihrer Schwester, die in einem abgeschiedenen Koog nahe Büsum lebt. Während ihres Aufenthaltes wird der Bürgermeister der kleinen Gemeinde erschlagen aufgefunden. Unversehens steckt Marlene mitten in den Ermittlungen. Ihre Nachforschungen holen sie zurück ins Leben – und bringen sie gleichzeitig in tödliche Gefahr …

www.emons-verlag.de